国家社会科学基金重点项目"中国水文化发展前沿问题研究"
（项目编号：14AZD073）

大海的回响

西方海洋文学研究

刘文霞 著

中国社会科学出版社

图书在版编目（CIP）数据

大海的回响：西方海洋文学研究/刘文霞著．—北京：中国社会科学出版社，2017.6
ISBN 978-7-5161-9519-2

Ⅰ.①大… Ⅱ.①刘… Ⅲ.①文学研究—西方国家 Ⅳ.①I106

中国版本图书馆 CIP 数据核字（2016）第 303315 号

出 版 人	赵剑英	
责任编辑	刘晓红	
责任校对	周晓东	
责任印制	戴　宽	
出　　版	中国社会科学出版社	
社　　址	北京鼓楼西大街甲 158 号	
邮　　编	100720	
网　　址	http://www.csspw.cn	
发 行 部	010-84083685	
门 市 部	010-84029450	
经　　销	新华书店及其他书店	
印　　刷	北京明恒达印务有限公司	
装　　订	廊坊市广阳区广增装订厂	
版　　次	2017 年 6 月第 1 版	
印　　次	2017 年 6 月第 1 次印刷	
开　　本	710×1000　1/16	
印　　张	19	
插　　页	2	
字　　数	281 千字	
定　　价	88.00 元	

凡购买中国社会科学出版社图书，如有质量问题请与本社营销中心联系调换
电话：010-84083683
版权所有　侵权必究

序

  海洋是生命之源，是人类"心向往之"的蓝色乐园。许多有过航海经历的作家，都会以海洋为主题进行文学创作，描写海洋，歌颂海洋。

  西方海洋文学历史悠久。从古希腊的《荷马史诗》到英国"湖畔诗人"塞缪尔·柯尔律治的《古舟子咏》，再到英国"海洋诗人"约翰·曼斯菲尔德的《海之恋》，都是有关海洋的经典之作，其中传达的是人类对大海的敬畏和尊重以及物我和谐的诗意追求。现代时期，海洋成就了众多伟大的海洋小说家。约瑟夫·康拉德以海洋为题创作的小说，如《吉姆爷》《"水仙花"号上的黑水手》等，记录了他作为一个水手和船长在海上的生活经历，道出了"海洋的全部秘密"。美国浪漫主义作家库柏凭借他的《领航人》《海上与岸上》等开创了美国海洋小说的先河，成为建构美国海洋文化的奠基人。赫尔曼·麦尔维尔的长篇小说《白鲸》被誉为最伟大的海洋小说和有关海洋的"百科全书"。杰克·伦敦被誉为"马背上的水手"，他的《海狼》《群岛猎犬杰瑞》等真实记录了美国资本主义发展过程中不断向海外掠夺和扩张的历史事实。

  海洋文学在构建海洋文化、增强国民海洋意识等方面发挥着重要作用。英、美、法、荷兰、西班牙等西方国家之所以能够在特定的历史时期崛起成为海洋强国，海洋文学的浸染和熏陶功不可没。西方海洋文学的起源和发展都与海洋密切相关，是伴随着航海和海洋贸易的繁荣而产生的。长期与海洋为伴和艰苦的海上生活，不仅培养了西方人勇于探索、追求自由和强烈的冒险精神，也决定了西方国家对海洋的价值取向有别于中华民族。

中国海岸线漫长，海域辽阔；中国文学源远流长，体裁题材种类繁多，但海洋文学远不如西方国家发达。尽管曹操在《观沧海》中借大海的壮阔歌咏人类的豪迈气势，但他本人并没有海洋意识，表达的是开阔豁达的思想境界。中华民族对海洋的价值取向仅仅局限于"兴渔盐之利，行舟楫之便"，对海洋的认识始终离不开"民以食为天"的祖训。而西方国家对海洋的价值取向是争夺丰厚的海洋权益，开展海外贸易，掠夺资源和拓展殖民地。中国和西方国家海洋价值取向的差异，决定了近代中国和西方国家截然不同的历史命运。如今，我们已经认识到中华民族海洋意识的局限性，认识到21世纪是"海洋的世纪"。"向海则生，背海则衰"，发展海洋事业已经成为一种广泛的共识。中国要成为21世纪的海洋强国，必须提高海洋意识，繁荣海洋文化，不仅要弘扬和传承优秀的传统文化，还要加强西方海洋文化研究，做到"古为今用，洋为中用"。

随着中国综合国力的不断增强，中国文化中的"和合""和谐""和平发展"等水文化思想，包括海洋和平发展的理念和主张正得到世界越来越多的国家认同。人类与水的关系并非"大河文明"和"海洋文明"两个简单抽象的概念所能解释，海洋意识的重要性也非能够以"东方"和"西方"地域之差别以蔽之。21世纪是海洋的世纪，在倡导生态文明和弘扬水文化的时代语境下，伴随着国内学术界对海洋文化的研究逐步深入，海洋文学研究也开始兴起。海洋文学既是海洋文化和体现海洋人文精神的宝贵遗产，也是文学研究的一个视角、一种方法。对西方海洋文学进行研究，不仅可以拓宽文学研究领域，也可以使海洋文学蕴藏的社会文化价值得以彰显，有助于读者从不同角度了解西方国家民族性格的形成，有助于为21世纪的国际政治、经济、文化交往提供理论指导和借鉴。

该书运用社会学、历史学理论，将现实主义、现代主义、文化研究等文艺批评理论探讨与西方海洋文学的文本分析相结合，在水文化视阈下，全面深入系统地研究古希腊海洋文学，17—19世纪的海洋大国西班牙、法国、海上霸主英国和当代海洋强国美国等西方海洋文学的代表作家和代表作品，从西方海洋文学中的海洋形象嬗变揭示西方海洋文化发生发展的历程及其内涵，探究西方海洋文学作品中人与海洋、海洋与社会、海洋与人类文明之间的关系，系统梳理人类对海洋的认知和体验历程，揭示人类海洋意识和海权意识的嬗变。同时探析人类与海洋的关系如何经历了由敬畏到赞美，再由海洋探险和征服海洋，最后到亲近海洋、与海洋和谐相处的历程，从而指出"人海和谐"思想和"合理利用海洋资源"的重要性。

本书主要内容共分为七个部分。绪论对水文化视域下的海洋文学概念进行界定，并梳理西方海洋文学的演变和发展。第一章主要对古希腊神话和《荷马史诗》中的海洋形象分析和阐释。由于人类海洋认知的局限性，在古希腊时期的文学作品中，海洋形象常常妖魔化。第二章以西班牙征服时期到20世纪的西班牙海洋文学作品为例，探讨海洋意象的意义。第三章通过分析和阐释莎士比亚的《暴风雨》、笛福的《鲁滨孙漂流记》、史蒂夫文森的《金银岛》、康拉德的《吉姆爷》等英国海洋小说经典作品，分析英国海洋文学的殖民性和海盗文化。第四章通过深入探讨欧洲路上强国法兰西的海洋文学作品，探究法国海洋意识和海洋意象的嬗变。第五章通过阅读和分析从库柏到麦尔维尔，再到美国当代著名海洋文学作家及其作品，同时联系马汉的《海权论》，探究海洋、海权和美国国民性格之间的关系。第六章通过对比分析中国和西方国家海洋文学差异，预测世界海洋文学的发展趋势。

本书的西班牙海洋文学部分的初稿由华北水利水电大学的周佳瑞老师撰写，法国海洋文学部分由郑州大学外语学院的李春老师提供初稿。写作过程中，华北水利水电大学博士生导师朱海风教授多次提出宝贵的修改意见，在此，一并向他们表示衷心的感谢！

初次涉猎西方水文化和水文学研究领域，《大海的回响：西方海洋文学研究》或许仅仅是个开始，不足之处，请各位专家多多指正和赐教！

刘文霞
2017年2月16日于郑州

目 录

绪论 西方海洋文学研究评述 ……………………… 1

  第一节 水文化视阈下的西方海洋文化与文学 ……… 1

  第二节 西方海洋文学的缘起、演变和发展 ………… 9

  第三节 西方海洋文学研究的兴起、脉络和现状 …… 17

  第四节 研究方法与研究意义 ………………………… 25

第一章 希腊神话中妖魔化的海洋形象 ……………… 31

  第一节 伊阿宋寻找金羊毛：西方最早的航海探险故事 …… 31

  第二节 特洛伊战争：西方历史上最早的远洋战争 …… 36

  第三节 奥德赛返乡记：最曲折的海上冒险故事 …… 41

第二章 西班牙海洋文学 ……………………………… 52

  第一节 征服时期的西班牙海洋文学 ………………… 53

  第二节 "黄金世纪"的西班牙海洋文学：从贡戈拉到塞万提斯 …… 65

  第三节 从"海水谣"到"蓝色忧郁"：20世纪西班牙海洋文学 …… 81

第三章 英国海洋文学与海盗文化 …………………… 97

  第一节 《暴风雨》：英国海洋文学的开山之作 …… 101

  第二节 《鲁滨逊漂流记》与西方契约精神 ………… 105

  第三节 《金银岛》与"寻宝梦" ……………………… 119

第四节　《勇敢的船长们》与吉卜林的"丛林法则" ……… 125
第五节　康拉德："海是真正的世界" ……………………… 139
第六节　英国海洋文学的特点：殖民性与海盗文化 ……… 158

第四章　陆上强国法兰西的海洋文学 ……………………… 163

第一节　"海是深渊"：中世纪的法国海洋文学 …………… 165
第二节　以人为本：文艺复兴时期的法国海洋文学 ……… 173
第三节　从《海上劳工》到《冰岛渔夫》：19世纪
　　　　法国海洋文学 ……………………………………… 180
第四节　二十世纪的海洋文学：天堂抑或深渊？ ………… 199
第五节　结语 …………………………………………………… 207

第五章　海洋强国与海洋文学大国的崛起 ………………… 211

第一节　从库柏到麦尔维尔：美国海洋文学的演变 ……… 211
第二节　库柏：美国海洋文化的建构者 …………………… 217
第三节　《白鲸》与"硬汉" ………………………………… 227
第四节　水手、《海狼》与海上"丛林法则" ……………… 249
第五节　美国当代海洋文学作家及其作品 ………………… 259
第六节　海洋、海权与美国国民性格 ……………………… 275

第六章　世界海洋文学发展趋势 …………………………… 278

第一节　中西海洋文学对比 ………………………………… 278
第二节　世界海洋文学发展趋势 …………………………… 285

参考文献 ……………………………………………………… 289

后　记 ………………………………………………………… 296

绪论　西方海洋文学研究评述

第一节　水文化视阈下的西方海洋文化与文学

水是生命之源，水滋养着人的生命，涤荡着人的心灵。人类逐水而居，并且因水引发了一系列的行为和思考，形成了独特的水文化。从人类与水之间的关系出发，世界文明分为三大种类：游牧文明、大河文明和海洋文明，而这三大文明，都与水息息相关。游牧文明虽然是马背上的文明，帐篷是家，马背是摇篮，但哪里水草丰美，就在哪里安家，而大河文明和海洋文明，更与水息息相关，离不开水的润泽。世界四大文明古国，无一不发端于大江大河地区。在适宜的温带和热带气候区，河流带来的丰富水源和肥沃土壤，成就了古老的人类文明。

在尼罗河第一瀑布至三角洲的广袤平原上，沉积的黄沙埋葬了法老的权杖，咆哮的河水淹没了祭祀的祈祷和异族的铁蹄，古老的金字塔记录着埃及历史上发生的一个个故事，一幅幅刻在石头上的图画，默默地讲述着古埃及别样的风情，斯芬克斯诡谲的微笑里隐藏着至今无法猜透的秘密，以塔萨文化为核心的埃及文明把天才创造的奇迹、把鹰的远见、牛的隐忍和猫的诡谲一代一代传给了埃及人。

发源于黎巴嫩和叙利亚境内的约旦河，在历史和宗教上有"世界上最神圣的河流"之称，而现在，由于其地处干燥地区，珍贵的水源成为黎巴嫩、叙利亚、约旦、以色列和巴勒斯坦五国的纷争之焦点。土耳其境内的亚美尼亚高原是幼发拉底河和底格里斯河的发源地。在远古时代，这三条河流的定期泛滥，成就了孕育美索不达尼亚平原和巴比伦文明的"新月沃土"。

公元前4000年左右，苏美尔人来到"巴比伦尼亚"，即两河流域下游的冲积平原居住。他们起先打鱼狩猎，后来又开始经营原始的农业，制造绘有朴素几何图形的黑色和棕色陶器。尽管苏美尔人建立的国家灭亡很早，但他们创造了世界上最古老的文明。刻在泥板上、有着"东方拉丁语"之美誉的楔形文字记载着人类早期的高度文明，勾勒着城市发展的雏形。大洪水神话和传说不仅警示了人类要规范自己的行为，还为基督教的"创世说"提供了重要依据。玛雅历法中太阴历的制定记录了月亮阴晴圆缺的周期，七天一周的规定至今还影响着我们的生活。玛雅预言上演着人类历史上最惊心动魄的毁灭剧情，《乌尔纳姆法典》和《汉谟拉比法典》为规范人类行为提供了最早的书面依据。乌鲁克神庙雄伟壮观，见证了苏美尔人高超的建筑成就和对女性的尊敬。有"空中花园"之美誉的新巴比伦城墙，充分显示了古代两河流域的城市建设水平。而这一切都离不开河水的灌溉和滋润。正是河流对苏美尔人的生活产生了深远的影响，使他们信奉象征自然力量的神。天神安努、水神伊亚、大地和空气之神恩利尔，是苏美尔人心目中最强大的神灵。相信"人类要适应环境"，"违背神灵意志必然受到惩罚"，这是"违反自然规律必然受到惩罚"的科学思想的早期萌芽，体现了人类早期的理性精神。

起源于喜马拉雅山脉的恒河和印度河，滋润了印度半岛上的那一方沃土，孕育了一片光辉灿烂的文明——古印度文明，成为印度民族的"圣河"。在这片古老土地上传诵的《摩诃婆罗多》，是一部以英雄传说为核心的"百科全书"。它与被奉为印度文学经典的《罗摩衍那》一起，以史诗般的恢宏保存和汇集了古印度人民的民族思想文化遗产，记录了印度人民的集体无意识，堪称印度的"民族灵魂"。生活在这片土地上的印度人民，凭借自己的智慧，发明了阿拉伯数字，为全世界提供了通用的计数法。强调推理和证明的"因明学"推动了中国和日本等东方国家逻辑学的发展；佛教的诞生和传播对整个东方，特别是对中国的思想文化产生了深远的影响。

在黄河中下游的平原地区，孕育了以中原文化为主导的具有六千年悠久历史的华夏文明。西至关中东至豫东的河洛文化是黄河文化最核心的载体。完善的礼乐制度、规范的文字、绵延不断的国度文化、影响中国几千年的儒释道文化和开放、包容、兼容并蓄的中原文化精神已经成为中华民族坚如磐石的精神支柱和灵魂。

无论是古巴比伦文明还是古埃及文明，无论是印度文明还是华夏文明，都属于大河文化，也属于东方文明。而西方文化，特别是源于爱琴海地区的西欧文化则属于"海洋文明"。海洋文明在地理位置上靠近海洋，并因其特有的海洋文化而在人类经济发展、社会制度、思想、精神和艺术领域等方面对人类社会文化的发展产生了重要的影响。

通常认为，欧洲海洋文化有两千五百多年的历史。早期的"辉煌"时期被学术界称为"古典时期"，主要是指爱琴海周围的南欧地区，以古希腊、罗马时期为代表。爱琴海地区水陆交错，山地多，平原少，土地贫瘠，不适宜农业发展，但众多的港湾、半岛和岛屿，曲折蜿蜒的海岸线，灿若繁星的海港与河口港成就了良好的航海条件，这就使古希腊文明具有浓厚的海洋商业文明特点：发达的海外贸易、疯狂的殖民扩张和丰富多彩的海盗文化等，并且这种海洋文明具有悠久的历史和开放性特点。以雅典和斯巴达为首的希腊城邦联合王国一方面通过战争在地中海地区掠夺财富，发展海洋贸易；另一方面通过实施奴隶制积累财富。同时，不断进行海外扩张，把势力范围延伸到东至爱琴海东岸的小亚细亚，西至意大利的西西里岛等地。这些由贵族和奴隶构成的城邦国家，依靠巨大的财富建立了强大的海战军队，控制了巴尔干半岛的海上贸易航路。了解这一时期欧洲海洋文化的主要历史依据是《荷马史诗》，可以说，"荷马时代"是一个充满战争的时代，"特洛伊战争"可谓是荷马时代规模最大的一次海战，而"伊阿宋取金羊毛"和"奥德赛"的故事则记录了古希腊人的海上冒险经历。

古罗马时代，奴隶主四处征战吞并，不断扩大势力范围，使这个奴隶制共和国的版图不断扩大。版图最大时东至两河流域，西达伊比利亚半岛，南至非洲北部，北迄多瑙河和莱茵河流域。在古罗马的大街上，随处可见"兼职经商的官员，露天授课的教师和怯于航海的水手……"①古罗马跨海征服了位于非洲的迦太基（今突尼斯），并在那里设立总督。但是，总的来说，罗马时期的地中海文明重复了"古希腊的老路，一直与掠夺、战争、混乱相伴随，其翻来覆去的范围一直没有超出环地中海的圈子"②。

中世纪时期，十字军东征使威尼斯人、热那亚人到黑海沿岸建立多个殖民点，有效地促进了地中海地区海上商贸活动的发展，使威尼斯和热那亚的海上力量迅速发展起来。但在这持续一千多年的"黑暗世纪"里，欧洲文明一直与战争、掠夺和宗教的禁锢相伴，只有北欧斯堪的纳维亚半岛与环北海地区进入了以"维京人"为主体的"北欧海盗"时代。地形狭长、海岸线曲折、峡湾纵横、岛屿林立、海上交通十分便捷的斯堪的纳维亚半岛，使生活在这里的维京人不仅是优秀的航海家，也是野蛮的侵略者；不仅是商人，也是海盗；不仅是出色的水手，也是英勇的战士。公元 8—11 世纪的三百多年里，维京海盗纵横于北欧的丹麦、挪威和瑞典。可以说，这个时期，欧洲的海洋文明由南欧转移到了北欧。不过，如果说"古典时期"南欧的"海洋文明"还有些许公平交易与契约成分的话，那么，"中世纪时期"北欧的海洋文明则属于纯粹的"海盗文化"了。关于这一点，北欧神话传说《萨迦》和《埃达》叙述了 9—11 世纪斯堪的纳维亚的英雄人物纵横欧洲的战斗经历。

欧洲人真正走向海洋是在 15 世纪初，被学者们称为"冲出地中海的时代"③。中世纪时期，北欧和英吉利海峡沿岸得到了一定的发展，并在长期从事海盗活动的实践中积累了海上贸易、港口发展的经验。1415 年，葡萄牙王子亨利率领舰队占领了阿拉伯人的休达城，并以此为据点，派人沿着非洲的海岸线，一直向南方探索。每到一处，

---

① ［英］纳撒尼尔·哈里斯：《古罗马生活》，佩媛等译，希望出版社 2007 年版。
② 曲金良：《西方海洋文明千年兴衰历史考察》，《学术前沿》2007 年第 7 期。
③ 同上。

不仅将那儿的财物洗劫一空,还建立军事据点。1419年,他们发现了亚述尔岛,这是欧洲人第一次走到古罗马帝国地盘之外的地方。掠夺财富、贩卖奴隶与一系列的殖民活动,迅速给葡萄牙带来巨大财富。为了进一步扩大掠夺规模,亨利王子创办了航海学校,利用阿拉伯技术人员和阿拉伯人留下的科学典籍,大量培养航海人才。在这种海航技术抢占先机的情况下,葡萄牙人继续"探险"之旅,先占领加纳,又占领了刚果和安哥拉等地,把大批的奴隶、象牙、珠宝等财富源源不断运回欧洲。由于拥有雄厚的工商业基础,西班牙的海上贸易后来居上。当葡萄牙人坚持不懈地沿着非洲西海岸向南探索时,西班牙人另辟蹊径。1492年,哥伦布在西班牙国王的资助下,带领三艘航船和一些士兵,带着国王的承诺,成功横渡大西洋,发现了美洲,并且从美洲带回了一批被掳为奴隶的印第安人。不久,除巴西外,西班牙国王占领了整个中美和南美洲。通过屠杀土著人和殖民手段,美洲广袤的大地成了所谓的"拉丁美洲"。

西班牙和葡萄牙通过海上贸易和殖民活动快速致富,使英法两国的统治者艳羡不已。英王亨利七世曾经嘲笑并拒绝哥伦布提出的航海计划。哥伦布发现新大陆的消息传到欧洲本土后,亨利七世在1494年派遣航海家卡波特带领18名船员,开始了横渡大西洋的探险。第二年,卡波特第二次横渡大西洋,并到达北美。卡波特的北美之行虽收获甚少,但海上冒险活动的丰厚回报,激起了英国的少数亡命之徒和海盗们的热情。在英国女王的支持下,英国殖民者和海盗开始与西班牙人争夺奴隶贸易市场,杀人越货,抢劫西班牙人的货站,严重影响了西班牙的商路安全,侵犯了西班牙的国家利益,引发了西班牙和英国之间的战争——1588年海战,并且大获全胜。

海战过后,英国的海上冒险家们,保留了半匪半商的海盗作风,并且在国王的特许和支持下开始从事更大的冒险活动。詹姆斯敦成为他们在北美进行殖民活动的第一个据点。随后的半个世纪里,大批清教徒开始不断涌入北美,并且在北美建立了永久居住地。

17世纪初,欧洲的资本主义经济得到了较大的发展,各国之间的贸易往来日益增多,并且是通过海上贸易的方式进行。哪个国家的造船业越发达，拥有商船的数量和吨位越多，哪个国家就能控制海上贸易，称霸海洋，进行殖民掠夺。当时，荷兰的造船业居世界首位，仅在阿姆斯特丹就有上百家造船厂，全国可以同时开工建造几百艘大吨位的商船。同时，这个领土只是相当于中国海南省的海洋小国，却拥有世界上最先进的造船技术。欧洲许多国家都到荷兰订购船只。荷兰的商船吨位占当时欧洲总吨位的四分之三，拥有一万五千艘商船，几乎垄断了整个世界的海上贸易。挪威的木材、丹麦的渔产、波兰的粮食、俄罗斯的毛皮、东南亚的香料、印度的棉纺织品、中国的丝绸和瓷器等，大都由荷兰商船转运，经荷兰商人转手销售。当时的阿姆斯特丹是国际贸易的中心，港内经常有2000多艘商船停泊。船行海上，就像在陆地上行驶的马车，谁驾驭马车，谁就是马车夫，谁就能控制海洋。正因为荷兰几乎垄断了"海上的马车"，所以被誉为"海上马车夫"。也正是因为荷兰先进的造船业和发达的海上贸易，才形成了荷兰人以"宽容"为核心内容的"善于容忍谅解、厘清混淆、弥合裂痕，坚决抵制任何形式的狂热"的"交际型"民族性格。也正是由于发达的海洋文化，在这块不大的土地上诞生了伟大的笛卡尔、伊拉斯谟、斯宾诺莎、格劳秀斯和哈伊津哈等"小国里的大思者"。

17世纪中期，英国推行重商主义。为了打击主要竞争对手荷兰，发展本国的海洋贸易，英国政府于1651年颁布《航海条例》，规定无论是欧洲、非洲，还是北美生产的商品，只有通过英国船只载运才能进入英国，并且所有英国殖民地的货物都必须用英国船只运输。《航海条例》的颁布遭到了海上霸主荷兰的强烈反对，引发了双方的三次战争，结果荷兰战败，不仅被迫接受英国《海航条例》的限制和束缚，英国还夺取了荷兰在北美的殖民地。英国《航海条例》的颁布极大地促进了海上贸易的发展，在国内掀起了航海和海上冒险的热潮。在"英国小说之父"笛福的小说《鲁滨逊漂流记》中，主人公鲁滨逊开始海上冒险就是在《航海条例》颁布之后。当时，在英国，年轻人最大的梦想就是到海外去，希望通过海洋冒险和海上贸易获取财富，而且这种思想和尝试已经成为一种风尚。当时的欧洲陆上强国法国，虽然也曾经嘲笑并拒绝了哥伦布提出的航海计划，但为了控制贸易通道，争夺贸易市场，掠夺新大陆的资源和财富，也不甘示弱。路易十四时期，法国海军力量曾经是英国和荷兰联合舰队的总和，整个大不列颠岛几乎处于法国人的控制之下。法国有少数冒险家加入到海外殖民行列，甚至比英国提前一年在北美建立殖民点，并和英国争夺殖民范围。英法之间最主要的争夺方式是战争，1756—1763年的"七年战争"就是英法两国争夺世界霸主地位的"世界大战"。法国联合北美的土著部落和英国进行了多达39次的"大型"战役。战争的结果是法国海军全军覆没，英军大获全胜，并奠定了英国在欧洲甚至世界的霸主地位，诞生了所谓的"日不落帝国"。可以说，英国的崛起，应归功于通过战争获得欧洲的海上贸易通道和海外掠夺。

美国作为典型的移民国家，历来重视海洋权益和对海洋资源的开发。早在独立战争期间，华盛顿深知海军力量在战争和海洋贸易中的重要性，因此，他在签署《与法国陆军协同议定的作战计划纪要》时进一步强调："在任何行动中和任何条件下，一支决定性的优势海军，被视为最基本的重要力量，而且每一种成功的希望，最后都必定取决于它。"他不仅借助于法国海军的力量对英国海军进行打击，还积极筹建美国海军。特别是1781年9月的约克镇会战，英军由于海军的一系列失误，一时丧失了制海权，美法联军取得胜利，为整个独立战争的胜利奠定了基础。独立战争不仅使美国摆脱了英国的统治，也使华盛顿意识到，"（独立战争）能这样尽快结束，完全归功于掌握的制海权——归功于法国手中的海上力量和英国海上力量的分配不当。"[①]

18世纪中期，如日中天的捕鲸业成为美国经济发展的引擎，它把美国从一个曾经遭受压榨的殖民地变成了全世界最富有的国家。1846年前后，全世界一共900多艘捕鲸船，美国占有700多艘。麦尔维尔的《白鲸》描写的正是那个曾经是美国的支柱产业而如今已经彻底消失了的职业和生活方式。纽芬兰渔场不仅为美国人提供了大量鲜美的

[①] ［美］阿尔弗雷德·塞耶·马汉：《海权论》，冬初阳译，时代文艺出版社2014年版，第367页。

鳕鱼，还为它培育了一代又一代强悍的船员，这些船员后来成为美国海军的中坚力量。从麦尔维尔的《白鲸》到杰克·伦敦的《海狼》，美国海洋小说真实再现了美国人在大西洋和太平洋上肆意掠夺海洋资源的贪婪和残酷。

19世纪末，阿尔弗雷德·塞耶·马汉（Alfred Thayer Mahan, 1840—1914）的经典著作《海权论》（The Influence of Sea Power on History, 1890）面世，美国人的海权意识极度膨胀。越来越多的美国人意识到，"只有海军才能使那些至关重要的运输线得到保护或遭到袭击"①，只有海军和海军基地才能保护和保障美国在全球的经济利益，因此，美国不仅建立了强大的海军，还在世界各地建设海军基地，成为世界上最大的海洋强国。

总之，自古希腊罗马的"古典时期"开始，欧洲的海洋文明持续了千年的历史。特别是哥伦布发现新大陆之后，西方资本主义国家更是通过海上贸易、资源掠夺，形成了争霸世界的发展模式。整体上看，其历史无疑是一部充满了野蛮、暴力和血腥的历史。但是就其局部所形成的文明来说，也呈现出"勇于探险"的开拓性和"海纳百川"的包容性等海洋文明的特点。可以说，西方海洋文明博大精深，既包括海上冒险经历和海盗文化，也包括发达的航海文明与海上商业文明。

在世界文明发展进程中，海洋一直扮演着重要的角色。人类历史上的海上航运、海上冒险、海洋贸易和海洋渔业，以及资本主义国家海外殖民地的拓展，都为海洋文学提供了丰富的素材。西方海洋文学具有悠久的历史。古希腊神话中的《伊阿宋取金羊毛》、《荷马史诗》中的《特洛伊战争》和《奥德赛》，记录了人类早期的海上活动和对海洋的认知。英国文学中，从乔叟的《贝奥武甫》到莎士比亚的《暴风雨》，从笛福的《鲁滨逊漂流记》到吉卜林的《勇敢的船长们》，从史蒂文森的《金银岛》到康拉德的《青春》，记述了英国如

---

① ［美］阿尔弗雷德·塞耶·马汉：《海权论》，冬初阳译，时代文艺出版社2014年版，第477页。

何依靠海盗劫掠发家到成为一个海上霸主和"日不落帝国"的历程。美国文学中,从库柏的《领航人》到麦尔维尔的《白鲸》,从杰克·伦敦的《海狼》到彼得·马修森的《蓝色子午线》,不仅记录了美国海权意识的觉醒和它如何依靠捕猎鲸鱼、海豹等海洋生物发展海洋产业,还反映了美国如何发展海外贸易和控制海洋权益的勃勃野心。西班牙和法国的海洋文学也间接反映了人类与海洋的亲密关系和西方国家的经济文化对海洋的依赖。总之,所有西方国家的海洋文学作品无一不是对西方海洋文明的生动写照,同时从一个侧面记录了人类文明发展的历史进程,反映了海洋文明的历史演绎和人类海洋意识的嬗变:从敬畏海洋到征服海洋,从海上掠夺和控制海洋到创造和谐海洋世界的生态意识。

第二节 西方海洋文学的缘起、演变和发展

一 丰富的航海经历造就了杰出的海洋小说家

海洋文学有广义和狭义之分,广义上说,海洋文学是指所有与海洋有关的作品,也就是说,那些以海洋景观、海洋生物和从事海洋活动的人类为描写对象的文学作品都属于海洋文学,既包括神话和诗歌,也包括戏剧、散文和小说等各种体裁。狭义上说,海洋文学是指那些深刻展现海洋精神,并且深入探讨人与海洋生息与共、密不可分的关系的文学作品。

海洋文学还可以从理性层面和感性层面上进行划分。理性层面上的海洋文学作品主要以研究和观察海洋空间和海洋现象为主要内容,如科普作品和科幻小说。19世纪法国作家儒勒·凡尔纳的《海底两万里》讲述了一位名叫阿罗纳克斯的生物学家跟随"鹦鹉螺号"潜水艇在海底冒险旅行的故事,既充满想象,不乏有关海洋的大量科学知识,是一部对海洋充满想象力的杰出科幻作品。有"法国史学之父"之称的法国作家儒勒·米什莱也从理性层面认识和了解海洋。他的《海》以优美的散文诗般的文学语言撰写海洋历史,从岸边观海、

海洋生物、人类征服海洋的历史和合理利用海洋资源四个方面研究海洋、了解海洋,并提出了人类合理利用海洋资源的建议。他用寥寥数语精准地描述了海洋潮汐所受月球吸引力的影响,海洋与宇宙星辰、与陆地、与人类之间的关系。他写道:"海洋是一种声音,它同遥远的星辰对话,以庄严的声音回应星辰的运行。它同大地和海岸的回声交谈,时而威胁,时而哀怨,时而咆哮,时而悲叹。海洋无时无刻同人对话,它是丰产的大熔炉,生物从大洋中产生,并且旺盛地繁衍。而海洋本身就是活生生最不可辩驳的证明:这是生命与生命的对话。"① 米什莱以优美隽永的文学语言,从远观到近看,从古到今,全方位讲述了人类对海洋的感性认识、疯狂探险、无休止的征服和掠夺的历史,同时提出人类合理利用自然资源的建议,既体现了这位伟大史学家高远的浪漫情怀和历史思辨能力,又洋溢着自信的时代精神。

感性层面上的海洋文学作品一方面注重于描述作者的海洋体验和感受,如普希金的《致大海》、曼斯菲尔德的《海之恋》等有关海洋的诗歌。另一方面注重揭示人类的海洋活动以及人类与海洋的关系,并借助于海洋阐发作者的社会意识、思想和理念,如海明威的《老人与海》、吉卜林的《勇敢的船长们》、康拉德的《青春》等。

人类对海洋的认识经历了漫长曲折的过程,丰富的航海经历造就了杰出的海洋小说家。因为几乎所有的海洋文学作家都具有丰富的航海经历。美国海洋文学批评家大卫·波耶(David Poyer, 1949—)认为,一部文学作品是否属于海洋文学,必须具备两个因素。首先,作家是否有丰富的航海经历,是否真正了解海洋;其次,作品内容是否与海洋生活有关。有些作家即使有航海经历,作品内容也涉及了海洋,但也有可能不属于严格意义上的海洋文学。如英国作家托比亚斯·斯摩莱特(Tobias Smollett)的作品就不属于严格意义上的海洋小说,斯摩莱特接受过一点医学教育,1740 年作为外科医生助手随皇家海军出海。后来,即使他与牙买加一位女继承人结婚,放弃了海军军

---

① [法] 儒勒·米什莱:《海》,李玉民译,北京世纪文景文化传播公司 2011 年版,第 2 页。

人的生涯，仍一直观察着卡塔赫纳港口发生的一切。他的两部流浪汉小说《蓝登传》和《皮克尔传》都详细地描述了那个时代的英国海军生活。然而，海洋部分仅被作者用作主人公追求有钱女子和在岸上遭遇不幸的一个转变，因此，斯摩莱特的作品并未涉及海洋文学的主题。

二 西方海洋文学的嬗变历程

西方海洋文学的历史可以追溯至公元前931年。由古希腊吟游诗人荷马所著，迄今为止仍然被阅读研究的史诗《奥德赛》可谓是西方海洋文学的发端。这不仅仅是一部关于希腊英雄奥德赛从特洛伊战争结束后远航归来的伟大史诗，也是一部海洋漂流和海上冒险小说，记录了人类早期的航海经历。奥德赛返乡途中在海上经历的一切磨难与漂流，在异地他乡历尽千难万险，最终返回家乡的历程，正是人类早期的航海经历。

在古希腊文学中，海洋的形象是令人敬畏和恐惧的海神，蕴含着极大的破坏力。它们任性，喜怒无常，心胸狭隘，爱报复。在史诗《奥德赛》中，海神波塞冬脾气暴躁，他的子女诡异多变，给特洛伊战争结束后返乡的奥德赛及其战士带来重重困难。而这正是喜怒无常、诡异多变的海洋形象。敬畏、惧怕，甚至妖魔化是人类对海洋的最初认识，这种认知一直伴随着人类文明的发展进入到现代社会。然而，海洋又是可战胜的，奥德赛凭借自己的智慧，最终战胜了海神，摆脱了海妖的纠缠，通过了险恶的墨西拿海峡，顺利回到家乡。也正是从古希腊时期开始，人类开始试图认识海洋，驾驭海洋，征服海洋，并对此充满了自信。

正是带着这种自信，人类对海洋不断探索，认识也逐步趋于理性和科学。同时，人类也开始了对海洋资源的大肆掠夺。海洋鱼类是人类发现的第一种可以利用的海洋资源。比起江河中的淡水鱼类，海鱼味道更加鲜美，并且数量巨大。早在古罗马时期，人类首先发现了可以满足人类生存必需的海洋鱼类资源。"古罗马精英偏好海鱼，受其影响,'古典时代'的地中海已经有了大型商业海鱼渔捞活动。"① 紧接着,北欧国家开始了对海洋鱼类的"密集捕捞",即开始使用"流网"对鲱鱼等海洋鱼类进行大量捕捞。

在长达千年之久的"黑暗中世纪",基督教掌控了几乎整个欧洲。与其他动物性肉类相比,"鱼类没有太多的血气,较少会引起情欲",故而基督教各个教派都禁止在一些特殊日子食用四足动物,特别是每年有130—135天不能食用鱼肉之外的肉类,这就增加了对鱼类的需求。在公元7—10世纪,淡水鱼类一直是基督教徒重要的蛋白质来源。从公元11世纪开始,由于淡水鱼类已经不能满足欧陆国家对蛋白质的需求,再加上新的捕鱼技术开始普及,海洋鱼类供应量增加等原因,人们开始大量食用鳕鱼、鲱鱼等海洋鱼类。海洋鱼类交易也开始在一些城市形成规模。造船业的发展和海洋鱼类捕捞技术的革新促进了海洋渔业革命,以英格兰为代表的一些基督教国家开始了对海洋鱼类的密集捕捞。11世纪,斯堪的纳维亚半岛上的卑尔根镇已经成为鳕鱼贸易集中地。大量的鳕鱼干和鳕鱼肝油在这儿交易。12世纪,英国与挪威之间的鳕鱼交易十分密切。14世纪末,由于英国和汉萨联盟之间的关系破裂,无法再从冰岛和挪威丰厚的鳕鱼渔场中获利,只好开始自己抓鱼。15世纪初,英国人开始自己在冰岛等北欧渔场捕捞鳕鱼。但由于利益冲突,汉萨同盟的海军曾经在1486—1532年与英国海军发生了8次武装冲突,这就是著名的"鳕鱼战争"。

对海洋鱼类的极大需求使人类在积累丰富的航海经验的同时,对海洋产生了复杂的情感。海洋的变幻莫测和巨大威力使人类惧怕、敬畏,而海洋的波澜壮阔和丰富的鱼类资源又使人类对它更加迷恋。特别是那些常年在海上穿梭、具有丰富航海经验的水手,这种情感更加强烈。

15世纪末,哥伦布发现新大陆之后,西欧国家进入了大航海时代,人类与海洋的关系更加密切。冒险、探索、顽强生存成为这个时

---

① [英]卡鲁姆·罗伯茨:《假如海洋空荡荡:一部自我毁灭的人类文明史》,吴佳其译,北京大学出版社2016年版,第16页。

代的主旋律。这个时期的海洋文学,文学性并不突出,主要是西班牙探险家们的航海日志和信件,以探险家们的航海经历和征服殖民地的过程为主要内容。哥伦布的《航海日志》、埃尔南·科尔特斯写给西班牙国王的信件、德·拉·维加的《王家述评》等,不仅记录了大航海时代西方国家探索新世界的冒险经历和对财富的贪求,而且描述了美洲印加人的经济、政治和文化生活等。

随着人类造船技术和航海技术的发展,西方海洋贸易在 17 世纪进入了兴盛时期。17 世纪是一个殖民主义兴盛的世纪,美洲、印度、东南亚等都成为西方资本主义国家的殖民地。这个时期的海洋文学成就尚不突出,主要集中在西欧大陆的法国和西班牙等地,除了繁荣的海洋贸易和海外殖民等原因,文艺复兴时代文化繁荣因素也不容忽视。

海洋文学真正兴起是在 18 世纪。有人认为,丹尼尔·笛福(Daniel Defoe)的《鲁滨逊漂流记》是海洋文学兴起的标志。这个时期,海洋意象在英国作家乔纳森·斯威夫特(Jonathan Swift,1667—1745)、丹尼尔·笛福(Daniel Defoe)、亨利·菲尔丁(Henry Fielding)等的笔下先后呈现。不过,严格地说,斯威夫特的《格列佛游记》和菲尔丁的《里斯本航海日记》都不属于海洋小说,只有笛福的《鲁滨逊漂流记》才属于真正意义上的海洋小说。在《格列佛游记》中,航海只是构成格列佛游历奇境的线索,而后者则属于游记作品,缺少反映小说特质的虚构成分。斯威夫特《格列佛游记》中的主人公格列佛正直、坦率,掌握了一定的航海技术和医学知识,因为行医不能养活妻儿,只好接受别人的邀请,到航海船只上当一名外科医生。就这样,格列佛开始了他的航海生活。这部小说虽涉及了航海方面的内容,但小说主要内容则是格列佛在小人国、大人国、飞岛国和马国的经历,航海只是构成格列佛在这些奇境中游历的一条线索。

除了上述三位作家外,大量有关航海的非虚构类作品在 18 世纪初涌现。航海家们就自己的航行和冒险经历写成报告或记录,如沃尔特·雷利爵士周游世界回来后写下的所见所闻、水手们写成的回忆录和手册等。在当时盛行航海的时代背景下,出现了大量以航海经历和见闻为主要内容的非虚构类作品，如查尔斯·约翰逊船长的《最臭名昭著的海盗之抢劫和谋杀案通史》、约翰·埃斯奎莫林的《美国海盗》、威廉姆·丹皮尔的《新环球旅行》等，都是根据著名的海盗绅士罗勒·林格罗塞的日记写成的。而当时的私立出版社"凡塔基出版社"是这些"非虚构小说"的主要出版商，先后出版了《波士顿约翰·巴特利特之历史叙事》《马萨诸塞州》《1790—1793》《航行去广州》《北美西北海岸》《别处》《约翰·尼克尔的冒险》《水手》《海上三十年》等。这些非虚构类小说因为以航海为主要内容而称为"航海文学"，被看作是海洋文学的"原始文学"，一直持续到19世纪50年代，直到世界上的所有未知区域都被那些航海冒险家们发现。所以说，这些非小说的出现与英国殖民者在世界各地的殖民活动有关。也正是这些虽未经润饰却极具权威性的非小说，给了斯威夫特、笛福和菲尔丁等丰富而高远的想象，把这些从未出过海的人引向了海洋文学。

然而，并非所有的非虚构类小说都是所谓的"原始文学"，一些非虚构类作品，如理查德·恒利·达纳（Richard Henry Danna）的《航海两年》（*Two Years Before the Mast*）、康拉德的《海之镜》（*The Mirror of the Sea*）、约书亚·史罗坎（Joshua Slocum）的《独自环游世界》（*Sailing Alone Around the World*）、斯坦贝克（Steinbeck）的《科特斯海日志》（*Log of the Sea of Cortez*）和约翰·迈克菲（John Mcphee）的《寻找一只船》（*Looking for a Ship*）等都是非常优秀的海洋文学作品。

19世纪早期，海洋文学迎来了真正的繁荣。这个时期的航海文学第一次以海洋为背景并且具有小说的特点，是第一批具有世界影响力的海洋小说。库柏、马里亚特、麦尔维尔和康拉德等都是19世纪的文学巨匠，是海洋文学的奠基者。

库柏是海洋小说创作第一个真正的实践者。因为恶作剧被耶鲁大学开除之后，库柏做了五年的候补军官，这一经历为他创作第一部海上冒险小说提供了灵感。众所周知，库柏的文学创作题材主要分成三类：边疆小说、海洋小说和非虚构类作品。因为库柏从来没有到过边疆区，完全依靠道听途说和丰富的想象描写印第安人和边疆居民的生活，所以马克·吐温嘲笑他的边疆小说中的丛林英雄形象令人难以置信，人物对话不够真实，情节总是置于离奇的脱险。但是，麦尔维尔、康拉德等经验丰富的老水手们则称赞库柏在《领航人》《红海盗》以及《海狮》中对海上生活做了精准而详细的描述。在之前的海洋小说中，大海从未发挥过剧场和主要演员的作用，而在歌颂人类勇气和技能的道德剧中，大海充当了上帝赋予的自然力量，比如莎士比亚的《暴风雨》。经过库柏和麦尔维尔后来的创新与发展，海洋小说成为精神追求和道德探索的有效手段。

与库柏差不多同时代的英国作家弗里德里克·马里亚特（Frederick Marryat），经历与库柏极其相像。马里亚特14岁时加入英国皇家海军。1830年，38岁的他，以船长的身份退休。之后，他把文学创作当作第二职业，开始创作令人激动人心的写实性海上冒险故事。他的《见习军官易先生》（*Mr. Midshipman Easy*，1836）、《彼得·桑普勒》（*Peter Simple*，1834）、《国王私人魔法师》（*The King's Own*，1830）和《穷杰克》（*Poor Jack*，1840）等海洋小说至今仍然受到探险小说粉丝们的欢迎。

赫尔曼·麦尔维尔是美国第二位但也许是最伟大的海洋小说家。麦尔维尔于1839年开始他的海上探险生涯，在商船和捕鲸船上做水手，他曾经因为忍受不了海上生活的枯燥和艰辛弃船潜逃，被船长丢弃在一座荒岛上，被过往船只搭救后，继续在捕鲸船上做水手。后来，麦尔维尔到美国海军一艘护卫舰上做了一名普通的水兵。他一共在海上待了六年的时间。在其巨作《白鲸》面世之前，他还写了其他五部海洋小说。从一个层面来看，《白鲸》是对捕鲸业的真实描述，从另一个层面来看，《白鲸》反映了人类努力的失败和我们面对人生中重大谜题时创造性和凶残性之间的不平衡，是第一部完全以海洋为背景的小说。

康拉德是另一位伟大的海洋小说家，也是最伟大的波兰裔英国作家。他离开祖国波兰，在法国和英国商船上生活了17年，直到蒸汽机船取代了帆船后，才不情愿地回归陆地，开始用英语创作。他的

《吉姆爷》（*Lord Jim*）、《"水仙花号"的黑水手》（*The Nigger of the Narcissus*）、《青春》（*Youth*）、《机遇》（*Chance*）、《台风》（*Typhoon*）和《白鲸》一样，都是伟大的海洋文学作品。继麦尔维尔和康拉德之后，涌现出了一大批海洋小说家，如罗伯特·刘易斯·史蒂文森（Robert Louis Stevenson）、史蒂芬·克莱恩（Stephen Crane）、杰克·伦敦（Jack London）等。

20世纪，两次世界大战给人类带来了巨大的精神创伤，参战国把海洋当作了实力较量的赛场。他们在海洋之上的战争，特别是太平洋战争，以及军舰、潜艇和各种海上武器的使用，使战争兼具海洋特色，也使海洋文学兼具战争小说的特点。赫尔曼·沃克与《"凯恩舰"哗变》（*The Caine Mutiny*，1951）和大卫·波耶的海军军人系列冒险小说，都讲述了美国海军军营中发生的故事。此外，17—19世纪西方国家对海洋资源的掠夺和对海洋环境的污染，使海洋生态遭到了严重的破坏。1968年加利福尼亚大学学生发起的生态主义运动催生了海洋生态文学。彼得·马修森的生态纪实文学作品，不仅为海洋生态保护做出了重要贡献，也极大地丰富了海洋文学的内容和题材。

这个时期的西方海洋文学，出现了百花争妍的局面，厄斯金·柴德斯（Erskine Childers）、诺德霍（Nordhoff）和霍尔（Hall）、凯瑟琳·安妮·波特（Katharine Anne Porter）、C. S. 弗雷斯特（C. S. Forester）、赫尔曼·沃克（Herman Wouk）、斯特林·海登（Sterling Hayden）、简·德·哈托格（Jan de Hartog）、尼古拉斯·蒙塞拉特（Nicholas Monserrat）、哈蒙德·英尼斯（Hammond Innes）、爱德华·比奇（Edward Beach）、查尔斯·威廉姆斯（Charles Williams）、帕特里克·奥布莱恩（Patrick O'Brien）和道古拉斯·李曼（Douglas Reeman）等，都从事过海洋文学创作。

从整体上来说，西方海洋文学以英语海洋文学作品为主。这并不奇怪，因为正如托马斯·曼所说，"英语是航海人的语言"，航海文学这一题材属于讲英语的人，属于出海的人，属于英国人和美国人。这种说法显然有偏颇之嫌，因为荷兰、德国、西班牙和法国等西欧国家都或多或少地有着自己的海洋文学。但有趣的是，即使真正投身于海洋文学作品创作的波兰人，如康拉德和哈托格（de Hartog），也是用英语而不是他们的母语进行创作的。

第三节　西方海洋文学研究的兴起、脉络和现状

西方学术界对海洋文学的研究更多地集中在海洋小说（sea fiction）方面，相对来说，对诗歌、戏剧等其他海洋文学体裁的关注相对较少。而美国学术界对海洋小说的研究成就尤为突出。

美国的海洋文学研究起始于20世纪60年代。20世纪西方学术界著名的理论批评家勒内·韦勒克（Rene Wellek，1903—1995）反对根据题材对小说进行分类，否认海洋文学（sea literature 或 maritime literature）的说法，但挡不住西方学者对以海洋为题材的文学作品，特别是海洋小说（sea fiction）的研究热情，出现了一批海洋文学研究专家，并且取得了丰硕的成果。特别值得一提的是，美国学者对海洋文学的兴趣和研究重点不是哥伦布发现美洲之后大航海时代的史料性文本，如海上日志、游记、书信等，而是对以"虚构性"为特征的海洋小说（sea fiction）情有独钟。或许正因如此，美国著名海洋小说研究专家波特·本德（Bert Bender）才没有把记录美英战争、争取海洋权益的《领航人》作为美国海洋小说历史的开端，而是认为，具有虚构性的小说《白鲸》（*Moby Dick*）开辟了美国的海洋文学传统。

本德在《海洋的弟兄：从〈白鲸〉到当代的美国海洋小说传统》（*Sea Brothers: The Tradition of American Sea Fiction from Moby – Dick to the Present*）一书中，分析了从达尔文的"比格尔"号之旅和麦尔维尔的《比利·巴德》（*Billy Budd*）中水手的命运，到斯蒂芬·克莱恩（Stephen Crane，1871—1900）的《海上扁舟》（*The Open Boat*）中水手们的兄弟情谊，探讨了三次获得美国国家图书奖的美国作家彼得·马修森（Peter Matthiessen，1927—2014）的《遥远的海龟岛》（*Far Tortuga*，1975）和现代美国海洋小说传统。海洋小说为美国文学注入

了活力，本德的《海洋的弟兄》不仅为对探险故事，特别是海洋小说感兴趣的读者提供了很好的阅读材料，而且对大航海时代和它对美国文学的影响做了最广泛和最深入的分析，具有很高的学术研究价值。

本德认为，海洋小说必须具有以下几个特征：

首先，小说作者必须经历过水手生涯，有丰富的航海经历，懂得大海，了解水手、船只和航海知识，熟知海洋环境和海洋生物习性。他们是"海洋的弟兄"，对海洋的认知来源于自己的亲身经历，对航海技术、海洋气象、海洋生物和海洋作业等的描述具有毋庸置疑的真实感和权威性，也使读者感受到强烈的震撼。正是这一点构成了海洋小说独特的品质，因此，对海洋环境的描写是否真实可信，能否表现出海洋独特的魅力，是评判一部小说是不是海洋小说的唯一标准。

其次，海洋小说必须具有海洋元素。故事发生的客观环境应当是海洋，而不是其他。海洋元素是塑造"纯粹的海洋小说"[1]的基本前提，否则就不能称为海洋小说。海洋本身是人类生产生活的主要场所和基础，大洋表面上空的各种水鸟，海面以下丰富的海洋生物，各种各样的鱼类等，是人类海洋活动特别是海洋渔业活动的主要目的。如果没有了海洋及其海洋生物，海洋小说就无从谈起。

最后，任何文学作品反映的都是人与人、人与自然、人与社会之间的关系，海洋文学不仅反映人与自然（即海洋）的关系，更是通过描述人与海洋之间的关系，反映人与人、人与社会之间的关系。因此，人类与人类海洋活动的主要工具——各种各样的船只，是构成海洋小说的另一个不可或缺的要素。人类是海洋活动的参与者，是海洋活动的主体，离开了人类及其海洋活动，作家就失去了描述对象，其作品也就失去了意义。

因此，作为客观物质存在的大海及其丰富的海洋生物和海洋资源、代表人类海洋活动主体的船长或水手，以及人类活动的工具——各种各样的船只，是构成海洋小说不可或缺的三个要素。三者之间的

---

[1] Bender, Bert. *Sea Brothers: The Tradition of American Sea Fiction from Moby-Dick to the Present.* Philadelphia: University of Pennsylvania Press, 1998, p. 94.

矛盾冲突或和谐统一演绎出一个又一个动人的故事。杰出的海洋文学作品不仅仅是一幅幅出色的海景画，也不仅仅是以给读者带来强烈感官刺激为目的的海洋探险故事，而是应当通过描述航海体验，传达普适价值。例如，在海明威的《老人与海》中，作家"思考的问题是远洋捕捞能否带来精神上的重生"[①]。

本德从人类海洋活动的主体和客体之间的关系定义海洋文学，认为海洋文学中，海洋、人类以及人类赖以在海洋中活动的工具船只构成了海洋文学有别于其他文学的要素，抓住了海洋文学的本质，为我们研究海洋文学提供了切入点。他认为，评判一部小说是否具有海洋性，首先，要看作者对海洋环境的描述是否到位；其次，海洋小说中，故事的主人公应当是以海为生的赶海人，或是在军舰上服役的水手；最后，海洋小说展现的应当是大海的品质以及人类与大海的关系。确切地说，海洋小说探讨的是水手和船长等人类世界的代表、海洋作为自然物质世界，以及海洋生物如鲸类、鱼类等作为人类战胜自然的具体对象之间的矛盾和冲突。三者缺一不可，因为正是人类、海洋和海洋生物之间的矛盾冲突与和谐共处演绎了动人的海洋故事，任何一个要素的缺失都将极大地损害海洋文学的内涵。此外，本德还认为，海洋、海洋生物和人类只是成就一部海洋文学作品的客观要素。一部海洋文学作品必须上升到形而上的象征主义，才具有深刻的哲理性，才能上升到哲学层面。

因此，在本德看来，海洋文学不仅仅是描述海上生活经历的探险故事，更应当展现大海品质、反映人类精神和宣扬普世价值观。最重要的是，对海洋和海上生活的描述要求作家本人对海洋的认知达到一定程度，必须具有丰富的海上生活经历，懂得和熟悉海洋环境，熟知海洋生物习性，了解海员、船只、操舵、划船等航海技术，只有这样，作家才能得到第一手资料，才能赋予海洋小说独特的品质。也许正因为如此，本德没有把曾经写过11部海洋小说的库柏作为美国海

---

① Bender, Bert. *Sea Brothers: The Tradition of American Sea Fiction from Moby-Dick to the Present.* Philadelphia: University of Pennsylvania Press, 1998, p. 181.

洋文学的创始人，而是认为，曾经做过四年水手、在南太平洋经历了水手生涯的赫尔曼·麦尔维尔才是真正的美国海洋文学的开拓者。

最受欢迎的当代美国海洋文学作家大卫·波耶（David Poyer）对海洋文学的界定和本德有异曲同工之处。他认为，海洋小说是"发生在海上航行的船只上的小说，是乘船下海的男人们的故事"[①]。在他看来，大海、船只和水手是构成海洋小说的三大因素，因为在真正意义上的海洋小说中，必须有大海和船只的元素，有了船只，必定有水手。按照大卫·波耶的说法，小说中只要有了一片海、一只船和乘船在海上冒险的水手，就可以看作海洋小说，如《鲁滨逊漂流记》。而那些同样发生在水上，同样有水手的故事，并不一定是海洋小说，例如，马克·吐温的《哈克贝利·费恩历险记》中，主人公费恩有一条船——他和吉姆的木筏，也有航行——他们乘坐木筏顺着密西西比河漂流而下。还有康拉德的《黑暗的心》讲述的也是河流上的故事，但不会有人将之称为海洋文学，因为小说中虽然有水手，有船只，他们是在淡水中航行，而不是在大海中漂流。因此，波耶认为，构成海洋小说的三个必要元素应当是大海、船只和水手，三者缺一不可。他说："真正意义上的海洋文学需要有海和船的足迹。"[②]

波耶还从主题学的角度出发，分析海洋文学有别于其他文学的特征。他认为，海洋文学特有的主题是海洋文学有别于其他文学的特质，而海洋文学具有五个主要主题。其一是分离主题。无论是在字面意义上，还是在隐喻层面上，赶海的人们都与外部世界隔绝。这种分离有两种形式：或一群人或孤立的一个人。其二是指挥与反抗主题。波耶认为，指挥与反抗是19世纪和20世纪海洋小说的共同主题，许多作品中的船长形象都与马洛对浮士德传说的解释一样，他们极具野心，因为内心的邪恶而与法律和理智分道扬镳。例如，杰克·伦敦的《海狼》中的拉森、赫尔曼·沃克的代表作《"凯恩"号哗变》中的

---

① David Poyer. "*In the Wake of Melville and Conrad: Writing the Modern Sea Novel*", http://kat.cr/dan-lenson-series-by-david-poyer-01-13-t9339150.html.
② Ibid..

菲利普·奎格都是典型的指挥狂和疯子。然而，并不是所有的船长都是疯狂或邪恶的，一些船长只是犯了错误，比如，康拉德的《青春》中，船长在船只遭遇台风时不能够做出正确的决定。其三是技术主题。波耶认为，技术，特别是航海技术一直是海洋小说的显著特点，装备完整的军舰是18世纪最为复杂的装置，而如今，航母和核潜艇成为20世纪甚至21世纪最为复杂设备的强劲对手。其四是海洋本身。大海不仅是一种客观的物质存在，更是一个隐喻，一种象征。其五是大海作为未知的资源主题，人类的海洋探险实际上是对未知资源的探索和发现。波耶从主题学角度来区分海洋文学，虽有一定道理，但这些主题并不是判定一部小说是不是海洋小说的独立因素，需要和其他因素，如航海、探险等主题一起才能构成评判标准，否则，就算不上真正的海洋文学。

如今，在西方国家，特别是在美国，海洋文学已经成为一门独立的学科。在某些大学，那些有着丰富航海经历和创作研究经验的海洋文学作家或研究者开设了海洋文学课程。

相比之下，中国学术界对西方海洋文学的研究起步较晚，开始于21世纪。国内20世纪的西方文学研究虽涉及了大量的西方海洋文学作品，但大都是把单个作家或单部作品作为研究对象，如对康拉德的研究，对《老人与海》的研究等。而且，对这些作家和作品的研究更多地集中在对作品的艺术手法和思想内容方面的探讨，较少关注人与海洋的关系，对作品中隐含的海洋文化和海洋精神更是鲜有提及。

20世纪末以来，随着中国海洋意识的不断加强和海洋权益意识的觉醒，国内学术界大力倡导海洋文化研究。在此语境下，许多人文社会学科，如哲学、人类学、社会学、文化学等学科掀起了研究海洋文化的热潮，外国文学研究也不甘落后，开始关注西方海洋文学。在最近的十多年间，发表了一些有关美国海洋文学的研究论文，出版了一些西方海洋文学作品教材，成立了一些海洋文学研究机构。但总体来说，西方海洋文学研究还有待于深入研究。

2011年11月，上海交通大学出版了王松林、芮渝萍主编的《英美海洋文学选读》，这是国内第一部以英美海洋文学为专题、供大学文学课程使用的外国文学教材。该读本选取了英国海洋文学的主要作品，基本能反映出英美两国海洋文学的历史概貌。该文集从英国文学中选择了从贝奥武甫到笛福的《鲁滨逊漂流记》，从马修·阿诺德的《多佛海滩》（Dover Beach）到约翰·曼斯菲尔德（John Masefield）的《海之恋》（Sea-fever），从约翰·米灵顿·辛格（John Millington Synge）的独幕抒情悲剧《葬身海底》（Riders to the Sea, 1904）到约翰·班维（John Banville）的《大海》（The Sea, 2006）等。该教材选编的作品囊括了从古到今在整个英国文学史上具有代表性的海洋文学作品，体裁既包括海洋诗歌，又包括海洋小说和海洋戏剧。美国海洋文学部分，编者选择了库柏（James Fennimore Cooper）的《领航人》、爱默生（Ralph Waldo Emerson）的《海滩》（Seashore）、爱伦坡（Edgar Allan Poe）的《海市蜃楼》（The City in the Sea）、赫尔曼·麦尔维尔（Herman Melville）的《白鲸》（Moby-Dick）、斯蒂芬·克朗（Stephen Crane）的《海上扁舟》（The Open Boat）、玛丽·赫顿·沃思（Mary Heaton Vorse）的《海浪滚滚》（The Wallow of the Sea）、海明威的《老人与海》（The Old Man and the Sea）、女作家瑞切尔·刘易斯·卡森（Rachel Louise Carson）的《我们周围的海洋》（The Sea Around Us）等。从选编内容来看，编者并没有严格按照海洋文学的标准界定选编内容，而是把与海有关的文学作品都收录进来。

随后朱自强编著的《海洋文学》对古希腊海洋神话、海上传说、海洋诗歌、海洋戏剧、海洋历险小说、科幻小说、海洋儿童故事等23部海洋文学作品进行探讨研究。丁玉柱、牛玉芬主编的《海洋文学》，不仅选编了中国古代和现代海洋文学作品，还选编了外国古代和现代海洋文学作品，同时还对中外海洋影视文学作品进行研究。

相比之下，台湾的海洋文学研究和教学受到了较多的重视和关注。台湾岛虽然只有36000平方公里，但四面环海，海岸线长达1000多公里，海洋资源丰富而多元。围绕令人敬畏的海洋，海洋文学教学不仅仅在台湾海洋大学开设，中学里也开设了相关课程。在台湾海洋大学廖鸿基教授的指导下，台湾基隆市立中山中学的张馨如老师开设了适用于高一学生的《海洋文学》课程。该课程围绕"生命""科技""伦理"等议题对海洋文学进行了阐发和应用。她采用合作教学和资讯融入教学的教学策略,通过学生在海洋沿岸的实地考察和寻访报道,让学生对海洋生命有正确的认知,了解生命教学中尊重自主、行善、不伤害和正义的原则,并推己及人。同时从生活中的相关事实、自身的道德评判以及放眼地球的世界观,培养学生的海洋基本技能,提升人对自然环境的尊重和兼蓄并重的"海陆平衡"思维,使更多海洋资源得到可持续发展,让更多的子孙后代热爱、善用、珍惜和共享海洋资源。张馨如老师从海洋文学的发展历程分析了海洋文学主题的自然演变:从人类对海洋生物的肆意屠杀到"道德两难"与"人类无止境的欲望"之间的平衡。

进入21世纪,中西方学者加强了学术交流。2008年9月19日至21日,宁波大学外国语学院举办海洋文学国际学术研讨会。来自美、英、澳大利亚和瑞典等国家的专家学者以及来自国内20余所高校的海洋文学研究者齐聚一堂,就海洋文学的概念、海洋文学的历史与现状、海洋文学与人类生态文明、海洋文学与人类核心价值等话题展开对话与交流。对于"什么是海洋文学",与会专家各抒己见,但主要观点有:①海洋文学是"以海洋为活动舞台,展现人类物质生产和与精神活动的作品";②海洋文学是"以海为背景或以海为叙述对象,反映海洋、人类自身,以及人与海洋关系的作品";③"具有鲜明海洋特色和海洋意识的作品"。[①]

中国是一个海陆兼备的国家,东部地区濒临世界上最大的海洋——太平洋。海洋国土辽阔,领水面积37万平方公里,管辖的海域面积达300万平方公里,大陆海岸线长达18000多公里,是世界上为数不多的海洋大国之一。东部岛屿众多,单是面积在500平方米以上的岛屿就有6500多个,有天然的良港,对发展海洋运输,进行海洋资源开发非常有利。同时,我国的海洋地跨热带和温带,南北跨度大,海洋环境多样,海洋资源丰富而多元。然而,中国的海洋教育十分滞后,国民海洋意识淡薄,不仅不知道中国除了960万平方公里的

---

① 李越等:《和谐的对话:寻找那一片蓝色》,《外国文学研究》2008年第6期。

陆地国土，还有300多万平方公里的海洋国土。不仅不知道海洋对于发展国民经济和国土安全的重要性，而且意识不到海洋与生命之间的紧密关系，也意识不到大国的崛起离不开海洋事业的发展，更意识不到目前中国海洋形势的严峻性。中国要以负责任的大国姿态来处理国内外海洋事务，就必须使所有国民了解海洋，关注海洋，加强国民的海洋意识和海权意识，培养国民的海洋精神和海洋文化认同，而这一切都必须通过海洋教育这一途径来实现。

中国国民的海洋意识淡薄跟中小学的地理教育和历史教育有很大关系。以往的初中地理教材强调了中国的陆地国土，忽略了海洋国土；历史教材强调了中国的陆地文明，忽略了远远早于西方国家的指南针和航海技术。然而，中国历史发展的重大变化都与海洋有密切关系。指南针的发明和海上丝绸之路的开辟对中国和世界经济的发展产生了重大影响，然而，近代中国海洋意识的淡薄和海军力量的薄弱使西方列强对中国进行了疯狂的掠夺。如今，中国的海洋面临着严峻的形势，东部沿海海洋环境污染严重，岛屿和近海生态系统得不到有效的保护，海洋历史文明遗产没有得到很好的挖掘和保护，海洋权属划分争议等问题突出，海洋安全受到严重威胁。因此，加强国民的海洋教育和海洋文化建设，培养海洋精神和海洋文化认同，增强海洋权益保护意识等具有十分重要的意义。

近年来，中国的海洋教育取得了重大的进展。海洋专业教育、海洋职业教育和公众海洋知识普及初步形成了体系。全国37所高校和29所中等职业学校设立了海洋专业，为国家输送了大量的海洋专业人才，新闻媒体也对公众进行海洋知识教育，沿海地区也开展了普及性的合理利用海洋和海洋环境保护教育，浙江等沿海省份也在中小学开设海洋知识课程。同时，现代海洋教育网站、海洋资料信息服务系统和海洋信息交换网站也初步建成，为国家的海洋保护、海洋科研和开发提供服务。特别值得一提的是，海洋教育在国家层面也得到了重视。2011年，国务院颁布了《全国海洋人才发展中长期规划纲要》，把培养造就高素质的海洋人才队伍，推动海洋人才的整体发展，作为建设海洋强国的重要举措。

值得注意的是，为了实现海洋强国之梦，除了制定国家海洋战略和对国民进行系统的海洋知识培训之外，影响更深远、更潜移默化的途径应该是海洋文学创作和海洋文学教学。因此，在建设海洋强国的实践中，海洋文学教育不应被忽视。西方国家，特别是英美等国的海洋文学创作和教育起步早，影响深远。笛福小说《鲁滨逊漂流记》中的主人公正是在阅读了大量的海洋文学作品，深受小说中海洋探险和征服的海洋精神的影响，才不顾父亲的劝阻，踏上了海洋探险和财富积累之路。

第四节 研究方法与研究意义

中国文学源远流长，体裁题材种类繁多。综观中国古典诗歌，就有山水诗歌、田园诗人、边塞诗人、战争文学，甚至有月亮文学、江河文学等。但遗憾的是，唯独缺少咏海之作。李白的诗歌描述了长江黄河的雄伟气势，也曾经到过江浙沿海一带，却没有直接写过大海。有"唐宋八大家"之美誉的苏轼，曾经被贬至海南岛，但他在渡越琼州海峡时，大海却没有对他的创作带来灵感和触动。曹操在《观沧海》中虽借大海的壮阔歌咏人类的豪迈气势，但曹操本人并没有海洋意识。中国古典文学中描述海洋、表达海洋意识的作品也寥寥无几。只是到了近现代时期，孙中山、冰心、刘再复等虽然有所弥补，但依然没有成为主流，这对于中华民族海洋意识的形成产生了巨大的影响。

而在西方古典文学和近现代文学中，从《荷马史诗》到史蒂文森的《金银岛》，从莎士比亚的《暴风雨》到奥尼尔的《天边外》，从丹尼尔·笛福的《鲁滨逊漂流记》到吉卜林的《勇敢的船长们》，从康拉德的《青春》到海明威的《老人与海》，大海是一个连绵不断的主题！这种对比，值得我们深思，值得深入研究，而非"大陆文明"和"海洋文明"两个简单抽象概念所能解释，海洋意识的重要性也非能简单以"东方"和"西方"地域之差别以蔽之。

西方文明的起源和发展都与海洋密切相关。无论是公元前5—4世纪的地中海文明，还是公元15世纪开始的大西洋文明，都是伴随着航海和海洋贸易的繁荣而产生的。长期与海洋的抗争，不仅培养了西方人渴求知识、乐于探究、追求自由等强烈的冒险和探索精神，也决定了西方国家对海洋的价值取向有别于中华民族。西方国家对海洋的价值取向是争夺丰厚的海洋国家利益，开展海外贸易，掠夺资源和拓展殖民地；而中华民族对海洋的价值取向仅仅局限于"兴渔盐之利，行舟楫之便"，对海洋的认识始终离不开"民以食为天"的祖训。中国和西方国家海洋价值取向的差异，决定了近代中西方截然不同的历史命运，如今，我们已经认识到中华民族海洋意识的局限性，认识到21世纪是"海洋的世纪"。"向海则生，背海则衰"，发展海洋事业已经成为一种广泛的共识。中国要成为21世纪的海洋强国，必须提高海洋意识，繁荣海洋文化，不仅要弘扬和传承优秀的传统文化，还要加强西方海洋文化研究，做到"古为今用，洋为中用"。

文学是文化的载体之一，两千多年的西方海洋文学记载了西方国家在海洋上叱咤纵横的历史，阐释了西方国家的海洋意识和海洋精神。从《荷马史诗》中的《特洛伊战争》和《奥德修斯》到笛福的《鲁滨逊漂流记》，从莎士比亚的《威尼斯商人》到吉卜林的《勇敢的船长们》，再到20世纪美国作家奥台尔的《蓝色的海豚岛》，无一不记述了西方海洋意识的嬗变：从敬畏海洋到探索和征服海洋，从海上掠夺到创造和谐海洋的生态意识，都对21世纪中国走向深蓝具有重要的启发，也为中国海洋文学创作提供借鉴意义。

20世纪末，世界越来越呈现出多极化趋势，"世界文化多样化""可持续发展""和谐发展"和"科学发展"的理念与主张正被越来越多的国家理解和接受。德国现代哲学家、文化哲学创始人卡西尔关于"人类与世界同源于水"的论证，使人类越来越意识到，无论是古代灿烂的东方文明，还是近代发达的西方文明，都离不开水的润泽。意识到，江河湖泊和辽阔海洋共同孕育了东西方文化，海洋是人类赖以生存的广阔空间，直接影响着人类的生存。意识到，人类的进步，工业的发展，海洋环境和海洋生物越来越多地受到全球性污染的不利影响。意识到，人类必须采取有力的措施，保护海洋，善待海洋，合理开发海洋，做到人与海洋和谐共处，可持续发展。

因此，无论是官方还是民间，都成立了一系列的海洋保护组织和保护措施。第63届联合国大会把每年的6月8日确定为"世界海洋日"，警醒人类在利用海洋的同时，更清楚地认识海洋的价值，保护海洋，达到人类与海洋和谐相处。法国政府把每年的6月5日至9日确定为法国的"海洋日"。而在中国，自2009年起，中国海洋局每年都会在世界海洋日当天，开展一系列海洋宣传活动。2016年，中国政府的海洋宣传活动主题是"关注海洋健康，守护蔚蓝星球"。

此外，文学艺术界也对海洋健康表示了极大的关注。思想敏锐、具有深刻洞见的优秀作家们创作了一系列的海洋文学作品。影视界制作关于海洋的一系列影片，呼吁人类关注海洋，保护海洋。2009年，法国著名纪录片大师雅克·贝汉（Jacques Perrin）执导了一部以海洋为背景、以海洋生物为主角的环保生态学纪录片《海洋》（Océans）。影片通过重新审视人类与海洋的关系，呼吁人们关注环境，关注海洋生态。

进入21世纪以来，中国的综合国力不断增强，在世界政治和经济舞台上发挥着越来越重要的作用。中国文化中的"和合""和谐""和平发展"等水文化思想，包括海洋和平发展的理念和主张正得到世界越来越多的国家认同。人类与水的关系并非"大陆文明"和"海洋文明"两个简单抽象的概念所能解释，海洋意识的重要性也非能够以"东方"和"西方"地域之差别以蔽之。

中国海陆兼备，不仅有960万平方公里的陆地，还有18000公里的大陆海岸线、14000公里的岛屿岸线、6500多个500平方米以上的岛屿和300万平方公里的主张管辖海域。[①] 中国自古以来就对海洋进行了不懈的探索。《诗经·大雅·江汉》记载了西周至春秋时期中国人从内陆向南方海域直至南海的广阔探索。人们对海洋的认识也逐渐

[①] 以上数据参考时任国家海洋局局长兼党委书记孙志辉的文章《提高海洋意识，繁荣海洋文化》，《求是》2008年第5期。

从遥远缥缈、神秘莫测到亲近清晰直至撩去海洋神秘面纱，海洋无与伦比的壮阔浩瀚和气势磅礴更是在曹操的《观沧海》中表现得淋漓尽致。先秦时代，我们的祖先就对海洋进行开发利用，开始"兴渔盐之利，行舟楫之便"。汉代至唐宋，声名远播的"海上丝绸之路"的开辟，承载着中国走向海洋的梦想之路。而在明代，郑和率领庞大船队七下西洋，把中国的海洋贸易和外交范围扩大到了非洲东海岸，这不仅是世界航海史上的壮举，还标志着中国在海上的雄起和资本主义的萌芽。然而，清朝封建统治者实行的闭关锁国和禁海政策，不仅使中国国力日渐衰微，也使中国人的海洋意识和海洋文化受到损害。

新中国成立后，特别是中国实行改革开放政策以后，中国的海洋文化建设取得了长足的发展，但由于起步晚、基础薄弱，国民的海洋意识还比较淡薄，这与中国实施海洋开发战略、建设海洋强国的宏伟目标不相适应。因此，中国要成为 21 世纪的海洋强国，必须提高海洋意识，繁荣海洋文化。不仅要弘扬和传承优秀的传统文化，还要加强西方海洋文化研究，做到"古为今用，洋为中用"。

海洋意识是指人类对海洋战略价值和作用的反映和认识，即对海洋在人类历史、现实和未来发展中的地位、作用和价值的理性认识。海洋意识内涵丰富，既包括海洋领土和安全意识、海洋经济意识、海洋契约意识，也包括海洋生态意识。随着科学技术的发展和社会形态的演进，人类的海洋意识也不断发生变化。封建社会早期，人类开始控制部分海域用以航行和捕鱼。1492 年，哥伦布率领三艘百吨以上帆船，怀揣西方世界的"东方梦"，在经历了 70 余个日夜的航行之后，发现了新大陆。从此以后，人类进入了大航海时代，葡萄牙、西班牙、荷兰等国开始崛起，成为当时的海洋强国。17 世纪，新兴的英国资本主义要求打破海洋格局，实现自由航行。

第二次世界大战之后，联合国制定的《海洋公约》把 1.09 亿平方公里的海域划分为沿海国家管辖区域，而把 2.5 亿平方公里的海域划分为公海和国际海域。从此，人类的海洋观念和海洋意识发生了巨大变化，海洋国土意识、海洋强国意识、海洋生态意识和可持续发展意识开始深入人心。至于海洋意识，中国学者根据自己的研究成果，提出了不同的看法。最早提出"海洋意识"概念的是何兆雄，他在1998年发表的文章"试论海洋意识"，认为"海洋意识是指人类与海洋构成的生态系统中，对本身的生存和发展采取的方法和途径的总和"[①]，在远古时期，人类的海洋意识是自发的，到了近现代时期，人类的海洋意识是自觉的。自觉的海洋意识又有朦胧意识和科学意识之分。而科学的海洋意识应当包括海洋资源意识、海洋法权意识（即海权意识）、海洋环境意识、海洋科技意识和海洋文化意识。但无论是自发的海洋意识，还是自觉的海洋意识；无论是朦胧的海洋意识，还是科学的海洋意识，其共同特点是探险性。

后来的学者对海洋意识也提出了各自的阐释，综合国内学界对海洋意识的阐释，笔者认为，海洋意识应包含以下四个方面的内容：海洋国土意识、海洋权利意识、海洋环境意识和海洋安全意识。这种提法更加具体，也更具有科学性，为增强国民的海洋意识提供了具体的思路。西方国家没有"海洋意识"这样的概念，但有"海洋权益"（Maritime rights and interests）的说法，并且内涵丰富，不仅指海洋权益，还包括海洋生态等内涵，其海洋文学中体现的文化内涵和海洋精神都值得我们深入研究和借鉴。

21世纪是海洋的世纪，在倡导生态文明和弘扬水文化的时代语境下，伴随着国内学术界对海洋文化的研究逐步深入，海洋文学研究也开始兴起。海洋文学既是海洋文化和体现海洋人文精神的宝贵遗产，也是文学研究的一个视角，一种方法。对西方海洋文学进行研究，不仅可以拓宽文学研究领域，也可以使海洋文学蕴藏的社会文化价值得以彰显，有助于读者从不同角度了解西方国家民族性格的形成，有助于为21世纪的国际政治、经济、文化交往提供理论指导和借鉴。

因此，该书将以马克思主义的历史唯物主义和辩证唯物主义的世界观为理论依据，运用社会学、历史学理论，将现实主义、现代主义、文化研究等文艺批评理论探讨与西方海洋文学的文本分析相结合，在水文化视阈下，全面深入系统地研究古希腊海洋文学、17—19

---

① 何兆雄：《试论海洋意识》，《学术论坛》1998年第2期。

世纪的海洋大国西班牙、法国、海上霸主英国和当代海洋强国美国等西方海洋文学的代表作家和代表作品，从西方海洋文学中的海洋形象嬗变揭示西方海洋文化发生发展的历程及其内涵，探究西方海洋文学作品中人与海洋、海洋与社会、海洋与人类文明之间的关系，系统梳理人类对海洋的认知和体验历程，揭示人类海洋意识和海权意识的嬗变。将重点研究人类与海洋的关系如何经历了由敬畏到赞美，再到海洋探险和征服海洋，最后到亲近海洋、与海洋和谐相处的历程，从而指出"人海和谐"思想和"合理利用海洋资源"的重要性。

从敬畏海洋到海洋探险，表现了人类的勇气和自信。从海洋探险到征服海洋，揭示了人类征服自然的决心和能力。从赞美海洋到亲近海洋，表明人类全新的宇宙观已经形成，海洋不可避免地要成为人类新的生存空间。本书将在对西方海洋文学进行系统研究的基础上，为中国海洋文学建设、未来的海洋文明建设以及和平发展海洋文化提供借鉴和建议，因而具有重要的理论指导和实践意义。

第一章　希腊神话中妖魔化的海洋形象

西方文明特别是欧洲文明有两大源泉，即爱琴文明和基督教文明。爱琴文明的核心是古希腊和古罗马文明。希腊三面环海，辽阔的大海不仅造就了欧洲古老悠久的航海技术，也成就了许许多多的航海故事。在西方文学作品中，对欧洲航海历史记录最早的当属古希腊神话和《荷马史诗》。古希腊神话伊阿宋取金羊毛的故事和《荷马史诗》中的特洛伊战争与奥斯修斯回归希腊的故事记载了古代欧洲扩张侵略的历史，也反映了古希腊的文学成就。在古希腊神话中，单是大大小小的海神就有十数个之多，不仅有掌管整个海洋的海神波塞冬（Poseidon），还有隐藏在浪花之下的女神妮丽伊扎，有驾驭惊涛骇浪的女神奥凯阿尼扎斯，还有各种各样的海妖与水怪。奥林匹斯山上的众神们经常活动的地点就在爱琴海上，而英雄们的海上历险故事也为欧洲文化和航海文化奠定了基础。从《荷马史诗》开始，西方文学就与海洋有了不可分割的联系。由于人类认识海洋的局限性和对海洋现象的畏惧，在早期的文学作品中，海洋形象被神化甚至妖魔化，同时又表达了人类征服海洋和利用海洋的理想、愿望和勇气。

第一节　伊阿宋寻找金羊毛：西方最早的航海探险故事

在古希腊神话中，金羊毛不仅是稀世珍宝的象征，而且象征着冒险和勇气，象征着对理想和幸福的追求。传说中的金羊毛有着非同寻常的来历：佛里克索斯是波恩提亚国王的儿子，国王的宠妾伊诺对佛里克索斯百般虐待。佛里克索斯的生母涅斐勒是一位云神，她打算救儿子逃出苦海。在女儿赫勒的帮助下，儿子佛里克索斯悄悄从皇宫里跑了出来，并和赫勒一起骑上了一只有翅膀能飞翔并且有金羊毛的公羊背上。这只羊是涅斐勒从天神那儿得到的礼物。姐弟俩骑着这只神奇的公羊，腾云驾雾，飞过大海，飞过高山。后来，姐姐赫勒在飞翔途中感到头晕，从公羊背上坠落，掉进大海而死。而佛里克索斯则安全抵达黑海岸边高加索地区的一个小国。国王艾尔忒斯对他热情款待，并把自己的女儿许配给他。为了答谢艾尔忒斯的款待，佛里克索斯宰杀了公羊祭祀宙斯，并把金羊毛送给了艾尔忒斯，艾尔忒斯又把金羊毛送给了战神阿瑞斯。阿瑞斯把金羊毛钉在了树林里的一棵树上，并派毒龙看守。从此以后，全世界的人都认为金羊毛是无价之宝，英雄们梦想得到它，国王们也对它梦寐以求。

　　希腊地区有一个叫埃宋的国王，他非常贤明，善于治理国家，人民安居乐业。可好景不长，他的弟弟帕里阿斯阴谋夺取了王位，把国王埃宋和年幼的王子伊阿宋赶出了王宫。埃宋带着儿子四处流浪，并苦苦寻找复仇机会。在流浪生涯中，埃宋并没有放松对儿子的教育和培养，20年之后，伊阿宋已经成为一个英姿飒爽的勇士。帕里阿斯为了得到金羊毛，同时也为了除掉侄子伊阿宋，就派他去取金羊毛。伊阿宋不知道这是阴谋，就许下神圣的诺言，答应完成这次冒险，并邀请自己的同窗好友参与这次大冒险。帕里翁山脚下，在智慧女神和战争女神雅典娜的指导下，希腊最优秀的造船家阿尔戈斯用在海水里不会腐朽的木料造成了希腊历史上第一艘可以在海上航行的大船——华丽无比的"阿尔戈号"。船头是用一块神奇的橡木做成，两侧饰以富丽堂皇的雕刻。虽硕大无比，却轻快灵活，船上可以容纳50名桨手。如果在陆地，他们可以把它扛在肩上，连续行走12天。

　　大船造成以后，英雄们聚集在一起，推选伊阿宋为船长和探险指挥官。出发前夕，伊阿宋带领众英雄向海神波塞冬和其他海神献祭和祈祷。紧接着，他们拔锚开船，五十位桨手奋力划桨，五十只船桨出入水面。大船乘风破浪，没过多久，伊厄尔克斯港已经远远地被他们抛在了后面。英雄俄尔普斯弹着琴，唱着优美动听的歌曲，鼓舞英雄们奋力向前。他们驶过一个个海角和岛屿，第二天，暴风雨把他们吹送到了一个叫楞诺斯的小岛的岸边。

楞诺斯岛上全是女人。就在一年前，这里的女人们杀死了岛上所有的男人，因为他们从外面带回了许多宠姬，爱神激起了她们的愤怒和嫉妒。只有托阿斯国王被女儿许普西皮勒救出，藏在木箱里被放进了大海。此后，岛上的女人们时刻准备着对抗来自海上的袭击，她们全副武装，不允许任何人靠近城堡。所以，当她们看见"阿尔戈号"靠近海岸，就冲出城门，涌向海边。伊阿宋派出使者，乘小船去和她们洽谈，要求在岛上做短暂休整。她们带伊阿宋派出的使者去见女王许普西皮勒。经过一番商议，女王答应了他们的请求，甚至希望他们能够留下来管理这个城邦王国的土地和财富。

伊阿宋向船上的英雄们传达了女王的情意，他们立即答应了请求，留下赫拉克勒斯和几个伙伴看守"阿尔戈号"。城堡里，欢宴不停，歌舞不断，英雄们已经忘记了自己的使命，流连忘返。看守船只的赫拉克勒斯悄悄地把他们召集起来，劝说他们不应沉湎于酒色，更不应忘记了取金羊毛的神圣使命。在他的劝告下，伊阿宋和英雄们依依不舍地离开了小岛，向大海深处驶去。

他们乘着风帆，抵达了弗里吉亚海岸，受到了基奇克斯国王的热情款待和指点。但在港口，"阿尔戈号"受到了六臂巨人的攻击。赫拉克勒斯率领人马打败了巨人，拔锚扬帆，向大海进发。谁曾料想，夜里风云突变，暴风雨把他们吹回了多利俄涅人的海岸。黑暗使伊阿宋和英雄们没有意识到风暴把他们带回了原地，而以为到了一个新的岛屿。他们决定占领这个岛屿，就发动了进攻。岛上的多利俄涅人仓促应战，混战之中，"阿尔戈号"的英雄们奋勇拼杀，伊阿宋亲手把长矛刺进了基奇克斯国王的胸膛，多利俄涅人被迫撤进城堡，闭门不出。天亮之后，他们彼此发现了自己的误判，虽悔恨不已，但为时已晚。他们为国王和在混战中死去的人们举行隆重的葬礼，沉痛悼念。三天之后，他们重新向大海进发，而国王的妻子因失去了丈夫，悲恸不已，自缢身死。

在暴风雨中，伊阿宋率领船队抵达了比堤尼亚海湾，登上了城邦国家喀俄斯的土地。生活在喀俄斯城邦里的密西亚人殷勤倍加，点燃干柴为他们生火取暖，收集树叶为他们铺床，还拿来丰盛的酒食招待他们。赫拉克勒斯生性坚毅刚强，不愿意坐享其成，就离开举杯畅饮的同伴们，独自一人去森林里寻找制造船桨的树木。很快，他发现了一棵非常适合制造船桨的古松树，就把它连根拔起。与此同时，他的仆人许拉斯也离开宴席，拿着青铜水罐去取淡水，准备给主人饮用。皎洁月光下，英俊潇洒、威武漂亮的许拉斯走到清泉边，俯身用水罐取水。可就在这时，泉水中的水妖看见了他，立即迷恋上了他的美貌。她伸出右手拉住他的胳膊，左臂圈住他的脖子，把他拥进怀中，拖进了水里。出来寻找赫拉克勒斯的阿尔戈英雄波吕斐摩斯正好走到了泉水附近，他听到了许拉斯的呼救，就赶紧顺着声音发出的方向跑去。可为时已晚。等他赶到泉水旁边时，许拉斯已经不见踪影，只剩下泛着涟漪的泉水。他又环顾四周，看到赫拉克勒斯拖着一棵巨大的松树从树林里走出来，就把这个不幸的消息告诉了他。赫拉克勒斯把许拉斯养大成人，对他的感情一向深厚，听到此，吓得浑身直冒冷汗，急忙扔下大树，向出事的地方跑去，可一无所获。

夜里，伊阿宋和同伴们辞别了热情的密西亚人，趁着明亮的月光和难得的顺风向大海进发。正当他们在大海上惬意地享受着夏夜里的微风习习和皎洁月光的时候，有人突然发现他们的三个同伴不在船上。是调转船头还是继续航行，船上的英雄们各执一词，相持不下。正在这时，大海上波涛滚滚，海神格劳克斯从海面上冒了出来。他抓住船尾，大声说道："英雄们，不要违背宙斯的命令，他已经为赫拉克勒斯和波吕斐摩斯安排了其他使命。许拉斯被爱他的水妖抢去了，她不会伤害他，因为她被爱神厄洛斯的金箭射中了。"说完，格劳克斯迅速沉入海中，只留下一个黑色的旋涡。

"阿尔戈号"在海面上航行了一夜。第二天早上，他们在一个半岛附近靠岸。这里是帕布吕喀亚人的王国，国王阿密科斯凶狠好斗，老百姓崇尚武力。阿密科斯规定，来到这里的异乡人必须和他进行一场拳击比赛，赢了可以平安离开，输了必须留在岛上，终生做他的奴隶。"阿尔戈号"的英雄们也不例外，只好和阿密科斯一决高下。宙斯和勒达的儿子吕丢科斯是当时全希腊最出色的拳击手，听到国王盛气凌人的挑衅，怒火冲天，打败了阿密科斯。而帕布吕喀亚人一看他们的国王被一个异乡人打败，就拿起武器冲向"阿尔戈号"的英雄们。"阿尔戈号"的英雄们拔刀应战，全胜而归，取得了大量的战利品。欢庆之后，继续进发。一路上，一次次冒险，一次次胜利，一次次取得战利品，经历了激烈、紧张、死亡、恐惧和危险。他们打败了怪鸟，穿越了险恶异常的塞诺斯海峡，经过玛丽安蒂尼的地狱入口和许许多多的岛屿、河川、海岸等危险重重的地方，战胜了狂暴的飓风和翻滚的海浪，打败了巨大的海兽和敌人的攻击，终于平安到达科尔喀斯海岸，来到了忒尔莫冬河的入海口。就在那里，不眠的巨龙看守着悬挂在橡树顶上的金羊毛。

在美狄亚的帮助下，伊阿宋打败了巨龙，取得了金羊毛。归途中，"阿尔戈号"的英雄们依旧经历了重重困难和艰险。他们冲出重围和科尔喀斯人的追击，顺着厄里达诺斯河，把船驶向罗达诺斯河口，经过提瑞尼亚海，来到了达喀尔刻附近的岛屿。大海上，他们抵挡住了西西里岛附近海妖们的死亡歌声的诱惑，闯过海峡，乘风破浪，平安抵达阿尔卡诺厄斯的岛上。伊阿宋和美狄亚成为夫妻之后，"阿尔戈号"的英雄又经历了一次海上历险。风浪把他们带到了利比亚海，吹到了非洲满是沙漠的西海岸地区。无奈之下，他们只好扛起船只和木桨，沿着沙漠上海马的足迹，长途跋涉，终于来到了特利托尼斯海湾。从这里进发，他们又经历了死亡和冒险，终于回到了伯罗奔尼撒半岛——他们光荣而幸福的家乡。

从伊阿宋取羊毛的故事中可以看出人类早期的航海活动。在古希腊时期的航海路线是从希腊向东，途经爱琴海，最终到达东部黑海沿岸的高加索，向西抵达大西洋非洲西海岸。古希腊人已经可以造出轻便而又坚固的船只，其航海活动已经冲出了地中海，走向了大西洋，同时航海活动伴随着战争和掠夺。

第二节　特洛伊战争：西方历史上最早的远洋战争

　　正如伊阿宋取金羊毛的故事所述，古希腊的历史实际上是一部征战地中海沿岸地区的掠夺史和战争史。古希腊吟游诗人荷马所著的《伊利亚特》史诗叙述了古希腊人和居住在小亚细亚西北部的特洛伊人之间的战争。古希腊神话把这场战争的原因归于神明之间的争执，而他们的争执又涉及于凡人。据说奥林匹斯山上的主神宙斯从普罗米修斯那里得知，他与女神忒提斯所生的儿子将推翻他的统治。为了保住自己的统治地位，宙斯决定把忒提斯下嫁给凡人。在忒提斯与米尔弥冬人首领佩琉斯的婚礼上，争吵女神因为没有受到邀请而进行报复。她把一个写有"给最美的女神"的金苹果扔向席间，引起了天后赫拉、智慧女神雅典娜和爱情与美丽女神阿佛洛狄忒之间的争吵。宙斯让特洛伊王子帕里斯进行裁判。

　　帕里斯是特洛伊国王普里阿摩斯与第二个妻子赫卡柏的次子，在他即将出生前，王后做了一个奇怪的梦，梦见自己生下一个熊熊燃烧的火炬，火炬把整个特洛伊城烧成了一片灰烬。普里阿摩斯从寓言家那里得知，这个孩子将给特洛伊城带来灾难，使特洛伊城遭到毁灭。儿子出生后，普里阿摩斯在寓言家的劝说下，派仆人阿革拉俄斯把他扔到了爱达山上。后来，阿革拉俄斯发现，这个婴孩被一头母熊收留哺育，虽然过了五天，但仍然躺在森林里的草地上，毫发无损，健康活泼。于是决定把他带回自己的土地上，并抚养成人，开取名帕里斯。帕里斯渐渐长成一个健壮英俊、风流倜傥的小伙子。

　　三位女神分别许给帕里斯权力、智慧和美女，而帕里斯经过一番比较，把金苹果判给了阿佛洛狄忒。后来，帕里斯跟随兄长赫克托尔到希腊与斯巴达缔结和平盟约。在阿佛洛狄忒的帮助下，偷走了斯巴达国王米劳奈斯的妻子、当时世间最美的女子海伦。米劳奈斯大怒，他的哥哥，野心勃勃的迈锡尼国王阿伽门农趁此机会纠结全希腊城邦国家，包括阿喀琉斯和奥德修斯在内的英雄人物，组成盟军，率领一千多艘船只，进军特洛伊，发动了特洛伊战争。海伦的两位兄长卡斯托尔和波吕丢克斯听到妹妹被劫，立即带领船队扬帆出海。在靠近特洛伊的列斯堡岛屿附近遇到风暴，失去消息。传说是被宙斯招到了天上，变成两颗星星，成为海上的保护神。

阿伽门农带领一千多艘船只扬帆起航，在进军特洛伊的征途上，遇到了一系列的危险。当船队到达卡律塞岛，他们登岛寻找淡水，以补充水源。在岛上，百发百中，箭术高超的菲罗克忒忒斯正准备在一个废弃的祭坛旁祭拜雅典娜女神时，一条毒蛇窜了上来，在他的脚跟上咬了一口。他虽被抬回战船，但伤口越来越严重，散发出令人无法忍受的恶臭。菲罗克忒忒斯也常常被疼痛折磨得死去活来。无奈之下，奥德修斯悄悄地把他放进一艘小船，划到了荒凉的雷姆诺斯岛，把他遗弃在岛上一个幽僻的岩洞里。就这样，希腊军队失去了一个无与伦比的弓箭手。

希腊军队继续前行，然而风浪把船队带到了密西埃湾，远离了特洛伊的方向。他们在登岸时遭到了密西埃国王特勒福斯带领的军队的阻挡，双方展开了一场难解难分的殊死搏斗。后来，希腊人整合溃败的军队，兵分两路，以巧妙的战术出击，扭转战局，取得了优势。再后来，双方互派使者议和。密西埃国王答应为希腊人提供食物和住处，帮助他们度过严冬。

经历了重重困难和冒险，希腊军队终于到达特洛伊海岸，兵临城下。然而，他们很快发现，特洛伊参战的军队在数量和力量上都超过了希腊人。全副武装的特洛伊人在王子赫克托尔的带领下，像潮水般地直冲希腊联军的先锋部队。希腊军队积极迎战。

在长达数年的时间里，特洛伊军民齐心协力，从不放松警惕，特洛伊城固若金汤，希腊军队无法从正面进攻。但希腊军队没有就此罢休，他们组织兵力，袭击特洛伊附近地区。各个城邦国家的军队所到之处，烧杀抢掠，抢劫财物和奴隶，甚至因为分赃不均而起纷争。英雄阿喀琉斯率领船队从海上发动攻击，攻克并占领了12座城池，从王宫里抢劫了大量的奇珍异宝，劫持了吕耳那所斯国王的女儿、女祭司布里塞伊斯为奴。另一位希腊英雄埃阿斯，以掠夺城市而闻名。他率领战船一直攻击到色雷斯半岛，抢劫了大量的黄金珠宝。每一次战役结束，希腊军队都满载而归，然后聚在一起分配战利品。

特洛伊军队在赫克托尔的率领下，斗志昂扬，英勇战斗，主动出击，抗击希腊军队的侵略。他们犹如"辽阔的海上一个巨浪咆哮着，……凶猛地扑过船舷……呐喊着冲过壁垒，驾着战车一直冲击到船艄前面，挥动双刃枪与阿凯奥斯人展开近战"①。驻扎在海边的希腊军队顽强抵抗，英勇的赫克托尔率领特洛伊军队蜂拥而来，"犹如由宙斯获得的河流出口，巨大的海浪临面撞击湍急的水流，两岸的悬崖回应着奔腾的大海的咆哮，特洛伊人也这样猛扑过来一片喧嚣"。他们"有如食肉的狮子猛攻船舶"，并给"翘尾船点起团团熊熊烈火"，"远谋的宙斯亲自看见船只燃起耀眼的烈焰。"② 英雄埃阿斯"举着燃烧的火把，响应赫克托尔的召唤，挥舞着长枪，凶猛地刺杀。就这样，他连续把十二个敌人杀死在船边。"③ 就这样，特洛伊军队焚烧了希腊军队的营地和战船，上演了一出希腊版的"火烧赤壁"。

战争断断续续持续了十年，赫克托尔三次焚烧希腊军队的战船，而特洛伊城依旧岿然屹立，固若金汤。由于常年战争，死尸遍地，希腊军队中的士兵都"患上了瘟疫，一个个悲惨地死去，营地上焚化尸体的柴火昼夜不息。"④ 瘟疫随之在军中蔓延了十天，直到奥德修斯把女祭司布里塞伊斯归还给特洛伊人。

可希腊统帅阿伽门农心有不甘，召集人马准备和特洛伊人决一死战。不久，两军进入短兵相接的战斗。盾牌碰撞，长矛交错，人喊马嘶，锣鼓声阵阵，喊杀声此起彼伏。血腥的战斗又使许多英雄死在战场上。特洛伊人取得了一次又一次的胜利，直到阿喀琉斯的表弟帕特洛克罗斯被赫克托尔杀死，使阿喀琉斯异常悲痛，决心复仇时，战况

---

① ［古希腊］荷马：《荷马史诗·伊利亚特》，罗念生、王焕生译，人民文学出版社1994年版，第348页。
② 同上书，第356—357页。
③ 同上书，第362页。
④ 季若曦：《古希腊神话故事》，中国华侨出版社2013年版，第211页。

才有所逆转。由于表弟被杀死,阿喀琉斯很快就与一向不和的阿伽门农达成谅解,再度参战。阿喀琉斯来到特洛伊城下,和赫克托尔决一死战。阿喀琉斯是阿尔戈人英雄珀琉斯和海洋女神忒提斯的儿子。出生时,母亲希望他能够成为神人,就把他带到冥河边,提起他的脚后跟,把他浸泡在冥河水中。经过冥河水的浸泡,阿喀琉斯全身上下刀枪不入。但母亲手握脚后跟的地方没有浸到冥河水,被帕里斯用毒箭射中而死,这就有了后来的"阿喀琉斯的脚踵"之说,用来比喻人的致命弱点。

特洛伊城下,阿喀琉斯大战赫克托尔。几十个回合之后,阿喀琉斯"一枪戳中向他猛扑的赫克托尔的喉部,枪尖笔直地穿过柔软的脖颈"。接着,阿喀琉斯不顾赫克托尔生前的请求,剥下他身上的盔甲,用牛皮绳捆住赫克托尔的双脚,"把它们系上战车,让脑袋在后面拖地。"[①] 然后,驾车扬长而去。之后,希腊人集聚全部兵力围攻特洛伊城,然而各种尝试都归于失败。最后,一向以智慧著名的奥德修斯使出"木马计",用船板做成了一只巨大的木马,在木马肚子里藏下足够多的希腊英雄,让其余的希腊军队撤退到忒涅多斯岛,并且放火烧毁希腊军营里的帐篷和营具等一切物品,诱使特洛伊人毫不戒备地出城来到海滩上。最后,特洛伊国王普里阿摩斯下命令把木马拖进特洛伊城。夜里,藏在木马腹中的希腊人破马而出,悄悄潜入特洛伊城,和潜在城外的希腊军队内外夹击,将特洛伊城洗劫一空,并放火烧毁了特洛伊城,使几百年来固若金汤的特洛伊城毁于一旦。

从故事的细节来看,特洛伊战争实质上就是一场典型的侵略与反侵略、掠夺与反掠夺的战争。战争结束了,以阿伽门农为统帅的希腊军队似乎取得了胜利,因为他们又征服了一个富庶强大的国家。特洛伊城毁于大火,城里的居民不是被杀死,就是被俘虏当作奴隶。在没有了任何抵抗的情况下,希腊人开始肆意掠夺财富,"他们把黄金、白银、琥珀、各式各样的豪华家具、女人和孩子等战利品都搬到船

[①] [古希腊]荷马:《荷马史诗·伊利亚特》,罗念生、王焕生译,人民文学出版社1994年版,第514页。

上。"特洛伊王室的女性成员都成为希腊将领的奴隶,王后赫尔柏成了奥德修斯的俘虏,赫克托尔的妻子安德洛玛刻被涅俄普托勒摩斯占有,而"米劳奈斯带着海伦离开了还在燃烧的特洛伊城……他的兄弟阿伽门农,带着从埃阿斯手里抢来的高贵的卡珊德拉……"①凯旋的希腊人满怀期望和思乡之情,带着财富和俘虏踏上了回乡的征途。然而,他们在归途中遇到了海上风暴等灾难的袭击,希腊统帅阿伽门农带领的军队大部分船只被毁,只剩下一小部分战船继续朝着伯罗奔尼撒海岸航行。当他们刚刚行驶到拉哥尼亚的玛勒阿岛附近,突然来了一阵狂风,又把他的船只吹到大海上。阿伽门农历尽磨难,终于漂流到了迈锡尼的南岸,停泊在安全的港湾里。直到顺风吹起,他才怀着愉快的心情命令船队起锚,驶向迈锡尼的港湾。然而,回到迈锡尼后,却被自己的妻子和情敌谋杀,落得了可悲的下场。

特洛伊战争本身就是一场以侵略和扩张为目的的战争,不仅记录了古希腊人的航海史,而且揭示了古希腊人对海洋的认识和情感、征服与利用。海洋是一个充满险恶的地方。大海之上,暴风雨怒吼,怪物肆虐。在西方文学作品中,最早对海洋进行生动描述的是希腊神话。由于人类早期对海洋认知的局限性,神秘的海洋经常被妖魔化。在《荷马史诗》中,大海的颜色是"像葡萄酒一样深色的"(wine dark sea),这里的葡萄酒应当是白葡萄酒,深幽碧蓝。海洋里有各种各样的神灵和超自然生物,如海神涅柔斯和多丽丝生育了五十个海仙女,著名的安菲特律忒是其中之一,而她又是海神波塞冬的妻子,和波塞冬形影相随,在大海上纵横肆意,时而掀起滔天巨浪,时而吞没船只。海神波塞冬不仅掌管海洋,还掌管着地震、风暴和马群。形状如海马并且长着鱼尾的特里同不仅是海神波塞冬的随从,也是他的儿子。意大利半岛和西西里岛之间的墨西拿海峡因地势险峻赋予人类无限的灵感。它的一侧有一块危险的斯库拉巨石(锡拉岩礁),而另一侧是著名的卡律布狄斯大漩涡。得灵感于海洋中的巨石、激流与漩涡,希腊神话里就有了专门吞吃水手的女海妖斯库拉。她有六头十二

---

① 季若曦:《古希腊神话故事》,中国华侨出版社2013年版,第294页。

臂，腰间缠着一条由恶狗围成的腰带，守护着墨西拿海峡的一侧。而另一侧则由海神波塞冬和大地之神盖亚所生的女儿卡律布狄斯控制，她吞噬所有经过的船只。

由此可见，人类对海洋的认知和体验经历了漫长复杂的过程，对海洋的情感也充满了矛盾：既欲亲之近之，又不得不敬之远之。大海的壮阔美丽和它赋予人类生存无穷尽的资源，不仅吸引着无数赶海人为之献身，也吸引着无数的墨人骚客咏之颂之；而大海变化的反复无常和处处充满的危险，又使人类对它敬而远之，甚至充满了恐惧，并使其妖魔化。

随着科学技术的发展和对海洋的不断探索，人类对海洋的认知进一步加深，海洋已经成为自然资源的一部分，人类的海洋意识不断加强。到了公元150年前后，古希腊天文学家、地理学家托勒密（Ptolemy）在他的八卷本专著《地理学指南》中，描述了大西洋和印度洋如何不为人所知，他相信只要轮船进入大西洋航行，就一定能够到达东方国家。当时，他描绘的地图已经为世界所知，并且相当准确。这说明，人类对海洋的认识更加趋于理性。

第三节　奥德赛返乡记：最曲折的海上冒险故事

根据《荷马史诗·奥德赛》的记述，希腊人历经艰险，经历了10年战争，终于攻克了特洛伊城。战争结束后，他们最大的心愿是回到家乡和亲人团聚。他们整理船队，远涉重洋，回到了家乡，把胜利的消息带给家乡的每一个人，和家人共享天伦之乐。然而，奥德修斯却不幸迷路，被困在途中。从战争结束到和妻子团圆，他在海上经历了10年的历险，遇到了一系列的离奇故事。无论是从情节安排，还是从环境描写和立意构思方面来说，《奥德赛》中描述的奥德修斯返乡故事都可以说是最曲折的海上历险故事。

《奥德赛》共二十四卷，可以分为三个部分。荷马采用平行叙事手法和多重聚焦的现代叙事方式，从不同角度讲述了奥德修斯和儿子忒勒玛科斯在地中海的历险故事。然而，人们通常看重的是奥德修斯作为希腊英雄在海上的历险故事，而忒勒玛科斯作为一个正在长成的青年，其海上冒险常常被读者忽略。故事的第一部分，即从第一卷至第四卷，讲述了奥德修斯离家10年后其王国伊塔刻的混乱和儿子忒勒玛科斯的出海寻父。忒勒玛科斯在寻找父亲下落的过程中，心智得到历练，终于成为一个有担当、精神上像父亲奥德修斯并且能够独立经营国家的青年勇士。在史诗的开头，忒勒玛科斯已经年满20岁，但父亲的杳无音讯和家中所处的困境使他非常苦恼。因为父亲在特洛伊战争结束后杳无音讯，狂妄之徒聚集在伊塔刻城他的家中吃喝玩乐，逍遥自在，向他的母亲珀涅洛帕求婚。但他只能幻想着父亲有一天能够回来，赶走这些无耻之徒。

在智慧女神雅典娜的启发和帮助下，忒勒玛科斯挑选了一条快船和20位健壮的水手，决定动身前往斯巴达寻找父亲。他们系好缆绳，扬起风帆，在蔚蓝的大海上急行了一夜。终于，第二天，在黎明的曙光中，他们抵达了皮洛斯，"看见了当地居民正在海滩上举行盛大的祭祀活动，向海神祈福。"忒勒玛科斯让同伴们守船，自己走向皮洛斯的长者涅斯托尔，向他打听父亲的音讯。可涅斯托尔对奥德修斯的情况知之甚少，建议忒勒玛科斯去探访墨涅拉奥斯，并向他提供马匹，让他们取道陆路，避开海上的惊险。在涅斯托尔儿子佩西斯特里斯托斯的陪同下，忒勒玛科斯来到了拉克得蒙，见到了墨涅拉奥斯和他的妻子海伦。墨涅拉奥斯讲述了自己在返乡途中遭遇的惊险，告诉忒勒玛科斯，奥德修斯被困在一座海岛上，被一个叫卡吕普索的仙女留了下来。因为奥德修斯没有同伴，没有船只，根本没有办法回家。与此同时，作者用全知视角讲述了伊塔刻城奥德修斯家里发生的情况。求婚者在制造可怕的阴谋，准备在奥德修斯的儿子返航的必经之路伊塔刻和墨萨海峡之间设下埋伏，让他葬身大海。忒勒玛科斯的母亲，奥德修斯的妻子得知消息，忧心忡忡。然后，第15卷之后的忒勒玛科斯已经显得果敢多谋，能与伙伴和父亲并肩战斗了。忒勒玛科斯出海的情节对全诗起着重要的意义与作用：一方面衬托还未出场的奥德修斯，增加作品悬念；另一方面，突出聚集在伊塔刻奥德修斯家中那些权贵和求婚者的无礼与残忍，使他们在奥德修斯回家后遭到杀戮更合情理。同时，也使特洛伊战争中的其他英雄人物再次出现在故事情节中，使《伊利亚特》与《奥德赛》这两部作品产生关联，凸显《荷马史诗》的完整性。

忒勒玛科斯的海上航行虽简短但不失其独特的象征意义。从成长的角度看，奥德修斯是一位成年英雄，性格已然定型，但忒勒玛科斯仍需经历锻炼与考验，由一个面临困境而手足无措的大男孩(boy-man)，成长为一位被社会认可的男性英雄（man-hero）。换句话说，奥德修斯可以被看成是成熟了的忒勒玛科斯，而忒勒玛科斯可以被当作成型中（becoming）的奥德修斯。细读忒玛科斯在伊萨卡从被嘲讽到被认可、从被排斥到被畏惧的过程，既可以了解成长主题的普遍意义，又能体会经典作品的丰富与细致。

《奥德赛》的第五卷至第十三卷是故事的第二部分，作者用多重视角，利用全知视角和聚焦手段相结合、现实与梦境相结合，描写了奥德修斯在海上的漂泊，直至他返回家乡，其中穿插了他对自己冒险经历的自述性回顾。特洛伊战争结束后，奥德修斯带领船队出海返乡，可在凶险的大海上，他只身一人被海浪抛到了一座孤岛上。孤岛绿树成荫，奇石成群。岛上的仙女卡吕普索看到奥德修斯威武刚毅，心生爱慕，就把他带到自己的洞穴中，并向他倾诉真情。希望奥德修斯留在岛上，如果答应她的要求，她就让他长生不老，永葆青春。可奥德修斯思念自己家中的妻子，婉言谢绝了仙女的好意，表示一定要回到家乡和妻子团聚。可是，岛上没有船只，奥德修斯没有同伴，靠他一个人的力量根本无法走出孤岛，也无法实现返乡的愿望。正当奥德修斯愁苦之际，仙女建议他在岛上砍伐长树枝做成宽大的船筏，再在上面安上护板。她还答应送给他食物和衣服，使他能够顺利回家。奥德修斯费了九牛二虎之力砍了二十棵大树，忙了四天四夜，终于做成了一张结实的木筏。第五天，奥德修斯带着仙女送给他的食物和随行物品向大海进发。

奥德修斯在海上漂流了十七天。在远方的晨雾中，他隐隐约约看到了淮阿喀亚王国的轮廓，也似乎看到了希望，内心激动不已。可就在这时，天空突然变得阴沉，海上瞬间洪波涌动，滔天巨浪气势凶猛地向奥德修斯的小木筏袭击而来。巨浪掀翻了木筏，把奥德修斯抛进大海。他拼尽全力游向木筏，终于艰难地抓住了木筏的边缘爬了上去。木筏随着巨浪漂浮在大海上，海浪像鞭子一样抽打着奥德修斯。最后，他脱掉衣服，深吸一口气，跳入海中，奋力向前游去。他在海水中游了两天两夜，精疲力竭，几乎要绝望了。第三天，海面上风平浪静。他抬头望去，看见淮阿喀亚王国的陆地就在前面，他欣喜若狂，想方设法登上陆地，收集了些许树叶，在树林里的橄榄树上度过了孤独的一夜。第二天，在淮阿喀亚王国公主瑙西卡的帮助下，来到了国王的宫殿。国王为奥德修斯准备了一艘黑壳船和粮食，召集了52个能力超群的年轻人做助手。临行之前，国王吩咐仆人宰杀了12头牛、8头白猪和两只羊，大办宴席，并且请来了歌者助兴，为奥德修斯送行。

在送行宴会上，听到歌者对希腊英雄的歌唱，奥德修斯想起了战争期间的峥嵘岁月，想起了战争结束后他在海上经历的磨难。原来，特洛伊战争结束后，其他的希腊英雄都顺利返航回到了家乡，只有他乘坐的船只迷失了方向。他们离开了伊利昂，来到了伊斯马洛斯，遇到了可怕的四大族人。他们攻占了伊斯马洛斯，缴获了许多财物。和同伴们分完财物以后，奥德修斯要求他们立刻离开那里。可同伴们太贪图享受，不听从他的建议，仍然聚在海边吃喝享乐。就在这时，伊斯马洛斯人到邻国召集勇士进行反攻。这些勇士人数众多，装备精良，并且训练有素，善于骑射。奥德修斯率领的队伍损失惨重，他们选择逃到海上。就在这时，海上狂风突起，巨浪滔天。本想把海洋作为逃生的福地，可谁料想，更大的灾难在等待着他们。巨浪拍打着小船，浪花抽打着他们的身体，海水侵蚀着他们的双手。他们在海上搏击了12天，累得筋疲力尽。终于，他们来到了洛托伐戈伊人居住的小岛上。

这是一个奇异的小岛，岛上的居民不食五谷杂粮，不食水果蔬菜，更不食肉，只吃岛上一种奇异的花。这是一种能让人失去记忆的花，奥德修斯派了几个人去侦察岛上的情况。岛上的人给他们吃了这种花以后，他们就对那个地方流连忘返。奥德修斯只好派人把他们强制带回船上。接着，他们漂流到了野蛮之地——库克罗普斯人居住的西西里岛。岛上有一个巨大的山洞，山洞里住着海神波塞冬的儿子独目巨人波吕斐摩斯。出于勇敢和好奇，奥德修斯带领手下来到了这里，没想到被巨人捕获。奥德修斯设计用削尖的树枝戳瞎了巨人的独眼，并藏在羊肚子下面逃出了山洞。之后，他们又乘坐小船向大海进发，海上汹涌的波涛曾经几度把他们冲回小岛。几经波折，他们终于远离了充满危险的西西里岛，来到了艾奥里埃岛。在岛上休整了一个月，奥德修斯又带领船队出发。根据《荷马史诗·奥德赛》的故事情节，奥德修斯在岛上受到了小岛主人风神艾洛斯的热情款待，并接受了艾洛斯用九岁牛的牛皮做成的口袋，里面装着东南西北四种风。在临行前，艾洛斯吹出西风，帮助奥德修斯的船队快点返回家乡。可让他始料未及的是，同伴们以为艾洛斯送给奥德修斯的是金银珠宝，就趁奥德修斯熟睡之际，打开口袋，放出了东南西北风。刹那间，袋子里的狂风呼啸而出，海上立刻卷起了风暴。狂风卷着暴雨，把小船吹离了原来的航道，离家乡越来越远，结果又回到了艾奥里埃岛。奥德修斯请求艾洛斯再次伸出援手，可艾洛斯认为他们不敬神明，亵渎了神灵，拒绝帮助。无奈之下，奥德修斯一行只好继续漂泊在一望无际的大海上，依靠自己的双手划船航行。七天之后，他们漂流到了特勒皮罗斯城堡，本想寻求帮助，没想到遭到了岛上居民的猛烈攻击，除了奥德修斯的小船得以逃脱，其他的船只都被摧毁。他们爬上小船，拼命划桨，终于远离小岛，深入到渺无人烟的大海上，才感觉安全一些。

经过一番磨难，奥德修斯一行来到了另外一座海岛，岛上住着半人半神的女仙喀耳刻。喀耳刻是死亡女神艾爱特斯的同胞姐妹。长时间的海上航行使奥德修斯及其同伴筋疲力尽，他们费尽九牛二虎之力才把船划进港口，一上岸就瘫倒在地。第二天天亮，奥德修斯登上一座山峰眺望，看到了田地里劳作的人们，看到了缕缕炊烟。结果喀耳刻使用计谋，使奥德修斯及其同伴在岛上滞留了一年的时间。在此期间，奥德修斯和喀耳刻同床共枕，享尽了温柔。一年后，在同伴的提醒下，奥德修斯开始渐渐思念家乡。在喀耳刻的帮助下，他又整装待发，航行在了无边无际的大海上。

　　海上航行的孤独、凶险和同伴的一次次死亡使冒险者的精神一度恍惚。在《荷马史诗》中，奥德修斯离开死亡女神喀耳刻后，在喀耳刻的引导下，又梦游了阴间冥界。体验了恐惧和忧伤，也从亡魂那里得知了家乡发生的一切。实际上，从心理学角度出发，奥德修斯游历阴间是他对战争的反思和梦游。在梦境中（或在冥界），他首先遇到的是不久前死去的朋友埃尔裴诺尔。埃尔裴诺尔的尸体还存放在死亡女神喀耳刻的宫殿里，未曾被埋葬。他与奥德修斯的对话实际上是对奥德修斯的提醒："不要忘乎所以，不要得意忘形。"埃尔裴诺尔醉酒之后，忘记了身居何处，竟然从屋顶上掉下来摔死了。他祈求奥德修斯埋葬自己并永久纪念他，说明友谊的深厚与长久。接着，盲预言家提瑞希阿斯的魂灵与奥德修斯进行了深刻的交流。这既是奥德修斯对战争和以往生活的总结，也是人类生活的总结。

　　提瑞希阿斯从三个方面强调了不敬畏神灵（自然）和发动战争的可怕后果。首先，回乡的旅程如此艰难是因为奥德修斯崇尚战争，不敬畏神灵，特别是海神波塞冬，甚至刺瞎了海神的儿子独目巨人仅有的一只眼睛，这是神灵的报复。不过，这位盲预言家又强调人类的坚强能够战胜大海的任性，提醒奥德修斯，只要有足够的坚强和毅力，只要忍受住重重磨难，就可以如愿以偿回到家乡。其次，只要不发动战争，不掠夺他人的财富，伤害他人的生命，就可以平安、顺利回到家乡。否则，灾难就会降临。即使奥德修斯自己能够逃脱灾难，他也会失去同伴，忍受孤独的痛苦，并且回到家乡以后还要遭受狂妄无礼的人们带来的羞辱。正如史诗中所述："如果你们不伤害畜群，一心想归返，你们忍受艰辛后仍可返回伊塔卡；如果你抢劫畜群，那会给船只和伙伴们带来毁灭。"[①] 最后，提瑞希阿斯告诉奥德修斯，即使上

[①] ［古希腊］荷马：《荷马史诗·奥德赛》，王焕生译，人民文学出版社1997年版，第198页。

述一切厄运都发生了，只要奥德修斯能够在生前敬畏神明，举行盛大的祭祀仪式，向海神敬献礼物，那么，他死后，灵魂也会得到安宁，国内的人民也会得到神灵的佑护。由此可见，远古的人类已经意识到大自然力量的强大和对自然，特别是对海洋的敬畏，同时也强调了人类要遵循自然规律、与大自然和平相处的重要性，更重要的是，表达了作者荷马反对战争、反对侵略的态度。

后来，奥德修斯对家乡的思念幻化成为梦境中与母亲的相见。母亲在他梦境中的出现，更进一步表达了奥德修斯对家人的思念。通过母亲之讲述，奥德修斯回顾了家人的状况。母亲因过度思念儿子忧伤而死，父亲、妻子和儿子也正忍受着思念的煎熬。

紧接着，奥德修斯以往熟悉和经历的事情一一浮现在他的梦境中，促使他反思，促使他对过去的生活进行总结。结果使他克服了海上冒险的重重困难，抵挡住各种各样的诱惑，顺利回到家乡。其中最典型的当属奥德修斯战胜海妖塞壬的故事。

冥界、阿喀琉斯等在特洛伊战争中牺牲的希腊英雄从奥德修斯的面前渐渐隐去。奥德修斯借助海风的力量，划船离开了令人恐惧、阴森森的冥界，重新回到死亡女神所在的岛屿。之后，奥德修斯派人把埃尔裴诺尔的遗体运到海边，为他建造坟墓，并举行了隆重的下葬仪式，又在坟头插上他曾经用过的船桨。之后，奥德修斯鼓起勇气和同伴们一起出发。

接下来，奥德修斯又讲述了他如何战胜海妖塞壬的故事。塞壬是一种居住在海岛上的半人半鸟形的女妖，善于用美妙的歌声迷惑经过那里的人。如果有人禁不住诱惑停下来到岛上聆听他们嘹亮的歌声，就有可能被女妖吃掉。"女妖坐在绿茵间，周围是腐烂的尸骨和风干的人皮。"船队闯过奔流不息的海浪，来到了一片风平浪静的海域。奥德修斯命令所有的同伴用蜂蜡封住耳朵，把他自己的手脚用绳索捆绑在桅杆上，并一再嘱咐他们，一旦他要求同伴为自己松绑，一定要把他捆绑得更加结实，因为他既想听一听塞壬们美妙的歌声，又不想犯下大错，为自己和同伴酿成苦果，造成毁灭。就这样，奥德修斯聆听了塞壬美妙如仙乐的歌声，并且平安渡过了那片充满诱惑的险滩，直到小船渐渐远去，歌声慢慢消失在身后。

紧接着，奥德修斯和同伴们遇到了漫天迷雾和狂乱的波涛，小船在海面上颠簸着，行驶在陡峭的悬崖峭壁之间。悬崖峭壁之上，住着怪物斯策拉和卡律布狄斯。卡律布狄斯张着血盆大口吞吐着浑浊的海水，发出轰隆隆震耳欲聋的巨大响声；斯策拉从另一边峭壁上的洞穴中飞出，伸出利爪抓走了小船上的六个水手。奥德修斯等顾不了许多，奋力划船，避开了可怕的怪物，终于来到了太阳神阿波罗的岛上。由于长期饥饿，奥德修斯的同伴违背了他的命令，宰杀了岛上的牛羊，惹怒了阿波罗。奥德修斯和同伴受到了严厉的惩罚：主神宙斯用雷电劈碎了他们的小船，并把他们抛进了大海。奥德修斯侥幸逃生，而同伴们则葬身大海。

奥德修斯向淮阿喀亚的国王和大臣讲述了自己的冒险经历，在座的人都唏嘘不已，久久沉浸在惊险的故事情节中。最后，国王带领大家纷纷向他表示敬意，同时又送给他许多精美的礼物，并精心挑选了许多年轻的水手作为他的随从，陪同他一起开始了回家的征途。

疲惫不堪的奥德修斯沉睡在船上，善于航海的淮阿喀亚人划动船桨，黑壳船航行在海面上如同骏马飞驰在平地上一样迅速。他们一路上乘风破浪，没过多久，就到达了奥德修斯的家乡伊塔刻。水手们把船划向岸边，停泊在港口，把依旧在睡梦中的奥德修斯和他的财物隐藏在远离道路的一棵橄榄树下。然后，他们迅速离开，返回淮阿喀亚。

第十四卷到第二十四卷讲述了奥德修斯返回故乡后发生的故事，包括暗中会见养猪人以及与养猪人的谈话，儿子忒勒玛科斯从斯巴达返乡的历险，奥德修斯与忒勒玛科斯的相见与复仇计划的安排，也包括他化身乞丐混进家门与求婚者的斗智斗勇和复仇，直至和家人的团聚。该部分讲述的故事主要发生在陆地上的伊塔刻王国，如果说有海上历险的话，那也只有忒勒玛科斯从斯巴达返乡时的海上航行。那么，无论是他前往斯巴达向墨涅劳斯打听父亲的消息，还是从斯巴达返回乡里，在海上的航行都受到了智慧女神雅典娜的点化和庇护，有惊无险。即使求婚者在萨默海峡附近设下埋伏，准备袭击他，也被雅典娜提前告知。这样忒勒玛科斯绕过危险,平安回家。因此,可以说,海上漂泊和历险主要集中在史诗《奥德赛》的第一、第二部分。

尽管如此,《奥德赛》仍然被称为"西方海洋文学的开山之作"。[①] 从故事情节的安排来看,这是一部以地中海及其周围海域为场景、根据当时海上交通和贸易繁盛的历史事实创作的叙事长诗,海洋和各种各样的海岛是奥德赛历险的主要发生地,海洋为他返乡制造了距离,同时也是他逃脱灾难的庇护天堂。如果说奥德修斯 10 年的海上历险就像一串珍珠项链的话,那么海岛就是项链上的一颗颗珍珠,而大海就是串联这些珍珠的绳子。海洋不仅起到了将历险活动串联起来的作用,更凸显了其在作品中的象征意义。根据他的冒险经历发生的时间顺序,这些海岛分别是仙女卡吕普索滞留奥德赛的海岛,淮阿喀亚人居住的海岛,接着,在奥德赛给淮阿喀亚人讲述自己的海上冒险经历时又依次提到了巨人岛、风神艾洛斯居住的小岛,风神拒绝帮助后,奥德修斯又被风吹回到费埃克斯人居住的岛屿,海妖塞壬居住的小岛,怪物斯策拉和卡律布狄斯居住的悬崖峭壁与海峡,太阳神阿波罗居住的海岛等,直到奥德修斯回到伊塔刻——一个滨海的美丽富足的群岛。一个个充满险恶的海岛是主人公冒险经历的一个个站点,而大海则为主人公的活动提供了延伸空间。

此外,《荷马史诗》中《奥德赛》这部长诗的主题显然是歌颂希腊英雄在人与险恶的自然环境做斗争的过程中所表现出来的惊人勇气、坚强的意志和高超的智慧。根据《奥德赛》的故事情节,导致主人公奥德修斯在特洛伊战争结束后返归故乡途中滞留 10 年之久的主要因素可以分为两类:一是以海神波塞冬为代表的神灵对奥德修斯的惩罚;二是主人公及其同伴对财富和美色的占有欲望导致的战争与冲突。

从史诗作者在作品中对大海的描写来看,大海给读者留下的印象既是变幻莫测的,又充满了危险和未知。作者从听觉、颜色、视觉和心理感受等多方面描写了大海的辽阔无际、深不可测和无比险恶。在

[①] 吴锡民:《论西方海洋文学开山之作〈奥德赛〉》,《钦州学院学报》2014 年第 1 期。

听觉方面，单是"波涛汹涌的大海"在《奥德赛》中就出现了15次之多，另外还有"翻滚的大海""咆哮的大海""苍茫喧嚣的大海"等。从视觉和颜色来看，大海是"灰色的大海""蓝灰的大海""灰暗的大海""酒色的大海"等，从心理感受来看，大海是"浩渺的大海""雾气弥漫的大海""荒凉的大海""幽深的大海"等。大海的险恶和反复无常给奥德修斯的海上航行带来了重重困难，特别是当大海幻化为神灵时，奥德修斯遭遇的灾难就尤为突出。在《奥德赛》第五卷中，奥德修斯率领军队在特洛伊战争中奋战十年，终于摧毁了特洛伊城，但他们"在归途中得罪了雅典娜，女神遣来强烈的风暴和滔天的狂澜。"① 奥德修斯的同伴全部丧命，而他自己则被风暴和波澜推到了卡吕普索所在的岛上。离开那里，海洋的统治者，海神波塞冬发誓要让奥德修斯在返乡路上吃尽苦头，他"聚合浓云，手握三叉戟，搅动大海"②，并掀起劲风和层层巨澜。奥德修斯从木筏上跌落，舵柄从手里滑落，桅杆为风暴折断，身受着狂涛巨澜的重压，嘴里喷吐着咸涩的海水。就这样，他在海里漂浮了两天两夜，巨浪一次次把他抛向嶙峋的岩石，他曾经多次预感到了死亡的威胁。当他在巨人岛刺瞎了巨人的独眼之后，海神波塞冬更加愤怒，让奥德修斯的返乡之路变得更加艰难。奥德修斯及其同伴对神灵的不敬，一方面表现了海洋力量的强大，另一方面也展示了人类征服自然的决心和勇气。

此外，在《荷马史诗》中，以阿喀琉斯和奥德修斯等为代表的希腊英雄，实际上是集商人、强盗和殖民者为一身的开拓者，他们就"像海盗们一样在海上四处漫游飘荡，拿自己的生命冒险，给他人带来灾难。"③ 他们所到之处，抢劫财物，宰杀牛羊，贩卖奴隶。智慧女神雅典娜和预言家一再警告奥德修斯：只要不宰杀牛羊，不抢劫他人的财物，他就可以安全回到家乡。作者一再强调侵犯和掠夺带来的灾难性后果，在奥德修斯离开死亡女妖居住的岛屿时，雅典娜借死亡女

---

① ［古希腊］荷马：《荷马史诗·奥德赛》，王焕生译，人民文学出版社1997年版，第90页。
② 同上书，第96页。
③ 同上书，第37页。

神之口又向奥德修斯发出了警告:"(在)海岛特里那基亚,那里放牧着许多肥壮的牛群……要是你不伤害这些牛羊,就可以平安到达伊塔刻。"然而,奥德修斯和他的士兵一次次违背了上天的警告,一次次纵容手下的强盗行为。所幸的是,面对诡异多变、凶险四伏的大海,奥德修斯勇于挑战,他战胜了一系列的困难,克服了一次又一次的危险,反映了人类早期认识海洋和试图征服海洋的愿望和智慧。

第二章　西班牙海洋文学

西班牙地处欧洲西南部，北临比斯开湾，南隔直布罗陀海峡与非洲的摩洛哥相望，领土包括地中海的巴利阿里群岛和大西洋中的加那利群岛，海岸线长达7800公里，是欧洲文明重要的发源地，也是文艺复兴时期欧洲最强大的国家。1492年，哥伦布发现"新大陆"之后，西班牙向西开始了对美洲大陆的殖民和掠夺。1498年，航海家麦哲伦实现了环球航行，西班牙向东开始了对印度和南亚的殖民扩展和掠夺。因此，谈及西班牙海洋文学，绝不能绕过15世纪开始的"大航海时代"，也无法绕过"大航海时代"开始远征东西半球的西班牙帝国。

葡萄牙人开辟的新航路揭开了地理大发现的序幕，西班牙人则完成了地理大发现的主要任务。这些海上冒险家凭借先进的船队，丰富的航海知识和经验帮助西班牙王室在南美、西非、东亚开疆拓土，获得财富，使西班牙从一个名不见经传的欧洲小国一跃成为全世界首屈一指的海上霸主和欧洲强国。作为宗主国的西班牙王室享用着从殖民地搜刮来的金银财宝，一度成为超级大国。事实上，在中世纪时期，西班牙的国力在欧洲众多国家中实属一般，但由于资本主义的发展促进了贸易，对原材料的需求也不断增加，伊比利亚半岛上的两颗明珠——西班牙和葡萄牙开启了海外殖民扩张的时代。意大利热那亚航海家哥伦布坚信"地圆说"，认为沿着大西洋一直向东就可以到达富饶的中国和印度。在西班牙伊莎贝拉女王的资助下，经历了海上一系列的颠沛流离后，哥伦布一行到达了美洲大陆，从此开辟了欧洲到美洲的新航线。在远洋贸易和新航线的双重刺激下，西班牙举国总动员发展海洋军事，用先进的技术打造了远洋船舶和军舰，在与葡萄牙的海战中大获全胜，抢占了葡萄牙在南美的大片殖民地。抛开殖民掠夺的性质不谈，这次地理大发现完善了人类对于地球的认知结构，加速了人类的文明进程，使本来相互隔绝的大陆联系起来，并且让原本在欧洲处于劣势的西班牙一跃成为称霸世界的海上强国。

伴随着地理大发现，西班牙的航海事业和它在世界各地的殖民活动，为海洋文学的发轫提供了大量的素材。当西班牙征服者到达美洲大陆后，殖民者们将自己的所见所闻记录下来，并且根据自己的期望，将事实和想象融合在一起，创作了一种所谓的"纪实文学"体裁。这种文学体裁既不是历史的真实记录，也不是纯粹的文学，而是从征服者的角度对冒险家们的航海生活和新发现的美洲大陆加以描述和想象，所以，其内容虽并不完全真实可信，但有着一定的历史参考价值。从文学角度来看，无论是和辉煌的"黄金世纪"的文学作品相比，还是和近代的拉丁美洲"文学大爆炸时代"的文学成就相比，"征服时期"（或殖民时期）的文学创作文学性不强，然而，这种把自己的想象与观察到的事实相结合的创作手法对后世的拉丁美洲文学，尤其是对魔幻现实主义文学有着较大的影响。例如，在保留真实性的基础上将现实变为幻想的表现手法，通过超自然、超现实的人物和情节反映拉丁美洲的历史和社会现实，表达作家反暴政、反独裁和反对外来势力对拉丁美洲的掠夺，从而揭露社会的黑暗和落后。

第一节　征服时期的西班牙海洋文学

西班牙海洋文学始于15世纪末的地理大发现时期，哥伦布的《海航日记》揭开了西班牙海洋文学的序幕。值得注意的是，这个时期的西班牙海洋文学成就并不突出，文学体裁主要以海上探险家们的航海日志、信件等为主，在征服拉丁美洲时期，西班牙主要的文学形式是信件和日志。从众所周知的哥伦布的《航海日记》到埃尔南·科尔特斯写给西班牙国王的信函以及记录征服墨西哥的过程的《新西班牙征服信使》都是从探险家和殖民者的角度描述航海事业和拉丁美洲的。

一　哥伦布和他的《航海日记》

对于西班牙语文学而言，哥伦布的《航海日记》可谓是第一部跟海洋有关的纪实类文学作品。1492 年 10 月 12 日美洲新大陆的发现，无疑是世界历史长河中最重大的事件之一。作为"地圆学说"的坚定拥护者，意大利航海家克里斯托弗·哥伦布（Cristóbal Colón，1451—1506）深信，只要穿过大西洋一直向西航行，也可以到达亚洲。但是，由于对宇宙认识的局限性，对于那个时代的人而言，这个想法十分荒唐，因此，哥伦布的航海方案屡次遭到拒绝。在经过坚持不懈的努力之后，他终于得到了西班牙天主教双王[①]费尔南多国王和伊莎贝拉女王的资助，并且和伊莎贝尔女王签订了历史上著名的《圣塔菲协议》。哥伦布得到了他想要的一切——金钱和荣誉：他不仅从女王那里得到了海军上将军衔和贵族头衔，而且成为即将被发现地区的统帅，具有裁决权，甚至可以从殖民地获取所发现的黄金白银、珍珠宝石和香料的 1/10。伊莎贝拉女王赋予哥伦布如此高的地位和权力，是因为当时西班牙与摩尔人之间的战事正酣，天主教双王需要大量金钱以维持战争。他们相信，与富饶的亚洲大陆之间的贸易通商可以使西班牙获得财富和资金。除此之外，西班牙王室支持航海事业的另一个重要因素是领土问题。当时，西班牙与葡萄牙正在争夺非洲大陆，而西班牙在这场斗争中处于劣势。在非洲大西洋沿岸的马德拉群岛、加那利、佛得角和亚速尔 4 大群岛中，西班牙占有加那利群岛。因此，沿非洲大陆通往东方的海路被葡萄牙人所垄断，与此同时，欧洲大陆通往东方的道路也被穆斯林封锁，西班牙的对外贸易受到了严重束缚，王室面临着巨大的压力。为了扩张领土，也为了同葡萄牙争夺对东方世界的殖民统治权，西班牙决定另辟一条通往东方的道路。

西班牙天主教双王为哥伦布提供了一个由三艘三桅小帆船和 120 名船员组成的船队，它们分别是"尼娜号""平塔号"和"圣玛利亚

[①] 天主教双王是伊比利亚半岛上的卡斯蒂利亚女王伊莎贝拉一世和阿拉贡国王费尔南多二世夫妻二人的合用头衔，他们二人的联姻使王室家族合并，促进了西班牙的统一。

号",伊莎贝尔女王甚至把自己的珠宝首饰和金银细软都拿出来资助哥伦布的航海计划。西班牙航海家远渡重洋的首要目的是得到黄金,因此,根据哥伦布在日记中的记载,他曾经多次祈求上帝赐予他产金的土地。除此之外,西班牙当局还借用传播福音的手段使土著印第安人皈依天主教,旨在利用宗教对新大陆上的土著人进行精神统治。

1492年8月3日,哥伦布率领船队开始了远航的征途,这次远航把西班牙带上了帝国之路。经过23天的航行,他们到达加那利群岛,然后从这里再向西航行。加那利群岛正好处于东北信风带,有利于他们横渡大西洋。9月6日,经过短暂的休整和补给后,他们再次出发。在航行过程中,为了鼓舞船员的士气,避免船员因为距离大陆太过遥远而害怕,哥伦布写了两份航海日志,一份真的给自己看,一份假的给船员们看。在航行的前十天,他们的航行十分顺利,没有风暴,适当的东北信风正好为帆船提供了动力。10天之后,他们已经航行到了马尾藻海,海面上漂浮着的海藻"似乎是从陆地上扯来扔到水中的"。水手们根据他们看到的这一切认为已经距离印度不远,但哥伦布的想法正好相反。长期在海上行驶,看不到陆地,看不到他人,生活简单枯燥,食物难以下咽,淡水开始变质,船员们经历了从未有过的孤独和烦躁。他们开始抱怨,不安的情绪在蔓延,甚至感染了其余两艘船的船长。他们与哥伦布发生了激烈的争吵,要求返回西班牙。哥伦布说服了他们,要求他们再向前航行三天就可以看到陆地,因为之前已经看到有海鸟在飞。之后不久,他们在水中发现了树枝和木板,还发现了明显经过加工的木棍,这说明他们距离陆地已经不远,也终止了船员们的担心。10月12日凌晨,他们发现了真正的陆地——巴哈马群岛中的华特林岛。这是北欧人航海以来在西半球发现的第一块陆地,哥伦布宣布以国王和王后的名义占领该岛,兴奋的船员举行仪式,拥立哥伦布为统帅和总督。哥伦布认为自己到达了印度,把当地的土著居民称作印第安人(indians)。印第安人的善良、慷慨、简单、坦诚使欧洲人更加贪婪和残暴。哥伦布在《航海日记》中写道:"这些人不会使用武器……只要50个人就能征服他们,并使他们完全驯服地做主子想要做的任何事情。"① 在接下来的日子里，哥伦布开始寻找传说中黄金遍地的中国和印度。在寻找过程中，他们又发现了古巴、海地和其他岛屿，发现了烟草，哥伦布占领了海地北海岸，建立了第一个殖民点并取名为"纳伟达德"（意思是圣诞节），用以纪念"圣玛利亚"号发生船难的日子。1493年1月4日，哥伦布起航返回。3月15日，哥伦布回到西班牙，受到了热烈的欢迎，伊莎贝拉女王和她的丈夫斐迪南相信中国和印度群岛已经在他们的掌握之中，给了哥伦布极大的荣誉。为了寻找梦中的印度，哥伦布又三次航行到南美大陆，但都没有找到心中的印度。

今天我们看到的《航海日记》（又名《首次航行之书》）并非是哥伦布本人的原创作品，而是由两次参加哥伦布航行的拉斯·卡萨斯神父对哥伦布的日记所做的摘录。因此，日记中许多地方以第三人称叙述，但是重要章节均引用了哥伦布的日记。经学者考证，这些摘录严肃并忠实于原文。哥伦布一生共进行了四次美洲航行，这部作品讲述的是他率领船队首次航海的经历、沿途的艰辛及所遇到的困难。书中对美洲大陆的自然风光和当地印第安土著居民热情淳朴的性格都做了绘声绘色的描写，表达了作者对美洲新大陆的主观感受，是欧洲第一部记述新大陆以及欧洲人在新大陆活动的作品，书中还客观地揭露了哥伦布一行对黄金的贪欲，为了掠夺和占有黄金，他们不仅欺诈印第安人，船员之间也因此而发生矛盾和冲突。

哥伦布《航海日记》中的新大陆面积辽阔，森林茂密，生机勃勃，蕴藏着巨大的财富。他在日记中记述了第一次登上新大陆时看到的景象：

> 这岛面积辽阔、地势平坦、树木茂密、水源丰富。全岛无山，岛心有一大湖。整个岛屿郁郁葱葱，景色绮丽，令人赏心悦目。岛上的土著居民个个身躯魁梧、体态俊美、相貌

---

① ［意大利］哥伦布：《航海日记》，孙家堃译，上海外语教育出版社1987年版，第76页。

端庄。像马尾一样的粗硬的短发垂于眉端,少数长发披在肩上。有的把身体涂成褐色,有的涂成白色、红色及任何可以办得到的颜色,也有的只涂面或仅仅涂眼周和鼻子。①

哥伦布一行观察到土著印第安人在穿孔的鼻子上挂着一小块黄金后,便决定在岛上寻找黄金和宝石,他在书中把美洲大陆描述成遍地是黄金的样子:已经发现了这么多有大量黄金的河流,黄金多得只要用手就可以掏起一大把来。看到这情景的人都狂喜地来报告,他们讲得那样神乎其神,使我都不敢相信,甚至不敢向陛下禀报。②

然而,可悲的是,哥伦布一行除了想方设法从印第安人手中攫取一些黄金首饰之外,没找到任何金矿,更没找到马可·波罗游记中所叙述的遍地黄金的中国和印度。

根据哥伦布的记载,岛上的印第安人善良温顺,热情好客,但是却十分落后。在他看来,与当时西班牙所处的文明社会不同,美洲大陆上的土著居民是心灵高尚的野蛮人。他在1492年10月13日的日记中这样记载:"岛上居民十分温顺,他们很想要我们的东西,但又深知,如不以物交换,别人不会白给,而他们又无值得交换之物,于是随便拿起什么物件游过来换取我们的小东西,甚至连破汤盆、碎玻璃也如获至宝。"③但是在对待印第安人的问题上,哥伦布一行在第一次航行时就暴露了殖民者残酷的嘴脸。他为了寻找黄金并邀功于西班牙国王和王后,每到一个新的岛屿,便强迫印第安人充当向导带他们寻找黄金和宝石。起初淳朴的土著人像"迎接上帝"一样欢迎他们,但是由于他们贪婪地烧杀抢掠,哥伦布的第二次航行就遭到了印第安人的强烈反抗,双方发生了较大冲突,西班牙人用弓箭打散了毫无军事武装的印第安人。

哥伦布对于航海有着无尽的幻想,这一点在他的《航海日记》中

---

① [意大利]哥伦布:《航海日记》,孙家堃译,上海外语教育出版社1987年版,第29页。
② 同上书,第91页。
③ 同上书,第30页。

有着生动的体现，他的描写时而真实时而虚幻，当然这也与中世纪人类对于地理知识的缺乏有着密切的关系。哥伦布到死都以为他已到达了印度地区，殊不知他所"发现"的大陆乃是当时不为欧洲人所知的加勒比海岛和部分美洲大陆的沿岸地区。哥伦布的一生与这片美洲大陆带给世界的变化紧密相连。一方面，他为欧洲大陆财富的积累做出了巨大贡献，使当时已经萌生的资本主义得到了蓬勃发展；另一方面，正是由于哥伦布和随后其余的殖民者的到来，美洲大陆灿烂古老的文明被毁于一旦，印第安人被残酷地屠杀和奴役，几乎落到种族灭亡的境地。在宗主国的控制和压迫下，美洲大陆长期处于落后和与文明世界隔绝的境况之中，直至今日，拉丁美洲的许多国家还在遭受着殖民地时期所造成的创伤。

《航海日记》真实地记录了西班牙开辟新航线和征服南美大陆的历史过程，属于征服时期文学中的"纪实文学"，它的特点在于征服者一方面将事实记录下来，同时也将自己的感想、看法甚至主观臆断和想象记录下来。这样，事实和感想便融合在了一起。通过这些文学作品，可以窥见当时征服者的行为和思想，同时它又不是纯粹杜撰的文学作品，以征服者的所见所闻所想作为基础，所描写的社会和自然，有一定的真实性。① 因此，它在拉丁美洲历史和文学史上都占有极为重要的地位，被誉为拉丁美洲纪实文学的先驱，对后世的拉美文学，尤其是魔幻现实主义利用事实与想象相结合的艺术手段有着较大的影响。

二 埃尔南·科尔特斯写给国王的信件

征服时期，另一位比较著名的西班牙海洋文学作家是埃尔南·科尔特斯（Hernán Cortés, 1485—1547）。他出生于西班牙的麦德林，曾就读于萨拉曼卡大学，1506 年参加了西班牙对伊斯帕尼奥拉岛和古巴的征服战争，因为功绩显赫而一跃成为古巴的市政官员。1518 年，古巴总督贝拉斯克斯决定派科尔特斯出征墨西哥。科尔特斯从小喜欢冒险，在得到总督的任命后欣喜若狂，积极组建远征探险队。过了不

---

① 赵德明：《拉丁美洲文学史》，北京大学出版社 1989 年版，第 32 页。

久，他就征集到了 11 艘帆船，109 名水手和 200 名印第安奴隶，以及 16 匹马和 10 门大炮。他的态度和行为引起了政敌们的嫉妒和贝拉斯克斯的疑虑，在这种情况下，总督取消了任命。但科尔特斯去意已决，抗命出发。在墨西哥湾的塔巴斯克，他带走了通晓西班牙语的阿兹特克族女奴马林奇。马林奇后来成为他的情人并皈依基督教，为他征服墨西哥立下了汗马功劳。

科尔特斯率领一支探险队入侵墨西哥。在奥图巴战役中，科尔特斯率领的西班牙军队凭借着装备上的优势和有利的地形，以少胜多，成功击败阿兹特克三边同盟军队，摧毁了拉丁美洲三大文明之一的阿兹特克文明，随后建立了西班牙殖民城市维拉克鲁斯，并且在墨西哥城传扬天主教的思想。1520 年，科尔特斯率领 800 多名西班牙士兵和将近六万多名"印第安联军"把阿兹特克人的首都特诺奇蒂特兰围困起来。1521 年，尽管阿兹特克人进行了顽强抵抗，但由于水源、粮食奇缺，75 天后，科尔特斯率领的军队攻城获胜，几乎整座城市被西班牙军队放火烧毁。战后，科尔特斯成了阿兹特克王国的真正统治者，他命令当地印第安人重建这座城市，并把它改名为"墨西哥城"，即今天墨西哥的首都。

从西班牙军队登陆墨西哥到征服墨西哥全境，科尔特斯书写了五封信函递交给西班牙国王。在这些信件中，他详尽地叙述了西班牙势力进入新大陆的战事进展情况和印第安人的风俗习惯、城市建筑和宗教仪式等。第一封信写于 1519 年 7 月，后人始终未能找到。第二封信和第三封信分别写于 1520 年和 1522 年，并分别于 1522 年和 1523 年在塞维利亚出版，第四封信写于 1524 年，一年后在托莱多出版。第五封信于 1526 年完成但是直到 1842 年才出版。在这五封信函中第二封信最具有历史价值，这封信写于 1520 年 10 月 30 日，用漂亮的西班牙语书写，包含非常重要的信息，对库鲁阿省以及所属的各大城市（尤其是建在特斯科科盐湖上的首都特诺奇蒂特兰）进行了详细描述，从城市的布局和建筑，甚至对主要街道上的商业活动都有翔实并且生动的描述。科尔特斯在信中介绍了阿兹特克国王蒙特祖马及其子民如何侍奉他，描述了印第安人的宗教仪式，话语中透露着钦佩之情。信中还讲述了有关西班牙势力进入墨西哥后最值得关注的事件，如塞姆博拉首领的投降，军队挺进首都特诺奇蒂特兰，与特拉斯卡拉特卡斯（Tlaxcaltecas）的结盟，早期与蒙特祖马所派特使的接洽，以及在特诺奇蒂特兰与阿兹特克首领的会晤等。最后，科尔特斯描述了西班牙船舶被摧毁的情景，科尔特斯和他的部下历经重重阻拦，费尽周折才从城中突围出来等。

科尔特斯写给西班牙国王卡洛斯五世的信函是了解早期西班牙占领墨西哥的重要史料。作为一名为西班牙征服拉丁美洲做出杰出贡献的军事将领，科尔特斯有勇有谋，但是古老的阿兹特克文明在殖民战争中被毁于一旦，绝大多数土著人被屠杀，场景惨绝人寰。因此，对于科尔特斯的功过是非，无论是当时还是后代的历史学家都一直存有颇多争议。正如墨西哥著名诗人奥克塔维奥·帕斯在纪念科尔特斯诞辰500周年时把其比喻为征服的象征，虽然不喜欢他，但又不得不佩服他。而他写给西班牙国王的书信，具有史料价值，但由于缺乏细节描写，文学性不强。尽管如此，这些书信仍然为我们提供了15—16世纪西班牙的海上探险和海外殖民状况，同时也为西班牙后来海洋文学的发展奠定了基础。

三 贝尔纳尔·迪亚斯·德尔·卡斯蒂略和《新西班牙征服信史》

贝尔纳尔·迪亚斯·德尔·卡斯蒂略（Bernal Díaz del Castillo, 1496—1580）是征服墨西哥时的西班牙将领埃尔南多·科尔特斯手下的一名士兵，曾跟随科尔特斯参加过征服阿兹特克人的战争，晚年被任命为危地马拉的安地瓜（当时名叫圣地亚哥）的市政会议成员。在他04岁时，撰写了《新西班牙征服信史》[1]（*Historia verdadera de la Conquista de la Nueva España*），翔实地记载了科尔特斯率兵征服墨西哥的全过程。

《新西班牙征服信史》是贝尔纳尔·迪亚斯根据自己作为一名士兵的亲身经历写成的小说作品，但同时又是一部历史著作。在这部作品中，作者以征服者的角度，通过简单生动的语言翔实地描绘了科尔

---

[1] "新西班牙"是墨西哥的旧称，笔者注。

特斯率军征服墨西哥的全部过程,包括战争的筹备经过、征服军队人员和武器装备等情况,同时讲述了阿兹特克国王蒙特祖马率兵抵抗和科尔特斯在复杂的战争形势中运用的军事策略。除此之外,作者还用大量篇幅描述了他目睹的墨西哥的自然风光和印第安部落的情况,从部落的社会结构到印第安人的风俗习惯和生活方式,甚至对民间的故事和传说都进行了真实的记载。

墨西哥是阿兹特克文明的发源地,也是拉丁美洲三大文明之一。由于有关该地区古印第安文明的文字记录甚少,加之征服时期西班牙军队的破坏,无疑使后世对阿兹特克文明研究的难度增大。贝尔纳尔·迪亚斯运用通俗具体的语言生动形象、引人入胜地描述了这段征服史,更为可贵的是,书中对古印第安部落的描述为研究墨西哥的阿兹特克文明提供了大量珍贵的史料。在这部作品中,作者除了描述征服墨西哥的全过程,其中还插入了一些奇人轶事,包括备受争议的印第安姑娘马林奇(Malintzin)。马林奇是印第安贵族的女儿,西班牙征服者科尔特斯的翻译、情人和智囊,也是墨西哥第一个印欧混血儿的母亲。现如今,在墨西哥,"马林奇"仍然被用于称呼那些背叛了自己固有文化和价值观的人,但是对于西班牙人而言,她被尊称为堂娜·马丽娜(Doña Marina)。①

根据《新西班牙征服信史》记载,马林奇的双亲是印第安人部落的大酋长,父亲在她幼年时期去世,母亲再婚与一个年轻的酋长生下一子,由于两人非常宠爱这个儿子,决定将酋长之位传给他。为了替儿子扫清障碍,就偷偷把马林奇送到一位印第安女仆的家中并宣扬女儿已死。多年之后,马林奇被当作奴隶献给了科尔特斯。在贝尔纳尔·迪亚斯的描述下,马林奇是个非常杰出的女子,精通阿兹特克人的纳瓦尔语和玛雅方言,通晓西班牙语。科尔特斯被她的才能和美貌深深吸引,科尔特斯把她始终带在身边。就这样,马林奇成了他公开的情妇,并为他生下一个儿子。科尔特斯和马林奇的结合被认为是混血种族墨西哥的开始。由于马林奇很受敬重,按照西班牙人的称谓,

---

① 在古典西班牙语中,在姓氏前加上Doña(堂娜)表示对女性的尊称。

把她尊称为堂娜·马丽娜,当时整个墨西哥的印第安人都听从她的旨意。

贝尔纳尔·迪亚斯的《新西班牙征服信史》这部作品具有很高的历史价值,是一部记录拉丁美洲和西班牙的史学经典,并且是有关征服墨西哥时期最重要的史料记载之一。此外,这本书无论是在西班牙文学史上,还是在拉丁美洲文学史上都有着不可替代的地位。智利著名的文学家托雷斯·里奥塞斯曾在其《拉丁美洲文学简史》中高度评价此书:"单纯作为文学作品来看,没有一本编年史能与贝尔纳尔·迪亚斯·德尔·卡斯蒂略的《新西班牙征服信史》相媲美……""他的《新西班牙征服信史》可以恰当地看成是所有新世界的编年史中最具有西班牙特色的,而同时又是最具有美洲特色的作品"。[①] 一方面,作者受到黄金世纪文学的影响,对于富有戏剧性的事物进行了生动的描述,因此《新西班牙征服信史》具有西班牙文学的特点。另一方面,书中所描述的墨西哥自然风光和风俗习惯又使本书具有鲜明的美洲特色。

四 加西拉索·德·拉·维加《王家述评》

加西拉索·德·拉·维加(Inca Garcilaso de la Vega, 1539—1616)是西班牙人与印加人的混血后裔,1539 年出生于秘鲁的原印加帝国的首都库斯科城,父亲是西班牙征服军队的总督,母亲是印加帝国的公主。他在印加贵族和西班牙征服者中间度过了青少年时期,受到了良好的教育并且熟悉印加王国的历史和民间传说。随后他前往西班牙生活,曾参与对抗摩尔人的战争并被授予上尉头衔,退伍后仕途失利并遭到排挤,便开始潜心从事文化研究工作。1590 年他翻译出版了犹太人雷昂·希布雷奥的《爱情谈话录》,这是一部充满柏拉图风格的作品,1605 年出版了记述西班牙征服者埃尔南多·德索托的探险佛罗里达的作品《印加的佛罗里达》(又名《弗罗里达半岛发现史》)。

---

① [美]托雷斯·里奥塞斯:《拉丁美洲文学简史》,吴建恒译,人民文学出版社 1978 年版,第 175 页。

1609年，70岁高龄的加西拉索出版了他最重要的作品《王家述评》(*Comentarios Reales de los Incas*)的第一卷。这是一部描述古代南美洲印加文化的著作，第一卷主要叙述了秘鲁诸王——印加人的起源，以及他们的信仰、法律、和平和战争时期的政府组织、生活和战功，以及西班牙人到来之前这个共和国家的所有一切。第二卷在作者逝世后一年（1617）出版，又名《秘鲁的历史》，叙述它的发现，西班牙人的得手，以及皮萨罗和阿尔马格罗为争夺土地而引起的内讧，暴君的兴起和他们所受到的惩罚，以及其他，等等。

《王家述评》记述了印加帝国历代国王的生平事迹和对于自己国家的一切事物的叙述和评论，作者在书中毫不掩饰地流露出自己的感情色彩，因此，严格来讲，这部作品属于一部带有抒情性质的回忆录，而不是一部历史专著。总体来讲，这部著作的素材来源于三方面，一是作者的母亲及其印加王室家族对于古印加文化的回忆和描述；二是作者从小生活在印加贵族中的所见所闻所感；三是引录在他之前其他西班牙人的有关印加史的著作。

书中记述了印加人的经济、政治和文化生活，其中包括土地制度、劳动制度、行政制度、法律法规、偶像崇拜和宗教信仰、祭礼仪典、风俗习惯、神话传说、教育和语言、艺术表现形式和各种物产等多方面。由于作者从小生活在印加帝国，尽管成年后前往西班牙，却无法停止对故国的怀念与眷恋，字里行间流露出对祖国的无限爱恋，例如作者在书中这样描写印加王公在征服了丘基曼库国以后建造的堡垒：

> 这座堡垒规模不大，却是建筑上的宏伟奇迹。无论从建筑本身，还是从它所处的位置来说，都应该让它尽可能永远矗立在那里。它不断受到海浪的拍击，但根据建造的情况来看，它完全可以历经数百年而安然无恙。1560年，当我途经那里时，那堡垒依然显示着当年的雄姿，令瞻仰者更生思古

之幽情。①

在作者的笔下，印加帝国曾经是一个"丰衣足食、生活安定、秩序井然"的理想国度，是太平洋东岸的"伊甸园"，它的领土遍布南太平洋东岸的整个沿海地区，而印加人的劳动是一种幸福欢乐的劳作，是喜庆节日的狂欢：

> 人们欢喜快乐地来到太阳神和印加国王的土地上，身上穿着节日盛装，头上装饰着五光十色的金、银和羽毛饰物。大家一面耕耘劳作，一面唱着献给印加国王的颂歌。他们把劳动变成欢乐的节日，因为他们在为神明和自己的国王效力。

西班牙殖民者到达新大陆之前，尽管印加文明已经达到了相当的高度，但遗憾的是没有创造出任何形式的文字，这对于后世追溯和研究它的历史造成了相当大的困难。加西拉索的《印卡王室述评》对于研究印加的历史文化发展史中的各个方面都提供了丰富的第一手原始资料，是一部关于印加文明的文献总集和资料宝库。美国著名史学家威廉·普雷斯科特认为，《印卡王室述评》记述了印加帝国的历史，展现了在印加诸王统治下该国文明的完整面貌，相比其他史学家的记述则更加完整。

综上所述，征服时期的西班牙语海洋文学成就并不显著，主要是航海家和殖民者的航海记录、书信和对殖民地进行征服的记述。除《王家述评》之外，其他作品缺乏文学性，但无论如何，这些文字性材料都是记录西班牙大航海时代的重要史料和文学成就，具有重要的历史价值。

最重要的是，这些原本为了寻找上帝、土地、名声和财富的航海家和探险家们带回了充满猎奇的海洋故事。他们的著作"激起了由欧

---

① ［秘鲁］印卡·加西拉索·德·拉·维加：《印卡王室述评》，白凤森、杨衍永译，商务印书馆1996年版，第12页。

洲那些追求利润的商业冒险家们资助的第二波航海探险。"① 这些源于商业动机的航行，不仅间接扩大了已知世界的版图，促进了英国海盗文化的繁荣，同时也对海洋和海洋生物造成了极大的冲击。后来，海盗时代结束之后，商业利益则将帆船转变为更大的船只，并转向产量更加可靠的猎物，这反过来又促进了造船业的飞速发展。造船业的发达，使欧洲航海家们走向了大洋深处，对海洋生物的捕杀和掠夺从小型鱼类到海牛、鲸鱼和海豹等大型海洋动物，对海洋生态的破坏到了无以复加的地步。

第二节 "黄金世纪"的西班牙海洋文学：从贡戈拉到塞万提斯

"黄金世纪"是指从15世纪末至17世纪末西班牙古典文学最繁荣的时期，是根据意大利和法国编年史上类似的说法而提出的，但是也有学者将"黄金世纪"的文学理解为西班牙帝国黄金时期的文学。虽然西班牙文学家和国际文学史学家对西班牙"黄金世纪"的起止时间和对其内涵、外延的界定表达了不同的看法，但一般认为，"黄金世纪"是从1492年摩尔人被赶出他们在欧洲的最后一个堡垒格拉纳达开始，到1681年伟大戏剧家卡尔德隆逝世为止，前后历时近两个世纪。1492年，当哥伦布发现新大陆的时候，西班牙完成了"光复运动"，并将其领土扩展到北非和美洲，成为欧洲最强大的国家之一。1681年，卡尔德隆的去世标志着这个文学蓬勃发展的黄金时期最终走向终结。"黄金世纪"里，西班牙文学以介绍意大利文艺复兴时期的哲学思想和文艺作品为主，后来便涌现出大批令人注目的诗人和作家，对后世影响极其深远。"黄金世纪"文学又可分为文艺复兴时期和巴洛克时期。诗歌方面出现了以路易斯·德·贡戈拉·伊·阿尔戈

---

① ［英］卡鲁姆·罗伯茨：《假如海洋空荡荡：一部自我毁灭的人类文明史》，吴佳其译，北京大学出版社2016年版，第78页。

特为代表的巴洛克主义和以克维多为代表的警句主义诗派等。小说方面，产生了流浪汉小说和塞万提斯。

15世纪末期，西班牙卡斯蒂利亚王室组成的天主教军队击败摩尔人，完成了"光复运动"。在这期间，卡斯蒂利亚王国不仅在伊比利亚半岛上不断扩大地盘，还向海外大规模拓展。当时的欧洲社会普遍认为，富庶的中国和印度是冒险家的乐园，除此之外，对于东方消费品的需求也促进了作为海上霸主的西班牙实施雄心勃勃的拓展计划。由伊莎贝拉女王资助的哥伦布一行意外地发现了总面积是西班牙40多倍的美洲大陆，取得了出人意料的成就，西班牙王室立即派出远征部队对新大陆进行探险、征服和殖民开拓。从此以后，西班牙帝国对外扩张的心态日益膨胀，经过几代人的苦心经营，终于在卡洛斯一世时期建成了一个横跨欧洲、南北美洲、非洲和亚洲[①]的庞大帝国。1555年，卡洛斯一世的儿子费利佩二世继承王位，子承父业，继续向外殖民扩张。在他统治期间，西班牙和葡萄牙实现了统一，意味着同样为航海大国的葡萄牙在非洲、亚洲、太平洋和大西洋上所有岛屿连同葡萄牙本土统统归属西班牙。费利佩二世使西班牙帝国的势力范围达到了巅峰。为了统治如此辽阔的地区，西班牙王室建立了一支武器先进、装备精良、士气高昂的皇家军队，当时这支军队的作战技术在整个欧洲都有显著的优势。除此之外，还拥有一支由西班牙实力最强的海军组成的"西印度舰队"。正因如此，在黄金世纪早期的一些文学家多经历过殖民拓殖，他们创作的文学作品也反映了当时西班牙进行海外贸易和海外拓殖的盛况。

一 加西拉索·德·拉·维加

加西拉索·德·拉·维加（Garcilaso de la Vega，1503—1536）是卡洛斯一世时期的一位军旅诗人，生于托莱多的一个贵族家庭，从小接受宫廷教育，他熟悉古希腊、古罗马作家的作品，通晓古希腊语、拉丁语、意大利语和法语，17岁就成了卡洛斯一世的宫廷侍卫。

[①] 包括西班牙及西属南意大利、奥地利、荷兰、卢森堡、比利时、法国部分领土、撒丁岛、西西里、美洲殖民地和菲律宾。

1523年，他被封为圣地亚哥骑士，参加过远征意大利、奥地利、突尼斯等地的战争。1530年，随女王访问法国，游历巴黎等地。后因婚姻问题违背朝廷意志而失宠，被流放到那不勒斯。在那里，他接触到了一直崇拜已久的意大利文化。1536年，他奉命回国，任步兵统帅出征普罗旺斯，在攻打穆伊要塞时身负重伤，同年在尼斯逝世。

作为一名勇敢的军人和骑士，加西拉索为了祖国献出了自己宝贵的生命。出于他英年早逝，留下的诗作数量较少，流传至今的约有五千余行。其中多数为爱情诗和受意大利文艺复兴影响下的十四行诗，除此之外流传至今的还有少量田园诗和歌谣。但在他的诗歌中，海洋成为他宣泄情绪的一种意象。比如，他的爱情诗代表作《格尼多的花儿》中，咆哮的海水成了他在追求爱情的过程中遇到的阻力，是他在战场上遇到的强劲对手。同时，在这首献给那不勒斯小姐的诗歌中第一次出现了"lira"（七弦竖琴）这个词：

假如我那
可怜的七弦竖琴声，即使瞬间
能让强劲的风力息怒
能让澎湃咆哮的海水安详平静。[①]

在这个诗段中加西拉索开创了三短两长的韵律形式，并且巧妙地使第二句中的lira（七弦竖琴）和第四句中的ira（愤怒）在形式上押韵，在内容上用七弦竖琴优美的声音和强劲的风力、咆哮的海水发出的声音形成鲜明对比，将自己比喻成七弦竖琴，爱情中遇到的艰难险阻比喻为强劲的风力和咆哮的海水，试图用自己动人的琴声化解爱情中的矛盾并感动自己的爱人。正因为作者是一名军旅诗人，呼啸的暴风和咆哮的海水就像是他在战场上遇到的敌人，但无论敌人多么的强劲，通过自己的不懈努力终将战胜对手，这正是军人本色。

[①] 沈石岩：《西班牙文学史》，北京大学出版社2006年版，第50页。

加西拉索创作的这种三短两长的韵律形式被后世诗人们采用，由于在第一段中使用了"里拉"（lira）这个词，因此后世把使用这种格律的诗歌称为"里拉"格律，在西班牙诗坛沿用至今。

　　这位军旅诗人对西班牙诗坛有着杰出的贡献，他突破了西班牙古老的诗歌传统，发现了新的经典的意大利音韵，启发了"黄金世纪"后期的诗人们，在后世诗人们的作品中不难发现加西拉索对他们深远的影响。例如在后来的莱昂和梅德拉诺的作品中就多次使用了"里拉"格律，而三行为一节的书信体和哀歌在艾雷拉、洛佩和安德拉达的作品中得到了发展，即使在西班牙内战结束后，仍然存在着"加西拉索派"的诗人学术群体。

二　费尔南多·德·埃雷拉

　　费尔南多·德·埃雷拉（Fernando de Herrera, 1534—1597）的身世至今是个谜，大部分文学家认为他出生在塞维利亚一个没落小贵族或小商人之家，但从他熟练掌握古典和现代语言、渊博的知识储备来看，他显然受过良好的教育。他在神学方面研究颇深，但是由于他清高孤僻的性格，再加上他一直潜心于诗歌创作，仅与他欣赏的少数几位诗人交往，因此，他一生未曾获得神甫的称号。埃雷拉一生潜心笔耕，但生前只出版过一个选集。1619 年，生前好友弗朗西斯科·帕切科整理并出版了他的遗作 365 首，即《费尔南多·德·埃雷拉诗集》。在这部诗集中，诗歌形式极尽雕琢之能事，色彩斑斓绚丽，为西班牙文学界树立了追求形式华美雅致的风格典范，对后世夸饰主义诗歌的创作产生了不小的影响。[①] 除此之外，埃雷拉受到了加西拉索的诗歌风格影响，认为诗歌应当在形式和内容上不断创新，因此，他运用新的形式、格律、比喻和词汇革新西班牙诗歌，并且将十四行诗在西班牙文坛上发扬光大，起到了承前启后的作用。

　　埃雷拉的诗歌可以分为爱情诗和歌颂祖国的诗歌两大类。他的情诗主要是献给赫尔贝斯伯爵夫人堂娜·莱昂诺尔·德·米兰，他的爱国诗篇以歌颂西班牙的光辉历史为主，例如，《勒班陀大海战颂》

[①] 陈众议、王留栓：《西班牙文学简史》，上海外语教育出版社 2006 年版，第 66 页。

《献给堂胡安·德·奥地利》和《献给塞维利亚》等。在这些作品中，他突出了当时西班牙作为一个航海大国在国际事务中所处的重要地位，因此，被世人称作"政治诗歌作者"。埃雷拉在《勒班陀大海战颂》中颂扬了西班牙海军的英勇威武，歌颂西班牙在打败土耳其奥斯曼帝国后成为世界海上霸主。

他的抒情诗风格典雅，音韵优美，形式上追求雕琢，因此赢得了"诗圣"的雅号。他的《哀歌》表达了对伯爵夫人莱昂诺尔那无限伤痛却不屈不挠的深深爱恋：

> 在倾听这高傲的钟爱者之前，
> 沉默的夜晚，不要在神圣的银色海洋
> 洗你黑暗的王冠，
> 请你从那湿润的河底
> 将秀丽前额上的碧发，
> 将水神们蓬勃的美貌举起。
> 这里，伟大的贝蒂河是见证
> 它看见无敌舰队曾经用
> 土耳其人的鲜血将爱琴海染红；
> 我想诉说自己感到的荣誉，
> 但是又怕我这好事引起
> 那不值得我祝愿的人的妒忌。
> 深深的河，请使水流平缓，
> 请听我的光荣，因为你在纯洁寒冷的水底
> 同样听到过我的怨言。
> 你爱过，像我一样
> 你也知道使自己痛苦的症状
> 并庆幸你曾有过的小小的荣光。[1]

---

[1] 赵振江：《西班牙黄金世纪诗选》，昆仑出版社2000年版，第103页。

在这首三行为一节的哀歌中，诗人表达了自己对伯爵夫人的深深爱恋。诗歌总体可以分为三大部分：节选的前六节是诗人准备要向夜晚诉说自己一段光荣的爱情历史，中间的部分是这段不长久但是幸运历史的过程，中心内容是他们彼此的一组对话，也是这首诗的特色所在。诗中第十一节到第十三节是"女子对我讲"的话，表达了她心中甜蜜的爱情以及坚定的信念。而从第十五节到第二十二节，都是诗人向这位夫人的倾吐，最后两节对应开头，再次向黑夜强调了自己对爱情的执着及不灭的希望。在前六节中，诗人假想自己如果某天失去爱情，便会进入无边的黑暗和孤独之中，在痛苦到来之前，他还要最后一次回忆那段甜蜜的情史。在第一节中，诗人向沉默的夜晚表达了自己的心声，随后他借爱琴海上的战争来映衬自己这段光辉却残酷的历史，将当时西班牙航海大国的"无敌舰队"的战绩比作自己在这段短暂的爱情中的辉煌，也通过描写他人的妒忌来突出自己荣誉感。作为一名"政治诗人"作者，他时刻不忘在作品中突出当时的海上霸主西班牙帝国先进的武器装备和富强的国力，用海战中取得的胜利形容自己的爱情美好，但作者同时也用西班牙海上霸主的地位逐步没落比喻自己爱情的短暂，由此可见，作者在赞扬自己的祖国时还是持有相对客观的态度。

三　路易斯·德·贡戈拉·伊·阿尔戈特

路易斯·德·贡戈拉·伊·阿尔戈特（Luis de Góngora y Argote，1561—1627）出身于科尔多瓦的贵族家庭，其父是法官，其母贵族出身。15岁进入萨拉曼卡大学攻读神学但未曾毕业。随后接受科尔多瓦大教堂的神职，但是，他真正的兴趣却在诗歌创作方面。1613年，他最为恢宏的作品《孤独》问世。这部作品的诞生，引起了以他本人为代表的夸饰派与以克维多、洛佩·德·维加为代表的格言派的论战。格言派在这场论战中遭受打击，克维多因为写诗讽刺宫廷而被囚禁，一些格言派的拥护者也被发配充军，而贡戈拉的名望却因此更盛。1617年，费利佩三世任命他为宫廷教堂的神甫，实际上则是让他为王室创作诗歌。在马德里任职的十年中，他因沉迷于赌博而负债累累，被债主讨债，无奈回到故乡科尔多瓦，晚年贫病交加，不久后便与世长辞。

贡戈拉是著名的"夸饰主义"创始者,他与塞万提斯和洛佩·德·维加齐名,是西班牙古典文学的"三巨头"之一。塞万提斯的小说、洛佩·德·维加的戏剧和贡戈拉的诗歌是西班牙"黄金世纪"文学最有影响力的文学作品,并且对后世的现代主义文学奠定了发展基础。

贡戈拉的作品经历了不同的发展阶段,早期的诗作由于受到塞维利亚派诗人埃雷拉的影响,他创作的诗歌音韵优美,节奏感强,表现力生动,充满讽刺意味,具有鲜明的独创性。后期的作品中充满了华丽的辞藻和晦涩难懂的内容,运用了复杂的文学手段。这一阶段的诗歌极其古怪,并脱离现实,只有为数不多的文学素养极高的人才能猜出隐藏在那些晦涩难懂的词语背后的真实含义,这一诗歌流派被称为"夸饰主义"。

贡戈拉早期的诗作中主要以谣曲和十四行诗较为著名,他的十四行诗大多数是献给达官贵人与朋友的作品,也有描写宫廷庆典的应时之作。而他在谣曲上的成就是在《黄金世纪》的众多文学家中无人能及的,他巧妙地通过简洁、明快的通俗诗歌的手段表达高雅的内容。按照主题划分,这些谣曲可以分为爱情谣曲、骑士谣曲、田园牧歌谣曲、讽刺谣曲和苦役谣曲。其中,《德拉古特手下的苦役》是最为著名并流传至今的一首苦役谣曲:

> 在土耳其的大船上
> 德拉古特的一名苦役
> 被绑在坚硬的条板上
> 两眼注视着大地
> 双手划着船桨。
> 在马尔贝亚海岸
> 伴随着枷锁和船桨的嘶哑
> 他发出一声声哀叹:

"西班牙神圣的大海啊,
平静著名的海滩,
成千上万的航船
演出了多少悲剧。
你是同一个海洋
你不断冲击的波浪
亲吻着我祖国的
巍峨高耸的城垣。
请带给我妻子的消息
告诉我,可是当真
她信中对我倾诉的
那些泪水和呻吟;
如我作为俘虏的泪水
的确在你沙滩流淌,
你完全能在闪光的珍珠上
战胜南方的海洋。
神圣的大海啊,
请回答我的请求,
你完全可以做到
既然水有舌头;
然而,你却拒不回答;
她无疑已离开人间,
尽管不该如此,
我们已无法相会。
因为我已经生活十年
没有自由,也没有她在身边,
没日没夜地被迫划桨,
哪个人能不痛入心髓。"
此时远方突然发现
六艘基督教的帆船,

船长紧急下达命令，
让苦役们奋力划船。①

　　这首谣曲描写的是一名被土耳其海盗俘获的西班牙人被迫充当船上的苦役，当船只靠近西班牙海岸时，勾起了他对故乡和妻子的无限思念，但是，这短暂的想念却被船主的命令打破，他不得不继续摇桨躲避基督教军舰的追捕。这首八音节谣曲用词简洁，真实客观地再现了苦役的内心世界，诗歌通过描写西班牙俘虏被迫在船上划桨服役，表现了土耳其海盗在地中海的胡作非为，但是当海盗们见到基督教的帆船时闻风丧胆，不得不命令苦役们加快划船以躲避西班牙军舰的追捕。这首诗不仅描写了天主教国家（意大利、法国和西班牙）同土耳其海盗在地中海上的斗争史，而且从侧面反映出16世纪的航海大国——西班牙强大的军事实力。

　　贡戈拉后期的作品风格较前期有着明显的变化，诗歌中运用了夸张的辞藻，充满各种晦涩难懂的词句，创建了一种脱离人民群众，提倡被"高雅人士"理解的写作形式。这种诗歌流派被称为"夸饰主义"，重视诗歌形式完美和音律的和谐悠扬，讲究精雕细琢。作为这一流派的代表人物，贡戈拉在这一时期的作品中大量引用古希腊和古罗马的文化历史和神话典故，引用拉丁文的句法形式（如倒装法），使用暗喻、明喻等文学手法，最典型的当属他的代表作《孤独》。这部长诗原计划写四部分：《田野的孤独》《河岸的孤独》《森林的孤独》以及《荒漠的孤独》分别象征人生的童年、青年、中年和老年四个阶段。但是贡戈拉只完成了第一部分的1901行和第二部分的979行，第三部分和第四部分因故未竟。第一部分描写了一个年轻人船沉落海后漂流到一个海岛的沙滩上，被当地的渔牧人救起并与他们一起生活，参加他们的节庆和婚礼。第二部分写这个青年随渔民出海捕鱼，与惊涛骇浪搏斗。全诗没有过多情节的叙述，主要是对景象的描写，运用了大胆的比喻、丰富的想象、对偶的句式、夸张的词汇以及

---

① 飞白译，选自http://www.shigeku.org/shiku/ws/wg/gongora.htm。

冷僻的典故，例如，他把大海比作"冰冷的蔚蓝的坟墓"，把雪山喻为"水晶的巨人"，有文学评论家认为他的作品过分追求形式的完美，将诗歌内涵置于次要位置，但是他的构思之巧，设喻之妙充分表现了"夸饰主义"诗歌的特色。

"夸饰主义"又称为"贡戈拉主义"，这种文学风格在17世纪几乎占统治地位，影响达到整个西班牙语文学世界，到18世纪才走向衰落。19世纪时期，"贡戈拉主义"成为晦涩难懂的代名词。直到20世纪，文学界对贡戈拉的评价开始发生变化，由于达马索·阿隆索等人的提倡，20年代出现了重新估价贡戈拉诗歌的浪潮，不少诗人通过模仿贡戈拉的风格进行创作，从20世纪"27年一代"流派的诗人的作品中就可以看出贡戈拉对他们的影响。

四　洛佩·德·维加

西班牙人对于戏剧的热爱可以追溯到9世纪前，那时在圣诞节和复活节等宗教仪式庆典上，人们在教堂里用民间拉丁语表演一系列的宗教短剧，例如耶稣的诞生、死亡和复活等。13世纪后，受意大利戏剧的影响，西班牙戏剧开始走向专业化的道路，但当时好的戏班子大多只为王室成员和贵族演出。直到14世纪后，西班牙戏剧逐步面向大众，特别是洛佩·德·维加为民族戏剧的发展奠定了基础，他打破了古希腊戏剧不可超越的神话，首次确立了亦庄亦谐、亦悲亦喜的悲喜剧在戏剧创作中的地位。这位多产的作家创作的戏剧作品多达1500部，其中有470余部流传至今。洛佩曾在一天时间内创作出一部戏剧，正是这种惊人的天赋，他在当时的名声远远超过塞万提斯，被同时代的人们称为"天才中的凤凰"。

洛佩·德·维加出生在一个贫寒的工匠家庭，自幼就对文学表现出极高的兴趣。在五岁的时候他就能用拉丁语和卡斯蒂利亚语朗读诗歌，随后进入耶稣会创办的皇家学校学习文学课程，他十二岁的时候创作了第一部喜剧《真正的情人》。1577—1581年他在阿尔卡拉德埃纳雷斯大学学习数学和天文学，但由于他对文学情有独钟，加之父亲的去世令他无法继续学业。1583年，他投身于圣塔克鲁斯侯爵门下并参加了攻占亚速尔群岛中唯一尚未归顺西班牙的德尔赛伊拉岛的战役。海战归来后，洛佩疯狂地爱上了女演员埃伦娜·奥索里奥，并由此创作了大量的抒情诗篇。在他众多的抒情诗句中描述的"菲拉斯"的原型就是埃伦娜，在这期间，洛佩还给她父亲的剧团创作喜剧。1587年，埃伦娜答应了一位贵族的求婚，充满怨恨的洛佩也对这位情人和她的家庭发表了很多愤恨之言，从而被起诉，后被逐出首都马德里。流放期间，洛佩又爱上了伊莎贝尔·德·乌尔比纳。婚后不久，洛佩参加"无敌舰队"征讨英国，在这期间，洛佩创作出著名的长诗《安赫丽卡的美丽》献给妻子。"无敌舰队"遭到英国海军和大西洋风暴的袭击，洛佩险些丧命。随后他与妻子迁居至瓦伦西亚，在那里度过了短暂却幸福平静的时光。但是，好景不长，两年后他的妻子因难产去世，婴儿夭折，洛佩深受打击。1595年11月，在被宫廷驱逐8年之后，洛佩回到马德里。三年后同富有的宫廷猪肉供应商的女儿胡安娜结婚。洛佩此举被当时很多人嘲笑，因为大家都认为洛佩是出于钱财的目的与胡安娜结婚。洛佩重新担任塞萨公爵私人秘书和顾问，并且兼任宗教裁判所牧师、检察官等。这个时期他的文学事业渐入佳境，塞万提斯等称他为"自然界的精灵"。1613年后，洛佩再次遭受妻离子散的沉重打击，决定遁入空门，皈依宗教，在这期间潜心创作宗教诗。但是这位西班牙伟大的剧作家晚景凄凉，于1635年与世长辞，马德里市民几乎倾城出动为洛佩送行。

作为西班牙戏剧的代表人物，洛佩的戏剧作品可以分为三大类：第一类是历史剧，这些剧作大多取材于古老的传说、历史事件和日常生活中发生的事情，通过作者的艺术升华，生动地描写了西班牙的社会现实。第二类是世态剧（也称为炮剑剧），通过男女之间的爱情描写世间百态和人情冷暖，例如著名的喜剧《傻大姐》。第三类是宗教剧，多为洛佩担任修士期间所创作的，例如《圣母的红衣主教》《好的女看门人》和《收割》等。

在洛佩的众多剧作中，最受欢迎的当属以反对分裂、维护民族统一为主题的《羊泉村》。这部戏剧以15世纪的西班牙社会为背景，尽管当时"无敌舰队"已经不敌英国海军，但是作为最早进行航海探索的大国之一的西班牙积累了相当数量的财富，尤其是在卡洛斯国王兼任神圣罗马帝国皇帝期间,从母亲那里继承了西班牙、意大利、菲律宾和美洲殖民地,并且从父亲那里接管了荷兰、比利时、卢森堡和法国的一部分领土。强大的航海帝国的出现意味着西班牙领土割据的时代已经瓦解,洛佩正是从这个角度把民族统一这一宏大的主题融合在西班牙小村庄——羊泉村发生的一个历史故事里。15世纪70年代,在卡斯蒂利亚的伊莎贝拉女王和阿拉贡国王费尔南多联姻后(史称天主教双王),一个统一、强盛的西班牙就在眼前。但是,顽固的封建领主画地为牢,抵制天主教双王完成统一大业。卡特瓦拉骑士团有位叫费尔南·戈麦斯·古斯曼的队长,专横跋扈、鱼肉百姓,村里人都对他非常痛恨。他还怂恿他的上司,即骑士团团长勾结葡萄牙国王,企图阻止西班牙统一。1476年4月的一天晚上,村民们因不堪忍受暴行,揭竿而起。愤怒的村民们手持农具、刀剑和长矛等高呼着"费尔南多国王和伊莎贝拉女王万岁",冲进领主府邸,杀死了古斯曼和他的骑士团。事情发生后,国王派人前来调查,村民们异口同声答道:"是羊泉村干的,而不是哪一个人。"经过调查,国王了解了实情,原谅了村民,恢复了秩序,把原来队长的领地收归国家直辖。洛佩在这部作品中真实地再现了那段历史事件,反映了西班牙的社会现实并且表现出人民反对分裂,维护祖国统一的正义感和使命感。

洛佩对于西班牙民族戏剧的贡献无人能及,他打破了文艺复兴时期的经典戏剧的传统,在悲剧中掺入喜剧成分,使悲喜剧成分交织在一起,并且将西班牙戏剧从五幕削减至三幕。第一幕引出故事矛盾,第二幕将故事情节推向高潮,第三幕给观众留下出其不意的惊喜结尾。剧中内容丰富,冲突激烈,人物性格突出,并且巧妙地加入西班牙民族歌舞短剧,将西班牙的民族戏剧发扬光大。洛佩曾表达自己有时是按照几乎无人能理解的艺术来写剧本的,他只按照那些希望受到群众赞扬的剧作者所发明的艺术来写作。洛佩认为,戏剧的故事情节需要热闹丰富,扣人心弦,正因如此,他的许多剧作是根据观众的要求结合自己的意愿进行创作的,并且在反映社会现实,表现人民大众的痛苦和歌颂爱情方面都充满了人文主义思想,具有鲜活的表现力和艺术性。

五　米格尔·德·塞万提斯·萨维德拉

被誉为西班牙"现代小说之父"的塞万提斯是西班牙文艺复兴时期现实主义文学的代表作家。根据史料记载，塞万提斯于1547年出生于马德里附近的埃纳雷斯小镇。他的父亲罗德里格·德·塞万提斯是位贫穷的乡村外科医生（相当于现在的护理员）。1551年左右，塞万提斯一家人搬到了巴利亚多利德。由于债务问题，在很长一段时间里他们的日子过得都很拮据。1556年，塞万提斯的父亲前往科尔多巴继承了塞万提斯的祖父的遗产，从此摆脱了债权人的纠缠。塞万提斯的童年时光是在颠沛流离中度过的，由于家境贫寒，他只念到中学，在当时非常有名的语法教授胡安·洛佩兹·德·沃约斯指导下刻苦学习，阅读了大量的古希腊、古罗马的书籍。他非常喜欢读书，哪怕是街上丢弃的烂纸条也要拿来读。塞万提斯凭借着他非凡的文学天赋和刻苦的精神，1569年撰写了四首悼念卡斯蒂利亚王后的诗歌，被收录在洛佩兹出版的为了悼念腓力二世第三个妻子伊莎贝尔·德·巴洛斯的诗集中。这是塞万提斯开始走上文学创作道路的开端。

1569年，塞万提斯在一场决斗中打伤一位名叫安东尼奥·西古拉的建造师，并因此被通缉捉拿，他随即逃往意大利。在意大利流亡期间，他跟随红衣主教胡利奥·阿克夸维瓦先后去了巴勒莫、米兰、佛罗伦萨、威尼斯等地。之后不久，塞万提斯入伍当兵，跟随船长迪亚哥·德·乌尔比那，并参加了多次海战。1571年，他参加了由西班牙国王腓力二世的弟弟堂胡安·德·奥斯特利亚领导的勒班陀战役。

在这场海战中，塞万提斯发着高烧，状态很差，连长和战友告诉他：你的情况很糟糕，应该好好躺在帆船的房间里。塞万提斯指责到：你们说什么呢，我没有尽到我应尽的义务，与其当怕死鬼，倒宁愿为了上帝和国王而战死……他就这样与战友们一起，像连长所命令的那样，在这场战斗中和土耳其人搏斗着。战斗结束后，胡安将军知晓了他的英勇表现，给了他额外的四个金币……在这场战役中，他的胸部手部两处受伤,他的左手从此残废了。①

正因如此,塞万提斯也被后人称为"勒班陀的独臂人"(El Manco de Lepanto)。虽然塞万提斯的左手在海战中受到了重伤,但其本人一直对于参加勒班陀战役非常自豪,就像他在《堂·吉诃德》的序言中描述的:这是几个世纪以来的人、当代的人乃至未来的人所能看到或预见的最崇高的事情。从1574年到1575年的一年多时间,塞万提斯辗转于意大利的撒丁岛、热那亚、那不勒斯和西西里。在乘坐"太阳号"帆船返回西班牙途中,他被非洲柏柏尔族人的三只海盗船俘虏,送到阿尔及尔。在他长达五年的奴隶生活中,曾经四次尝试着逃跑,为了防止敌人对一同逃跑的其他奴隶进行报复,他一人揽下了全部责任,遭受着命运的折磨。1580年,修道士安东尼奥·德·拉·贝亚(Antonio de la Bella)和胡安·吉尔(Juan Gil)抵达阿尔及尔。他们致力于释放俘虏,胡安·吉尔希望以仅有的三百个金币赎回塞万提斯,但是,海盗坚持要五百个金币。为了赎回塞万提斯,胡安奔波于信仰基督教的商人中间,积极筹集剩余的钱款。在胡安·吉尔不遗余力的帮助下,塞万提斯终于被赎回,同年11月与家人在马德里团聚。《堂·吉诃德》中的俘虏经历就是塞万提斯这段生活的写照。1582年,塞万提斯在里斯本与一位酒馆老板的妻子安娜·弗兰卡相爱,并育有一女伊萨贝尔·德萨阿韦德拉。两年后,塞万提斯与当时还未满二十岁的西班牙姑娘卡塔利纳·德·萨拉萨尔·伊·帕拉斯奥结婚。婚后一直没有孩子并在两年后分居,这场婚姻以失败告终。由于当时天主教教义的限制,离婚几乎是不可能的事情。所以尽管塞万提斯是第一个在他的幕间短剧中《审理离婚案件的法官》(El juez de losdivorcios)涉及离婚的主题,但是在他的自传中却只字不提他的妻子卡塔利纳。

1585年塞万提斯的第一部广为流传的小说《加拉特亚》第一部问世,书的序言运用的是作者一贯喜爱的"田园诗"体裁,小说的主

---

① 中国语文课程网:http://chinese.cersp.com/sJxzy/cXsxj/200711/5638.html。

人公是一群被理想化了的放牧人，诉说了他们的不幸并表达了其对田园自然的感情。随后出版了作品《阿尔及尔生涯》和《努曼西亚》。1597 年在塞万提斯任职税吏期间，因所寄存税款的银行倒闭而被投入狱。据《堂·吉诃德》的序言，他正是在狱中"孕育"了这部作品。1605 年，他最主要的作品《堂·吉诃德》的第一部分《奇情异想的绅士堂·吉诃德·德·拉曼恰》（*El ingenioso hidalgo don Quijote de la Mancha*）出版。这部作品结束了文学美学的写实主义，开创了现代小说的先河，将真实与想象、严肃与幽默、准确与夸张完美地结合在一起，对于后代有极其深远的影响。小说的第二部分《奇情异想的骑士堂·吉诃德·德·拉曼恰》（*El ingenioso caballero don Quijote de la Mancha*）直到 1615 年才问世。这部分成两部的小说奠定了塞万提斯在世界文学史上的位置，使他成为与但丁、莎士比亚及歌德齐名的西方教会作家。众所周知，《堂·吉诃德》既是塞万提斯的巅峰之作，也是反骑士小说的代表作。上文中已经讲过，西班牙经过光复战争完成了国家的统一，同时又依靠其庞大的骑士队伍称霸欧洲，凭借其先进的航海技术征服美洲大陆，造就了西班牙的"黄金世纪"。骑士文学在西班牙风靡一时，对于冲破中世纪神学禁欲主义的束缚、对人性的解放具有极大的进步意义。但随着封建经济的解体和先进的军事武器的使用，骑士文化变得越来越不合时宜，15 世纪开始出现一批杀人越货的强盗骑士，因此骑士文学开始变得越发庸俗化。这也正是塞万提斯决定创作《堂·吉诃德》的原因，他沿用骑士作为主角的写作形式，讽刺了当时西班牙社会上流行的骑士小说，并揭示出教会的专横、社会的黑暗和人民的困苦。作者在《堂·吉诃德》中通过看似荒诞不经的语言、讽刺夸张的艺术手法将现实和幻想结合起来，表达了对西班牙现实深刻的理解。塞万提斯在《堂·吉诃德》中一方面针砭时弊，揭露批判社会的丑恶现象；另一方面赞扬除暴安良、惩恶扬善、扶贫济弱等优良品德，歌颂了黄金世纪式的社会理想目标。

《堂·吉诃德》为世界现代小说奠定了基础，作者在刻画人物形象时将真实与想象、严肃与幽默、准确与夸张巧妙地融合在一起，例如堂·吉诃德本身就是一个愚蠢和博学，荒唐和正直，无能和勇敢的融合体。堂·吉诃德的侍从桑丘与其相比无论在外形上，还是在形象的内涵上，都形成鲜明的对比。一个高一个矮，一个重理想一个讲实际，一个耽于幻想，一个冷静理智，一个讲究献身，一个看重实利……两两对比，相得益彰。在这部作品中作者用喜剧性的手法描述了一个带有悲剧性的人物，用讽刺的笔调和夸张的手法描写人物的荒唐行为，造成喜剧性的效果。除此之外，小说又着重描写人物主观动机与它的客观后果的矛盾（或适得其反，或迂腐反常，或自讨苦吃），在喜剧性的情节中揭示其悲剧性的内涵。这一构思也是塞万提斯的创造，它不仅有利于塑造人物，而且增添了小说的情趣，突出了作品的哲理意味。

俄罗斯文学评论家别林斯基曾这样评价：堂·吉诃德的名字已经变成一个具有特定意义的名词，成了脱离实际、热忱幻想，主观主义，迂腐顽固，落后于历史进程的同义语。《堂·吉诃德》描绘了16世纪末17世纪初西班牙社会广阔的生活画面，揭露了封建统治的黑暗和腐朽，具有鲜明的人文主义倾向，表现了强烈的人道主义精神。

塞万提斯一生酷爱诗歌创作，其中不乏爱国主义作品。1588年西班牙的"无敌舰队"败北，在英吉利海峡几乎全军覆没。满怀爱国之情的塞万提斯写出了两首十四行诗，表达自己对"无敌舰队"的无限崇敬之情。在第一首诗中，他写道：

> 快些展开你迅捷的翅膀
> 冲破北方密集的多雾的山峰
> 粉碎那传递着不幸消息的喃喃低语
> 驱散黑暗，带来光明。[①]

塞万提斯认为"无敌舰队"的失败不过是暂时的，重整旗鼓必定能获得最终的胜利。他恳请国王重整兵马，呼吁西班牙军队奋勇杀敌，在作者心中仍然牢记着勒邦多海战的荣耀，对西班牙军队尤其是"无敌舰

---

① 沈石岩：《西班牙文学史》，北京大学出版社2006年版，第78页。

队"的威力深信不疑,这两首诗表达了作者对祖国的热爱之情。

综上所述,除了塞万提斯的小说,"黄金世纪"的西班牙海洋文学主要成就是在诗歌方面。不过,正是塞万提斯的小说,特别是他的《堂·吉诃德》使西班牙文学发展到了一个前所未有的高度。这个时期的西班牙海洋文学,更多的是表达"大航海时代"水手和苦役生活的悲惨、伊莎贝拉女王和费尔南多统一西班牙的伟大创举,以及"无敌舰队"的失败和西班牙帝国的衰落给他们带来的"失落",体现了作家对祖国西班牙的热爱之情。

第三节 从"海水谣"到"蓝色忧郁": 20世纪西班牙海洋文学

19世纪末西班牙文坛最受关注的是"98年一代"。"98年一代"是西班牙文学史上的一个重要的文学流派,其成员为出生于19世纪六七十年代的一批西班牙小说家、诗人、散文家和思想家。1898年西班牙在美西战争中败北,古巴、波多黎各、菲律宾等西班牙重要的海外殖民地均被美国占领,君主制度的腐朽没落已经暴露无遗,国势一落千丈,昔日庞大的殖民帝国从此一蹶不振。阿索林、拉米罗、巴罗哈、乌纳穆诺等一批年轻的作家开始对西班牙现状和未来担忧,开始致力于复兴西班牙文学,希望西班牙几个世纪以来在学术和文学方面失去的卓越地位得以恢复。他们把欧洲的新思想介绍到西班牙,宣扬尼采、叔本华、易卜生、托尔斯泰的哲学思想和艺术观点,与国内的陈腐的传统思想相对抗,形成了一股新的思潮。他们自称为"98年一代",因此1898年也成为20世纪西班牙近代文学开始的标志。

"98年一代"的作家们反对腐朽落后的君主政体,提出创造具有民族风格的西班牙艺术。他们提出,西班牙文学在"欧化"的同时也要发扬光大本民族特有的文化遗产,其作品主题主要是对祖国的大好河山的讴歌和对西班牙社会现象的抨击,语调深沉忧郁,表达了对国家前景的担忧。米格尔·乌纳穆诺(Miguel de Unamuno, 1864—

1936）以散文著称，充满哲理，带有悲观主义和神秘主义色彩。阿索林（Azorín，1874—1967）是作家的笔名，原名是 José Martínez Luis，善于捕捉转瞬即逝的事物印象，散文笔调细腻。皮奥·巴罗哈（PíoBaroja，1872—1956），以观察敏锐、笔调粗犷著称，被誉为"西班牙近代小说之父"。

20世纪初，"98年一代"被"27年一代"所取代。"27年一代"是西班牙文学史上继"98年一代"以后的另一重要的文学流派，产生于1927—1928年。这一代的主要作家，特别是诗人，都以其著作在西班牙文坛上占据了重要位置，再加上1927年他们在塞维利亚的阿特纳奥集会上纪念"黄金世纪"夸饰主义诗人贡戈拉逝世三百周年。这次聚会不仅从组织上肯定了"27年一代"的存在，而且将贡戈拉的诗作奉为他们诗歌创作上的圭臬。[①]

20世纪30年代西班牙社会处于封建统治末期，社会矛盾加剧，人民对于封建统治的腐朽极其厌恶，这时涌现出一批充满理想和革命激情的诗人，对当时社会形势进行严肃和深刻思考，以文学形式抒发自己的心情。受到"98年一代"创作的影响，"27年一代"的作家们的文学风格更为自由，以自己认识事物的眼光和角度来进行创作，充满理想及革命激情。这一时期主要的代表作家有豪尔赫·纪廉（Jorge Guillén，1893—1984）、赫拉尔多·迪埃戈（Gerardo Diego，1896—1988）、达玛索·阿隆索（Dámaso Alonso，1898—1990）、费德里科·加西亚·洛尔卡（Federico García Lorca，1898—1936）、拉法埃尔·阿尔维蒂（Rafael Alberti，1902—1999）等。

然而，无论是19世纪末的"98年一代"作家，还是20世纪初的"27年一代"作家，在众多的西班牙现代作家中，与海洋有关或以海洋为创作主题的作家寥若晨星。下面仅列举几位在作品中涉及与海洋有关的作家加以探析。

一 皮奥·巴罗哈的海洋小说

皮奥·巴罗哈（PíoBaroja，1872—1956）是一个以观察敏锐、笔调粗

[①] 沈石岩：《西班牙文学史》，北京大学出版社2006年版，第291页。

犷著称的西班牙小说家。他出生于西班牙的滨海小城圣塞瓦斯蒂安,父亲是一个思想进步的矿山工程师和文学爱好者,经常由于工作忙碌而很少顾及家庭,母亲则是一个对人冷漠、性情孤傲的家庭妇女。巴罗哈就在这样一个缺少温暖和亲情的家庭里度过了自己的童年。所以,他成人之后强烈的反抗精神与四处寻求保护的性格都与此有关。

巴罗哈15岁的时候开始学习医学,但很快他就开始厌烦起他的专业,之后他对学医的选择后悔万分,以至于经常会和一些教师发生冲突,这段不愉快的经历在其自传体小说《知善恶树》中得到了详细的披露。1890年,巴罗哈在圣塞瓦斯蒂安城报纸《自由联盟》上发表第一篇文章。尽管他对专业深恶痛绝,但在其获得医学院毕业证书之后,还是选择来到马德里攻读医学博士学位,并最终在1893年通过论文答辩,获得医学博士学位。在攻读博士学位期间,他经常为具有共和倾向的报刊撰稿。

获得医学博士学位后,为了生计,皮奥·巴罗哈来到一个小村镇行医,可是,他根本不喜欢自己的专业。于是,不到一年,他就回到了马德里,来到他兄弟的面包店当经理。在面包店工作的五年中,他经常与面包房的工人们发生劳资冲突,甚至在友人的撺掇下进行股票生意,但由于西班牙在遭受美西战争的惨败后经济一落千丈,巴罗哈的股票生意也赔得一塌糊涂。正在此时,巴罗哈结识了阿索林——一位在他的文学生涯中发挥着至关重要作用的人物。在阿索林的帮助下,巴罗哈到《国家报》当编辑,从此走上了文学之路。

1901年,巴罗哈与马埃斯图、阿索林组成"仨人"集团,并发表了一个具有复兴派思想特点的成立宣言,抨击了西班牙国内社会的种种弊端,并提出了一些缺乏实践的大胆建议。他们的宣言,作为当时复兴西班牙的诸多改良主张之一,并没有在公众舆论界引起强烈反响,但后来取得了乌纳穆诺的支持,这也成为阿索林用来证实"98年一代"这一作家群体存在的理由之一。1909年,巴罗哈开始参与政治,走上仕途,但他在这条道路上一直不得志。1934年,在阿索林的推荐下,巴罗哈当选为西班牙皇家语言学院院士。1936年,西班牙内战爆发后,巴罗哈前往巴黎避难。战后回国之后,对政治时局已经毫无兴趣。1942 年,他开始撰写题为《最后归来》的回忆录,该回忆录成为其晚年的唯一作品。1956 年,巴罗哈在马德里去世,享年 84 岁。

　　巴罗哈的作品内容广泛,既有对下层人民苦难生活的同情与揭露,也有对上层社会奢靡之风的批判和讽刺,还有的作品反映了西班牙社会的历史变迁。他笔下的人物形象都来自他周围的现实生活和亲身经历,凭借自己对生活的观察和最真实的感触,用最简单明快的文字反映社会问题。正因如此,巴罗哈的作品少了些刻意雕琢的痕迹,有着自然天成的美感,但是有些时候被人认为作品中有语法错误,他自己对此并不否认。巴罗哈的作品中最具代表性的就是其自己划分的"三部曲"。这些"三部曲"通常是作者毫无理由地将自己的一些作品组合在一起,例如,以《巴斯克的土地》命名的三部曲包括《艾斯戈里一家》《拉布拉斯的长子继承权》《冒险家萨拉卡因》,将这三部小说组合在一起的原因就是故事都发生在巴斯克地区。而三部曲《难以置信的生活》包括《西尔维斯特雷·帕拉多克斯的冒险、发明和迷惑》《完美之路》和《帕拉多克斯国王》。其中《完美之路》是一部具有哲理和心理特色的作品,反映了"98 年一代"文人共同关注的问题:对人生的忧患。为了庆祝该书的出版,作者还专门组织了一个聚会,当时最著名的作家如加尔多斯、巴列—因克兰、阿索林等出席以示祝贺。《为生活而奋斗》是一部写实主义的三部曲,包括《寻觅》《莠草》和《红色曙光》。在这部作品中,作者描写了马德里城郊下层居民的生活全貌,作品既有流浪汉小说的特点,又充满了心理描写,被公认为巴罗哈的代表作。

　　由于巴罗哈出生和成长的环境都离不开海洋,他还著有以《海洋》为总标题的作品集。这部作品集收录了具有海洋探险特色的四部小说:《山蒂·安迪亚的野心》《美人鱼的迷宫》《杰出的舵手》以及《齐密斯塔船长的命运》。在这部作品中,巴罗哈将喜剧性因素和悲剧性内容熔于一炉,颇有"寓庄于谐"的风格。鲁迅先生也曾称赞巴罗哈是一位善于用诙谐、幽默的笔法勾勒出西班牙民族性格的作家,正是这一点引起了鲁迅翻译巴罗哈作品的浓厚兴趣,他翻译的《烧炭人》是这样开篇的：

> 喀拉斯醒过来，就走出了小屋子。顺着紧靠崖边的弯弯曲曲的小路，跑下树林中间的空地去。他要在那里做炭窑的准备。夜色褪去了。苍白的明亮，渐渐地出现在东方的空中。太阳的最初的光线，突然从云间射了出来，像泛在微暗的海中的金丝一样。山谷上面，仿佛盖着翻风的尸布似的，弥漫着很深的浓雾。喀拉斯开始做工。首先，他拣起那散在地上的锯得正合用的粗树段，圆圆的堆起来，中间留下一个空洞。后将较细的堆在那上面，在上面又放上更细的枝条去。他一面打着口哨，吹出总是唱不完的曲子的头几句，一面做工，毫不觉得那充满林中的寂寥和沉默。这之间，太阳已经上升，雾气也消下去了。①

文中，作者巧妙地借蓝天做海，将山峦比喻成海里的波浪，用一个运动的瞬息万变的现象来比喻凝固的静止的庞大的事物，不仅想象奇妙，而且给静止的山峦赋予了动感与活力。该部分描绘了一幅静谧和谐的景象，但全文的主旨并不只是局限于表现这种静谧的景象，而是为了与下文所表现的激愤形成强烈的反差。作者通过这样一种强烈的反差，深刻地表现出战争带给人民的巨大伤害。不愧有"西班牙近代小说之父"的美誉。

二 拉法埃尔·阿尔维蒂的海洋诗歌

拉法埃尔·阿尔维蒂（Rafael Alberti）于1902年出生在西班牙南部安达卢西亚大区的圣马丽亚港一个贫困的家庭，童年经常受到歧视。青年时期，他曾在马德里举办个人画展，同时开展诗歌创作活动。随着对故乡大海的深深思念，他认为诗歌比绘画更能表达内心情感，从此便舍弃绘画，专心致力于诗歌创作。1924年他的第一部诗集《陆地上的水手》问世，引起了文学界的广泛关注，并获得了西班牙国家文学奖。

---

① 鲁迅：《鲁迅译文全集》，福建教育出版社2008年版，第658页。

尽管阿尔维蒂没有受过正规的高等教育，但他通过自身不懈努力，在文坛上崭露头角。他的诗歌感情真挚，语言流畅，富有民歌风格。1931年，阿尔维蒂加入了西班牙共产党，次年，他游历欧洲各国并赴苏联考察戏剧，结识了许多著名作家和诗人。1934年，他和夫人马丽亚·黛莱萨一起创办了《十月》杂志，随后应邀出席苏联第一次作家代表大会。1935年，出访纽约、哈瓦那和墨西哥，写下了诗集《十三条和四十八颗星》，深刻地揭露了美国国内的阶级矛盾和种族歧视，表达了对拉美人民的悲惨生活的深切同情。1936年，西班牙内战爆发，阿尔维蒂担任马德里知识分子反法西斯联盟书记，领导刊物的出版工作。在西班牙内战期间，他写下了大量的战斗诗篇，这些诗篇后来都收录在题为《光荣的首都》的诗集里。内战结束后，他长期流亡法国和阿根廷，但仍然坚持诗歌创作，出版了《在石竹花与剑之间》（1941）、《潮汐》（1944）、《对遥远往事的鲜活回顾》（1948—1956）、《帕拉纳的歌谣》（1953—1954）等诗集。1967年，阿尔维蒂来华访问，回国后出版了诗集《中国在微笑》，表达了对我国人民的友好感情。

阿尔维蒂出生在西班牙的海滨城市，大海为他提供了源源不断的创作灵感。诗人曾说过：

我出生在大海边，所以我永远是大海的诗人。从我的第一首诗到现在，哪一首不是取材于大海？不是在歌唱它的外貌或笑容？不是在歌唱它的喜乐、节奏和舞蹈？在我15岁那年，大人们让我离开海洋，于是从那时候起我便成了陆地上的水手。远离著名的瓜达莱特河，远离我的加的斯海湾，远离我曾看日出的地方。现在我们生活在卡斯蒂利亚内陆，被辽阔的平原和带松树林的大山所隔开。对童年和少年时代的汹涌澎湃的大海的思念慢慢地变成为它而唱的歌。有节奏地相互冲击的海浪勾起我对往事的回忆，带着安达卢西亚的民间风情交织在我的诗篇里。①

---

① 张绪华：《20世纪西班牙文学》，上海外语教育出版社1997年版，第291页。

阿尔维蒂是一位大海诗人，他的第一部诗集《陆地上的水手》表达了身处马德里的诗人对故乡加的斯的海洋、盐场的思念之情。整部作品风格明快，具有安达卢西亚地区的民歌特色：

> 大海，大海
> 海，只有大海！
> 爸爸，你为什么把我带进城市？
> 你为什么让我与大海分开？
> 滔滔海浪
> 牵动着我梦中的心。①

从这部作品开始，阿尔维蒂便把安达卢西亚民歌的朴实的风格和流畅的语言运用到西班牙传统诗歌的创作中来。作为这部诗集的姊妹篇——《满潮》（1944），作者以刚出生在"美洲河水"中的女儿和加的斯母亲海为主题，表达了诗人对故乡的回忆和对女儿阿尼塔的美好希望。在诗作《加的斯的穷苦渔民》中，作者还表达了对底层劳动人民的关切和希望：

> 我们是加的斯海的儿子
> 波涛就是我们的住处
> 我们是海上的穷人
> 不论现在还是过去
> 我们相信鱼身的美人
> 她们在波涛中歌咏
> 歌声从未给过我们什么
> 不论现在还是过去
> 我们祈求过克洛菊大神
> 他在波涛中叱咤风云

---

① http://blog.sina.com.cn/s/blog_939bf7e50102uyd3.html.

> 我们的小船由他主宰
> 不论过去还是如今……
> 有一天加的斯终会看见
> 你们在波浪上成为海的主人
> 加的斯却仍然是加的斯
> 一如现在和过去。①

三 费德里科·加西亚·洛尔卡的"海水谣"

费德里科·加西亚·洛尔卡（Federico García Lorca, 1898—1936），是西班牙现代最杰出的诗人和剧作家之一，1898 年 6 月 5 日出生于西班牙南部安达卢西亚格拉纳达西边的一个小镇。他的父亲是一个富裕的农场主，在格拉纳达拥有大片土地，他的母亲文森塔·洛尔卡·罗梅罗是一位老师，并且还是一位富有天赋的钢琴家。加西亚·洛尔卡 11 岁的时候，他们举家搬迁到了格拉纳达。在那里，新的自然环境改变了他，为他日后的创作积累了大量素材。

1915 年中学毕业后，加西亚·洛尔卡进入格拉纳达大学攻读法律，同时还学习了包括文学与写作在内的大量课程。在他的整个青年时代，他感到了戏剧和音乐比文学更有亲和力，并开始深入研究。1916 年，他的散文作品开始面世：如《夜曲》《叙事曲》和《奏鸣曲》，其灵感来源于他所热爱的戏剧和音乐。1918 年，洛尔卡的第一本书《印象和景观》问世。1919 年，洛尔卡前往马德里大学深造。

在马德里学习期间，洛尔卡居住在大学生公寓中，在那里结识了诗人胡安·拉蒙·希门内斯和艺术家萨尔瓦多·达利等人，并与他们建立了深厚的友谊。此时，洛卡尔的诗歌已经蜚声整个西班牙文坛。像中世纪的吟游诗人那样，他经常在公寓和马德里等地即兴朗诵他的诗歌和剧本。因此，他的很多作品未经出版就传诵四方。1928 年，随着《吉普赛谣曲集》的出版，洛尔卡享誉西班牙诗坛，以坚实的创作基础奠定了"27 年一代"作家之冠的地位。

---

① http：//blog. sina. com. cn/s/blog_ 939bf7e50102uyd3. html.

1929—1930年，加西亚·洛尔卡前往美国和古巴寻求新的灵感和创作源泉，这次旅行经历对他的创作产生了很大的影响，他目睹了资本主义制度给广大劳动人民带来的苦难和折磨，认清了这种社会制度的腐败和弊端，由此创作出了《诗人在纽约》，揭露了工业化文明国家摧残广大劳动人民的暴行。1934年，洛尔卡创作了《伊格纳西奥·桑切斯·梅希亚斯挽歌》，诗句以叠字形式一再重复斗牛士被牛顶死的时刻——"在下午五点钟"，悲痛深沉的语调紧扣读者的心弦，被誉为现代西班牙文学中最伟大的哀歌。

西班牙第二共和国诞生后，加西亚·洛尔卡被任命为"茅屋"大学生剧团团长，他率领剧团巡游全国各地，把西班牙优秀剧作家的古典剧目带到偏远的山村。1936年7月，西班牙内战爆发，他从马德里回到家乡格拉纳达。同年8月19日深夜，他不幸遭法西斯主义者的长枪党党徒的枪杀。

加西亚·洛尔卡的作品具有浓厚的地方色彩，描绘了故乡安达卢西亚的城市、风景、吉普赛人、农民、警察、圣徒以及古老的习俗，其作品主题广泛，包括爱情和死亡，对下层劳动人民的同情，以及对残酷和旧习俗引发的悲剧的描述等。他的诗歌节奏优美哀婉，易于吟诵，民间色彩浓郁，充满了丰富的想象，有"民谣"特色。特别有趣的是，他的一部分民谣诗歌与海洋有关，把海洋融入老百姓生活。如他在《海水谣》中作者这样描写到：

> 老妈妈，哪儿来的这么多咸的泪？
> 先生，我哭出的是海水。
> 心灵啊，哪儿产生的这么浓的苦味？
> 啊！无比苦涩的是海水。
> 海在远方现出笑容。
> 浪花的牙，蓝天的唇。①

---

① http：//www.shigeku.org/xlib/ww/xsl/p_695.html.

在这首诗里,作者用大海来象征社会,通过对"海水"这面镜子所映现的幻影的描写,以咸的海水,比喻母亲哭出的"咸的眼泪",以苦涩的海水比喻人民"苦味"的心,通过丰富的意象生动地表现了在当时那种社会环境里人民群众所遭受的深重苦难与不幸。

而在另一首民谣诗歌《两个水手在岸上》中,作者这样描写大海与水手之间的关系:

> 他在心头养蓄,
> 一条中国海里的鱼。
> 有时你看见它浮起,
> 小小的,在他眼里。
> 他虽然是个水手,
> 却忘记了橙子和酒楼。
> 他对着水直瞅。
> 他有个肥皂的舌头,
> 洗掉他的话又闭了口。
> 大陆平坦,大海起伏,
> 千百颗星星和他的船舶。
> 他见过教皇的回廊,
> 古巴姑娘的金黄的乳房。
> 他对着水凝望。[1]

这首诗作的主题是长年漂泊在海上的水手,他们日日夜夜只能与海鸥与游鱼相伴,十分寂寞,靠岸时短暂的逗留是水手们的期盼。作者在这首诗中使用象征性的艺术手法,"中国海里的鱼"象征的是一位美丽的中国姑娘。将水手对中国姑娘的思念比喻成"在心头养蓄着一条中国海里的鱼"。心为海,思念是鱼。若无内心的思念与渴求,

---

[1] 戴望舒:《戴望舒译诗集》,湖南人民出版社1983年版,第73页。

就如大海中缺少了生命。诗人用"他有个肥皂的舌头，洗掉他的话又闭了口"，来形象地表明水手在长谈之后缄口无言的情状，不仅想象奇特，而且非常生动地描绘了水手漫长生涯中的孤独。"大海起伏"是以象征的艺术手法表达水手的生活如起伏的海涛一般，充满着艰险与坎坷。"千百颗星星和他的船舶"一句，是以繁星来形象地比喻水手驾驶过的船舶之多。最后作者用"教皇的回廊，古巴姑娘的金黄的乳房"说明这位水手跑遍了世界各地，见识过世间最为美好的东西。

四 路易斯·塞尔努达的"爱情"与"海洋"

路易斯·塞尔努达（Luis Cernuda）1902年生于西班牙南部城市塞维利亚，是一位杰出的诗人和文学评论家，并且是"27年一代"的代表人物之一。1919年他前往塞维利亚大学学习法律专业，毕业后在马德里结识了"27年一代"的代表人物加西亚·洛尔卡、维森特·阿莱克桑德雷和他最崇拜的导师胡安·拉蒙·希门尼斯。随后塞尔努达前往法国任教，在法国期间受到了超现实主义运动的影响，此后便开始了超现实主义文学创作。例如他的诗集《一条河，一段爱情》，这部作品表达了作者个人理想无法实现，试图逃离现实的心态。在《绯红的海》一诗中，作者围绕三个核心"海""绯红"和"呻吟"展开：

> 软体动物的一声呻吟
> 似乎毫不重要；
> 然而夜里的一声呻吟是海浪
> 来自点燃的大理石，
> 疲乏的花冠
> 或者情色的柱。
> 一声呻吟不算什么；那是秋天
> 加冕的海
> 一扇干涸的门前，像河床

忘了所有人
它的痛苦抵着一面墙。①

从1930年开始，塞尔努达在政治上倾向于"左"派，倡导共产主义革命，多次为阿尔维蒂创办的《十月》杂志撰稿。1936年，西班牙内战爆发后，塞尔努达参加了民兵，为保卫祖国贡献了自己的力量。在这期间，作者最重要的作品是以死亡和毁灭为主题的《云》，他在战争中看不到未来和希望，眼前所见的只是死亡。除此之外，塞尔努达的诗作主要围绕爱情和孤独这两大主题展开，在《奥卡诺斯》这首诗中，作者谈及到了他那已经无法挽回的爱情，用冰冷的海水来描述心中的伤悲：

希望在朦胧之中，
在森林和冰冷的海水之中，
就像一股微风在不经意中吹过，
让我享受一次短暂的死亡。②

《被禁止的欢愉》这部诗集是作者超现实主义的代表作，呼吁让被禁止的欢快得到理解，向伪善的道德陈规提出不同意见。在这首《水手是爱神的翅膀》中，作者用大海作为自由的象征：

水手是爱神的翅膀，
是爱神的镜子
大海作伴
他们的眼睛是金色就像爱神
也是金色，和他们的眼睛一样。
血管里涌出生动的快乐
也是金色，

---

① 沈石岩：《西班牙文学史》，北京大学出版社2006年版，第325页。
② 同上。

和露出的皮肤一样；
　　别放他们走，因为他们笑得
　　像自由在微笑，海上升起的夺目光。
　　假如水手是海洋，
　　金色多情的海洋圣诗般存在，
　　我不要灰色梦境搭出的城市；
　　我只想去海里淹没自己
　　没有方向的船，
　　没有方向的身体我沉溺在它金色的光。①

五　鲁文·达里奥的"蓝色忧郁"

　　上文曾提到过"98年一代"最有影响力的文学家安东尼奥·马查多，他的后期作品风格深受拉丁美洲现代主义代表人物鲁文·达里奥（Ruben Dario，1867—1916）的影响。事实上，作为现代主义文学大师，达里奥的作品不仅影响了马查多，还对西班牙许多年轻诗人在艺术上的成长起到了极为重要的引领作用。

　　鲁文·达里奥，原名菲利克斯·鲁文·加西亚·萨米恩托，于1867年1月18日生于尼加拉瓜的梅塔帕镇。童年时代父母离异，由其姨妈抚养，改姓达里奥。达里奥从小就十分聪慧，被誉为神童。他三岁开始学习写诗，十一岁便发表诗歌，有"儿童诗人"的美誉。十一岁时，达里奥以布鲁诺·埃尔蒂亚为笔名开始发表诗作。十五岁时，应邀在国家图书馆的典礼上朗诵自己创作的《图书颂》，得到相当高的好评。随后，他经常在婚丧嫁娶仪式上即席赋诗，借以挣钱糊口，因此，人们称他为拉丁美洲的第一位职业诗人。达里奥对诗歌进行了源源不断的革新，他的诗作形式新颖，韵律和谐，富有乐感，在幻想的意境中渗透出悲观的情调。

　　1886年，达里奥前往智利，在圣地亚哥依靠为报刊撰稿谋生，同年，他发表了第一篇短篇小说《蓝色的鸟》。1887年，又先后发表了诗

---

① 沈石岩：《西班牙文学史》，北京大学出版社2006年版，第326页。

集《牛虻》和《智利光荣颂歌》，获得智利诗歌竞赛奖。1888 年 7 月，出版诗文集《蓝》，这部诗集在为其赢得声誉的同时，也标志着西班牙语现代主义诗歌逐渐走向成熟。在著名西班牙作家巴列—因克兰、乌纳穆诺等的推荐下，他的诗歌在西班牙引起强烈的反响。1892 年，达里奥作为尼加拉瓜的代表出席了"美洲大陆发现四百周年"的纪念活动。在此期间，他结识了许多文人墨客，随着散文集《奇异》和诗集《世俗的圣歌》的问世，达里奥被公认为现代主义的领袖作家。

1911 年初，达里奥因为酗酒过度丧失意志能力，沦为商业杂志的广告工具。1914 年第一次世界大战爆发，他感到迷惘不安，终日沉迷在酒精的世界里。1915 年创作诗歌《和平》谴责美国对战争的袖手旁观，同年完成自传《鲁文·达里奥的一生》。1916 年 2 月，由于长期酗酒引起的肝硬化结束了这位天才诗人的一生。

在达里奥的众多诗歌作品中，最具代表性的就是《蓝》（1888）、《世俗的圣歌》（1896）和《生命与希望之歌》（1905）。这三部作品，每一部都代表其不同时期的艺术风格。《蓝》是一部诗文集，作者认为蓝色是大海和天空的代名词，是"理想、苍茫、无限"的象征。在整部诗集中，达里奥运用象征主义手法反映了他对现实生活的看法。在《世俗的圣歌》中，达里奥对西班牙语诗歌在节奏和韵律上进行了创新和改革，通过灵活使用重音和停顿，增强了诗歌的音乐特色。事实上，《世俗的圣歌》在艺术手法上是《蓝》的发展，象征主义倾向更加明显。作者用"中国的公主""希腊的仙境"表达了其孤芳自赏、逃避现实的心境。这部作品被公认为达到了现代主义诗歌的巅峰。20 世纪初创作的《生命与希望之歌》，不再单纯追求唯美的辞藻和雕琢的韵律，而是汲取了西班牙谣曲的形式和格律，表现了达里奥在艺术方面的创新精神，同时，在表达悲观厌世的情绪和对人生的疑虑的同时也抒发了对国家命运的关切。

达里奥在其他散文和诗歌中也多次使用最具代表性的蓝色，即天空和海洋来象征人生的理想，世间万物的苍茫和无限。

> 灰色而又凄凉的傍晚。大海披着天鹅绒，丧服笼罩着深

邃的夜空。从深渊里涌出痛苦响亮的申诉。当风儿在歌唱，波浪在啼哭。海雾的琴声向逝去的太阳致敬。白色的浪花高唱：亚瑟的诗章！天空洋溢着和谐，海风吹走了大海悲伤而又深沉的歌唱。①

在这里，作者采用谐音（Blue 与 bloom），蓝色成为"忧郁"的同义词。作者借天空中的阴霾和寒冷表达内心的感受，借大海之上的海风、波浪、白色的浪花来描绘叙事者内心的波澜起伏，表达内心的悲伤和悲观厌世的情绪。大海的喧嚣成了内心世界的写照：傍晚时分，天空布满阴霾，海潮泛滥。深邃的夜空像笼罩在叙事者心灵之上的深深的痛苦和凄凉，没有了太阳，没有了温暖，只有泛着白沫的浪花在喧嚣。这时，一阵海风吹来，吹散了笼罩在心头的忧郁和烦恼，天空洋溢着和谐，内心满是幸福和温暖。

在他的另一部诗集《生命与希望之歌》中，达里奥借大海抒发自己超脱世俗、逃避现实的心境：

> 我渴望创建象牙之塔
> 情愿自我封闭在自身里面
> 从自己本身黑暗的深渊
> 想吃的是空间想喝的是蓝天。
> 宛似在大海的游戏中充满
> 盐分的海绵，甜蜜而又柔软
> 我的心啊，被世界，肉体
> 和地狱塞满了苦难。②

在这首诗里，大海成为一个安全的港湾，成为诗人逃避陆上世俗世界的封闭空间。只有在这里，才不会受到庸俗的现实世界的纷扰，

---

① 赵德明：《拉丁美洲文学史》，北京大学出版社 1989 年版，第 217 页。
② 赵振江：《生命与希望之歌》，上海译文出版社 2013 年版，第 178 页。

心灵才能得到自由，心情才能放松。

在达里奥后期的诗歌中，美洲主义的主题在他的作品中反复出现。在《致哥伦布》和《阿根廷颂》等诗集中，表达了对故土的热爱，在《致罗斯福》一诗中则表达了对美国美洲主义的强烈抗议：

> 你就是美国
> 你是将来的入侵者
> 侵入流淌印第安人血液的天真美洲
> 那里依然祈祷耶稣且说着西班牙语。
> ……①

作为现代主义的领军人物，达里奥是拉丁美洲文坛的骄傲，深深地影响着美洲大陆和西班牙的作家和人民。

综上所述，现代时期西班牙的海洋文学，不像英美等国的海洋文学作品那样，既没有海盗掠夺财富的快感，也没有征服殖民地的骄横和傲慢，更没有殖民者如何征服新大陆和东方并把殖民地人民看作"异类"和"他者"的中心主义思想。无论是西班牙的"98年一代"作家，还是"27年一代"作家，"海洋"都成了他们抒发情感的一个载体，因此现代西班牙的海洋文学，突出的成就是诗歌，而不是小说。"海洋"既可以表达个人志向，也可以是个人情感，特别是爱情的象征。这既表明了西班牙的国民性格，也反映了西班牙帝国衰落后国民的忧伤。

---

① 赵德明：《拉丁美洲文学史》，北京大学出版社1989年版，第223页。

第三章　英国海洋文学与海盗文化

英国的地理位置独特，对发展海洋经济和贸易十分有利，海洋文化也有着悠久的历史和深厚的渊源。大不列颠岛、爱尔兰岛东北部及其附近的许多岛屿构成了英国的主要领土，东部隔北海与比利时、荷兰、德国、丹麦和挪威等国相望；西邻爱尔兰，横隔大西洋与美国、加拿大遥遥相对；北过大西洋可达冰岛；南穿英吉利海峡行33千米就到了法国。英国人与海洋的关系密不可分，正如康拉德在他的小说中所说："只有在英国，人与海洋才可以说是达到了水乳交融的地步——大海进入了大多数人的生活，而人们对于在海上寻欢作乐、航海旅游、混饭谋生，或者略知一二，或者了如指掌。"①

公元8—11世纪，来自北欧，包括斯堪的纳维亚半岛和波罗的海周围地区的"维京"海盗，在长达300多年的时间里，不断地对英国进行骚扰。当时的英国还没有建立起强大的封建王朝，无法阻止北欧海盗的抢劫和骚扰。公元9世纪，强悍的丹麦海盗占领了英格兰东部，建立了丹麦区（Danelaw），并以此为据点，袭击和占领了伦敦等重要城市和地区。1016年，丹麦王子克努特（Cnut, 995—1035）得到了由盎格鲁—撒克逊时期英国国王召集的高层政治会议，即"贤人会议"（Witenagemot）的举荐，控制了整个英格兰。

作为岛国，海洋在英国人的生活中起着至关重要的作用，大海是他们生活的天地，也是英国文化的摇篮。他们对大海的情感始终是复杂的，既向往又敬畏：海洋与他们生活的息息相关使他们对浩瀚无际

---

① ［英］康拉德：《黑暗的心》，薛诗绮、智量译，长江文艺出版社2006年版，第207页。

的大海充满憧憬，而大海的神秘莫测和变化无常又使他们产生恐惧心理。北欧海盗崇尚武力、敢于冒险的开拓精神也唤醒了蕴藏在大不列颠民族内心深处的扩张欲望和称霸野心，海盗文化本身所包含的商业行为更是与近代英国奉行的保护工商的重商主义一拍即合。15—18世纪，随着造船业和航海技术的发展和提高，都铎王朝开始了海外扩张之路，鼓励开拓海外殖民地，发展远洋贸易。在英国政府的鼓励和支持下，大批海盗充当起探索海洋世界和殖民扩张的先锋，大肆进行海外掠夺和跨洋拓殖，为英国的海外殖民统治立下了汗马功劳。伊丽莎白一世统治时期，英国演绎了一场绅士与海盗联手、政府与商人勾结，通过海盗行为的殖民掠夺和扩张，推动大国崛起的故事。

15—16世纪，西班牙和葡萄牙通过殖民扩张集聚大量财富，特别是西班牙在美洲掠夺大量金银，使英、法等国垂涎三尺并跃跃欲试。1496年，英王亨利七世雇用航海家意大利人卡波特（John Cabot）去寻找新大陆。在之后的几十年里，英国航海家到过北美的许多地方，甚至曾经到过南美的圭亚那等地寻找金银财宝，但几乎都无功而返。看着西班牙满载财宝的船队在大西洋上往来穿梭，英国王室，特别是伊丽莎白一世心有不甘，不仅支持民间海盗，为他们颁发"私掠许可证"（Privateering Commission），可以随意攻击和抢劫西班牙的运输船队而不受惩罚，甚至还成立了一支能够攻击他国商船的海上力量"皇家海盗"，也称"绅士海盗"，用于专门攻击和抢劫航行在大西洋上的商船。从1585年到1604年，英国每年出海的武装商船多达两百多艘，专门在大西洋和加勒比海劫掠西班牙的运输船队，而每年劫获的财物平均达到20万英镑。到了1581年，英国已经成为世界上最强大的国家，并且在北美建立了殖民地。

虽然"皇家海盗"人数不过几千，却在当时的英国政治经济生活中起着举足轻重的作用。英国上至女王，下到地主乡绅，都踊跃资助他们的劫掠行为。平民们为他们的胜利而欢欣鼓舞，为他们的失利而捶胸顿足，就如同现代的英国人对他们的足球队一样痴迷，而最出色的海盗船长则成为国人景仰的民族英雄。海盗法兰西斯·德雷克（Francis Drake）就是一个典型的例子。

第三章 英国海洋文学与海盗文化

在南美洲南端与南极洲之间，有一道宽阔的海峡，那里水深浪高，凶险莫测，有"死亡走廊"之称。这道宽阔的水域名叫德雷克海峡，是英国航海家弗朗西斯·德雷克于十六世纪发现的。德雷克的一生也恰如这道海峡一样，暴风与巨浪同在，壮丽与悲怆共存。英国人将他奉为杰出的民族英雄，而实际上，他是一名不折不扣的海盗。

德雷克是当时最负盛名的"海盗王"和英国"皇家海盗"船长，他不仅对英国和英国文化产生了深远的影响，是英国人崇拜的对象，甚至享誉世界，成为最著名的"海盗大王"和文学作品形象。在美国作家马克·吐温的代表作《汤姆索亚历险记》中，主人公汤姆梦想成为一名海盗，幻想有一天能像德雷克那样，瞎着一只眼，瘸着一条腿，荣归故里。

德雷克出身贫寒，13岁上船当学徒，随船往来于泰晤士河和英吉利海峡，26岁加入其表兄——英国著名航海家霍金斯（John Hawkins）的船队，前往新世界寻找财富。1572年，德雷克怀揣着女王伊丽莎白一世签发的"私掠许可证"，率领霍金斯出资购置的两艘武装商船和73名水手，返回加勒比海地区，专门袭击西班牙船队，开始了他的海盗生涯。1573年3月，德雷克在巴拿马地峡北侧的迪奥斯港附近设下埋伏，袭击了一支西班牙的骡马运输队，满载而归，德雷克立即在英国成为家喻户晓的传奇人物。之后的十几年间，他率领的海盗船队横扫加勒比海地区，让西班牙人闻风丧胆，被当时的人们尊称为"猛龙"。

由于英国海盗在加勒比海十分猖獗，西班牙大大加强了该地区的海军力量。德雷克于是避实击虚，率领船队绕过麦哲伦海峡，来到南美洲的太平洋一侧寻找目标。德雷克最著名的一次劫掠是在女王伊丽莎白一世的资助下对西班牙"卡卡弗戈号"（Cacafuego）宝船的袭击。1577年，德雷克得到情报，西班牙一艘满载金银珠宝的运输船"卡卡弗戈号"正从秘鲁驶向巴拿马城，于是，他率领海盗在巴拿马外海设伏。1579年3月3日，远道而来的"卡卡弗戈号"被德里克海盗船逮个正着。抵挡不住猛烈的炮火，"卡卡弗戈号"只好投降。德雷克截获黄金80磅，白银20吨，银币13箱，以及珍珠宝石无数。

他和同伙花了整整4天才把所有的战利品装上自己的海盗船。

之后，德雷克利用缴获的西班牙海图向西航行，穿越太平洋和印度洋，一年多以后才回到英国，成为第一个环绕地球航行的英国人。1580年9月26日，德雷克船队满载财宝驶进普利茅斯港，受到了隆重欢迎。伊丽莎白女王登上德雷克的旗舰"金鹿号"（Golden Hind），在甲板上授予德雷克爵位，并任命他为普利茅斯市长。从此以后，德雷克被称为"公爵海盗"，伊丽莎白一世也有了"海盗女王"的称号。1588年，在与西班牙的战争中，德雷克被女王任命为海军中将，击退了西班牙"无敌舰队"的攻击。1596年，德雷克在巴拿马病逝，但他已经成为一个时代人物留在了英国人的集体记忆中。从1937年到1970年，英国半便士（Half Penny）的硬币上一直印有德雷克的"金鹿号"。另外，英国民谣"德雷克的鼓"（Drake's drum），表达的就是"皇家海盗"的勇于进取、雄心勃勃的征服精神。意思是说，如果英国蒙难，只要德雷克擂响战鼓，他就一定回来为英国解难。

德雷克是英国伊丽莎白时代的一个代表人物，他身上浓缩了那个时代英国人野心勃勃、发奋图强、力争改变命运的海盗精神，成为当时出身寒微的青年崇拜的偶像。而且，他对英国海军产生了深远的潜移默化的影响，以他为代表的皇家海盗改变了英国海军的气质，注入了攻击性和进取心，使英国海军走出泰晤士河和巴拿马海峡，走向海洋，也使以后皇家海军的战略思想深深地打上了具有德雷克风格的烙印。

总的来说，都铎王朝时期，英国王室通过对海盗与海盗行为的纵容和支持，通过海外贸易、殖民掠夺和贩卖黑奴，极大地推动了英国资本主义的发展，也使英国文化深深地打上了"海盗文化"的烙印。"海洋"不仅成了英国殖民者生产、生活和殖民扩张的地理场所，也成了财富、力量、征服和权力的象征。英国统治者和英国人民对海洋的理解、对海洋的情感和对海洋的审美体现在包括海洋文学的海洋文化中，而海盗文化不仅侵染了英国海洋文学，也构成海洋文学的主要内容。

英国文学源远流长，海洋以其独特的魅力吸引着众多的英国作家。因此，英国文学一开始就与海上探险、海外贸易、殖民、海盗和航海等密切相关。从盎格鲁—撒克逊时期的《贝奥武夫》到中世纪乔叟的《坎特伯雷故事集》，从16世纪文艺复兴时期莎士比亚的《威尼斯商人》和《暴风雨》到18世纪丹尼尔·笛福的《鲁滨逊漂流记》和《辛格尔顿船长》，从19世纪史蒂文森的《金银岛》到查理·金斯莱的《水孩子》，再到巴兰特的《珊瑚岛》，都描述了当时英国的海外贸易和殖民扩张等问题，真实反映了整个英国社会热衷于海洋探险的普遍社会心态，同时从侧面反映了海盗精神对英国文学，特别是海洋文学的浸染。他们笔下理想的资产者形象无一不是具有海洋精神，兼海盗与商人于一身的征服者，他们对变化无常、神秘莫测的大海充满向往和征服的欲望。到了19世纪末，康拉德的小说使英国的海洋文学达到了顶峰，海洋作为一种审美形象进入到文学作品中。

可以说，英国的海洋文学与其独特的地理环境和海盗文化的盛行密不可分，反映了当时英国的社会变化和变迁，充满了"殖民想象"。作家们有着割舍不断的海洋情结，他们的作品记录了英国走向海洋帝国的历程。

第一节　《暴风雨》：英国海洋文学的开山之作

威廉姆·莎士比亚（William Shakespeare，1564—1616）作为欧洲文艺复兴时期英国最重要的作家、戏剧家和诗人，创作了大量脍炙人口的文学作品，在欧洲文学史上占有特殊的地位。他不仅创作了著名的《哈姆雷特》《李尔王》《麦克白》和《奥赛罗》四大悲剧，被誉为"人类文学奥林匹斯上的宙斯"，还创作了大量的诗歌、喜剧、历史剧等多种文学体裁。他不仅继承了古希腊罗马、中世纪英国和文艺复兴时期的三大戏剧传统并加以发展，从内容到形式进行了创造性的革新，而且在作品中努力反映生活的真实面目，深入探索人物的内心奥秘，塑造出性格复杂多样、形象真实动人的人物典型，如哈姆雷特、福斯塔夫等。他的作品对英国文学乃至世界文学产生了深远的影响。

莎士比亚生活在英王伊丽莎白一世统治时期，当时正值英国大肆向海外扩张时期，海外贸易和远洋航海盛行。他早期创作的喜剧《威尼斯商人》反映了英国早期商业资产阶级的海外资本积累、海上航行和高利贷等经济问题。而他晚期创作的《暴风雨》，也并非全是作者的想象，而是取材于真实的历史事件。1609年，一艘满载英国移民的船只驶向新大陆，但在经过百慕大群岛时遭遇风暴触礁。船上人员爬到了附近的荒岛上，在荒岛上住了数月后才乘坐自制的小船，抵达了新大陆。1612年，莎士比亚根据这一真实事件，创作了五幕剧喜剧《暴风雨》，讲述了一个暴风雨中发生的航海故事。

普洛斯彼罗公爵是意大利北部米兰城邦的国王，他有一个美丽贤惠的妻子，一个漂亮可爱的女儿和一个他十分挚爱的弟弟。当时，米兰实力雄厚，在列雄中称霸，普洛斯彼罗公爵也威名远扬，在学识上更是举世无双，无人能及。但是，后来，他沉溺于魔法研究，把国事和政治交给了他的弟弟安东尼奥。安东尼奥野心勃勃，利用那不勒斯国王阿隆佐的帮助，篡夺了公爵的国王宝座。普洛斯彼罗和他3岁的女儿米兰达被逐出王宫。安东尼奥为了斩草除根，去除后顾之忧，在暴风雨中把公爵及其女儿押上一艘没有帆篷、没有缆索、没有桅杆的破船，驶到离米兰几十海里之外的海上，让他们漂泊在大海的狂涛巨浪中。一时间，怒海呼号，狂风悲鸣，父女俩陷入了绝境。那不勒斯使臣贡柴罗出于善心和对普洛斯彼罗公爵的敬重，在船上放了些许食物、清水、衣物和书籍。靠着这些物品，普洛斯彼罗公爵和女儿米兰达渡过了在海上遇到的艰难险阻。

后来，普洛斯彼罗和公主在这艘破船上历尽艰险漂流到一个荒岛之上。在他们到达这里之前，这个海岛的主人是一个叫作西考拉克斯的女巫。海岛上物产丰富，有"清泉、盐井、荒地和肥田"，并且没有贫困和罪恶。女巫不久前去世，她的儿子凯列班继承了这个海岛，成了小岛唯一的主人。凯列班在岛上过着自由自在的生活，他热爱海岛，热爱岛上的一草一木。"这岛上充满了各种各样悦耳的声音和悦耳的乐曲，使人听了感觉很愉快，不会受到伤害。有时成千种叮叮咚咚的乐器在我耳边鸣响。"①《暴风雨》中,莎士比亚从欧洲中心主义的视角对荒岛主人凯列班进行了丑化。在普洛斯彼罗眼里,他长相丑陋,浑身痣斑,愚昧无知,几乎不具备人的样子,像一块乌黑的"泥块",像一只"乌龟"。但他勤劳善良,骨子里有一种不屈不挠的反抗精神。在所谓的"文明世界"的代表普洛斯彼罗到来之前,凯列班在岛上生活得无拘无束,与海岛和谐共处,人与大海,人与海岛融为一体。普洛斯彼罗来到岛上以后,给凯列班"带浆果的水喝,教给他白天大的光叫什么名字,夜晚小的光叫什么名字"。凯列班感激普洛斯彼罗的恩惠,认为他是一个好人。作为回报,他把岛上的一切情况都指给普洛斯彼罗,告诉他哪里有盐井,哪里有清泉,哪里是荒原,哪里是肥田。然而,普洛斯彼罗和米兰达的到来,完全打破了岛上的宁静。起初,他们和凯列班一起住在岩洞里,和睦相处。后来,凯列班垂涎米兰达的美貌,侵扰未遂,被普洛斯彼罗关了起来。普洛斯彼罗用魔法降服了凯列班,让他做自己的奴仆,接着,他又制伏了岛上的精灵和妖怪,让他们听命于自己,成了名副其实的岛主。

12年后,那不勒斯国王阿隆佐把女儿嫁给了突尼斯王,并亲自率领王子斐迪南和米兰国王安东尼奥等人,乘坐豪华船队把女儿嫁送到突尼斯。他们从突尼斯送亲返回途中,在小岛附近的海上遭遇了暴风雨。那是普洛斯彼罗用魔术唤起的风暴,他指示荒岛上的精灵爱丽儿掀起风暴,焚烧船只,使他那篡位的弟弟安东尼奥和那不勒国王的船队搁浅在小岛的礁石上。又指示爱丽儿装扮海妖塞壬,用美妙柔和的歌声引诱那不勒斯王子斐迪南在混乱中游到小岛上。米兰达和斐迪南一见钟情,普洛斯彼罗也有意让这位俊美的王子做自己未来的女婿,决定考验一下斐迪南的真心。而此时,安东尼奥正鼓动阿隆佐的弟弟西巴斯辛谋杀兄长,夺取那不勒斯的王位。正当他们要举起剑来杀死阿隆佐和大臣贡柴罗的时候,隐身的精灵爱丽儿叫醒了睡着的贡柴罗等人。在贡柴罗的保护下,阿隆佐等人离开礁石,登岛去寻找斐

---

① [英]康拉德:《黑暗的心》,薛诗绮、智量译,长江文艺出版社2006年版,第20页。

迪南。

而此时，斐迪南正遵从普洛斯彼罗的命令，搬运木头。米兰达心疼意中人，决定去帮助斐迪南。在木头堆里，他们互表仰慕之情，私订终身。在岛上的另一个地方，普洛斯彼罗施展魔法，指使精灵们导演了一场魔幻喜剧，捉弄了凯列班等人，也使阿隆佐同意了米兰达和斐迪南的婚事，使安东尼奥把米兰王国归还给普洛斯彼罗，恢复了他的爵位。大家回到了意大利，一切皆大欢喜。

《暴风雨》是莎士比亚最后一部完整的喜剧，之所以把剧本命名为《暴风雨》，是因为整个故事由暴风雨中的两次海上航行构成。第一次航行是原米兰公爵和他的女儿米兰达被安东尼奥篡位后被迫离开家乡。在暴风雨中乘坐一艘破船漂泊在波涛汹涌的大海上，历尽千辛万苦来到一座荒岛。第二次航行是那不勒斯王阿隆佐及其儿子斐迪南、大臣贡柴罗护送公主到突尼斯成婚返航。当他们航行到荒岛附近时，普洛斯彼罗施展魔法指使精灵爱丽儿掀起风暴，制造海难，使他们的船只撞碎在荒岛的礁石上，船上人员虽无大碍，却也流散在岛上各处。两次航行的主人公、缘由和结果完全不同。一次是落魄的公爵和幼女，一次是成群结队的王宫贵胄；一次是亡命天涯，一次是欢天喜地；一次是无桨无帆无桅杆的破船，一次是设备精良的豪华船队。然而，在暴风雨中，命运却截然不同。普洛斯彼罗降服了凯列班，解救了精灵，成为荒岛的新主人。而那不勒斯王一行人的船队被暴风雨摧毁，他们落水而逃，惶惶不可终日。故事以悲剧开始，以喜剧结束，篡位者得到惩处，受害者得到补偿，被颠覆的秩序得到恢复，王权得以伸张，道德主题贯穿了剧本的始末。这样的情节安排不仅充满了喜剧元素，也体现了莎士比亚的人文主义思想。主人公普洛斯彼罗追求知识，尊重理性，宽容仁义，是启蒙时代人文主义思想的代表。

作为莎士比亚的经典作品，学术界对《暴风雨》的研究是多角度的。近年来，学术界对《暴风雨》的研究成果由人文主义思想研究转向了后殖民主义研究。认为主人公普洛斯彼罗作为欧洲中心主义者王权的代表，与荒岛主人凯列班形成了一种殖民者与被殖民者的关系。前者通过语言教化、物质诱惑，甚至暴力手段对后者进行殖民统治。

而凯列班作为被殖民者，在语言和行动上进行了反抗。① 在解构主义和去中心主义的影响下，学术界从后殖民主义角度对莎士比亚的作品进行研究甚至形成了一种潮流，极少有人关注莎士比亚作品中的暴风雨和海洋作为一种意象在作品中所起的作用和意义。

"暴风雨"和"荒原"意象在莎士比亚的作品中多次出现，不仅起着衬托环境、渲染气氛的作用，并且具有象征意义。暴风雨象征着一种转折、一种状况、一种关系的打破。在他的《麦克白》第一幕中，故事发生的场景就是暴风雨中的荒原之上。正当"雷电轰轰雨蒙蒙"的时候，三个女巫出现；也正在"无情的风暴，可怕的雷雨"之中，英格兰国王邓肯的表弟麦克白率领军队击退了叛军。而在第五幕中，也就是麦克白和女巫的对话也发生在暴风雨中的荒原之上。而在他的另一悲剧作品《李尔王》中，中心场景也是暴风雨和荒原。暴风雨似乎是一个转折，李尔王在暴风雨中饱受折磨，是故事发生的必然结果，又是他开始顿悟，走上救赎之路的开端。暴风雨的出现，打破了人类原有的生活秩序和道德底线。

莎士比亚的许多作品都与海洋有关，海洋的变幻不定使故事情节更加曲折，人物之间的冲突更加激烈，增强了戏剧化效果，而他的以海洋为背景的《暴风雨》成为英国海洋文学的开山之作。

第二节　《鲁滨逊漂流记》与西方契约精神

1719年4月25日，59岁的丹尼尔·笛福（Daniel Defoe，1660—1731）出版了他的第一部小说《鲁滨逊漂流记》（*Robinson Crusoe*）。小说出版后，大受英国读者的欢迎，在笛福生前的12年中四次再版。之后，这部用英文以日记体形式写成的第一部长篇小说，又被译成各国文字，在世界各地流传至今，成为世界文学的经典之作。而作者笛福也被誉为英国启蒙时期现实主义的奠基人、英国和欧洲的"小说之

---

① 王霞：《莎士比亚〈暴风雨〉的后殖民主义解读》，《四川戏剧》2014年第8期。

父"。

那么,《鲁滨逊漂流记》到底有着什么样的魔力为笛福带来如此盛誉?它的创作过程是怎样的?它在英国小说史上具有怎样的地位?它对读者的影响到底表现在哪些方面?让我们先从作者和他这部小说的创作过程说起吧。

笛福1660年出生在英国伦敦的一个商人家庭,10岁丧母,父亲从事屠宰生意。笛福经商经历丰富,早年经营过内衣、烟酒、羊毛纺织品等,甚至从事过制砖业,曾经多次到欧洲大陆各国经商。1684年,笛福娶了一个酒商的女儿,女方的陪嫁价值3700英镑,这为笛福提供了一笔不小的经商资金。之后,他与妻子的弟弟和妹夫合伙做起了百货生意,并在欧洲经营酒类。笛福在经营酒类生意活动中,严格遵循清教原则,反对买卖当时泛滥整个伦敦的杜松子酒和其他烈性酒类。

笛福反对天主教,支持新教。1685年,他参加了蒙茅斯公爵领导的反对天主教国王的叛乱活动。1688年,英国议会迎立信奉新教的荷兰执政奥兰治亲王威廉为英国国王,威廉率军登陆英国时,笛福参加了他的军队。1692年,笛福经商破产,负债达17000英镑,以后又屡屡失败,因而不得不想尽各种方法谋生。他曾经当过政府间谍,设计过各种开发事业,同时开始从事写作。

1698年,他发表文章《论开发》,提倡修筑公路,兴办银行,制定破产法,建设疯人院,兴办水火保险业务,征收所得税,办女子学校等。1701年,他发表了讽刺诗《真正的英国人》,认为英国已经没有纯种的英国人,反对贵族天主教势力,为来自荷兰、信奉新教并已经成为英国国王的威廉三世辩护。该诗发表后,大受欢迎,连续再版9次。

1702年,笛福发表政论文章《消灭不同教派的捷径》。他使用反讽手法,反对国教压迫其他不同教派人士,文笔巧妙,一开始竟没有被英国王室识破,他是在反对国教基督教,被发觉后,受到了罚款和坐牢的惩罚。笛福被罚蹲监狱6个月,示枷游行3次。然而,具有讽刺意义的是,笛福受到的惩罚更引起了伦敦市民对他的敬仰,他被伦敦市民奉为英雄。在狱中,他模仿希腊诗人品达罗斯写了一首《立枷颂》（1703），讽刺英国法律的不公正。

1704 年，笛福为辉格党党首哈利创办《评论》杂志，目的在于为哈利提倡的英格兰—苏格兰联合政策争取支持。此后的 11 年里，他一直往来于英格兰和苏格兰之间，充当哈利及其继任者托利派戈多尔芬的秘密情报员，搜集舆论。在此期间，笛福又因撰写持不同政见的政论文章而被捕入狱，但他始终没有停止为辉格党提供舆论支持，他搜集情报，办报纸，撰写文章。1719 年，59 岁的笛福创作了第一部小说《鲁滨逊漂流记》并出版面世。小说成功地塑造了一个理想化的资产者的形象，在欧洲小说史上创造了纪录，笛福也被称为英国和欧洲小说之父。1720 年，他又创作了《鲁滨逊沉思集》。此后，他接连出版了《辛格尔顿船长》（*Captain Singleton*，1720）、《摩尔·弗兰德斯》（*Moll Flanders*，1722）、《杰克上校》（*Colonel Jake*，1722）等几部小说。此外，他还写了若干传记和游记。

笛福的作品，包括大量政论册子，共达 250 种，无一不是投合资产阶级发展的需要，写城市中产阶级感兴趣和关心的问题。《鲁滨逊漂流记》的畅销促使他写了《鲁滨逊漂流记续集》（*The Farther Adventures of Robinson Crusoe*，1719）。续集中，鲁滨逊做了一次环球旅行，他从北京出发，横穿西伯利亚到俄罗斯的阿尔罕格尔斯克。笛福从未来过中国，但在续集中谈到了当时欧洲人还不大知晓的黑龙江。

由于生意失败，晚年的笛福负债累累，他在步入古稀之年为躲避债务仍不得不过着隐居生活。1731 年 4 月 24 日傍晚，英国伟大的作家丹尼尔·笛福在临卡纳特林荫道的寓所里去世。人们在他的墓碑上刻写上了"丹尼尔·笛福——《鲁滨逊漂流记》的作者"。

笛福一生著述甚多，但最受读者欢迎并且至今仍广为流传的是他的《鲁滨逊漂流记》。1704 年，苏格兰水手亚历山大·塞尔柯克在海上航行时由于与船长发生了争吵，被船长遗弃在大西洋中一个名叫安·费南德岛的荒岛上。他在荒岛上生活了四年之久，最后才被伍兹·罗杰斯船长救回英国。塞尔柯克在荒岛上并没有做出什么值得颂扬的英雄事迹，但笛福受到这件事的启发，就根据自己在海上多年的航行经历和体验，运用自己的丰富想象力，创作了这部流传很广、影响深远的文学名著。笛福在这部小说中表达了强烈的资产阶级进取精神和启蒙意识。他在小说中塑造的鲁滨逊与塞尔柯克完全不同，鲁滨逊是个新人，是当时中小资产阶级心目中的英雄人物，也是西方文学中第一个理想化的新兴资产者形象。

《鲁滨逊漂流记》全书共分为三部分：第一部分写的是鲁滨逊离家三次航海的经历；第二部分是小说的主体，写鲁滨逊在荒岛上的种种经历；第三部分则是写他离开荒岛之后的事情。我们现在看到的是这本书的第二部分，展现了鲁滨逊这个人物的所有特征，是全书的精华。小说塑造了鲁滨逊这个人物，他出身于中产阶级家庭，父亲希望他继承家业，但他不安于现状，海外的新世界像一股不可抗拒的吸引力诱惑着他，他雄心勃勃，决心舍弃安逸舒适的平庸生活出海远航。第一次出海他几乎淹死。第二次出海，又被海盗掳去，逃出后在巴西发了财。但他仍不死心，经别人提议，再次出航，结果滞留海岛。28年的孤岛生活阻止不了他继续冒险。这种勇于进取、永不放弃的冒险精神，表现了当时新兴的资产阶级不满足于现状，要开拓世界、占有世界的欲望，对英国青少年产生了深远的影响，同时也成为英国国民精神的重要内容。

《鲁宾逊漂流记》是丹尼尔·笛福的代表作，也是最具英国海洋文学和西方海洋文学精神的重要作品。小说中体现的海洋探险、殖民开拓和契约精神成为后来英国和西方海洋文学继承的重要主题。

1492年哥伦布发现新大陆之后，在欧洲国家，特别是英国掀起了海洋探险热潮。正是在这样的背景下，英国海洋文学和海洋文化开始兴起。也正是在这样的文化熏陶下，千千万万的英国青少年开始崇尚和痴迷于航海，这为英国作家的海洋文学创作提供了丰富的素材。在笛福的《鲁滨逊漂流记》中，主人公鲁滨逊出生在英国的约克城，从小就痴迷于航海，认为"航行在那广阔无垠、碧涛万顷的大海上，是人生中最大的乐趣……"[①] 高中毕业后，鲁滨逊不顾父母亲劝阻，搭

---

① [英] 丹尼尔·笛福：《鲁滨逊漂流记》，张微译，内蒙古人民出版社2006年版，第1页。

乘朋友父亲的船只，前往伦敦，开始了他的航海和冒险生涯。在海上经历了海上沉船、海盗袭击、逃脱奴役、黑人相助等一系列冒险后，鲁滨逊被一位好心的英国船长搭救，航行到了巴西，并在那里成为一名富有的种植园主。安定富裕的巴西生活并没有使他放弃漂流航海的念头，于是，离家8年之后，鲁滨逊又登上了航船。小说共分五个部分：航海之梦、穴居岁月、所遇所识、孤岛有情、重归故土，其中鲁滨逊在"荒岛"上度过的27年生活是小说内容最重要的部分。近年来，笛福的这部杰作成为国内学术界进行殖民研究和后殖民研究的典范之作。然而，鲁滨逊之所以能够远渡重洋，远赴巴西发财致富，在大洋孤岛之上穴居27年之久，甚至把孤岛据为己有，不仅仅是因为他具有冒险精神和顽强的意志，也不仅仅是因为他渴望财富、勇于探索和征服海洋的强烈愿望，更重要的是，资产阶级和新兴商人的本质特点为他征服自然和获得财富提供了精神动力，那就是英国资产阶级商业社会里一直奉行的"契约"原则和"契约"精神。

英国契约精神的形成经历了一个漫长的过程，它既是英国贵族与专制王权争夺利益的产物，也有资产阶级革命影响的结果；既是政治斗争的产物，也是商业社会发展的原则。既体现了英国人民反对专制、争取平等与自由的精神，也体现了这种精神对资产阶级商品社会发展的影响。

最早体现平等、自由精神的政治契约可以追溯到1215年英国贵族与国王亨利签订的《大宪章》，这是世界上公认的第一份反对专制、限制王权的政治契约。英格兰国王约翰为了对外发动战争，在国内疯狂敛财，大肆征收各种苛捐杂税，引起了开明贵族们的强烈不满。1215年6月15日，贵族们要求国王遵守不可随意征税的契约惯例，并在位于泰晤士河畔的武装力量驻地和国王驻地之间的一块草地上进行协商谈判。后来，谈判破裂，贵族军队和王室之间爆发了战争。4天之后，在贵族军队强大的压力之下，英王约翰不得不签订了这份以谈判为蓝本、具有宪法性的法律契约《大宪章》。《大宪章》把从法国诺曼底大公征服英国后与英格兰封建主在两百多年里形成的国王与贵族之间形成的约定俗成的契约关系（即著名的索尔伯兹盟誓）转化为明确的法律文件形式。

虽然这份法律契约仍具有封建性质，是为了保障封建主的利益，但它是制约国王和贵族之间彼此分权制衡的政治契约，不仅保障了贵族的利益，也保障了平民的权利和利益。更重要的是，《大宪章》的制定使英国人的契约精神得到进一步的强化，为他们提供了一种利用协商解决问题的手段和智慧，也对人类追求民主政治法制化提供了极为有益的启发和借鉴，成为现代宪政精神的根本。

在1640年开始、长达50年历程的英国资产阶级革命中，以新型资产阶级和新贵族为代表的议会与以查理一世为代表的封建专制王权之间通过不断斗争达成了一系列的契约，1641年英国议会通过的《三年法案》不仅"撤销了专制政体的重要机构'皇室法庭'和'高等宗教法庭'，还规定不经议会同意，国王不能解散议会，每三年至少召开一次议会。"① 1688年"光荣革命"后，英国议会又颁布了《权力法案》，"限制了王权，保障了资产阶级和新贵族的权力；规定没有经过议会同意，国王不得废止法律，不得征税等等"。1701年通过的《王位继承法》又对英国国王的继承做出了一系列的限制，规定国王个人无权决定王位继承问题②。资产阶级革命过程中产生的一系列法令是以新贵族和资产阶级为代表的议会和英国王室之间通过斗争达成的政治契约，其颁布从政治上限制了国王的权力，保障了资产阶级和平民的利益。

英国"光荣革命"之后，威廉三世在议会的支持下，加入对法作战。英法战争对英国产生了巨大影响。它不仅是议会成为英国政府必不可少的组成部分，也"因为战时，许多新的财政机构应运而生，并将英国的有产阶级一分为二：土地利益集团和商业利益集团。同时，商业价值观渗透到全社会的各个阶层，并有助于塑造英国文明。"③ 战争结束后，英国已经成为欧洲第一强国，不仅与苏格兰完成了合并，

---

① 李楠：《世界通史》（卷九），河南大学出版社2010年版，第1981页。
② 同上书，第2032页。
③ [美]克莱顿·罗伯茨、戴维·罗伯茨、道格拉斯·R. 比松：《英国史》，潘兴明等译，商务印书馆2013年版，第2页。

取得了政治上的稳定，而且走上了强国道路，从此进入另一个世纪的和平稳定的繁荣时期。

17世纪末至18世纪初的英国在寡头政治的统治下因为商业的繁荣而富裕起来，成为世界的商业新世界，而伦敦是这个繁荣的商业世界的中心。即使伦敦之外的地区，商业景象也异常繁荣，"伦敦桥下的泰晤士河，桅杆林立之所。在泰晤士河以外的海上，东印度公司的巨型船只从印度运回茶叶，使英国成为一个饮茶国度。海船从北美运回水獭毛皮，可以用来制作时髦绅士们的帽子；运回的烟草，可以装满他们的烟斗；从地中海东岸运回咖啡和棉花；从非洲海岸运回象牙和染料木；从波罗的海运回苎麻、沥青和木料。一年到头有苦力从纽卡斯尔把煤运来，这种贸易在17世纪中期增加了3倍。……到1700年，在伦敦登记的船只总吨位达到了14万吨。伦敦的居民，每4人中就有1人以海为生。"①

英国的对外贸易规模已经占到全国贸易总额的1/4，伦敦之外的其他港口也繁荣异常，各港口商人们的船只吨位总和达到了18.3万吨，远远超过伦敦。"布里斯托尔港，每年有240条船出入，把英国的工业制成品装运到各殖民地，然后运回糖和烟草。埃克塞特以出口毛纺织品而成为生意兴隆的港口。利物浦以加工提炼出自西印度群岛的粗糖而盈利致富。英国进口殖民地产品，特别是烟草，然后将其重新出口，此类出口贸易几乎占英国出口总额的1/3。……英国已经成为一个世界转口贸易中心。"② 在商业经济繁荣的时代，商业精神已经渗透到英国整个社会的各个阶层。宫廷大吏、高级教士、殷实的律师、地主、乡绅等都投资英国的商业。他们把多余的钱财或投资到英格兰银行、东印度公司和哈德森湾公司等著名的贸易公司，或投资到制造业。1696年，英国的股份公司已经超过了100家。就连农民和雇工也相信可以通过劳动和勤奋获得财富。为了生活得更好些，男人们

---

① ［美］克莱顿·罗伯茨、戴维·罗伯茨、道格拉斯·R. 比松：《英国史》，潘兴明等译，商务印书馆2013年版，第16页。

② 同上。

到田里干活,每天可以挣到 8—22 便士,他们的妻子梳理羊毛,补贴家用,他们的孩子纺毛线,甚至走到田间,和父亲一起挣取微薄的报酬。那时,"童工是常见的,并且受人鼓励。丹尼尔·笛福(Daniel Defoe)常赞扬哈利法克斯附近很少有 4 岁以上的孩子游手好闲"。①

稳定时期的英国始终没有放弃保护对外贸易和殖民扩张的目标。为了实现这个目标,英国不惜发动战争。为了维护在加勒比海地区的贸易,英国议会于 1739 年宣布对西班牙作战。

18 世纪初,英国已经成为维护欧洲现有体系中具有威力的警察。它不仅攫取了西班牙的古巴和马尼拉,还通过和法国的战争,打败法国,从海上把法国海军彻底肃清,控制了法国的海外殖民地和海外贸易成为海上霸主。

契约观念与宪政精神在根本上具有一致性,契约精神源自商品交换行为和市场经济,并随着市场经济的发展完善,渗透到社会的各个领域。经过一千多年的发展,中世纪末期,欧洲各国,特别是英国的契约精神已经深入到市民阶层。契约精神不仅成为解决公共领域阶级与阶级之间、个人与国家之间、个人与社会之间的权利和义务问题,也成为市民阶层人与人之间解决权利和义务问题的普遍精神。到了现代社会,随着市场经济的进一步发展,契约精神更加完善。

除了平等和自由精神,契约精神的内涵还包括契约权利至上的精神。签订契约的目的和出发点是为了获取利益,权利和义务是统一的,因此,缔约双方在获取利益的同时,应最大限度地满足对方的利益。

17 世纪中后期,英国在光荣革命之后已经走上了宪政制度,《权利法案》不仅使国王的权力受到了法律的限制,社会各个阶层以及个人之间的权利都受到了法律的保护和限制,人人平等的法律意识和契约精神已经深入人心。

人人享有生命自由和对财富追逐的自由权利,但在市民阶层中,

---

① [美]克莱顿·罗伯茨、戴维·罗伯茨、道格拉斯·R. 比松:《英国史》,潘兴明等译,商务印书馆 2013 年版,第 21 页。

这种自由是以自己的自由为界限的。也就是说,"是人以自我的利己心出发而承认他人的利己心",人与人之间的关系被概念化,成为个体所有者之间一系列自愿的市场关系。每个人都享有同等的自由权,每个人的自由都以不侵犯他人的自由为原则,凡是要求自由的人必须尊重他人的自由。这就是我们常说的"利己不损人"原则。

在"利己不损人"原则的要求下,契约、法制必然会成为自由者之间社会关系组合的基本方式和手段。

为了防御海盗侵袭,保证英国海洋贸易的安全和海外殖民势力扩张的顺利进行,英国王室除了加强商船的武装抵御能力,命令商船结伴而行之外,还开始使用海军为商船护航,甚至制定各种法律,为海外扩张和海洋贸易保驾护航。

与航海生活和海洋贸易相关的契约可以追溯到著名的《圣塔菲协议》。哥伦布坚信向西航行可以到达东方,可他的计划必须得到经济实力最强的国王的资助才能实现,为此,他四处游说,希望得到资助。最后,他和西班牙国王伊莎贝拉女王签订协约。双方用纯粹的商人思维和行为方式进行公平交易。女王给哥伦布提供航船和所需物资,封他为海军上将和贵族头衔。而从哥伦布那里得到的回报是,如果哥伦布到达印度,她将得到哥伦布航海贸易中 1/10 的黄金、珠宝、香料和其他物品。就这样,女王与平民之间达成了协议,契约精神得以体现。

作者笛福生前所处的年代正处于 17 世纪英国资本主义上升时期,是西方海洋贸易的兴盛时期。从英国开始的第一次工业革命不仅为科技发明提供了时代空间,也使新兴行业的出现如雨后春笋。蒸汽机的发明和一系列机器的出现,以及煤、铁、钢等在工业领域的使用,引起了一系列的工业变革。这些变革也促进了造船业和制造业的发展,为英国进行对外贸易和海外扩张提供了便利。海洋贸易大行其道,海外扩张延伸到了全球范围。对于一个崇尚冒险的民族来说,海洋的重要性不言而喻。17 世纪的英国人沃尔特·雷利特爵士(Sir Walter Raleigh)曾经一针见血地指出:"谁控制了海洋,谁就控制了贸易;谁控制了贸易,谁就控制了世界的财富,因而也就控制了世界。"到了

18世纪20年代，英国已经成为一个市民社会阶层为主导的商业经济社会。

鲁滨逊生活时代的英国，已经成为一个商业文化氛围浓厚、契约意识自觉的国家。人们崇尚契约精神，法律意识强。鲁滨逊中学毕业后，父亲为他设计的未来职业就是与法律有关，并且早已把法律作为儿子大学深造的专业。只不过当时的英国，航海精神和航海文化影响了一代又一代的青少年，鲁滨逊早已把航海作为人生最大的乐趣和梦想。狂风巨浪和汹涌的波涛阻挡不住他对风平浪静时大海美景的向往，然而，"离开那些单调空虚、无聊的世俗生活，去体验多姿多彩、美丽动人的世界"，只是鲁滨逊航海梦的一部分，他更重要的目标是到海外发展自己的事业。当然，鲁滨逊个人的航海梦与英国的海外殖民扩张密切相关。

尽管如此，当他在海上漂流和在海岛上生存的时候，把这种契约精神也运用到自己的生活和生存中，成为保全自己和制约他人的一种手段。

无论是鲁滨逊对海上冒险的向往，还是他在巴西开办种植园，以及他在荒岛上对动物的驯养和农作物水稻、小麦以及大豆的种植，都源于一种思想，那就是对世界的探索和主宰，对财富的渴求和占有。作为"欧洲现实主义之父"，笛福的小说以内在的文化共性引起了无数读者的共鸣，这种内在文化共性在很大程度上是一种对待财富的契约精神。

契约是基于平等原则为获取最大利益而进行的一种交易，交易方由此而建立了一种权利义务关系。西方的契约精神源远流长，源于古希腊罗马时期。地中海周围岛屿上的多山地形制约了农耕文明的发展，却有利于城邦商品经济的发展。长期的城邦经济有利于契约理念和契约制度的形成。自由、平等精神和理性、功利原则就成为契约精神的核心。这种精神在亚里士多德那里得到了进一步的发展，他的思想不仅蕴含着基本的社会伦理思想，也具有自愿交易理论思想。他认为，正义是人们进行自由交易的行为准则，不损人利己是自由交换的基本原则。

现代的契约精神正是由自愿交易理论推演而来的，既包含社会契约精神，又包括私人契约精神。从本质上讲，契约精神包含四个方面的内容，即契约自由精神、契约平等精神、契约信守精神和契约救济精神。自由精神包含了两个层次的内容，即自由和自愿。自由体现了作为个体的个人与作为集体的国家之间的关系，反映的是个体行为不受国家干预和控制的自由程度；而自愿则体现了不同个体之间的关系，反映了个体行为自主决定、不受他人强迫的原则。因此，契约精神强调的是缔结协议的双方是出于自愿原则的，协议一旦缔结，双方就必须履行自己的义务。

鲁滨逊在海上漂流生活中体现的契约精神主要表现在两个方面：一是他与"文明世界"的商品交往；二是他在征服"野蛮世界"过程中体现的契约精神，当然这种契约精神体现了殖民者的霸道和主人地位。

在这个所谓的"文明世界"里，和他产生契约关系的是诚实守信的船长及其遗孀。鲁滨逊在海上漂流途中搭乘一艘开往非洲几内亚的商船，正是在这艘商船船长的指引下，鲁滨逊拿四十英镑做本钱，购买了一些日用小商品，随船到各个港口贩卖。并用贩卖所得沿途购买当地的货物，再到其他港口去卖。也正是在这位"正直诚实""坦诚无私"的船长的指导下，鲁滨逊不仅掌握了全部航海知识和技能，也赚取了他有生以来的第一桶金，成为一名行船贩卖货物的商人。这是他在海上冒险中最成功的一次。遗憾的是，这位品格高尚的船长在从非洲回来不久后就去世了。鲁滨逊将这次盈利寄存在这位船长朋友的遗孀家里。

鲁滨逊和船长遗孀并没有建立正式的契约关系，但契约精神在当时的英国已经深入人心，人们自觉地履行自己的义务，并只对自己的行为负责。正因为如此，这种非正式的契约关系经历了27年的沧桑变化之后，仍然存在。尽管鲁滨逊在27年里杳无音信，他的父亲已经离开人世，亲友们早已认为鲁滨逊不在人世。替他保管银钱的那位船长夫人还健在，即使白发苍苍，仍旧信守诺言，归还保管财物。船长的"正直诚实""坦荡无私"等高尚品格是鲁滨逊与其建立非正式契约关系的基础，船长夫人对诺言的信守和契约精神的坚持，是鲁滨逊自愿报答老妇人的根本原因。鲁滨逊让人给老妇人带去一百英镑，并决定以后继续接济她。

体现契约精神的第二件事情是鲁滨逊与之前带他去巴西的那位老船长之间的契约关系。当年，这位老船长把鲁滨逊从海上救起，并把他带到巴西，坦诚无私地帮助他在那里发展甘蔗种植业。鲁滨逊在巴西不仅学会了种植甘蔗和制糖工艺，还赚取了数量不菲的财富。就在那时，船长从欧洲来到了巴西，并建议鲁滨逊委托他把存在第一位船长夫人那里的钱取出一部分当作资本，发展海洋贸易。就这样，鲁滨逊写信给远在伦敦替他保管金钱的船长遗孀，并签了一份委托书交给这位船长。等到船长再一次回到巴西的时候，给鲁滨逊带来了当地必需的商品，为鲁滨逊发展种植园业提供了有利条件。4年以后，鲁滨逊已经熟悉了巴西当地的语言和风土人情，结交了一些商界精英，有望成为富甲一方的种植园主，过上悠闲自在、无忧无虑的宁静生活。然而，漂流四方的航海梦在不知不觉中又闯进了他的大脑，正巧一个偶然的机会，又使他抛开一切，去追寻自己的航海梦。

在临行之前，鲁滨逊立了一份遗嘱——一旦在海上发生意外，他将把所有的财产送给那个当初送他来巴西并给予他很大帮助的船长。就这样，鲁滨逊和这位船长之间形成了正式的契约关系。不幸的是，鲁滨逊果真在前往非洲贩卖黑奴的途中遇到了海难——飓风吞没了船只，鲁滨逊成为唯一的幸存者。27年后，当他回到英国，再次造访那位老船长的时候，才得知老船长并没有因为鲁滨逊失踪27年之久而把他的财产归为己有，而是一直交由鲁滨逊在巴西的合伙人经营，并在巴西政府注册处登记了鲁滨逊的名字。27年后，当鲁滨逊回到英国，老人把一份有合伙人签字的种植园年利润档案交给了他。当初，鲁滨逊已经立了遗嘱，确定老船长为其财产的终身继承者，那他为何还要这么做呢？老船长的回答是，因为当时并没有有关鲁滨逊的死亡证明，所以，他不能充当遗产继承者。正是因为他的诚实、善良和正直无私感动了鲁滨逊，鲁滨逊决定，在老船长在世时，每年从自己的财产中拿出一百个葡萄牙金币送给他，他去世以后，每年会拿出五十个金币资助船长的儿子。

和鲁滨逊发生契约关系的第三个对象是他在巴西的合伙人和巴西政府。当初在巴西发展种植业，鲁滨逊和合伙人签订了契约。当发生海难事故之后，大家都以为鲁滨逊在事故中遇难身亡，合伙人没有把属于他的那份财产据为己有，而是把鲁滨逊名下应得的那份利益，转呈给巴西政府备案。在得知鲁滨逊还活着时，合伙人给远在英国的鲁滨逊寄来了信件和文件。那些文件是鲁滨逊在巴西的种植园的年收入报表和部分支出账目。合伙人在信上说明，鲁滨逊随时可以亲自或派人去巴西接管他的种植园，并把部分盈利分红送给了鲁滨逊。合伙人除了和鲁滨逊合作经营种植园，还秉承公正无私的原则，利用他们的共有资金开办了一家制糖工厂。鲁滨逊的财产已经按照资本主义的股份经营方式开始赚取最大限度的利润。

为了在出发追寻航海梦之前妥善处置在巴西的财产，鲁滨逊又写信给合伙人，请他以后按照信中鲁滨逊赋予给老船长的权力管理他名下的股份，凡是鲁滨逊应得的利益，都寄放在船长那里。就这样，涉及合伙人、老船长和鲁滨逊本人的又一份契约关系成立。

鲁滨逊在与这些文明人的交往中，使用了等价交换原则与慷慨理论。也就是说，在适当的时间，以适当的数量，对适当对象施行财物上的给予，恪守允诺。巴西政府公正诚实的态度也得到了鲁滨逊的回报。他捐出部分财产给当地政府，用于修建修道院和资助当地平民。鲁滨逊的慷慨行为赢得船长遗孀的敬重，而她的契约精神和诚信行为也再一次赢得了鲁滨逊的信任。当他再一次漂流海外，发现财富后回到英国的时候，把新发现的财富全部兑换成现金，存放在船长遗孀那里让她保管。

如果说鲁滨逊的商业交往体现了契约精神的话，那么，他在海上的生活交往也体现了契约精神，这种契约精神完全依靠交往主体的诚信来维系。

在和"星期五"的交往中，鲁滨逊发现，"星期五"所在的部落中有17个被土著居民俘虏的西班牙船员。他们在运送一批皮革到哈瓦那岛屿的途中遭遇海难，流落到"星期五"及其父亲所在的岛屿。

他们没有武器，没有船只，更没有造船的工具，无法离开海岛。其中的一个西班牙人无意中和"星期五"的父亲一起闯入鲁滨逊生活的孤岛。他希望在鲁滨逊的帮助下离开海岛，重获自由。西班牙人依靠自己的信誓旦旦取得了鲁滨逊的第一步信任。为了保证自己的安全，鲁滨逊要求那些等待解救的西班牙人在"星期五"父亲和闯入孤岛的西班牙人面前立下誓约，信守诺言，并在誓约上签字。如果有不同意见，就不要带到孤岛之上。

鲁滨逊还通过契约精神解救了一艘船员"哗变"的英国船的船长，并搭乘这艘英国船只回到大陆。一艘英国船上的船员因为不堪船长的欺侮，发动哗变，绑架了船长，驾驶船只漂流到了孤岛。船长请求鲁滨逊解救，并答应服从鲁滨逊的一切命令。鲁滨逊开出了条件：①遵守岛上的规矩；鲁滨逊发给他们的武器可以在任何时候收回。②如果夺回船只，必须把鲁滨逊带回国。在武力解决了"哗变"事件之后，鲁滨逊搭乘英国商船回到故乡。

不遵守契约的反面例子，就是英国商船上的船员"哗变"事件。按照当时英国的法律，船员必须绝对服从船长的命令，如果发生"哗变"，他们一旦回到英国，就会被判绞刑。

鲁滨逊的命运充满了坎坷。正当他踌躇满志，带着一百英镑的货物准备到其他港口贩卖时，他所搭乘的船只在加那利群岛附近遭遇了海盗。鲁滨逊成了海盗船船长的奴仆。

如果说鲁滨逊和船长朋友遗孀之间的契约关系体现了自由精神的话，那么，他与巴西种植园主和巴西政府之间的契约关系则体现了契约信守精神。

西方社会契约精神的建立，是以西方人追求的自由平等原则为基础的。法律是契约的外在形式，契约精神才是法律制度背后的内在。西方人认为，"人人生而平等"，这种平等并不是强调人一出生就应当在天分和占有财富等方面享有平等的权利；相反，他们认为，人生来是不平等的，无论是人的天分还是继承的财富，都是不可能平等的。他们追求的平等指的是人人都有追求幸福的权利，在法律和道德规范面前，人人平等。人先天的不平等可以通过法律和道德方面的平等来弥补。所以，长期以来，在物质利益和商业利益的往来中，他们主要依据法律的契约，而日常行为和生活的交往，主要依靠契约精神来维系。就这样，西方人的诚信观念就是在长期以来的商业文化和契约精神中孕育形成的。

第三节 《金银岛》与"寻宝梦"

富有冒险和传奇色彩的航海生活让众多诗人和作家心驰神往，浮想联翩，他们与海洋结下了不解之缘，文学创作以海洋为背景和审美形象。英国 19 世纪末新浪漫主义代表作家罗伯特·路易斯·史蒂文森（Robert Lewis Balfour Stevenson，1850—1894）就是一位酷爱航海生活又以创作航海小说著称的小说家。他早年热衷于航海，到处游历，体验海上生活，为其创作积累了丰富的资料，后期致力于小说创作，取得了极高的成就。史蒂文森的作品风格独特多变，对 20 世纪的现代主义文学影响巨大。到了 20 世纪中期，评论家们重新评价他的作品，把他的作品奉为西方文学经典，作家本人也被誉为 19 世纪最伟大的作家之一。

史蒂文森是一位非常多产的作家，一生共创作 12 部长篇小说、3 部短篇故事集、5 部游记以及大量的诗歌和散文作品。在他的众多文学作品中，海洋文学占相当一部分，其中有关海盗冒险和海上寻宝的长篇小说《金银岛》（*Treasure Island*，1883）是他的代表作，也是西方海洋文学的经典之作；此外，他的海洋小说还包括短篇小说集《海岛之夜娱乐记》（*Island Nights' Entertainments or South Sea Tales*，1893）等。

《金银岛》的创作与史蒂文森的家庭生活和航海经历有着密切的关系。出生在英国爱丁堡的史蒂文森，父亲是著名的灯塔设计师与工程师。他从小就继承了父亲热爱冒险、喜爱海洋的性格。在与父亲经历了一次旅行之后，史蒂文森发现，他们游历过的那些岛屿及海岸，以及相关的传奇故事，比父亲建造灯塔更为奇妙和迷人。于是，他向父亲提出了研习文学的想法。父亲原本希望史蒂文森学习土木工程，继承他的事业，听了儿子的想法，他非常失望，但仍然希望儿子在大学毕业后能找到一个好的职业，于是，让史蒂文森学习法律。1875年，史蒂文森开始了律师职业，可是，他在受理各种案件的同时，仍然对文学情有独钟。在出版了几部著作后，史蒂文森开始专心致志从事文学创作。

史蒂文森自幼身体羸弱，后来患了肺病。1873年，史蒂文森花了4年时间到气候宜人的法国旅行。在法国塞纳河畔的枫丹白露宫、巴黎南郊的巴比松、洛娃因河畔的格雷兹和法兰西岛大区的内穆尔进行了长期且频繁的旅行。在此期间，他经常前往巴黎，参观画廊和剧院。旅行过程中，史蒂文森结交了许多艺术家朋友。1876年，就在枫丹白露，他邂逅了芬妮·奥斯本夫人。两人志趣相投，相见恨晚。四年之后，芬妮·奥斯本与丈夫离婚，嫁给了史蒂文森。史蒂文森将这段经历写进了《内河航程》（*An Inland Voyage*）和《骑驴漫游记》（*Travels with a Donkey in the Cévennes*）中。

由于热衷于航海，也为了寻找一个适合疗养的地方居住，从1880—1887年，史蒂文森夏季辗转于苏格兰和英格兰，冬季则避居法国。1887年，父亲去世后，他移居美国，开始了自己的太平洋之旅。在将近3年的时间里，他游荡在东太平洋和中太平洋之间。在旧金山，在夏威夷群岛，在吉尔伯特群岛、大溪地和萨摩亚群岛等地，都留下了他的足迹。和谐幸福的家庭生活、湿润的海洋空气和冒险经历带来的精神兴奋似乎使史蒂文森恢复了健康，他的创作也达到了鼎盛时期。10年间，他接连出版了《新天方夜谭》（*New Arabian Nights*，1882）、《金银岛》（*Treasure Island*，1883）、《化身博士》（1886）、《诱拐》（1886）、《黑箭》（1888）、《巴伦特雷的少爷》（*The Master of Ballantrae*，1889）等作品，其中以航海探险为题材的小说《金银岛》成为他最著名的代表作。

1894年，长期遭受肺病和神经衰弱折磨的史蒂文森突然中风，在南太平洋的萨摩亚群岛去世，年仅44岁。按照生前遗愿，他被安葬在可以俯瞰太平洋的高山之巅，并以他在1879年创作的诗歌《安魂曲》作为墓志铭：

> 在那寥廓的星空下面，
> 掘一座坟墓让我安眠：
> 我活得快乐，死而无怨，
> 躺下的时候也心甘情愿。
> 请把下面的诗句刻在我的墓碑之上：
> "他躺在自己一心向往的地方，
> 好像水手离别大海回归故乡，
> 又像猎人告别深山返回家园。"

史蒂文森一生酷爱航海和海上冒险，具有渊博的航海知识；丰富的航海经历和安宁恬静的海岛生活激起了他的文学创作灵感，他创作的小说大都和《金银岛》一样，以曲折的海上冒险经历为背景，充满了浪漫、传奇和幻想色彩。他不仅是英国新浪漫主义作家的代表，也是一位闻名世界的海洋文学作家。他的浪漫冒险小说《沃尔特·斯科特爵士》自问世以来，就成为英国读者最喜爱的作品，小说《金银岛》讲的是关于寻找海盗宝藏的故事，也是他的浪漫小说中最受欢迎的一部。

史蒂文森的作品对现代作家，如约瑟夫·吉卜林、博尔赫斯、纳博科夫、海明威等文学大师产生了重要影响，他的作品被列入西方经典，被誉为"19世纪最伟大的作家"。他的《金银岛》是世界上流传最为广泛的海盗探险小说之一，充分说明了西方世界长期以来形成的"海盗情结"，表达了他们对冒险精神的追求和对财富的渴望。

《金银岛》的故事情节源于史蒂文森所画的一幅地图。1881年冬天，新婚不久的史蒂文森携芬妮·奥斯本和她与前夫的儿子劳埃德·奥斯本返回苏格兰家中。当时天气严寒，户外大雪纷飞，一家人只好整天蜗居在家里。劳埃德是一位12岁的少年，他要求史蒂文森做一些有趣的事情来打发时光。于是，史蒂文森拿起画笔，画了一幅题为"金银岛"的海岛地图，并给岛上的山岭、河流和岛边的海港取了极富想象力的名字。这幅地图激发了他的创作灵感。后来，史蒂文森回忆道："当我望着金银岛地图时，小说中未来人物的面孔一一浮现在我的脑海里，他们在这几平方英寸的平面图上为探宝而厮杀搏斗，来回奔走。我记得我做的第二件事便是铺开一张纸，在上面写出本书各章节。"就这样，享誉世界的《金银岛》在1883年出版面世。

故事的主人公吉姆（Jim Hawkins）是一个10岁男孩。他的父母在黑山湾小镇上经营一家名为"海军上将本保"（Admiral Benbow）的旅馆。有一天，旅馆来了一位非同寻常的客人。这位客人身材高大结实，脸上带着刀疤。他要求吉姆叫他"比尔船长"。比尔整天喝酒，有时会给吉姆讲讲海盗的冒险故事。吉姆非常喜欢听他讲的这些故事，那些骇人听闻的经历，比如罪犯被处以绞刑、海盗双手被绑并戴上眼罩走跳板、突如其来的海上风暴、遍地尸骨的西班牙海盗巢穴等，都让吉姆既兴奋又害怕，也让偏僻宁静的小镇增添了不少新鲜刺激的话题。

比尔待人粗鲁，却十分害怕一个独腿海盗，叮嘱吉姆一定要留心只有一条腿的人。每天下午日落时分，比尔都会戴着望远镜到海边向远处眺望，看是否有船只靠港。不久，比尔收到海盗的"黑券"，也就是海盗向他发出的最后通牒，要求他第二天一早必须交出藏宝图，否则就杀掉他。

没过多久，比尔因为饮酒过量，再加上受到惊吓，中风死在旅馆中。吉姆在整理比尔的遗物时，无意中发现，在比尔的箱子里有一张藏宝图，得知著名海盗弗林特船长在一个荒岛上埋藏了一大笔财宝，藏宝图上标明了藏宝地点，而比尔就是当年弗林特船长手下的一名海盗。于是，吉姆和小镇上的人到金银岛寻宝的冒险故事就此展开。

吉姆把藏宝图给了小镇上德高望重的乡绅特里劳尼和里弗西医生。他们经过商量，决定带吉姆一起去金银岛寻宝。接着，特里劳尼购买了一艘帆船，招募了26名船员，其中包括一个只有一条腿的厨子。快到金银岛的时候，吉姆无意偷听到了几个船员的对话，才发现26名船员中，竟然有19人是海盗，海盗头目就是少了一条腿的厨子西尔弗（Silver），并且发现他们大都是弗林特的部下，正在密谋收买其他船员。海盗们向其他7名船员承诺，只要这些船员与他们合作，找到宝藏后杀掉船长和医生，就和他们一起分掉宝藏。原来，西尔弗也是弗林特船上的海盗，为人阴险狡诈，据说连弗林特都怕他三分。吉姆把情况告诉了特里劳尼和里弗西医生，然而，他们发现，敌众我寡，只好和几个信得过的船员弃船上岛。岛上，以西尔弗为首的海盗们向以吉姆一行人发起了抢夺藏宝图的进攻，双方发生了激烈的枪战。他们虽然没有得逞，但吉姆和医生等人也有死伤。晚上，吉姆悄悄溜出去，机智勇敢地和船上留守的海盗进行周旋，最终夺回帆船。然后，吉姆回到岛上，无意中遇到了在岛上被困三年的弗林特旧部、海盗汤姆。在吉姆的劝说下，汤姆找到了宝藏，并表示愿意交出宝藏和他们一起回国。为了给船员们医治伤痛，医生把藏宝图交给了西尔弗以换取药品。拿到了藏宝图，西尔弗带领海盗来到图上标注的藏宝地点。可他们没想到，医生等人早已埋伏在此。西尔弗等人遭到伏击，死伤惨重。最后，吉姆和医生一行人满载价值70万英镑的宝藏乘兴而归。

史蒂文森以波涛汹涌的大海和危机四伏的海岛为背景，以机智勇敢的少年吉姆发现藏宝图和寻找宝藏的冒险经历为线索，塑造了一群性格鲜明的人物形象。特里劳尼船长指挥有方，医生里弗西冷静果断，少年吉姆机智勇敢，海盗西尔弗阴险凶残。他们围绕这份藏宝图，展开了一场惊心动魄的搏斗……故事情节惊险曲折，引人入胜，人物形象鲜明生动。这就是《金银岛》历经百余年后，魅力仍然经久不衰的原因。

《金银岛》出版后，深受英国读者，特别是儿童读者的喜爱。之后，又被译成多国文字，流传世界各地，甚至多次被拍成电影和电视剧。它之所以能够成为英国文学经典，很重要的原因在于它充满了丰富的想象，并且这种想象迎合了西方读者的期待视野，侵染着他们的集体意识。

16世纪下半叶，英国完成了统一，开始推行殖民扩张政策。当时，西班牙已经成为世界海洋霸主，拥有庞大的舰队，英国不敢正面和西班牙交锋，遂采用海盗掠夺财富的手段打击西班牙的海上力量。

一时间，英国王室招募和支持的大批海盗在大西洋和加勒比海地区猖獗一时，对西班牙商船甚至军舰大肆抢劫。英国王室还对作战能力强的海盗加官晋爵，以高官厚禄招募有实战经验和指挥才能的海盗头目加入英国皇家海军，以备战时之用。1588年，这些以海盗为主要作战力量的皇家海军，在和西班牙争夺海上霸权的战争中，打败了西班牙的"无敌舰队"，逐渐取得了"海上霸主"的地位，建立了庞大的海上帝国。

在英国王室的大力宣扬下，勇敢、不安现状，雄心勃勃和弱肉强食、强者为王的海盗精神在英国得到颂扬，瘸着一条腿、瞎了一只眼并戴着黑色眼罩的海盗形象成为英国国民人人敬仰的大英雄，海上历险和掠夺财富也成为英国人的集体梦想。

这种集体想象从17世纪开始到20世纪就成为英国海洋文学的主要内容。从17世纪初笛福出版《鲁滨逊漂流记》开始，讲述英国人在海外航行探险的文学作品就构成了英国文学的主流。这些海洋探险文学表现了强烈的资产阶级进取精神和启蒙意识，充满了殖民扩张和海外掠夺的印记，表达了欧洲中心主义和东方主义观念，打上了文化帝国主义的印记。正如艾勒克所说："周游世界的欧洲人通过写作这种文本方式向外扩张，与此同时又不断汲取着各种新的素材，从他们尚不认识的混沌中圈出一方想象的空间。"①

史蒂文森生活的时代正是英国资本主义上升时期。他的《金银岛》完全是作者想象的产物。这种想象既有作者本人的航海经历，也有当时英国人的集体意识，通过比尔的故事和吉姆的想象表达出来。在比尔给吉姆讲述故事的时候，吉姆就想象着自己在海岛上的经历。吉姆在乡绅特里劳尼家里等待出海时，曾多次神游金银岛。岛上的每一个角落里，树木都被刮得不停地摇晃，海湾里的浪涛不停地拍打着悬崖海岸，发出阵阵轰鸣，岛上的人物幻化成千百个形象，变化着千百种狰狞的表情，连蹦带跳，越过灌木丛和小水沟，一路追赶着自

---

① [美]艾勒克·博埃默：《殖民与后殖民文学》，盛宁、韩敏中译，辽宁教育出版社1998年版，第16页。

己。在亲身经历发生之前,吉姆对遥远异域和"他者"的认识只有想象和恐惧。"有时候,岛上到处都是野人,我们和他们打仗;有时候,岛上到处都是凶猛的野兽,疯狂地追赶着我们。"① 当他在金银岛上遇到被遗弃在那里的汤姆时,第一时间他能想到的是,他一定是"听说过的食人的生番。"然而,对海盗生活的向往和对财富的渴望使人人疯狂,就连吉姆那身体孱弱的母亲也说:"即使丢了性命也要把箱子打开,要那本该属于我们,属于吉姆的钱。"②

财富的强大吸引力使横行霸道的海盗成了人人敬仰的大英雄,海盗文化也浸透了英国的海洋文学。

第四节 《勇敢的船长们》与吉卜林的"丛林法则"

如果说19世纪之前的英国海洋小说表达了人类对海洋的敬畏和对财富的渴望,那么,在英国作家约瑟夫·吉卜林(Joseph Kipling, 1865—1936)的海洋小说《勇敢的船长们》(*Captain Courageous*, 1897)中,表达的则是吉卜林的"丛林法则"。虽然"丛林法则"在吉卜林不同的文本中有不同的阐释,但总的说来,这种法则遵循的是达尔文的"物竞天择、适者生存"的进化论,正如1907年诺贝尔文学奖评奖委员会的颁奖词中所说:"丛林法则就是宇宙法则,……就是奋斗、尽职和遵从。"③ 也就是说,吉卜林在他的文学作品中表达的主旨是在艰苦条件下的公正与秩序、忠诚与爱、团结协作。而这些丛林法则是他们在特殊条件下战胜自然、获得生存的最大法宝。

一 吉卜林"丛林法则"

吉卜林是19世纪末20世纪初著名的英国作家和诗人,也是第一

---

① [英]史蒂文森:《金银岛》,王理行译,湖北人民出版社2006年版,第35页。
② 同上书,第26页。
③ 肖涤:《诺贝尔文学奖要介》,黑龙江人民出版社1992年版,第150页。

个获得诺贝尔文学奖的英国作家。他1865年出生于印度孟买，父母亲都是英国人，父亲是印度一所实用艺术学院的老师。6岁时，吉卜林和3岁的妹妹被送回英国接受教育，寄养在一个气氛郁闷的海军退役军官家里。吉卜林在这段时间里生活并不愉快，受到的关爱很少，这段经历影响了他以后的文学创作，他在作品中对儿童表达了更多的关注。1882年，吉卜林回到印度，在父母亲居住的城市开始了他的第一份工作，在拉合尔市的《军民报》担任副编辑。他敏锐地观察印度的风土人情，把所见所闻写成小品文和诗歌，发表在报纸上。1884年9月，他的第一篇短篇小说《百愁门》发表，从此以后，他不断发表小说和诗歌，开始了他的文学创作生涯。

吉卜林一生共创作了8部诗集，4部长篇小说，21部短篇小说集和历史故事集，以及大量散文、随笔、游记等。他的作品简洁凝练，充满异国情调，尤其在短篇小说方面，是无与伦比的。马克·吐温曾经给予吉卜林的作品以热情洋溢的赞美："我了解吉卜林的书……它们对于我从来不会变得苍白，它们保持着缤纷的色彩；它们永远是新鲜的。"1907年，吉卜林凭借其敏锐的"观察的能力、新颖的想象、雄浑的思想和杰出的叙事才能"，获得了诺贝尔文学奖，成为第一个获此殊荣的英国作家。

吉卜林的文学作品主要以英国殖民统治下的印度和缅甸为创作背景，以丛林小说享誉世界，其中最负盛名的是他的短篇小说集《丛林之书》。这是吉卜林以童话形式写成的一部儿童故事集，由15个以"狼孩"莫格利为主体的系列故事构成。莫格利是一个由母狼养大的印度男孩，吉卜林以他为中心人物，描写了印度丛林世界里的奇异风光和莫格利在丛林世界里与他的"动物兄弟"们的悲欢离合。小说出版后受到了广泛的关注，被认为是吉卜林最有名的短篇小说集。吉卜林是在美国佛蒙特的布拉特布罗，即妻子的家乡生活时创作这部小说集的，当时的生活安定舒适，吉卜林佳作不断问世。他不仅创作了《丛林之书》，还完成了长篇小说《勇敢的船长们》，以及脍炙人口的诺贝尔获奖作品《基姆》和一些重要诗歌。实际上，《丛林之书》中的"狼孩"莫格利和《基姆》中为英军提供间谍服务的印度男孩基姆之间存在着千丝万缕的联系，因此，可以说，这个时期的吉卜林创作比较全面地反映了他全部创作的主题和风格，反映了他的思想和主张。

吉卜林的主要思想和主张体现在他在创作中极力表达的"丛林原则"上。在后殖民主义视域下，"丛林原则"被认为是宣扬英帝国主义殖民统治政策的"弱肉强食"规则，是为殖民统治鸣锣开道。而从社会学角度来看，吉卜林的"丛林原则"则被认为是一条治世良方，因为它表达的是这样一种思想：人类社会和大自然中的动物界一样，人与人之间的利益相互依存、相互制约，需要遵守社会秩序，需要尊重自然规律，需要培养自尊自强的奋斗精神和一系列优秀品质。

"丛林原则"强调秩序和纪律，这种原则通过狼群的生活规则体现出来。狼应当通过协力合作自己捕获猎物，而不是像鬣狗等动物那样跟在老虎屁股后面觅取残羹剩饭；捕获的猎物应当就地分享，而不应带走独享；成年狼不能以任何理由杀死幼狼；不准袭击人类，以免招来报复；旱季应保护水源不受污染，严禁在水源地猎杀兔鹿羊等弱小动物等。另外，吉卜林的思想还在"莫格利"系列故事之外得到了进一步的阐述，如赞颂逆境中坚强不屈（《白海豹》）、忠诚敬业（《獴》）。如果说《丛林之书》中吉卜林极力表达的是动物界的生存法则的话，那么，这种法则在长篇小说《勇敢的船长们》中得到了进一步的升华，因为它阐述的是人类社会的生存法则。

二 成长的故事抑或海洋小说

《勇敢的船长们》虽然是吉卜林文学创作鼎盛时期的作品，但算不上是他的代表作。目前，国内的吉卜林研究主要集中在他的印度题材小说以及其中所体现的帝国主义思想和文化身份等方面的问题。对《勇敢的船长们》的译介和研究只是近几年的事，并且是把它归类于儿童文学或教育小说。截至目前，已经出版的《勇敢的船长们》单行本都是以儿童文学经典作品的形式出版。2009年，葛士杰译本在21世纪出版社被作为21世纪少年必读经典丛书出版。2011年，吴刚译本被少年儿童出版社和上海译文出版社作为"双桅船经典童书"出版。2013年，浙江文艺出版社把《勇敢的船长们》纳入诺贝尔奖经典童书坊丛书系列出版。2013年1月,中国出版集团(现代出版社)在出版郭莹莹翻译的《勇敢的船长们》时,封面上赫然印着"世界儿童文学名著"。国内学界也把《勇敢的船长们》归类于儿童文学作品或教育小说,纷纷从儿童小说或儿童道德关怀的角度对其进行研究。认为《勇敢的船长们》中的主人公哈维·切尼的教育不是通过当时英国公学提倡的体育运动,而是通过他在大海中渔船上劳动来实现的。① 中国译界把它归类于儿童文学经典作品,国内学界把《勇敢的船长们》归类于儿童文学或教育小说,主要因为就故事情节来看,它讲述的是一个少年成长故事,而实际上,《勇敢的船长们》是一部地地道道的海洋文学作品,是一部讲述美国渔民在海上的生活故事,也是讲述海上生存规则的故事。

　　首先,故事是以15岁少年哈维·切尼的海上历险为线索,刻画了一群"勇敢的船长"形象。主人公哈维·切尼出身富有之家,是美国西部铁路大亨老切尼的独生子,平日里娇生惯养,脾气乖张。15岁时,他和母亲从加利福尼亚乘轮船到欧洲准备接受教育。一天,当他们乘坐的轮船航行在北大西洋上的时候,他以一个典型的纨绔子弟的形象出场:"身穿红色运动衣和灯笼裤,脚上是红色的袜子和自行车鞋,头上戴一顶红色法兰绒帽。""嘴角斜刁着半截烟卷","白里泛黄的脸色跟他的年龄不很相称,他的外貌中既有游移不定、虚张声势的成分,又混有那种不值一文的小聪明。""他从牙缝里发出一个口哨声,看一眼那伙人,又提高嗓门大声说:'瞧,外面雾大得很。你们听,小渔船尽围着我们转,哇哇叫喊。你们说,要是我们能撞翻一条小渔船该多有意思!'"② 他的这种乖张行为引起了船上乘客的不满,他们开始戏弄他。一个德国乘客挑衅般地给他一支劣质雪茄,哈维为了不丢面子,也为了显示自己已经步入成年人的行列,接过那支黑色的雪茄,点上之后就抽了几口。之后,他便头昏脑涨,开始晕船。为

---

① 陈兵:《吉卜林〈勇敢的船长们〉中的教育理念》,《外国文学评论》2009年第4期。
② [英]吉卜林:《勇敢的船长们》,夏云译,安徽师范大学出版社2013年版,第2页。

了掩盖自己曾经夸下"不会晕船"的海口,他偷偷走到船尾的甲板上。正当他在船尾甲板上头昏脑涨、眼冒金星的时候,一个浪花把他卷进了海里。哈维的落水意味着他海上冒险生活的真正开始,也为"勇敢的船长们"的出场拉开了序幕。

"海上号"一共有8名水手。首先出场的是梅纽尔。哈维落水之后,他正在纽芬兰浅滩捕鱼。梅纽尔是一位出色的葡萄牙水手,是划船的一把好手。然而,作者没有对这位年轻的水手做很多描绘,也没有特别强调他划船技术的高超,只是通过哈维被救和他在平底船上的感受间接说明了这位葡萄牙水手的高超技术。他年轻,一头卷曲的黑发,戴着一对小小的金耳环,身穿渔民们常穿的蓝色运动服,他善良乐观,总是笑容满面,没有烦恼。当他看见哈维从轮船上掉下来,当机立断,抢在蒸汽机船的螺旋桨把哈维搅成碎块之前把他当作一条大鱼从海水中捞了上来,同时又避免了自己的平底船被大船撞毁。他能够一边和哈维对话,一边在浪峰之间平稳穿行;他能够在雾气腾腾的惊涛骇浪中站在平底船上吹响一只巨大的海螺。梅纽尔不仅划船技术高超,而且心地善良,做好事不求回报。他虽生活在底层,却并不爱财。当切尼夫人得知是他搭救了自己的儿子,并私下里要表示酬谢时,却发现梅纽尔对金钱没有任何欲望。在切尼夫人的再三劝说下,他同意收下五块钱,用以给自己心仪的姑娘买一条围巾。他说:"我挣钱轻而易举,不愁吃,不愁没烟抽,干吗我还要收钱呢?不管我愿意不愿意,你一定要给我?嗨,你说什么?那么你就给我钱吧,不过得换个方式。你想给多少就给多少吧。"① 他所说的换个方式,就是把切尼夫人介绍给当地的一位葡萄牙教士。因为这位教士有一张亟待帮助的寡妇名单,这名单和教士的黑色教袍一样长。就这样,他通过这种方式把切尼夫人的酬谢捐赠给那些失去了丈夫的寡妇们。之后,他如释重负,感到心安和欣慰。

朗杰克是"海上号"的另一位划船高手。他背微驼,下巴灰白,

---

① [英]吉卜林:《勇敢的船长们》,夏云译,安徽师范大学出版社2013年版,第84页。

嘴唇很厚，却气壮如牛。他心地善良，把丹和哈维等年轻人当作自己的孩子。他和汤姆·波拉特一起教哈维认识各种索具，教哈维如何使用渔船上的各种绳索，教他如何升降船帆，教他如何用海砣测量海水的深度。

汤姆·波拉特是一位爱唱歌的水手，曾经在美国军舰老俄亥俄号上服过役，擅长捕鱼。军人出身的他，做事认真负责，就连在船舱里垛鱼也讲究平平整整。

宾是一位小个子年轻人，以前曾经是摩拉维亚教派的牧师，跟妻子和四个孩子住在宾夕法尼亚的某个地方。他在和家人去约翰镇参加摩拉维亚教派聚会的时候，遭遇了灾难。由于堤坝决口，他们一家住的旅馆和整个约翰镇被洪水淹没。宾还没明白怎么回事，就眼睁睁地看着妻子和四个孩子被洪水淹死。遭遇了这场灾难，原本博学的宾精神受到刺激，从此失忆，甚至连自己钓了多少条鱼都数不清。虽然失忆，宾对基督教依然非常虔诚，吃饭前总要做谢餐祈祷。尽管个子小，做事却不马虎。作为"海上"号的年轻人，他尽职尽责，在疲惫不堪的情况下，仍然坚持帮助丹和哈维收拾好船舱。等他完成所有的工作，发现丹和哈维已经在主舱口睡得死死的，为了避免他们睡觉受凉，尽管身单力薄，仍然想办法把他们弄到铺位上。

丹的伯父，即船长屈劳帕的哥哥萨尔托斯伯伯，原本是个地地道道的农民，不擅长捕鱼。可他有一颗菩萨般的心肠，看见宾到处流浪，就收留了他，并把他带到东部，让他在自己的农场里干活。可是，有一天，宾所属的摩拉维亚教派发现了宾的踪迹，就写信给萨尔托斯，要求带回宾。萨尔托斯担心宾的安危，拒绝了宗教团体的要求。为了给宾提供一种安定平静的生活，避免使他的精神再受到刺激，萨尔托斯毅然放弃经营农场，带着宾来到了海上，和弟弟等人一起，共同照顾宾的生活。在他看来，只有在海上，在弟弟的渔船上，宾才能得到保护。

船长屈劳帕个头不高，但很结实，是一流的船长。作为"海上"号船长和格罗萨斯托最优秀、最富有经验的渔民，他了解海洋，熟悉鳕鱼的运动规律，能根据天气、风向、水流和食物的供应判断鱼群洄游的路线。他性格温和，多年海上生活的风霜染白了他的眉毛。但他的权威不容挑战。海上作业条件艰苦，为了保证渔季捕鱼作业的顺利进行，使捕鱼主要力量得到充足的营养和休息，屈劳帕在渔船上制定了严格的纪律。他规定每次开饭都由下海捕鱼的年长水手们先吃，然后才轮到年轻的梅纽尔以及在船上打杂的丹和哈维。屈劳帕爱憎分明，有一颗敢于担当的责任心。即使专干造谣和骗人勾当、被称为"约拿邪魔"的酒鬼阿比歇被风浪卷入大海时，他依然奋不顾身去救他。从教育小说的角度来看，他充当了哈维成长过程的真正导师。他比所有人都熟悉海上捕鱼作业活动的规律，具备了渔民特有的强悍和豪爽性格，从各方面都符合当时英国流行的"男子汉"标准。他教给哈维的第一条生活原则便是纪律和服从。哈维刚刚被从海中救起时，仍然是一个傲慢的纨绔子弟，他一会儿命令船长立即把他送回纽约，以为金钱可以买通一切；一会儿又诬陷屈劳帕偷走了他身上的134美元零用钱，甚至嫌弃渔船肮脏狭隘，颐指气使，不可一世。面对哈维的威逼利诱和胡搅蛮缠，屈劳帕的回答是一记拳头。他命令哈维和他的儿子丹一起干活，并付给他每月10.5美元的工资。这种暴力场景不仅是吉卜林小说中经常出现的镜头，也是海洋文学中渔民（或水手）特有的解决问题的方式。这种依靠强权解决问题的办法不仅打掉了哈维的傲慢，也使他学会了服从，学会了关心他人和团队合作精神。

在儿子丹眼中，甚至在全船队的人眼中，屈劳帕是一个"公正"的人，拥有绝对的权威。实际上也的确如此，他虽然并不欢迎花花公子哈维的到来，但还是告诉他，他将负责他的食宿，每个月再付给他10.5美元，但哈维必须干活儿，直到9月船到格洛斯特码头时为止。哈维坚持要求马上送他到纽约去，并保证他父亲会为此行付钱。但船长对哈维说其父是百万富翁有怀疑，拒绝改变航行计划，拿自己这个渔季的收入冒险。哈维开始变得无礼。船长立即在他鼻子上猛击一拳教他懂得礼貌。而船长的儿子丹很快成了这个落难者的朋友。因为他很高兴船上有了一个和自己年龄相仿的人。而且哈维所讲的那些高楼大厦、私人小汽车、晚会的故事强烈地吸引了他。他觉得哈维不可能编造出富人生活的所有那些细节。

其次,吉卜林生动地描述了渔民在海上捕鱼的每一个环节。作为渔民,捕鱼的每一个环节都需要整个船队的团结协作。水手要到大海中去捕鱼,首先需要船上的人利用千斤索把他和平底船放进海中。水手满载而归,也需要船上的人把滑车和千斤索上的长铁钩放下去,水手把铁钩穿在平底船两头的绳环上,双桅船上的人再拉动滑车和千斤索,装满鳕鱼的平底船轻而易举地就被拉上双桅渔船。之后,再抽掉平底船上的踏板,鱼就从平底船上流入大船上的鱼栏里。在小说的第二章,吉卜林生动形象地描绘了捕鱼、卸鱼、杀鱼、用盐淹鱼、垛鱼等环节。

梅纽尔划着平底船,满载鳕鱼而归。哈维下决心尝试着干些活,以报答梅纽尔的救命之恩。丹指挥哈维控制好滑车,哈维抓住双桅船主帆支索上吊下来的长铁钩和绳索,丹拉下千斤索上的另一支长铁钩。他们把长铁钩传到梅纽尔手中,梅纽尔把长铁钩穿过平底船两头的绳环,爬上了双桅船。而哈维和丹拉动绳索,平底船轻轻地被吊了上来。哈维"搬起脚踏板,它已经滑进槽里去了。"接着,在丹的指挥下,哈维放下脚踏板,"一股闪闪发亮的鱼从船边的一条平底船卸入鱼栏。"① 就这样,一船船鳕鱼被倒进了鱼栏。紧接着,开始了下一个程序宰鱼。宰鱼环节也是一条流水作业线。宾和梅纽尔站在没膝深的鳕鱼中间,朗杰克和萨尔托斯伯伯站在一张桌子旁边,手上戴着连指手套,脚边放着一只篮子。梅纽尔喊叫一声"嗨",宰鱼开始。他弯腰拿起一条鳕鱼,"一只手托住它的鳃,一只手抠进眼睛,把它放在鱼栏边上,寒光一闪,刺啦一声,那鱼便从喉咙到肛门开了口子,鱼头下面也一边有了一个裂痕,扔到了朗杰克脚下。"朗杰克也"嗨"了一声,"用连指手套一挖,鳕鱼的肝脏便掉进了篮子,接着又一拧一挖,鱼头和其他内脏也飞了出去,挖空的鱼便滑到对面萨尔托斯那儿。萨尔托斯鼻子喘着粗气,又刺啦一声,鱼的脊骨就飞出舷

① [英]吉卜林:《勇敢的船长们》,夏云译,安徽师范大学出版社2013年版,第12页。

墙去了。鱼去掉了头,去掉了内脏,又被剖了开来,哗啦一声进了盆中,把咸水溅入哈维张大的嘴里。他看得出了神。"哈维把盆中的鱼扔进船舱,站在舱口的丹和波拉特,开始在鳕鱼肉上擦上粗盐。就这样,鳕鱼一路流下去。粗盐擦在粗糙鱼肉上的声音,粗粝而刺耳,"像在磨刀石上锉磨的声音,跟鱼栏上刀子的咔嗒声,拧鱼头的哗啦声,鱼肝掉在地上的啪嗒声,内脏飞掉的扑通声,索尔托斯伯伯用刀划掉脊骨的刺啦声以及开膛剖肚的鱼落下盆溅起的水声混成一片。"[1]一副海上捕捞作业的紧张劳动场面展现在读者面前。

和船长一起出场的是船长的儿子丹尼。丹尼虽然年龄与哈维相仿,却比哈维成熟得多。海上风浪的侵染,使他脸颊黑红,眼睛闪亮。他身穿蓝色运动服,脚蹬长筒胶靴。他热情、友好、善良、体贴。是他把哈维的湿衣服脱下来烘干,让哈维穿上干净衣服,给哈维喝热咖啡、吃煎肉,也是他不断提醒哈维在渔船上应该怎么做。如果说,屈劳帕是哈维的人生导师的话,那么,丹则是哈维的良师益友。他让哈维了解"海上号"渔船上的生活原则,让他了解船上每个人的脾气秉性,了解海上捕鱼常识。当哈维挨了父亲的一顿揍以后,也是他为他擦干鼻血,给他以安慰,开导他认识自己的错误。不但如此,他还以其特有的敏锐,觉察到了哈维的真实身份。

主人公哈维是一个聪明的男孩,能够很快意识到自己的错误,也是一个知恩图报的孩子,一心想报答梅纽尔的救命之恩。当梅纽尔的渔船需要清洗的时候,他感到自己终于能替救命恩人做些事情而感到欣慰。在双桅船上杀鱼、用盐腌鱼的环节,实实在在培养了哈维吃苦耐劳的精神。和其他人马不停蹄地干了一个小时之后,哈维真想撂下手中的活去休息,因为他已经腰酸背疼,湿漉漉的鳕鱼在他手中已经出乎意料的沉重。但他"有生以来头一次感觉自己是这伙干活人中的一员,脑子里感到自豪,因此默不作声地坚持了下来"。[2] 在作者看

---

[1] [英]吉卜林:《勇敢的船长们》,夏云译,安徽师范大学出版社2013年版,第31页。

[2] 同上书,第32页。

来,海洋是培养一切优秀品质的地方,而陆地则是一切恶习滋生的"温床"。哈维掉进大海之前,是一个傲慢、颐指气使、不懂礼貌的少年。犯了错不敢承担,只会躲在妈妈身后。在屈劳帕和丹的开导和帮助下,哈维开始成长、成熟。在海上的第二天,他就和丹在吃完早饭后一起洗干净所有的盘子,擦洗甲板,加满灯油,替厨师运煤运水。但在海上的成长过程中,并非一帆风顺,丹教他划桨的时候,他一不小心,桨柄重重地打在他的下巴上。然而,他没有放弃,忍着疼和丹下海捕鱼。中间他的手指碰在了船舷上,破皮流血,他满脸汗珠,浑身酸痛,筋疲力尽,不过,当他钓到了一条足足有一百磅的大比目鱼时,感觉无比自豪。从此以后,他开始过上了和普通人一样的生活,接受大自然的洗礼和磨炼。他勤奋好学,掌握了航海和捕鱼的本领,最终赢得船长的喜爱。这部小说更深刻的意义是,一个民族就好比一个群体,必须让这个民族的后代在严酷的环境中经受磨炼,才能独当一面地在各种文明世界中接受挑战。

除了这些勇于在海浪中接受洗礼的船长们和以丹、哈维为代表的新一代船长,"海上号"上还有一个与众不同的人物,那就是黑人厨师。小说中,又高又大、头发乌黑的黑人厨师一直处于"失语"状态。他少言寡语,即使偶尔说几句话,也没有人能够听得懂他的"家乡"话。面对船上其他人的提问,他回答的方式只有两种:点头或摇头。在"海上号"这个群体中间,他是一个"沉默"的"他者"。就像康拉德笔下那位"水仙花号"上的黑水手一样,他的一举一动常常引起船上其他人,特别是丹的恐惧和不安。那么,这位黑人厨师真的不会说英语吗?实际上,他不仅会说纯正地道的英语,还是一个多才多艺、思想深邃、富有远见的黑人。风高浪急之时,大家无法出海打鱼,只好窝在船上。梅纽尔弹起四弦小吉他,丹、汤姆·波拉特和朗杰克唱起了欢快的海洋歌曲。受到大家欢乐情绪的感染,黑人厨师也操练起来,他弹起琴弦,唱起了谁也听不懂的忧伤歌谣。当丹追问他究竟唱的是什么歌曲时,他的英语一点儿也不含糊,就像"留声机里放出来的声音一样清楚"。当丹为哈维辩护,认为哈维的到来为"海上号"带来了好运时,这位黑人厨师"预言"般地说出了自己的看法。"他不会伤害我们。不过,总有一天,他会成为你的主人。""他是主人,你是伙计。主人—仆人,仆人—主人。"之后,他便低下头削起土豆来,休想让他再说一句话了。不出他所料,在故事的结尾,哈维即将成为远洋运输公司的老板,而丹则成了远洋货轮的二副,他们之间的关系完全转换了角色,哈维成了东家,丹成了他公司的伙计,而黑人厨师成为哈维的贴身仆人。

三 海上的"丛林世界"

就这样,吉卜林在《勇敢的船长们》中创造了两个世界:大陆和海洋。相对于陆上世界的贪婪奸诈、肮脏混乱,吉卜林笔下的海洋世界则淳朴和谐、有秩序、有情义;但陆地安全舒适,大海则处处充满险恶。吉卜林把他的"丛林法则"延伸到了大海上,使他的"丛林法则"学说得到了升华升,是海上船员们赖以生存的生活法则。在他看来,"丛林法则"甚至适用于整个人类社会。

吉卜林的"丛林法则"包含着极其丰富的道德价值,如纪律、对劳动的热爱、执着、积极行动、忍受苦难和爱,这种道德价值不仅是吉卜林"丛林法则"的基础,也是建立和谐社会生态环境的基础。撇开吉卜林法则蕴含的帝国主义思想不谈,就其道德价值和教育意义来说,"丛林法则"是值得肯定的,因为它包含了积极向上、正直善良、乐于奉献、甘于牺牲、有担当等高尚的人格内涵。

吉卜林"丛林法则"中最重要的原则是"有担当",也是作者在《勇敢的船长们》中特别强调的一条原则。屈劳帕是吉卜林塑造的真正的"男子汉"形象,他不仅对船上的所有船员负责,还具有一副"侠义"心肠。把哈维救上船后,他不为利诱所动,并且要求哈维在船上干活,并且答应三个半月后,即捕鱼旺季结束后,不仅付给他工钱,还送哈维回家。原因在于他认为自己不能够仅仅为了赚钱,还应当为船上8个人的生计负责,因此,他不仅拒绝了哈维要他送自己会纽约的要求,而且要求哈维按照船上的规则干活。

屈劳帕还在"海上号"建立了一系列的秩序或纪律。他首先要求"服从"。他根据船上每个人的特长分配任务,让善于划船捕鱼的梅纽尔、朗杰克和汤姆·波拉特以及有过捕鱼经验的哥哥萨尔托斯带着宾划着平底船去钓鱼,让擅长厨艺的黑人负责大家的伙食,让年纪尚小的儿子丹在船上打杂。每个人都各司其职,各尽其责。面对哈维的无礼蛮横,屈劳帕的回应是忍耐。然而,当哈维一再挑战他的忍耐程度,而他再也忍无可忍时,便使用暴力手段来解决问题。他一拳打在哈维的鼻子上,然后让儿子丹安慰那个在他眼中"有三千万家产"却不成器的男孩。屈劳帕的诉诸武力的问题解决办法,体现了吉卜林"丛林法则"中的强权政治观点:法则需要强大的武力做后盾。在《丛林之书》的第一个短篇小说《莫格利的弟兄们》中,黑豹巴希拉对"狼孩"莫格利说:"什么是丛林法则?先打,然后再讲道理。"莫格利在建立丛林秩序时,也不仅仅依靠智慧,经常会使用勇力。公认的丛林之主大象海迩在迫使瘸虎谢尔汗遵守法则时也往往会诉诸武力。吉卜林的这种"强权政治"受到了19世纪末20世纪初达尔文的生物进化论和斯宾塞的社会进化论的影响。在当时的英国,优胜劣汰、强者为王的"强权"理念不仅天经地义,而且甚嚣尘上。军人政客姑且不论,就连素有批评传统的英国文人也大肆鼓吹英帝国主义不断海外殖民的荣光。

屈劳帕在船上建立的另一条秩序是尊老敬老。"海上号"渔船上有一条不成文的规定:8个船员分两批吃饭,屈劳帕、波拉特、朗杰克和萨尔托斯等年纪大的渔夫优先用餐,之后才轮到稍微年轻一些的梅纽尔、丹、宾和哈维等人用餐。用丹的话说:"他们是老水手,……需要迁就他们的胃口","而我们是年轻人,又是船上最好的劳动力,能够经得起饥饿。"①

海洋是一个巨大的生态系统,鲨鱼、逆敦鲸、鳕鱼、乌贼、海藻等海洋生物构成了一个互相依存、互相影响的生物链。这个生物链一旦受到外界影响,生态平衡就会遭到破坏。屈劳帕作为一个靠海为生的赶海人,对海洋有着深厚的感情。他热爱海洋风平浪静时的海洋,那时的海洋如一池春水,片片帆船如一叶叶的睡莲,安静而又神秘。

---

① [英]吉卜林:《勇敢的船长们》,夏云译,安徽师范大学出版社2013年版,第30页。

夕阳西下时,"落日把海水染成一片紫色和粉红色,也将金光洒在一长排隆起的琵琶桶上和桶中影影绰绰似蓝似绿的鳕鱼身上。举目望去,条条双桅船似乎都在用无形的绳索把一些小船牵到他们那儿去,小船中一些小小的黑色人影像是一些上了发条的玩具。"一条条渔船满载而归,风平浪静中,正如丹所说的那样:"船露出水面,就像静水中的荷叶一样。"① 他也热爱波涛汹涌的海洋。当海风呼啸,海浪汹涌之时,他们可以划着船在浪涛之间穿行,展现他们作为水手的勇敢和高超的划船艺术。他深知,海洋资源不是取之不尽,用之不竭,不能肆意掠夺;他深知,海洋是水手的家园,这个家园需要保护,需要遵循自然规律开发利用。因此,他在率领船队捕鱼的时候,遵循一个原则,这个原则表现在他对大自然生态规律的尊重和利用上。他反对其他渔船"竭泽而渔"的做法,反对用渔网捕鱼,坚持用长线鱼钩钓鱼,坚持捕捞20磅以上的大鱼,提倡对海洋资源的可持续发展利用。"卡里·匹托曼号"渔船船长原本与屈劳帕不和,原因在于他不顾生态维护,用渔网捕鱼,破坏了海洋的生态,遭到了屈劳帕的反对。然而,当"卡尼·卡西曼号"渔船在浓雾中被一艘蒸汽机船拦腰撞断后,"卡里·匹托曼号"渔船也加入了救人的行列。"海上号"救起了"卡尼·卡西曼号"船长杰逊·奥莱,"卡里·匹托曼号"则救起了杰逊·奥莱的儿子。在危难当前的情况下,他们握手言和,忘记前嫌,携手救起杰逊·奥莱父子,表现出人道主义精神的风貌。

《勇敢的船长们》表达了作者的海洋生态意识和追求可持续发展的生态思想。在第三章中,吉卜林在描写黎明时分的海洋景象时,提到了现代化给大海带来的污染。"远处地平线上不知从哪里驶来一艘班轮,不见船身,只见冒出来的烟,污染了蓝天……"② 屈劳帕是吉卜林在这部小说中刻意塑造的真正的"男子汉"。他和他的水手们只用鱼钩钓鱼,在大批鱼群洄游的时候,也只使用鱼钩钓鱼,甚至拒绝

---

① [英]吉卜林:《勇敢的船长们》,夏云译,安徽师范大学出版社2013年版,第11页。

② 同上书,第36页。

使用排钩。为了多钓鱼,而又不钓小鱼,只钓大鱼,他发明了一种能够在深水中钓大鱼的排钩。他在捕鱼过程中完全遵循自然规律,根据"眼下的天气、风向、水流和食物供应等安排事务,目的是钓到二十磅一条的鳕鱼。"他这么做,是为了把那些尚未长大的鳕鱼留在海里,他的这种可持续发展的理念得到了纽芬兰浅滩渔夫们的积极响应。屈劳帕试图建立一种人与海洋生物之间的和谐的相互依存关系。海上捕捞时,哈维不止一次看到鲸鱼。浓雾弥漫中,他看到"一个白色的影子在白色的浓雾中移动,它突出坟墓般的气息,海上一片轰鸣,又是颠簸,又是喷水"①。这说明在纽芬兰浅滩这一片海域上,海洋生态是平衡的,在暴风雨的日子里,"海上号"的船员们各自讲述着自己的见闻。屈劳帕作为船长,向他的水手们讲述了人类在19世纪末20世纪初滥杀鲸鱼的景象。"讲到巨大的母鲸如何在它们的幼崽身边被杀,它们在黑浪滚滚中如何垂死挣扎,它们的血如何喷到四十英尺的高空;还谈到小船如何被撞得粉碎;打鲸鱼的火箭如何意外地朝后边窜出来,在吓得发抖的水手中间炸开……"

  船上的水手都崇尚原生态的生活。当时蒸汽机船已经在海上出现,但对他们来说,这种现代化的先进船舶并不适合他们。汤姆·波拉特曾经在海军部队服役,他认为蒸汽机船是和平时期中看不中用的发明,他"满怀希望有一天帆船会重振雄风……"

  萨尔托斯作为一个农民,也反对任何现代化事物。他笃信宗教,但他认为自己一生的使命是"证实绿肥,特别是三叶草的价值而反对任何形式的化肥,他一提到化肥就禁不住大肆攻击,他从铺位上抽出一些油腻腻的书,多半是橘子大土贾德的著作……"②即使厨师也崇尚绿色低碳出行,主张用狗拉雪橇运送邮件,希望"死后他的灵魂会安息到一片白色的沙滩上,那里气候温暖,有棕榈树在上面枝叶招展"。

---

  ① [英]吉卜林:《勇敢的船长们》,夏云译,安徽师范大学出版社2013年版,第88页。
  ② 同上书,第96页。

屈劳帕在船上也构建了一个人与人之间和谐相处的生态社会。他能够做到人尽其才。哈维头脑敏捷，善于计算数字和捕获信息，屈劳帕就让他负责记账，负责签货。和屈劳帕相对立的人物是无赖阿比歇。渔夫们把阿比歇当作灾星，称他为"约拿邪魔"，因为他总是带来厄运。他不但酗酒，还专干造谣和骗人的勾当；他为了追求最大利益，甚至用拖网捕鱼，完全不顾海洋的未来。按理说，阿比歇是屈劳帕的对手和敌人，但当阿比歇遇到危难之时，屈劳帕仍然伸施援手，救人于危难之际。

《勇敢的船长们》是吉卜林在创作盛期时写的一部关于海洋的长篇小说，自问世以来一直备受海洋文学爱好者们的青睐。它反映了19世纪末在蒸汽船普遍使用前的时代里，那些驾着帆船，以命相搏，出没于大洋捕鱼冒险的男子汉们的精神，也反映了一个公子哥儿在海洋的严酷环境下被改造和成长的过程。这部小说中，爱和正义这两种价值观得到了强调和张扬，同时宣扬了作者的海上"丛林法则"："适者生存"和"强者未必是胜者，但胜者一定是强者"的观点。此外，作者借萨尔托斯这样一个反对现代化的农民和曾经在英国海军服役但反对使用蒸汽机船的水手汤姆·波拉特，反映了19世纪末西方国家生态保护意识的萌芽。

第五节 康拉德："海是真正的世界"

一 擅长讲海洋故事的文学大师

19世纪末20世纪初的英国文坛上，约瑟夫·康拉德（Joseph Conrad，1857—1924）是唯一一位以非母语写作而成名的杰出作家。他一生共创作了13部长篇小说，28部短篇小说，3部戏剧作品和许多散文。他的文学作品背景广阔，人物性格复杂，写作手法新颖，风格独特，在19世纪传统小说和20世纪的现代主义小说之间起到了承前启后的作用，被公认为是西方现代主义文学的先驱。更重要的是，康拉德是一位擅长写海洋小说的大师，在他生前就被评论界一致认为是一位海洋作家。他写了许多描写海上生活的海洋小说，这些海洋小说不仅展示了大海的波澜壮阔和多彩多姿，还反映了康拉德对社会、自然和人生的思考以及他的海洋意识。

康拉德出生于沙俄统治下的波兰，原姓科尔泽尼奥夫斯基。他的父亲是一名地主，也是波兰民族解放运动的领袖之一，爱好文学，写过诗歌和戏剧，翻译过狄更斯、莎士比亚和雨果的作品，后被沙俄统治者流放到俄罗斯北部的沃格罗达。由于父亲要经营农庄和参加各种政治活动，他们总是搬家，但父亲尽力为康拉德提供最好的家庭教育。少年时代的阅读对康拉德后来的生活影响极大：法国作家雨果的《海上劳工》使他把青春献给了大海，莎士比亚的作品把他带进了英国文学世界。

1862年，父亲由于参加波兰民族独立运动被沙皇政府流放到俄罗斯北部。5岁的康拉德跟随父母亲一起到了流放地。流放生活的磨难极大地损害了父母亲的身体健康。1868年，父母亲先后患肺病去世，11岁的康拉德成为一名孤儿。无奈之下，舅舅和舅母把他带到自己家里抚养。然而，康拉德欠佳的身体状况和不尽如人意的学习成绩使舅舅麻烦不断，并且给舅舅增加了额外的经济负担。

9岁的时候，康拉德曾经到过海边，在那儿度过了一个夏天，大海的波澜壮阔给他留下了深刻的印象，也使他对大海充满了憧憬。对大海的向往使他立志做一名海员，1871年，13岁的他向舅舅表达了自己想当一名水手的愿望。因此，1873年8月，17岁的康拉德离开波兰，闯荡世界。他来到了法国，在马赛港登上一艘商船，开始了长达20年的海上生涯。他从学徒工干起，经历了水手、二副、大副等职务，直到当上了船长。康拉德随商船周游世界，足迹遍及南美洲、非洲、澳大利亚和东南亚各地。

1878年，21岁的康拉德开始在一艘英国货船工作。这艘货船从英国的洛斯托夫特出发，经过法国马赛港和土耳其的君士坦丁堡，再回到洛斯托夫特。这是康拉德第一次踏上英国国土，八年之后，他加入英国国籍，并正式使用英国化的姓名约瑟夫·康拉德。1894年，康拉德不情愿地放弃了海上生活，开始在英国定居，部分是由于健康原因，也有商船老化，不能再用的原因，更重要的是，他开始痴迷于文学创作，决定开始文学创作生涯。

1895 年，37 岁的他用英语写成了第一部小说《阿尔迈耶的愚蠢》(Almayer's Folly)①，讲述了一位穷困潦倒的荷兰商人梦想发现金矿并发财致富的故事。阿尔迈耶是一个荷兰殖民者，一个被"海洋之王"所遗弃的养子。他来到马来亚，娶了一位当地马来亚富商之女为妻，继承了一大笔遗产。婚后，他和妻子生了一个可爱的女儿妮娜。他们把妮娜送到新加坡接受西方教育。然而，妮娜处处受到白人的歧视，终于因为不堪忍受这样的环境，回到家中。阿尔迈耶梦想在东方获取财富后，带着女儿回到欧洲，享受欧洲上等人体面而华贵的生活。可是，事与愿违，他寻找金矿无果，沮丧地回到家里。之前，他曾经听说过英国人要占领潘泰河，就在离他住处不远的地方建了一座又大又奢华的房子，准备迎接入侵马来亚的英国人入住。然而，英国人一直没有来，阿尔迈耶的房子也没有建成。一些经过此地的荷兰船员把阿尔迈耶的房子称作"阿尔迈耶的愚蠢"。如今，阿尔迈耶仍然出行，只不过他已经放弃对金矿的寻找，而是一心做着发财梦，他的妻子因此非常生气。一天，一位马来亚王子达因·马罗拉来找阿尔迈耶商谈生意时，和他的女儿妮娜一见钟情，陷入爱河。阿尔迈耶的妻子为了能使女儿留下来，一直希望她嫁给当地土著居民。她想方设法安排王子和女儿之间的幽会。她不愿意女儿嫁给白人，因为在她看来，白人是靠不住的。达因离开时，发誓要回来帮助阿尔迈耶找到金矿。达因回去后，径直找到了马来酋长拉卡姆巴，并且告诉酋长，他找到了金矿，但一些荷兰人截获了他的船只。拉卡姆巴要求达因在荷

---

① 1943 年，柳无忌先生翻译了康拉德的小说 Almayer's Folly，并把它译成《阿尔迈耶的愚蠢》，后来，有人把该书译成《阿尔迈耶的痴梦》。Folly 一词在英文中有两个含义：一为"愚蠢""荒唐事"之意，另外还指（旧时不住人的）怪异的装饰性建筑物。在康拉德的这部小说中，Folly 一词指的是主人公阿尔迈耶建造的一座房屋，但同时作者也表达了自己对阿尔迈耶发财致富之梦想的讽刺，因此，根据小说内容，本人认为，无论是翻译成"愚蠢"，还是翻译成"痴梦"，都仅仅表达了主人公阿尔迈耶在寻找金矿失败后梦想发财的痴心妄想，而无法说明 Folly 作为"房屋"的物化含义和作为一个意象的象征意义。但为了便于理解，在本书中仍采用柳无忌先生的译法。

兰人到达之前杀死阿尔迈耶，因为他现在已经不需要再找金矿了。第二天早上，一具马来人的无名男尸在河里漂浮，尸体上的脚链与达因的脚链非常相像。阿尔迈耶以为达因已经死掉，开始心烦意乱，因为达因是他唯一能够找到秘密金矿的机遇。而实际上，达因并没有死，尸体是他的一个奴隶的。他们乘坐的独木舟翻在河里，他被淹死，阿尔迈耶的妻子建议达因把脚链套在了尸体上面。

阿尔迈耶夫人设计把达因偷偷地运送出去，避免他被荷兰人逮捕。她帮助妮娜趁阿尔迈耶在和荷兰人饮酒时偷偷溜走。阿尔迈耶酒醒之后，一个土著女奴向他报告了妮娜逃跑的方向。阿尔迈耶循着妮娜的踪迹找到了达因的藏身之处。妮娜拒绝回家，为的是避免受到白人社会的歧视。正当他们争执不下的时候，女奴向荷兰人报告了达因的下落。阿尔迈耶表示永远不会原谅妮娜，但会帮助他们，把他们带到河流的入海口，那儿有一只独木舟运送他们逃离荷兰人。他们逃走之后，阿尔迈耶抹去了这对恋人的脚印，回到他的房子。阿尔迈耶夫人去找酋长寻求保护，带走了给妮娜准备的所有嫁妆。失去了女儿和妻子的阿尔迈耶独自一人回到家里，一气之下，砸碎了所有的家具，连同房子付之一炬。之后，他在自己的"怪屋"里度过余生。为了忘掉女儿，他开始吸食鸦片，在"怪屋"里孤独终老。

康拉德的这部小说深刻反映了19世纪末20世纪初的时代特征，表现了西方殖民者在向东方扩张的过程中遭遇的种种问题以及东西方文化在相互碰撞中产生的种种矛盾。作为一部殖民地小说，它展现了殖民地人与人、人与自然的关系是疏离的，个体是孤独的。同时，小说中阿尔迈耶的孤独意识也折射出东西方文明的对立与冲突。

《阿尔迈耶的愚蠢》出版后，赢得了读者的喜爱和批评家的关注，甚至赢得了著名作家威尔斯和本涅特的首肯。1896年，康拉德出版第二部小说《荒岛流亡者》（*An Outcast of the Islands*）。《荒岛流亡者》同样获得了巨大的成功，康拉德的才华引起了人们的关注，得到了包括高尔斯华绥在内的许多人的帮助，而他也越发自信，创作一发而不可收，几乎每年都要出版一部长篇小说。康拉德初到英国时，不会说一句完整的英国话，只认得几个英语单词。他至死说的都是带着东欧口音的英国话,但他被公认为是一位享誉世界的英语大师,一位用英语写作的波兰裔作家。

康拉德把青春献给了大海,丰富的海上航行经验为他提供了真实的文学创作素材,使他擅长写作海洋冒险小说。1902年,他在《台风》(Typhoon)的序言中说:"(人们)总爱谈他们的本行,一是因为这在他们的一生中最富有浓烈生动的情趣,二是因为他们对其他事情知道得不多。他们也实在没有功夫和别的问题打交道。"因此,康拉德把全部的爱都倾注在对大海的描写中。在他的笔下,主人公几乎全部是有航海经历的人,甚至在作品中出现的次要人物也是如此。例如,在《青春》中,在故事的开头,听马洛讲述自己年轻时代航海经历的几个听众也都有航海经历:公司董事"当过'康威号'上的服务生,会计师曾在海上干过四年;律师是一个杰出的老派托利党人,高教派教徒,老头儿里的佼佼者,道德的化身,在往昔美好的日子里曾经当过伊比利亚——东方轮船公司的大副。"① 在他的全部作品中,海洋小说占很大的比重,他也被评论界尊称为"海洋小说大师"。

康拉德走进中国读者的视野是在20世纪30年代。"五四"之后的新文化运动以开放的心态广泛吸纳西方文化和文学精华,康拉德及其作品正是在这样的背景下走进中国读者的视野的。1924年,康拉德去世,国内学界悼念这位英国伟大作家的文章相继问世,如诵虞的《新近去世的海洋文学家——康拉德》、樊仲云的《康拉德评传》等。1931年,中国著名散文家梁遇春先生翻译出版了康拉德的《青春》,并为之写序。1934年,这位被誉为"中国的伊利亚"的青年才俊又翻译了康拉德的《吉姆爷》。之后,康拉德的其他作品,如《"水仙花号"上的黑水手》《台风》和《阿尔迈耶的愚蠢》相继得到译介出版。以上文章把康拉德定位为海洋文学家,特别是梁遇春的译序指出了康拉德海洋小说的精神所在,认为康拉德不是"只会肤浅地描写海上风浪",而是擅长"抓住海上的一种情调,写出满纸的波涛",从

---

① [英]康拉德:《黑暗的心》,薛诗绮、智量译,长江文艺出版社2006年版,第207页。

而给读者一种"神秘的感觉"。① 康拉德的文学作品影响了一大批世界作家,中国作家老舍就是其中的一位。老舍先生于 1935 年在《文学时代》杂志的创刊号上发表的《一个近代最伟大的境界与人格的创造者:我最爱的作家康拉德》中,认为康拉德是近代的一个有着"自己的道德标准和人生哲理"的"最伟大境界和人格的创造者"。② 老舍的这篇文章从人生境界的高度论述了康拉德文学作品的思想价值和艺术特色,提升了康拉德 20 世纪 30 年代在中国文学界的地位。

总的来说,20 世纪 30 年代,康拉德的作品一进入中国读者的视野就引起了巨大的反响,这主要有两个方面原因:一是康拉德作品的思想价值,即对殖民主义的理性反思和对人性的深刻剖析正好迎合了当时中国读者的心理需求,引起了强烈的共鸣;二是康拉德小说的艺术价值,包括他对小说形式的革新和对小说使命的探索,引起了中国文学界的巨大兴趣。

然而,从 20 世纪 40 年代至 70 年代,由于国内政局动荡和"左"倾思潮的影响,康拉德在中国的译介和研究几乎中断。直到进入 80 年代,康拉德的译介才迎来了第二次高潮。1982 年,《外国文学季刊》刊登了黄雨石翻译的《黑暗的内心深处》(Heart of Darkness),这标志着康拉德作品译介在中断了 30 年之久以后重又走向繁荣。1984 年,经过译者全面校改,百花出版社以《黑暗深处》为书名以单行本出版发行。康拉德的这部小说不断得到翻译,出现了不同的中译本,如《黑暗的心》、《黑暗的心脏》(王金玲译,小说出版社,1998 年)等。康拉德的另一部小说《吉姆爷》同样也引起了中国读者的极大兴趣。从 1934 年上海商务印书馆出版梁遇春先生的译本至今,共有 7 个译本。1958 年,人民文学出版社再版发行梁遇春译本,这也许得益于 20 世纪 50 年代末中国大陆在"百家争鸣,百花齐放"方针指导下相对宽松的文化氛围。1999 年,译林出版社出版了蒲隆翻译的《吉姆老爷》。

---

① 梁遇春:《梦中醉话》,天津人民出版社 1998 年版,第 66 页。
② 老舍:《老舍文集》(第 15 卷),书目文献出版社 1981 年版,第 301 页。

20世纪80年代之后，康拉德的中短篇小说相继与中国读者见面。《康拉德小说选》（袁家骅等翻译、赵启光编选，上海译文出版社，1985年）、《康拉德精选集》（朱炯强，山东文艺出版社，1999年）等作品集相继出版，更多的康拉德作品进入中国读者的阅读视野。

随着康拉德作品译介的繁荣，对康拉德的研究也走向深入。特别是进入20世纪90年代之后，康拉德研究掀起了一股热潮。中国学者从康拉德的生平、艺术观、作品主题、创作技巧等方面对康拉德及其作品进行研究。进入21世纪后，中国的康拉德研究开始转向后殖民主义，但康拉德作为经典作家的地位已经确立，高等院校英国文学课程已经把其列入文学史。1985年，侯维瑞编著的《现代英国小说史》第一次以文学史的形式比较系、详细地介绍了康拉德的艺术观和小说创作。1994年，王佐良先生主编的《英国二十世纪文学史》把康拉德作为"少数民族作家"列入，着重分析他的政治小说，如《黑暗的心》《吉姆爷》和政治三部曲（《诺斯托罗莫》《间谍》《在西方的注视下》）。进入21世纪，康拉德已经成为中国外国文学研究界的经典作家，他在中国学术界的地位不断攀升，其作品越来越受到关注。2002年，李赋宁先生主编、由商务印书馆出版的《欧洲文学史》专门对康拉德进行介绍。之后出版的英国文学史或小说史都专门对康拉德的艺术成就进行研究。同时，大批康拉德研究论文和专著相继出版，国内的康拉德研究呈现出欣欣向荣的局面。

康拉德作为一位跨世纪、跨文化的伟大作家，对中国现当代作家产生了重要的影响，老舍就是其中的一位。老舍的文学作品在叙事结构、题材和审美等方面都闪耀着康拉德的影子。康拉德在结构技巧和文体风格上的创新使老舍倍加推崇，并在自己的文学创作中加以实践。康拉德摒弃了传统小说的线性叙事模式，打乱时空顺序，重新组合故事结构。他的海洋小说对曾经旅居英国的老舍影响更加深远，正是因为读了康拉德的小说，老舍才有了去看看南洋的想法，有了去新加坡的念头。也正是游历南洋的经历，给了老舍文学创作的素材和启示。

在此，笔者将着重对康拉德的海洋小说进行梳理，研究康拉德小说中的海洋意象及其象征意义,探讨康拉德的海洋意识。

二 "黑水手""台风"与海洋意象

康拉德一生与海洋相伴,海洋的波澜壮阔和绚丽多姿不仅使他更加热爱大海,也促使他对自然、社会和人生有了更加独特的思考和感悟。在他的海洋文学作品中,海洋是一个和陆地对立的意象,"'陆海对立'是他海洋小说的突出主题"。① 在表达"陆海对立"这个突出主题时,康拉德设置了一系列的意象。这些意象既有和大海相关的具体可感的物象,又有若有若无、虚实结合的人物形象,甚至还有抽象的符号或隐喻。

1897年,康拉德出版了他的第一部海洋小说《"水仙花号"的黑水手》(The Nigger of the 'Narcissus')。这是他早期创作的一部优秀作品,也是他海洋小说的代表作之一,是根据他自己从印度孟买到英国伦敦的航行经历写就的一部长篇小说。故事主人公是一位来自西印度群岛的黑人水手詹姆斯·怀特,他患了肺结核,生命垂危,奄奄一息。他在"水仙花号"上的存在,为全体水手和整个航行带来了心理上的阴影。康拉德把这种阴影具体化,在故事的开头就让掌管船只航行的大副一下子跨进了阴影里,"大副别克从灯光照耀的官舱一步跨到了后甲板的阴影里"。② 故事一开始,这种阴影就笼罩在"水仙花号"上。黑人水手怀特在整个航行期间就给船员们带来了巨大的心理阴影:他一上船就因患肺结核卧病不起,不仅对整个航行没有贡献一点力量,而且时时处处表现出胆怯和不安。他的情绪和健康状况感染了整条船,他们开始各怀鬼胎,相互猜忌。最后,怀特死在了船上,船员们为他举行了海葬。他的尸体刚刚被扔进海里,海面上就刮起了一阵怪风,起了风暴。风暴中,船上的船员们没有了猜忌和自私,开始齐心协力,共同战胜了风暴。此后的航行一切正常,轮船安全抵达英国,水手们四散而去。

---

① 吕伟民:《"海是真正的世界":谈康拉德笔下的大海》,《郑州大学学报》(哲学社会科学版)1991年第6期。

② [英]康拉德:《"水仙花号"的黑水手》,袁家骅译,上海译文出版社2011年版,第1页。

在这部小说中，康拉德把自己最真实的情感倾注在故事人物的塑造方面。他在该书的后序中说："其中的文字表达了我对船、对海、对海员、海风深厚不移的爱，这种爱铸就了我的青春，陪伴我度过了一生最美好的年华。"① 对他来说，海洋代表着纯洁的大自然，大海的波澜壮阔和波涛汹涌，特定海域时有发生的风暴，既净化着海洋自身，也净化着在海上航行和探险的人类的心灵。人类社会经过几千年的发展，已经变得龌龊不堪，道德的沦丧，人心的险恶，强者对弱者的掠夺等一切不公正现象，使陆地和标志着人类社会物质文明的城市成为人类苦难的场所和罪恶的根源。而海洋不仅是一块尚未被人类文明玷污的净土，而且以其特有的自然属性，涤荡着人类的灵魂。

在《"水仙花号"的黑水手》中，康拉德把黑人水手怀特比喻为检验人类内心深处心灵阴影的"试金石"。在所有人物关系结构中，黑水手怀特是各种矛盾和各种冲突的关键人物，因为作品中所有人物的矛盾冲突几乎都是因他而起。而康拉德对"黑水手"这个人物的处理，采用了虚实结合的写作手法，从而赋予他"虚"与"实"两个方面的功能。对怀特的"虚化"，目的在于突出他的象征意义，也是作者精心设计，有意为之。在怀特出现之前，他的名字在花名册上"模糊不清，一团乌黑……"等到他出现在人们面前，虽然"他个子很高……眼白和牙齿发出清晰的闪光，但脸庞模糊而不分明"。有人提着灯笼去照他的脸，却发现"那脸是漆黑的"，"他在闪耀的灯光下昂起头，……还有一张受伤压扁的脸……好像一副悲剧、神秘的假面具，罩住了这黑汉的灵魂"。"模糊不清""漆黑""乌黑""压扁的脸"等构成了他的面部特征——不够分明，不够清晰，而"神秘的假面具"则直接点明了怀特自始至终一直存在于一片巨大而模糊的阴影之下。然而，就是这样一个弱不禁风、奄奄一息的黑人水手，在白人水手中间处于边缘地位的水手，发出的咳嗽声却"铿锵空洞""异常响亮"。尽管是船员中的一分子，他却外在于"水仙花号"的整个

---

① Joseph Conrad, *The Nigger of the "Narcissus"*, New York: W. W. Norton and Company, 1979, p.168.

航行；尽管没有对整个航行做出任何贡献，却对航行产生了巨大影响。很显然，怀特的存在已经超出了具象，而是进入了象征意义的范围。

作家对怀特的虚化处理，意在强化他在象征意义层面上的表现力。怀特在整部小说中承担着多重象征意义的功能。作家一再强调怀特的"黑"与"模糊"，并不是因为康拉德是一个种族歧视主义者。作为一个波兰裔作家，祖国历史上备受欺凌的民族命运，使康拉德不可能有种族歧视思想。他一开始就把怀特的"黑"和"模糊"当作一种象征，象征着"黑暗"，象征着"阴影"和心理压力。在西方文化中，黑色是一种禁忌色，象征着死亡、凶险和灾难。巨浪、风暴、暗流、漩涡等海洋特有的凶险和变化无常随时会给航海人带来生命危险。即使今天，海难事故依旧时有发生，更不用说19世纪末和20世纪初的康拉德时代。每次出海，水手们都要承受巨大的心理压力，冒着葬身海底的危险。怀特的奄奄一息、他的黑色皮肤和他周围笼罩着的一团"黑雾"给"水仙花号"上的其他船员带来的是不祥的感觉和巨大的心理压力，使所有人都笼罩在巨大的心理阴影中。"他身上散发出一种黑雾，一种微妙而阴郁的感应，一种凄惨的气息漂浮四散，像服丧的黑色面纱一样笼罩在大家的脸上"，"他像死神的使者一样令船员们心神不安"。他的在场使其他船员感到了死亡气息带来的恐惧，这恐惧无处无时不在，就像"伟大的阴影把这条船罩了起来"，船员们"欢快的笑意突然在僵硬的嘴唇上消失"，"被吓得魂飞魄散……再也听不到那欢快的叫嚷了"。怀特的形象不仅象征着大海中潜在的死亡威胁，还象征着死亡对人们心理上的影响。

其次，黑人怀特的形象还具有第二重象征意义，他象征着陆地对水手和船员的不良影响。"在康拉德的作品中，陆地常常是腐败和罪恶的化身，那一碧万顷、水光潋滟的海洋倒是纯洁的象征。"[①] 在康拉德看来，海洋生活本应当像大海一样纯洁，可是水手们来自陆地，陆地上的罪恶不可避免地被他们带到了海上。在任何一条航行于大洋之

---

① 侯维瑞编：《现代英国小说史》，上海外语教育出版社1985年版，第139页。

上的航船上，人与人之间的关系，没有患难与共的兄弟情谊，而是像官府里一样等级森严而又冷酷。船长与大副之间、高级水手与普通水手之间有着不可调和的矛盾和冲突。在《"水仙花号"的黑水手》中，水手们每一次发生冲突和骚动之前，都聚集在怀特的舱房里，怀特就像一尊"漆黑的雕像"，接受着水手们的虔诚膜拜，并把不安情绪传播开来。他那一动不动、即将死亡的躯体仿佛是激励水手们的象征，激励着他们和以船长为代表的船舱上层人物发生直接冲突。于是，陆地人类社会的罪恶在"水仙花号"上重演：阶级冲突、阴谋、暴力、玩弄权术、卑鄙无耻、怯懦软弱等所有人性弱点都一一再现。而所有的这一切，似乎都因为濒临死亡的怀特，他成了陆地上腐败和堕落的象征。

在康拉德看来，唯一能够拯救人类的是大海，而唯一能够阻止人心堕落的途径是人与自然之间的搏斗。在汹涌的波涛中，在强大的风暴中，在与死神面对面相遇时，水手们反而抛弃了一切人性缺点，抛弃一切人与人之间的恩怨，齐心协力，奋勇搏斗，战胜风暴，表现出人类的崇高精神和英勇气概。是大海洗刷掉了人类身上的一切弱点，彰显出人类原有的伟大和纯洁。虽然小说叙述的是一次从孟买到伦敦的海上航行，但也是一次展示人性的曲折历程。风暴前后船员之间的各种纷争和风暴中他们齐心协力与自然的搏斗，体现了康拉德小说中"陆海对立"的主题。这个主题在他的另一部小说《台风》中也有所体现。

《台风》是康拉德海洋小说中最具有代表性的作品之一，标志着康拉德的写作艺术已经成熟。故事描写了两种矛盾：人与自然之间的斗争，以及人与人（或社会）之间的矛盾，康拉德在小说中表达了他一贯的创作思想：生命的价值只有在大海上经历风暴时才能得以真正实现。也就是说，大海是人类思想的净化剂，只有在大海的洗礼中，人类思想才能更加成熟与公正，人类精神更加高尚，灵魂得到净化和升华。

康拉德用全知视角叙事手法歌颂了多变的海洋对人类灵魂的净化和升华以及人类在海洋中的拼搏精神。他的笔下经常出现真正的男子汉形象，他们常常会面对无情的世界——在茫茫大海、狂风暴雨中，在利欲熏心的尘世中，他们面临着危险、恐惧、屈辱、欲望、责任感等多重选择。而在台风、风暴等恶劣天气下不畏艰险，勇敢面对台风的船长才是康拉德心目中真正的男子汉。

《台风》的故事是从一艘运载着一群中国劳工的轮船"南山号"在返回福州的途中开始的。这是一篇摄人心魄、令人震撼的小说，凸显了人类与自然搏斗时的大无畏勇气和坚韧的精神。经验丰富的麦克威船长在预测到即将遭遇台风时，并没有听从大副的建议，躲开台风，而是下令舵手开足马力，迎着台风，向台风中心开去。在大副和船上的水手看来，船长的决定不仅很不明智，简直很疯狂。然而，康拉德在这部小说中着力渲染的不是高超的航海技术，而是浓墨重彩展示大海的威力和人的渺小之间的悬殊对比，高度颂扬主动迎接挑战的人生态度。台风中心的风暴和巨浪几乎要把船只撕成碎片，把船员们全部吞没。在愤怒的大海之上，人类显得异常渺小，铺天盖地的浪涛狠狠地抽打着如树叶般漂浮在苍茫海面上的船只。巨浪扑来，人船都似乎不堪一击，眼看就要被卷入海底。然而，人类不可战胜的是坚强的意志、无穷的智慧和战胜自然的决心，航海经验丰富的麦克威船长指挥船员勇敢向前，毫不示弱地与愤怒的大海抗衡。他们历尽艰险，克服重重困难，终于闯过台风区。

在康拉德心中，人类的真正生命力与勇敢、忠诚和热爱生命等优秀品质，只有在变幻无穷的大海之上，才能真正体现。大海虽然无情，但与人类社会相比，毕竟是纯洁的。与风浪的搏斗，虽然残酷，但与人类之间的斗争相比，毕竟是公正的。大海考验的不仅是航海者的体力，更是对他们心理和精神的考验。他们之所以能够战胜台风，渡过难关，并不是船坚固动力足，更重要的是因为船长麦克威沉着、冷静的指挥与船员们誓死捍卫轮船的拼搏精神。故事背后蕴藏更多的是对人性力量的挖掘与彰显，麦克威船长的勇气不但让他在面对困难时临危不乱，同时还给船员们带来一种必胜的信念，这是康拉德笔下的"男子汉"形象。船长麦克威的刚毅性格，在史诗般的时空中傲然兀立。

航海经验丰富的康拉德曾这样谈及自己的海洋题材小说："……其症结不在于海，而在于船上的生活。那里完全与陆地隔绝，带有一股特别的力量和影响，显得十分独特。"在波澜壮阔的海景中，凸显出人类在经历外在环境的巨变与内心的痛苦挣扎以及与命运的抗争之后，所展现的坚毅的性格与高贵的心灵。康拉德以缜密有力的笔触处理海浪和大海之上的风云光影，暴风雨的骤变和大海的肆虐，从而反衬出人性力量的光芒。

三　青春赞歌——现代英国的海洋史诗《青春》

1898 年，康拉德根据自己第一次远航东方的经历，创作了具有自传性质的小说《青春》（Youth）。在这部作品中，康拉德不拘泥于事实的具体情节，把小说写成了"小说化了的自传"。这部小说出版后，康拉德被同时代的评论家爱德华·加奈特誉为"现代英国的海洋史诗"。

《青春》讲述了一个"失败"的故事，情节虽然简单，却饱含着对人生的思考，对成功的骄傲和失败的反思，表达了作者对青春的赞美和歌颂，以及对青春易逝的伤感。小说以"青春"为题，抒发了主人公奔放张扬的青春激情，无疑是小说最抢眼之所在。

在一张红木餐桌旁，叙事主人公，42 岁的马洛，向一起喝酒的同伴们讲述了自己 22 年前第一次到东方的航行经历。这次航行并没有什么特别的浪漫和传奇色彩，而是充满了坎坷与波折，经历了一系列的挫折和失败。那时，刚刚 20 岁的他正青春飞扬，春风得意，因为他刚刚升任二副，就有了航行东方的机会。对年轻的马洛来说，航行东方就是大显身手，就是闯荡世界。可那是怎样的航行啊！先看看要远航的这只船吧。船是又旧又破的木制帆船"朱迪埃号"，被废弃在系船池里很长时间了，"它浑身铁锈，盖满了尘埃和污垢——桅杆和帆桁上是烟灰，甲板上是烂泥。""简陋的起锚机，门闩是木质的，船上没有一件黄铜制品，……镀的金已经剥落了。"[①] 再看一看要乘坐这

---

① ［英］康拉德：《黑暗的心》，薛诗绮、智量译，长江文艺出版社 2006 年版，第 209 页。

条船远航的人员组成吧。船长已经年满60岁,个子矮小,罗圈腿,长得像一个农民。他既衰老又不具备人们心目中理想船长的外表,有的只是一颗单纯的心、正直的灵魂和出色的航海经验。大副也是个老头儿,只不过长相与船长有所不同:"……鹰钩鼻,下巴颏上蓄着雪白的长须。"一看就是一个性格坚毅、经验丰富、地道出色的航海人。20岁的马洛,虽然已经有了6年的航海经验,也到过悉尼和墨尔本,但他作为二副,在这曾经走南闯北、遍游世界的两位老者面前,就像爷爷面前的娃娃。

然而,"朱迪埃号"帆船盾形徽章下的一句格言"不成功毋宁死"深深地打动了马洛,因为它向青春发出了召唤。他们这次航行的任务是到英国北部的一个港口装煤,然后再把煤运到曼谷。对整个船队来说,这是一次新奇而又浪漫的航行。不过,这一路航行曲折又漫长。首先,他们花了一个星期的时间才驶到了泰晤士河上的锚地,可没多久就遭遇了八级大风。霎时间,狂风呼啸,电闪雷鸣,雨雪交加,迎接他们的是惊涛骇浪。波浪击碎了舷墙,甲板淹在了水里,压舱的沙石由于颠簸被甩到了船头。他们不得不下到船舱去用铲子调整沙石的位置,以使帆船保持平衡。船旧人老,他们从伦敦到泰因河口竟走了16天。由于拖延时间太长,等他们到达那儿时,已经错过了装货时间,不得不在那儿待了整整一个月才装上货。紧接着,祸不单行,正当他们希望第二天出发的时候,一艘汽船撞上了他们的帆船,撞碎了舷墙,撞断了帆索,把船长和他的老伴儿撞得掉进了船边的小艇。就这样,他们在港口又耽搁了三个星期。而他们从离开伦敦到向曼谷出发,已经过去了三个月。

1月,在一个天气晴好的冬天,他们出发了。穿过英吉利海峡,他们来到了大不列颠的东部。没过多久,海面上刮起了八级大风,"朱迪埃号"就像一只破旧的木箱子,在大西洋上逆着风颠簸漂流。狂风怒吼,大海翻腾,浪涛撞击着甲板。就这样,他们度过了一天又一天。突然有一天,他们发现风浪击破了老船,船舱开始漏水。"水淹到了我们的腰,淹到了我们的脖子,淹没我们的头顶。"然而,所有这些并没有使船上的人气馁。特别是对正值青春年华的马洛来说,尽管这种倒霉的历险只有在书本上才能见到，但捍卫海员荣誉的决心鼓舞着他，他甚至为有这样的历险经历而感到欣喜若狂。这历险就像召唤，像挑战，使年轻的马洛充满了喜悦，充满了激情。在和狂风暴雨搏斗中，他已经不把"朱迪埃号"看作是一条为挣钱而装煤运货的旧帆船，而是他对生活的尝试、考验和磨炼。

风暴冲走了一切，甲板上的东西荡然无存，贮存的食品和日常用品被毁坏。按照常理，他们应该掉头返航，可是，船长命令他们顶风行驶，驶进了英国南部的港口法耳默斯，准备等船修好后继续前进。由于帆船破旧不堪，又在海上经历了风暴，他们被迫卸掉船上的一部分货物，填塞舷侧的漏缝。之后，他们起程出发。可不到一个星期，船又漏水了，船员们拒绝工作，他们又不得不回到修船厂。就这样，这艘帆船在法耳默斯的修船厂三进三出，反复修补。最后，在修船厂经理的亲自监督下，工人们重新给帆船捻缝，包铜皮，把它整修得像一只密封的罐子。在折腾了三个月零五天后，他们又重新出发，前往曼谷。尽管一路上风平浪静，"朱迪埃号"却以每小时3—8公里的速度向热带地区进发，几个星期之后，他们进入了印度洋，向爪哇岛方向驶去。一路上的磨难使正值青春年华的马洛变得坚忍不拔，"不成功毋宁死"的信念激励着他，整个东方世界吸引着他，而他也"正享受着天真无知充满希望的青春年华"。

不幸的是，一波未平一波又起。一个星期六的晚上，船上发生了火灾：船舱里的煤由于长期受潮，内部发热产生高温，散发的煤气导致自燃。船员们尝试各种办法，采取一切能够想到的补救措施，或切断空气，或往上面浇水。正当他们以为已经消除险情的时候，货舱发生了爆炸，船毁人伤。虽然没有大的伤亡，但他们或多或少都受了点伤。他们身上的衣服被炸成了破布片儿，一个个"满脸乌黑，像搬煤夫或是扫烟囱的……脑袋滴溜圆"[1]，因为大火烧掉了他们的头发和眉毛。

---

[1] ［英］康拉德：《黑暗的心》，薛诗绮、智量译，长江文艺出版社2006年版，第227页。

然而，即便如此，他们也没有感到沮丧。在作者看来，大海赋予了船员良好的品质，单调、寂寞的茫茫大海培养了他们坚韧、顽强、不达目的誓不罢休的精神；而青春就是历练，就是经历磨难，就是培养一种内在的、天生的、不可磨灭的品质；青春的魅力就在于不知天高地厚的幼稚和无所畏惧。一向沉默寡言、腰弯腿曲甚至有点儿畸形的老船长坚定地命令船员们调整帆桁，把已经炸偏了航向的帆船弄回到直指目的地的航道上来。后来，在一艘汽艇的帮助下，他们继续前进。然而，汽船的快速拖行，无疑助燃了帆船上的火灾隐患，帆船开始熊熊燃烧。情急之下，他们果断砍断拖缆，准备坚守到最后一刻。在船长的指挥和带领下，他们尽可能多地抢救出了托运的货物，把损失降到最小。最后，他们抢在帆船爆炸沉没之前，驾驶三艘小艇向曼谷驶去。马洛和两个同伴驾驶的小艇经历了炙人的酷热和大雨滂沱，经历了一连十六个小时的口渴和惊涛骇浪。然而，青春就是勇往直前，青春就是坚持下去的热情和自豪。隐藏在小小躯体里的生命的热情，点燃了他内心深处的火焰。这热情鼓舞着他，终于，他们看见了耸立的远山，看见了平滑如镜的港湾。

在康拉德的这部小说中，青春与理想做伴，青春的力量是人生奋斗的动力。在整个前往东方的航行中，支撑马洛保持乐观精神和勇往直前的勇气的不是别的，而是理想。对于初出茅庐的马洛来说，东方是一个神秘的所在，曼谷是一个"富有魔力的名字，幸福的名字"。在他整个青春的幻想里，到东方去是他的全部理想，是他在整个航行中克服一切困难的原动力。在马洛的想象中，青春时代的好奇、冒险、不知疲倦、无所畏惧、不达目的誓不罢休等，都承载在这次东方之行中。东方的神秘与青春的激情和力量结合在一起，赋予东方之行超越一般海上航行的理想光芒。对于马洛来说，东方之行已经不是以挣钱为目的的航行，而是一次他"大显身手"的机会，是检验自己力量和勇气的实践。虽然这是一次失败的航行，马洛讲述了一个"失败"的故事（"朱迪埃号"沉入了海底，他们不得不弃船而逃），可读者依然感觉到了青春的激情和胜利的骄傲，所有青春的单纯、力量、激情和幻想都在这次普普通通，甚至失败的航行中得到了展现。

康拉德的海洋小说与之前的英国海洋小说有显著的不同。之前的英国海洋小说家，如笛福、史蒂文森等，着重于讲述海洋冒险故事，表达的是主人公勇敢的冒险精神和对财富的渴望。而康拉德关注的不是事件本身，而是人物在事件中的作为和事件本身在人物意识中的反映。在他的小说中，人物比故事情节更重要，但他没有像陀思妥耶夫斯基那样对人物复杂矛盾的心理活动进行刻画，也没有像其他文学大师那样，着重于环境对人物性格的影响，而是通过人物的行为、体验和感受，表达人物的精神、内在品质和潜在的力量。我们可以说，康拉德的海洋小说，表达了一个统一的主题，那就是航海如人生。大海是真正的世界，航海是真正的人生。康拉德借马洛之口说道："有那么些航行，它们似乎注定了是用来解释人生的，它们可以作为生活的象征。你努力奋斗，你拼命干活，你出力流汗，差点儿要送掉自己的性命——有时候确实把命丢了——想完成一件事，可是你完不成。这并不是由于你犯了什么过错，可你就是一事无成。"① 对马洛来说，第一次航行到东方，是一件非常值得纪念的事。因为那是他当上二副后的第一次航行，也是他们船长第一次指挥远航，是他们大显身手的好机会。

在《青春》这部小说中，康拉德使用巧妙的叙事手段，让小说的主要人物之一承担叙事任务，不仅使故事真实可信，同时又使用回忆叙事和情节交叉手段使读者感受到了时空交错和青春易逝的感叹。马洛是小说的主要人物和事件的见证者，也是22年前和年迈的船长一起驾驶破船完成东方之行的亲历者。他在讲述22年前亲身经历的过程中，时不时插入的一句"把酒瓶递给我"，就像电影中使用的蒙太奇手法，使22年前的海上历险与当下的酒馆小聚相互切换，时不时地把他的听众从20多年前海上的惊涛骇浪和火光冲天拉回到讲故事的现场，同时，康拉德也达到了另外一种效果，使读者时时提醒自己在阅读文学作品。这种时空交错的情节转换模式，更加凸显了主人公在航程中的种种磨难和他们战胜困难、顽强与命运抗争的精神。大海

---

① ［英］康拉德：《黑暗的心》，薛诗绮、智量译，长江文艺出版社2006年版，第208页。

中的狂风巨浪,他们在破旧帆船上遭遇的水灾、火灾都具有了象征意义,被康拉德用来阐释人生。马洛的叙述中饱含浓重的抒情成分,他发出的一次次感慨,歌颂了航海人不畏艰险、勇于接受挑战的大无畏精神,赞美了海洋赋予人类的坚忍不拔的优秀品质,不愧为一首青春赞歌,也不愧被誉为"现代英国的海洋史诗"。

四 "海是真正的世界"

康拉德作为一位备受现代派作家推崇并且对西方现代小说产生重大影响的作家,在世界文学史上具有重要的地位。他的作品在现实主义文学和现代主义文学之间架起了一座桥梁,完成了西方现实主义小说向现代主义小说的过渡,正如弗里德里克在《20世纪英语小说导读》中所说:"康拉德的主要作品为最杰出的维多利亚小说与最出色的现代派作家提供了一个过渡。"[①] 水手出身的康拉德对大海有着特殊的眷恋之情。20多年的海上航行体验,也使康拉德领教了大海的毁灭性力量。海洋是他的梦想和自由之地,圣洁之地。只有在大海上,人类的心灵才能得以净化,精神得以涤荡,灵魂得以升华。他的海洋小说不仅展现了大海的多姿多彩和波澜壮阔,抒发了他对大海的热爱,同时也从不同角度反映了他对人生、对人与自然的关系、对人与社会的思考。对他来说,"海是真正的世界",海是真正的生活。在康拉德的小说中,大海具有显著的象征意义。

首先,大海象征着生命。水是万物之源,西方文明源自海洋,这与其独特的地理位置休戚相关。象征西方文明源头的古希腊文明,起源于爱琴海地区,基督教《圣经·创世记》把生命的起源归于洪水之中的挪亚方舟。而在中华文明中,女娲炼石补天的神话也成为生命起源传说。由于地理位置的不同和文化的差异,水的生命意义在东方文明中呈现为江河之水,而在西方文明中则具体呈现为海洋。康拉德的《青春》中,大海深处的狂风巨浪,破旧帆船的自燃沉没,给船上的人们带来了死亡的威胁。而水手们与大海、与火灾的豪迈搏斗,展示

---

① Frederick R. Karl & Marvin Magalaner, *A Reader's Guide To Great 20th Century English Novels*, Thames & Hudson, London, 2008, p. 47.

了他们青春的活力和顽强的意志。马洛和作者一样迷恋着大海,因为大海会给予人类一个认识自己力量的机会。一切现代工业文明造成了人类自私、冷漠、卑劣和不择手段,而大海之上的航行则培养了人们善良、团结、同甘苦共患难的品格和美德。在康拉德看来,大海虽然凶险可怕,但可以显示人类的本性,净化人类的灵魂。《台风》中的马可惠船长是他塑造的最优秀的人物之一。在小说的开头,马可惠船长的形象古怪可笑。他的外表平淡无奇,缺乏想象力和幽默感,甚至有点儿呆板木讷。但是,随着故事情节的发展,在台风袭击、船舱劳工骚乱的双重危机中,他显示出沉着镇定、刚毅公正的品格。对待台风,他没有听从大副的话,选择躲避,而是命令船只径直向台风中心开过去。对待船舱里中国劳工因争夺银圆发生的骚乱,他采取果断公正的解决办法,体现了他思维缜密、判断准确、为人善良和处理公正的品质。而这些优秀品格平日里在马可惠船长身上无法体现,只有在遭遇风险时才得以显示。康拉德的这种人物塑造法,使人物性格更加具有深度。

1906年,他曾对一位记者说:"你们想把我放逐到大海中去。"十多年后,他又对一位朋友说:"也许你不会认为这太过分,在写作生涯22年后,我依然会说我一直没有被很好理解。我被人们称为海洋作家,赤道作家,描写作家,浪漫主义作家——还有现实主义作家。但是,我全部的关注其实都是给予事物、事件和人的'理想'价值的。如此而已。"[①]尽管康拉德不愿人们称他为海洋作家,但他的一生与海洋密不可分。他海员出身,他热爱大海,向往大海,描写大海,述说着大海的故事,述说着大海与陆地的对立。对他来说,"海是真正的世界"。

在康拉德的小说中,船是水手的家,大海是他们的故乡。对于水手来说,异国的海岸,异邦人的面孔,变化万千的生活,都不是神秘的,只有大海本身是神秘的。因为"大海是支配他们存在的霸主,像

[①] 转引自英康拉德《黑暗的心》"译序",薛诗绮、智量译,长江文艺出版社2006年版。

命运之神一般不可思议"。①

第六节　英国海洋文学的特点：殖民性与海盗文化

英国的泰晤士河是一条连接英伦三岛和世界的起点，是英国海盗走向茫茫海途的开端。这是一条令英国人崇敬的河流，它"不是靠一个短暂的来而复往、去而不返的鲜艳白昼的闪亮，而是靠一种永志不忘的记忆所发出的庄严光辉。的确，对于一个怀着敬仰和深情像常言所说'依海为生'的人来说，最容易触发起关于泰晤士河下游一带昔日伟大精神的思古幽情。浪潮涌来又流去，终年操劳不息，其中满都是对于人和船的回忆，是它，把这些人和船或载向大海去战斗，或载回家去安憩。"泰晤士河河口入海处，闪现着航海家们的身影，它熟悉那些让英格兰民族引以骄傲的人士，从弗朗西斯·德雷克爵士到约翰·富兰克林爵士②，无论他们是否享有过骑士的称号，都是海洋上的伟大的游侠骑士。它（泰晤士河）曾载浮过所有那些名字如同宝石一般在时代的暗夜中熠熠发光的船只，从"金鹿号"开始直到"艾瑞巴斯号"和"恐怖号"。

独特的地理位置和发展历史决定了英国海洋文学具有以下几个特点：颂扬海盗文化，崇尚海盗精神，具有荒岛文学特色和显著的殖民性。英国政权从一开始就是丹麦海盗利用武力从当地英格兰人那里强取过来的，因此，英国海洋文学从一开始就带有强烈的海盗文化特色。

由于中国自古以来重农轻商，在中国传统文化和价值观中，"海盗"是完全不被认可的一种行当，然而，在西方国家，特别是在英美国家的文化中，"海盗"是英雄，是人人敬仰的偶像。之所以如此，

---

① ［英］康拉德：《黑暗的心》，薛诗绮、智量译，长江文艺出版社2006年版，第4页。

② 弗朗西斯·德雷克是16世纪英国著名的海盗、航海家，被英王伊丽莎白一世封为爵士。约翰·富兰克林是英国19世纪著名探险家。

不仅与英美等国的地理位置、自然结构、领土范围、人口和民族特性等因素有着巨大的关系，也与西方国家官方的政策和舆论导向有密切的关系。

英国之所以能够成为海上强国，其特殊的地理位置起着决定性的作用。作为大西洋上的岛国，英国四面环海，又靠近欧洲大陆，天然良港众多。17—18世纪，荷兰、瑞典、俄国、丹麦的贸易以及经各大河流进入德国内地的贸易，必须经过靠近英国门户的英吉利海峡，而那些满载货物的帆船，必须紧靠英国海岸航行，才能安全抵达目的地。然而，正如马汉在《海权论》中所说，英国"从大自然那里得到的恩赐很少，在制造业得到发展之前，英国很少有可供出口的商品"。① 然而，英国人对财富的渴望由来已久，加上他们喜欢冒险而不喜欢安逸的国民性格，以及有利于航海的各种条件，促使他们远航出海，在国外寻找财富。可是，在16—17世纪，英国的造船业远远不及西班牙、葡萄牙和荷兰等国，海上军事力量也相对落后。英国人无法像西班牙和葡萄牙人那样，远渡北美，轻而易举获得财富，也无法像荷兰那样，垄断世界海洋贸易。

1492年，哥伦布在西班牙女王的鼎力支持下，横穿大西洋，发现了美洲大陆。殖民者在美洲大陆的疯狂掠夺和殖民，为西班牙带来了巨大的财富。西班牙航海家们轻而易举获得财富的行为招致了西欧国家，特别是英国的眼红。

1498年，葡萄牙航海家达·伽马带领船队向东航行，开通了通往印度的新航路。为了垄断新航路上的贸易，葡萄牙决定在新航路上实施"无情的恐怖主义"。后来，达·伽马在一次航行中捕获了几条没有武装的船只，他们在把货物抢劫一空后，烧掉了船只和船上的水手。作为海洋岛国的英国，也不甘落后，纷纷参与到发现新大陆和开辟新航线的冒险活动和财富掠夺中，然而，在造船业和航海技术方面稍微逊色的他们失去了先机。

---

① ［美］阿尔弗雷德·塞耶·马汉：《海权论》，冬初阳译，时代文艺出版社2014年版，第36页。

英国政府十分垂涎西班牙从世界各地掠取的庞大财富,他们深知,无论谁控制了海洋,谁就能够控制西班牙的财源和贸易。因为"西班牙汲取资源的领地距首都远隔重洋,这些地方彼此之间也相距遥远……"① 因此,从地理大发现时代开始,一直到19世纪上半期,英国一直采取凭借海权获得领地与扩大海权相结合的政策。为了掠夺财富,英国政府大肆鼓励民间武装船只抄后路袭击西班牙和葡萄牙的商船,抢夺从新大陆和印度掠夺而来的黄金和其他财富。英国官方还特意在"pirate"(海盗)一词后面加上后缀"er"(即pirateer),用来特指那些专事武装抢劫的"私掠船"及其船主和船员,而政府鼓励的一种海盗行为被称为"皇家海盗"。

发展海权首先需要发展海上军事力量。英国政府在积极筹建皇家海军的同时,鼓励海盗从事武装抢劫活动。英国女王伊丽莎白一世是英国海盗行为最有力和最坚定的支持者。她为海盗船颁发"私掠许可证",给那些比较勇猛的海盗首领授予爵位,甚至吸纳到皇家海军,并赐予军衔。在当时的英国,"皇家海盗"是一群备受关注的群体,他们在海上的行为牵动着全英国人的心弦。如果他们的海盗行为获胜,举国同欢,普天同庆;如果他们在海上的行动失利,举国失意,全民惋惜。最著名的海盗首领德雷克,不仅获得了女王赐予的海军上将封号,更是全英国人人敬仰的英雄,他的形象甚至成为英美文学作品中的经典海盗形象。

16—17世纪,海盗成为西欧国家利用军事力量获得商业利益和维护商业利益的重要手段,而海盗文化也已经渗透到英国海洋文化中,甚至可以说,海盗文化是英国海洋文化的核心,《金银岛》等英国海洋文学作品可以说是这种论断的明证。

英国人追逐利润的愿望催生了一种可怕的贪婪,他们的贪婪培养了他们的"海盗精神":勇敢进取、吃苦耐劳、毫不畏惧、忍辱负重,具有强烈的民族认同感。英国政府允许国民充分发挥他们的自由和开

---

① [美]阿尔弗雷德·塞那·马汉:《海权论》,冬初阳译,时代文艺出版社2014年版,第302页。

拓精神,并且在国内营造一种气氛:尊重财富。在当时的英国,财富是体现公民社会地位的基础,谁拥有财富,谁在这个国家就拥有权力,有了权力,就有了社会地位,就会受人尊敬。"在人们的心目中,财富是专属权力,受到所有人的尊重,获得财富的职业和财富本身享有同样的荣誉。"[①] 政府通过一系列措施,鼓励甚至支持海盗掠夺,这不仅为英国带来了巨额财富,同时也促进了英国海盗文化的兴盛,间接培养了英国国民崇尚海洋冒险和海外殖民的精神。在英国海洋文学中,许多作家本人就是有航海经历或热爱航海生活的冒险家,如史蒂文森、笛福、康拉德等。

海权使英国富有,英国政府又利用海权保护它在世界各地的殖民利益。英国政府在和平时期利用海权获得财富,战争期间利用规模庞大的海军,依靠大批在海上或依靠海洋生活的臣民,并利用大批分散在世界各地的军事基地统治海洋,成为海上霸主。17世纪末至19世纪上叶,英国几乎垄断了整个大西洋和印度洋的海权,"英国的舰船所到之处,便是势力所及之地,而且无人在海洋上与它相争。它可以去它愿意去的任何地方,而伴随它同去的是大炮和部队。……作为海上统治者,它扼制住海上所有的交通干线。敌军舰队不能汇合,大舰队无法出海,即便出海,也只能用未经考验的军官和海员,去对付那些历经风暴和战争历练的英国老兵"。[②] 英国傲慢而且无所顾忌地支配着海洋,北美大陆、西印度群岛、印度、南非、澳大利亚、新西兰等地都纷纷成为英属殖民地,它的势力在世界各地耀武扬威。

早期英国的历史是一部入侵者的历史。8—11世纪,北欧维京海盗入侵大不列颠群岛,并把那里当作自己的家园。地理大发现之后的一千多年间,英国的历史简直就是一部充满了开拓疆域和扩充势力的侵略史。1066年,诺曼公爵威廉征服英格兰以后,长时间成为英格兰的统治者。作为入侵者的后裔,英国人天性好斗,野心勃勃,天生适

---

① [美]阿尔弗雷德·塞那·马汉:《海权论》,冬初阳译,时代文艺出版社2014年版,第52页。

② 同上书,第303页。

合干海盗的营生。这些海盗在与西班牙、葡萄牙等国商船运输队的长期对抗中，海盗们的英格兰民族意识持续加强。另外，长期的海上劫掠活动为英国皇家海军培养了大批精英。"岛国意识"使历代英国政府和国民致力于面向海洋发展。1558年与西班牙之间的战争，确立了英国的海洋强国地位。1756—1763年、1812年的英法战争，使英国的海上霸主地位更加牢固。

英国海洋文学是在英国殖民世界的过程中发展起来的，不可避免地带有显著的殖民特征。在海外殖民和寻求财富的过程中，英国人不可避免地会遭遇各种各样的危险和灾难，如风暴、船难、战争等，流落荒岛的情况时有发生，这必然要促生海洋文学中的另一种题材——荒岛文学。无论是莎士比亚的《暴风雨》，还是笛福的《鲁滨逊漂流记》，以及史蒂文森的《金银岛》，甚至戈尔丁的《蝇王》，都是以荒岛为背景，表现人类与自然的冲突，人类对自然的征服与开发，甚至传达作者对人生、社会的看法和哲学观点。

第四章　陆上强国法兰西的海洋文学

　　法国历史悠久，文化灿烂，悠久的海洋文明是法兰西文明的重要组成部分。和英国、荷兰、西班牙、葡萄牙等老牌资本主义海洋强国相比，法国虽属于欧洲的陆上强国，但它仍然具有得天独厚的海洋优势。它北临北海，西北隔英吉利海峡与英国相望，南临地中海，西濒大西洋，仅本土就有长达5500公里的海岸线。它既可以直面北海地区悠久的工商业文明，又可以南下通达古老的地中海文明。得天独厚的海洋地理位置使这个神奇的六边形国家与其邻国英国、荷兰、西班牙、意大利等海洋国家一样，从古至今，一直有着不可替代的海洋强国地位，担负着一种天然的海洋使命。

　　早在9世纪，在比斯开湾和诺曼底海岸附近，就有了海洋活动。当时，渔民们已经开始在海洋中捕捞鼠海豚、鲟鱼等，甚至开始捕捞鲸鱼等大型海洋动物。10世纪，捕鲸业已经建立起了相当完整的组织。埃弗里克（AElfric）在其所著的《对谈》（Colloquoy）中已经有了有关捕鲸业的描述："有很多人都在从事捕鲸工作……并从中获得了巨额利润。"比斯开湾岸边至今还留有用以观察鲸鱼活动情况的瞭望台。此外，法国人在历史上还利用其得天独厚的海岸线和沿岸港口进行海洋贸易、海洋运输，甚至发动对外战争。

　　法国海洋文学的主要成就有以下三个方面：（1）以海洋为主题的海洋诗歌，如兰波的《醉舟》、吉尔吉克的《故乡的海》、波德莱尔的《自由人与海》等；（2）具有纪实和科普特点的海洋纪实文学，如米什莱的《海》、凡尔纳的《海底两万里》等；（3）具有现实主义性质的海洋小说，如拉伯雷的《巨人传》、雨果的《海上劳工》、2008年诺贝尔文学奖获得者克莱齐奥的《诉讼笔录》和《流浪的星星》等。这些海洋文学作品在一定程度上反映了法国人海洋活动的历史，也体现了法国海洋文学的巨大成就。

在法国文学史上，从拉伯雷到凡尔纳，从雨果到皮埃尔·落蒂（Pierre Loti），在这些经典作家的经典作品中，"海洋"是共同的主题。比利时著名文艺批评家西蒙·莱斯（Simon Leys）曾这样说过："文学家富有想象力，却把大海讲得天花乱坠，海员有丰富的海上阅历，却鲜少将其付诸笔端，幸运的是，历史总是这么神奇，有那么几个海员做了记录，有那么几个作家懂得些与航行、与大海相关的事情。"[1] 大海激发了文学家的灵感，大海催生了很多不同体裁的文学作品。海洋在文学家的笔下，呈现出不同的意象，表达了作家独特的思想与见解。

法国海洋文学研究专家、"法国海洋文学之家"的创建者勒内·莫尼奥·博蒙（René Moniot Beaumont）在其《海洋文学历史》（Histoire de la Littérature maritime, 2008）中曾这样说："我们的海洋文学是伴随着象形文字而诞生的。"[2] 他认为，法国海洋文学的历史应该追溯到中世纪。中世纪时期，由于对大自然认知的局限性，在人们心中，大海只会带来危险和灾难。在作家的笔下，大海的形象是一个魔鬼，它给人类带来的灾难首当其冲，很少有作家被大海的壮美所感动。

文艺复兴时期，科学与理性重新得以重视，人类思想和个性得以解放，人文主义肯定了人的价值和尊严。欧洲人重新对古代科学产生兴趣，宇宙学、地图集得以运用，全球范围内的海上探险成为那个时代的主旋律。但在人们的灵魂深处，大海仍保留其神秘感，对大海的恐惧还远远没有结束，在作家笔下，人类对大海的迷恋和恐惧共存。

1789年法国大革命至19世纪初，社会精英引领社会思想意识，作家的创作开始注重描写自然景色，抒发主观感情。海洋不再作为一

---

[1] Olivier Lenaire, L'Eclaireur des mers, L'Express, le 25/12/2003.
[2] René Moniot Beaumont, Histoire de la Littérature maritime, La Découvrance éditions, 2008, p. 15.

种异己的力量而存在，而是成为文学审美对象，反映作家自身或整个人类的思想信念。

20世纪初，西方资本主义世界经历了两次严重的经济危机和前所未有的全球化战争——第一次世界大战和第二次世界大战爆发。战争带来了巨大的伤痛和精神创伤，令经历过战争、体味过恐慌的文学家们难以抹去创伤的记忆，诗歌美学及生态伦理方面由此发生了深刻变化，文学家们更希冀美好的未来，和谐、和平是作家们赋予大海的新的主题。

20世纪后期，世界各地政治和经济联系加强，大众文化广泛传播，世界变得恐慌浮躁，旧习俗死亡，新生命诞生，人类需要重新找寻失去的世界，这个时期，大海意象是多元的，对于憧憬中的人来说，大海是生命的契机，是重生的希望；而对于苦难中挣扎的人来说，大海则意味着恐惧，代表着死亡。

在法国悠久的文学史上，拉伯雷、米什莱、雨果等法兰西伟大作家都对海洋情有独钟，海洋为他们提供灵感，海洋是他们作品中的永恒主题。然而，20世纪60—70年代在西方文学评论界喧嚣一时的结构主义批评，一度否定或者忽略文学的背景，无视与人的存在相关的因素，把文学研究封闭在文本内部，文学事实的复杂性和丰富性受到了束缚和限制。因此，我们需要超越结构主义的局限性，运用马克思唯物主义和辩证主义理论，结合社会学、历史学、人类学等学科知识，选取不同时期法国主要海洋文学作家及其有关作品，梳理不同时期海洋意象在法国文学中的变化，探讨从中世纪到近现代法国海洋文学作品中海洋意象所呈现的特征，研究人类生存状况和人与海洋关系的演变，分析人与海洋关系所呈现的美学与伦理观念特征。

第一节 "海是深渊"：中世纪的法国海洋文学

《创世记》（*Genève*）中记载，人类之初，天地分隔，大海出现。但由于人类缺乏对自然界的科学认知，在很长时间内，对人类而言，下界的水域是一片未知领域。后来，随着文字的产生，海洋文学也就相伴而生。这个时期的法国海洋文学，沿袭了荷马史诗《奥德赛》（*Odyssée*）和古罗马诗人维吉尔（Virgile）《埃涅阿斯纪》（*Enéide*）中的海上历险主题，海洋意象仍然是海神波塞冬和他的子女，专门与人类作对，给人类带来灾难和麻烦。

中世纪时期，游吟诗人和编年史中的海洋意象发生了改变。中世纪是西欧封建社会形成和封建制度确立阶段，从5—6世纪西罗马帝国灭亡开始，到15世纪文艺复兴和地理大发现时代结束。而法国通史上所谓的中世纪，是指842年到1515年，即从《斯特拉斯堡盟约》（*Serments de Strasbourg*）签订到法国国王弗朗索瓦一世（François 1er）登基。《斯特拉斯堡盟约》是法兰西语言史上的第一件珍贵资料，为法国国王秃头查理（Charles le Chauve）和日耳曼王路易（Louis le Germanique）订立的攻守同盟。此盟约本与文学无关，但盟约由当时在场的法兰西将士齐声朗读，并用民间语言罗曼语记录了下来，是自842年起至今保存最早的法语文献，被视为法国文学的开端。

中世纪时期，贸易往来为在城市逐步掌握权力的商人提供了帮助。他们通过组织商业行会、集市等活动，使商业往来落地生根，成为城市资产阶级阶层。他们不仅开通了陆地贸易通道，也开始关注海上航线的发展。科学技术的发展，尤其是印刷技术和火药制造技术的发展，也使人类发展远洋贸易有了可能。这个时期，欧洲的商人开始慢慢向外扩展业务。随着海洋商业的发展，商船也越来越多，加入到远洋活动中的人也越来越多。

正是在这一时期，行吟诗人的叙述中有了法国海洋文学的痕迹。行吟诗人是中世纪特定历史时期的产物，原指在凯尔特人写作颂词和讽刺作品的人，兴盛于11—13世纪。后来，泛指部族中擅长创作和吟咏英雄诗歌的诗人和歌手，首先出现在法国南部的普罗旺斯。他们大多来自贵族、骑士阶层或封建王侯，也包括一些有才能的下层人士。为了获得直接素材，行吟诗人花大量时间去旅行，游走于世界各地，根据获得的素材和自己的灵感，编写出许多新奇的故事，用吟咏或歌唱的形式来传播，同时表达自己对旅途见闻的感想、世界观和处世观念。这些诗歌乐节完整，段落分明，节奏清晰，轻松且易于接受，以口头形式流传甚广，甚至王公贵族也会常常邀请行吟诗人到他们的府邸演唱。行吟诗人歌唱的中心题材是爱情，但也包括社会、政治、道德、文学、战争、宗教和大自然等诸多方面的内容，其中也不乏对大海的吟咏。

在中世纪法国文学中，大海依然是变化无常的空间，它象征着危险和灾难。在当时的海洋文学作品中，作家笔下的人海充满风暴和怪物，它们伺机而动，给人类带来灾难。但在最后时刻，总有神灵护佑，使主人公化险为夷，死里逃生。海洋是上帝惩罚人类的工具，也是对抗人类的异己力量，但在宗教狂热的影响下，上帝最后总会给人们以期望。因此，人类惧怕海洋，敬畏海洋。

这个时期，由于人类对海洋认知的局限性影响，涉及大海的行吟诗歌很少。法国行吟诗人中最主要的代表人物和代表作品分别是葛桑·斐迪（Gaucelm Faidit，1170—1202）和《自海的深渊》（*Du grand gouffre de Mer*）、普鲁文斯（Guiot de Provins，1150—1208）和长诗《圣经》、儒安维尔（Jean de Joinville，1224—1317）和《第七次十字军东征回忆录》等。葛桑·斐迪曾借助《自海的深渊》描述人类在大海带来的苦难面前显得渺小和无能为力，同时歌颂了上帝的无处不在，无所不能。普鲁文斯通过美人鱼形象描述大海是一个美丽和充满诱惑的所在，但它又处处隐藏着险滩暗礁；在危险的诱惑面前，人类自然无法摆脱苦难的命运。儒安维尔通过描写大海的壮阔来歌颂帝王的战功，宣扬王权高于一切，上帝高于一切，只有上帝才能挽救人类。儒安维尔认为，虽然国王威力无比，但人类无力与大海抗衡，宗教信仰和使命才是骑士们在大海险境之中的信条。

葛桑·斐迪是法国中世纪最著名的行吟诗人。他出生于法国西南部城市于泽士（Uzerche）一个中产阶级家庭，从小接受良好的教育。他才华横溢，能够熟练掌握法国南方的奥克语和法国北方的奥依语，因此，可以出入欧洲各大宫廷。他狂放不羁，深爱着一个受过良好教育的漂亮妓女。在将财产挥霍一空之后，他和情人双双开始了流浪生涯，足迹踏遍普罗旺斯、布列塔尼以及伦巴第等地。流浪途中，他编词作曲,爱人吟唱。

  葛桑·斐迪是一位在当时既多产又优秀的行吟诗人,为后世留下了65首诗作。他的创作题材广泛,涉及战争、风俗、政治等,但其中大部分为爱情诗。用语精确、风格纯正是他的主要特点。《自海的深渊》是他吟诵大海的经典之作。

> 自海的深渊
> 港口的烦恼
> 灯塔的危险
> 我出离
> 感谢上帝
> 由此可言说
> 那许多的苦痛和折磨
> 但愿我回归
> 到利穆赞心盈快乐
> 离开此地时曾感不悦
> 因为我喜欢这一切
> 当我不再害怕大海或狂风
> 不管是南风、北风还是西风①

  葛桑·斐迪运用象征手法,从视觉和心理感觉两个层面上对大海的形象做了描述。视觉层面上,大海毫无美感可言,因为它是来自四面八方的"风",是"深渊",是"危险"。心理感觉层面上,诗人认为大海是一切苦难的根源,因为它是"烦恼",是"苦痛",是"折磨"。他把大海比作人生的苦难,人生如深渊,要承受来自四面八方的压力。拯救人于苦难深渊的超自然力量便是上帝。上帝占据着绝对的统治地位,他无所不在,无所不能,至高至上,至美至能,至仁至义,是美的象征。为人类带来"苦痛"和"折磨"的大海就完全处

---

① 笔者译自 http://www.toutelapoesie.com/poetes.html/poesie/GAUCELM-FAIDIT-r424。

在其对立面，好似妖魔，是一切苦难的根源。人类只有依靠笃信上帝，对上帝虔诚，才能得到上帝的护佑，才能远离大海痛苦和烦恼，远离这大海似的深渊。在自然力量面前，人类是如此的渺小，如此的无能为力，对于大海所带给人类的一切灾难，只能寄期望于上帝。似乎只有依靠上帝的护佑，人类才能摆脱大海带来的苦痛和折磨。

和葛桑·斐迪同时期的吟游诗人普鲁文斯，在他的长诗《圣经》中则把海洋比作魅惑又危险的美人鱼。普鲁文斯1150年出生于法国中北部古镇普罗万，是路易七世和菲利普·奥古斯都时期的法国北方行吟诗人。曾游历德国、法国以及巴勒斯坦等地，参加过第三次、第四次十字军东征。后来成为修士，在克吕尼修道院度完余生。他创作的诗歌仅有6首诗传世。《古约的圣经》（*Bible Guiot*）是他为后世留下的一首讽刺长诗，创作于1204年，这首诗由2700行诗句组成的，生动新颖，但艰涩难懂。其中对海洋的描写为后来的文学家们提供了灵感，使美人鱼成为世界文学的经典形象。

> 美人鱼在海中游荡
> 在风暴里歌唱
> 在丽日晴天里哭泣
> 其秉性如此
> 形似妇人
> 至其腰身
> 脚却似鹰隼
> 尾巴又似鱼儿
> 喜悦之时
> 她唱得响亮而清晰
> 舵手在航行
> 闻此曼妙之音
> 忘掉船只
> 很快入梦

170 / 大海的回响：西方海洋文学研究

> 请牢记于心
> 因为此中有深意。
> 何为美人鱼？
> 这个世界的瑰丽。
> 海洋是我们的世界
> 船上是男人
> 舵手是灵魂
> 船是载体①

　　美人鱼是西方文学作品中最经典的女性形象，有着很重要的美学价值。有关美人鱼的神话也经历了巨大的变化。在此诗中，普鲁文斯穷尽其一切词汇赞美大海如女性般美好的一面。它有着魔鬼般的"腰身"，天籁般"响亮"而"清晰"的曼妙歌声；它是如此令人迷恋，让在海上过往的船员忘掉一切。无论从哪个视角来解读，诗人都好像在歌颂美人鱼，但又隐约感觉到，此处的美人鱼美得诡谲。其实，诗人是在警醒世人：美丽曼妙的大海看似平静，却处处蕴藏着危险，美人鱼美妙的歌声隐藏着"深意"。

　　中世纪时期，和其他自然生命一样，美人鱼多以不吉利的女妖形象出现，代表了一种能摧毁男人意志的女性美，是"诱惑"和"危险"的代名词。"海洋是我们的世界"，此处的"我们"既包含美人鱼，也包含船员。大海对于作者是一个充满美和诱惑的所在，但其中却处处暗藏险滩、暗礁。作为航船"灵魂"的舵手已然睡去，那么，航船作为"载体"又将驶向何方？人类处于不可抗力的危险境地，当然无能为力。束手就擒，葬身大海，或许就是他们无法摆脱的命运。同样的宗教主题在法国中世纪另一位作家儒安维尔的《第七次十字军东征回忆录》中得到体现。不同的是，"海上探险"成为宗教主题之后的次主题。

---

① 笔者译自 René Moniot Beaumont, *Histoire de la Littérature maritime*, La Découvrance éditions, 2008, p. 64。

儒安维尔是法国中世纪的另一位代表作家，他于1224出生于香槟地区的一个名门望族，喜欢文学创作。他是国王路易九世的侍从，也是他的亲密朋友、知己和顾问。年轻时在宫廷里过着非常精致的生活，曾参加第七次十字军东征。

十字军东征是法国海洋文学的一个历史性转折点。从这一时期开始，文学作品开始以国王、王公贵族为主题，文学家们对"海上探险"主题产生了极大的好奇心。他们通过描写大海来歌颂帝王战功，宣扬王权高于一切。这一类文学作品不仅有英雄史诗，也有骑士文学和市民文学，普遍带有一种率真、淳朴、不做作的古朴气质。这主要是宗教精神的产物，反映了法兰西早期作家作品中对骑士概念的理解。与此同时，教皇的权威经历了一个由弱到强最后又走向衰落的过程，法国的王权也是如此。由于法国国王是经过涂油加冕礼的，他像不可见的神一样不可或缺，具有神权色彩。正是在这样的社会历史背景下，出于和法国国王路易九世之间的朋友情谊，儒安维尔写下了《让·德·儒安维尔回忆录》(*Memoires de Jean Sire de Joinville*)。这是一部为路易九世歌功颂德的编年史著述，具有强烈的政治色彩。也是法国海洋文学最古老的范本，通过歌颂路易九世的战功，表现了诗人作为一名骑士的日常生活与作为一个布道者的理想。

儒安维尔陪同国王亲往圣地。为了支付远征的费用，他跟着大家一起去朝圣。他将所有的财物都典当出去，他不敢再回头，生怕自己会因思念被他抛弃的城堡及孩子而变得软弱起来。回忆录中，几乎每一页都证明了一个事实真相：是宗教精神鼓舞着十字军战士。到了马赛，他写道：

> 当所有人都牵着战马上船后，船长问水手们："都准备好了吗？"他们回答："是的，船长。让教士们都过来吧！"当教士们走上船后，他命令大家："以上帝的名义歌唱吧。"于是，大家一起唱"造物主赐给我们灵"。然后，他对水手们喊道："为了上帝，咱们起航吧！"于是，船只开始缓慢前行。风很大，不一会儿，我们就离开了陆地，我们只看到天

空与大海。过了一天又一天,风将我们吹得离家乡越来越远,……晚上,大家都睡着了,第二天早上再见很可能会是在大海深处……①

儒安维尔并不是宗教狂,从宗教角度来看,他的回忆录对宗教狂热的叙述也并不过于渲染。但是通过这部回忆录,我们不仅了解到十字军东征骑士的英雄行为,也能很清晰地看到骑士们的人性弱点。这些中世纪的骑士,自始至终都是教会的仆人,肩负着一种宗教使命。他们非常渴望能与上帝同在,捍卫宗教信仰是他们的行为准则。大海虽然是一片未知的、令人担忧的广阔水域,但它意味着死亡。但若能为上帝而死,成为一名殉道者,就会实现与上帝同在的理想,就能赢得天国。因此,为了上帝,他们在大海上航行,海风让他们一点点远离家乡。为了宗教与荣耀,他们愿意忍受苦难,即便风大浪急,哪怕船行缓慢,他们仍然期待可以与圣人一样,在天堂里占有一席之地。因为一切的远征"都是以上帝的名义",他们的每一个行为背后都有上帝的影子,"造物主"会赐予这些勇士们"灵"与希望。

中世纪时期,葛桑·斐迪笔下的大海是痛苦和折磨的深渊,普鲁文斯借美人鱼的诱惑和危险警醒世人大海的危险性,儒安维尔借大海比喻险境。因为人类早期对大海认知的局限,海洋形象即是一片未知的,令人担心的广阔水域,它不安定,令人恐惧,让人难以信任。海洋象征着死亡,人类与海洋的关系类似于撒旦和上帝之争。海洋往往是一种异己力量,给人类带来灾难。在紧要关头,上帝参与了人类与海洋之间的斗争。对于人类来说,摆脱这些灾难只能依靠神力。

---

① 笔者译自 René Moniot Beaumont, *Histoire de la Littérature maritime*, La Découvrance éditions, 2008, p. 66。

第二节 以人为本：文艺复兴时期的法国海洋文学

14世纪起源于意大利佛罗伦萨的文艺复兴运动宣扬人文主义，倡导个性解放。文艺复兴时期，意大利新文化通过战争传入法国。当时法国已经走上资本主义道路，文学家和艺术家们很容易接受这种新的文化潮流。弗朗索瓦一世对法国文艺复兴运动起到了一定的推进作用。他酷爱文学和艺术，他鼓励艺术和科学的发展，法国宫廷成了当时法国新文化的中心。他不仅是法国人文主义者拉伯雷的保护者，还和文艺复兴的代表人物达·芬奇和本维努托·杰里尼等有密切交往，曾把他们请到巴黎传播新文化。1530年，弗朗索瓦一世创办人文主义大学"法兰西学院"，传播人文主义科学。在他的影响之下，法国文化发展迅速，并达到了发展高潮。

法国文艺复兴的实质是"文学复兴"。拉伯雷是文艺复兴时期法国最杰出的人文主义作家，他学识渊博，精通法学、医学、天文、地理和自然科学，熟练掌握拉丁语、希腊语和希伯来语等多种文字。他也是文艺复兴时期第一位对大海进行描写并丰富了语言资源的作家，他的《巨人传》第一次强调了"人"的作用，强调文艺复兴运动"以人为本"的宗旨。他认为，面对大海和暴风雨，每个人都会感到无助，感到恐惧，但他相信，单纯祈求上帝是没有用的，只能依靠"人"的努力，才能脱离险境。古典主义文学代表作家拉封丹（Jean de la Fontaine，1621—1695）则劝诫人们，在大海的诱惑面前，应该顺应本心，量力而行。大海依然是神秘不可测的，人类虽然掌握了先进的航海仪器，但是面对大海的挑战，拉封丹相信人类仍然是无能为力的。

拉伯雷1495年出生于法国中部都兰省施农城的一个律师家庭，家境富裕。早年曾在修道院接受教育，以行医为业，但非常迷恋自由和进步的思想，酷爱文学。拉伯雷想象力极其丰富，作品形式多变。16世纪30年代，拉伯雷开始写作小说，其初衷只是为了安慰病人。

他一生只写过一部长篇小说《巨人传》(Gargantua et Pantagruel),但就是这部小说使他成为 16 世纪法国最伟大的人文主义作家。

《巨人传》取材于法国民间传说故事,从"人性""人权"的基本观点出发,全面肯定了人的存在价值,尽情地赞颂了人的体魄、力量以及智慧。人体格健美,性情豪爽,头脑聪明,知识丰富,充满活力,充满自豪感和幸福感。人类代替了神的位置出现在小说之中。这是一部讴歌人性的人文主义伟大杰作,也是一部划时代的讽刺小说杰作,鞭挞了法国 16 世纪时期的封建社会现实,充分体现了人文主义者对人、人性和人的创造力的肯定,同时,也是新兴资产阶级反抗封建教会统治发出的呐喊。

《巨人传》原名《高康大》和《庞大固埃》,拉伯雷前后花了二十多年的时间写成这部五卷本长篇讽刺小说。前两卷结构大致相同,主要讲述巨人国王高康大及其儿子庞大固埃的离奇出世、幸福童年、受教育情况、与约翰修士等人交友以及他们的战绩,着重从宗教、教育、战争方面抒发了人文主义思想。后三卷讲述庞大固埃的平民朋友巴汝奇为是否结婚而苦恼,多方求助无果后决定寻找神瓶,希望从中得到启示。庞大固埃、约翰修士等人随之出海,遍访各岛,并以此为线索,展现中世纪社会的文化生活,揭露抨击教会制度存在的弊端以及司法机构的黑暗。《巨人传》全面批判了中世纪的黑暗,语言新颖,人物形象独特,幽默诙谐地表达了他的人文主义思想。

作为文艺复兴时期的人文主义者,拉伯雷是第一位描述大海的作家。在《巨人传》第四卷中,拉伯雷用了大量的篇幅对庞大固埃(Pantagruel)一行人等在海上的经历进行了淋漓尽致的描写,让人有身临其境之感。他们刚出海不大一会儿,就狂风大作,海水也剧烈翻滚起来。乌云很快笼罩了整个天空,接着空中传来轰隆隆的雷声,闪电划过天际,大雨随之泼洒而下,四周变得一片漆黑,伸手不见五指,只听得狂风吹得帆架呼呼作响。海浪一阵阵地冲击着,船只上下摆荡不已。①

---

① [法]拉伯雷:《巨人传》,成钰亭译,上海译文出版社 2007 年版,第 742 页。

对海上暴风雨的描写既生动自然又充满想象,"狂风""翻滚的海水""乌云""雷声""闪电""大雨""海浪",所有能想象到的用于表现海上惊险的词语犹如排山倒海一般倾泻而出,这是典型的庞大固埃式的夸张表现手法。面对暴风雨,巴汝奇(Panurge)、庞大固埃以及约翰修士(Frère Jean)截然不同的反应从另一个侧面衬托了暴风雨的可怕,但有一点是相同的,他们都或多或少希望上帝来拯救他们于危难之中。巴汝奇的"胃也如海浪般翻腾,他吐了又吐,胆汁几乎都吐出来了",他"蹲在甲板的一个角落里",向"所有圣人、圣女求救",希望"上帝和圣母玛丽亚"可以让他马上踏上陆地!这样的危急关头,他还想着为上帝捐一座美丽的教堂。更猛的人浪打过来时,他哇哇大叫,呼喊"上帝呀",更是害怕得牙齿打战,咯咯作响,并且认为自己平时不够虔诚,才会遇到暴风雨,而既虔诚又吃得肥的教士们是"一定不会遇到暴风雨的",只顾害怕,并且对于周围人的置之不理,只是一味地向上帝、所有圣人许愿。巴汝奇大段的独白形象地展现了他对于暴风雨的恐惧,又因为他的恐惧使得周围的人们对于暴风雨增添了莫名的惊慌。而庞大固埃只是在"稍作祈祷"后,就在船长的指示下开始协助水手进行工作。而当暴风雨更猛烈时,尤其受到巴汝奇的影响,庞大固埃也开始担心暴风雨的严重程度,并且寄希望于"仁慈的天主"来施救。约翰修士斥责巴汝奇时,庞大固埃不理会他们的吵闹,在一旁诚心祈祷。全程都在祈祷,并且最终认为是自己的祈祷使得大家能够存活,当老人问他用了什么方法得以经过那个强大的暴风雨存活下来时,庞大固埃回答说,那是因为上帝的保佑,他们远行出航的目的并不是贪钱,而是请求神瓶的指示。

约翰修士从一开始就想尽一切办法调动大家的积极性,实施自救。他降低船帆,号召大家齐心协力划桨,斥责胆小的巴汝奇。但暴风雨越来越猛烈,他把"雷声"和"闪电"当作上帝派来的魔鬼,因此,他没有放弃抗争。可是,后来,他最终仍然没有经受得住巴汝奇的影响,还替代巴汝奇,祈求上帝派一队魔鬼把他送到地狱里去。

风暴平息之后,拉伯雷借船长之口,表达了自己真实的看法。在经历了一番与暴风雨的殊死搏斗之后,他们脱离了险境,大家看到,爱比斯德蒙的"手掌皮被粗硬的绳索磨破了,正流着血"。作家在提示读者,通过以爱比斯德蒙为代表的"人"的努力和抗争,是可以战胜大自然的。面对海上的暴风雨,每个人都会感到无助,感到恐惧,爱比斯德蒙内心的恐惧一点也不比巴汝奇少。他也希望通过上帝的拯救而脱离险境,因此,也向上帝祈祷。但是他又肯定了人的力量和作用。他认为:

> 如果死亡是命中注定,那么何时死亡、怎样死去,全是天主的旨意,所以我们才必须经常向上帝祈祷。但我不赞成除了向神祈祷之外,人本身却不去做事。我想我们自己也应该要努力,所谓"尽人事,听天命,天助自助者",正如圣保罗所说,我们必须和神一起齐心协力。如果在紧急危难时,一个无能懒惰的人只会祈求神明的保佑,那不是只会招来神明的愤怒吗?①

爱比斯德蒙虽然恐惧大海,但是并没有逃避。他不可能意识到,在紧急危难之时,祈求众神的保佑是徒劳的,因为上帝救不了他们,只能依靠"人"的齐心协力和富有创造性的劳动才能使大家脱离危险。在当时的历史背景之下,就连作者拉伯雷也不可能认识到,正是由于爱比斯德蒙的努力,是他的指挥和大家的配合,船上的人才得以战胜暴风雨。但拉伯雷第一次把人放到了和神灵平等的地位,从而重新肯定并确立了人的价值,这种观念虽然有一定的局限性,但在当时,已经具有人文主义启蒙思想的痕迹了。

中世纪的欧洲,基督教神学占据了至高无上的统治地位。封建专制统治者和教会推行蒙昧主义,一切知识都沦为神学的奴婢,被神学和上帝的"启示"所代替。人性遭到了贬低、扭曲和异化,人类失去了独立、自由和完整性,只能匍匐在上帝的脚下。新兴的资产阶级迫切地要求抛弃上帝的羁绊,砸碎神学的精神枷锁,用自己的头脑和思

---

① [法]拉伯雷:《巨人传》,成钰亭译,上海译文出版社2007年版,第752页。

想去认识和理解这个世界。在《巨人传》中，拉伯雷无情地嘲讽和揭露了戕害人性、奴役人民的教会神学和封建专制制度，赞扬人文主义启蒙理想，热情讴歌了新兴资产阶级巨人般的力量，尽情地赞美人的体魄、力量和智慧。文艺复兴时期被称为"人"的发现的时代，同时也是一个造就巨人的时代。拉伯雷塑造的巨人英雄们多才多艺，学识渊博，能言善辩，智慧无穷。他们不去求助于上帝的施舍，更不惧怕上帝的惩罚。他们无所不能，可以掌握自己的命运。他们是文艺复兴运动的主力，是大写的"人"。他们是文艺复兴时期新型生产关系的代表，是庞大固埃式的传奇巨人英雄。在《巨人传》中，至高无上的神学权威被践踏在"人"的脚下，封建文化的萎靡渺小与巨人高大伟岸的形象形成了鲜明的对比，体现了以拉伯雷为代表的新兴资产阶级的巨人理想。拉伯雷从人性的角度来看待人，第一次把人与神相提并论，从而重新肯定与确立了人的价值。人是高大完美，值得赞美。人代替了神的位置，成为宇宙间最伟大的角色。拉伯雷塑造的这些巨人英雄，成为西方文学史上标志近代文化世俗精神蓬勃兴起的里程碑式的人物。

文艺复兴时期，自然科学发展的成果开始在生产中得以运用，资本主义经济快速发展，中世纪基督教学说和蒙昧主义思想已经不得人心。同时，地理大发现极大地拓展了人们的视野，偌大的空间世界展现在人们面前，世界如此鲜活神秘，魅力无穷无尽，等待着他们去有所作为。启蒙思想家认识到，只要掌握了足够的知识，就能够去探索世界和征服自然。《巨人传》着力塑造力量英雄和知识英雄，旨在增强新兴资产阶级的信心，讴歌和颂扬他们巨人般的力量、无穷的智慧和锐意进取的冒险精神，表达了新兴资产阶级渴求知识、开创新世界的愿望。

17世纪60年代，法兰西学院重新定义一切、规范一切，在规范法语语言方面做出了许多硬性的要求。古典主义便以此为基础，对文学创作也制定了许多规范，各种文学体裁要有严格的界限与规律。法国是古典主义文学的大本营，著名寓言家和诗人拉封丹是其中的优秀代表。

拉封丹出生于法国香槟省夏托·蒂埃里的一个贵族家庭。在农村度过了童年和少年时代,这让他非常喜爱大自然和农民生活。他性格桀骜不驯,拒绝因循守旧,拒绝父亲为其铺设好的仕途。他喜爱文学,选择能施展自己天赋的文学作为自己的事业,但他在文学之路上并非一帆风顺。他曾一度得到财政大臣富凯的赏识和资助,但后来富凯在宫廷失宠,拉封丹选择加入保卫富凯的行列,并未顺势变通,后来因此被迫背井离乡。拉封丹的一生,虽不乏坎坷,但最终功成名就,他的寓言诗被认为是全体法国人共同的文化遗产,与古希腊著名寓言诗人伊索的《伊索寓言》及俄罗斯寓言家克雷洛夫的《克雷洛夫寓言》并称为"世界三大寓言",是世界寓言中最高的三座丰碑。

拉封丹寓言大都取材于古代希腊罗马寓言、印度寓言和中世纪到17世纪的民间故事,但他将这一传统体裁提高到了一个新的高度。他运用诗歌语言对这些故事进行再创作,诗风灵活,词汇丰富,格律多变,并且极擅长以动物喻人,讽刺势利小人等。他的寓言故事涉及各个阶层和行业,他成功塑造了贵族、教士、法官、商人、医生和农民等典型形象,对17世纪法国社会的丑陋现象进行了大胆的讽刺。并且描绘了人的各种思想和情欲,是一面生动反映17世纪法国社会生活的镜子。拉封丹的寓言诗题材广泛,对后来的欧洲寓言作家有很大影响。

拉封丹大器晚成,63岁时当选为法兰西学院院士,并被19世纪法国著名文学评论家泰纳(Hippolyte Taine,1828—1893)誉为"法国的荷马"。他一生共创作了239首寓言诗。他采用拟人手法,赋予动物以人的行为和语言,借此讽刺当时法国上层社会的丑行和罪恶,嘲笑教会的黑暗和经院哲学的腐朽,文字精练,寓意深刻。他的主要著作有《寓言诗》(*Fables*)、《故事诗》(*Contes*)以及韵文小说《普叙赫和库比德的爱情》(*Les Amours de Psyché et de Cupidon*)等。而他的《牧羊人与海》(*Le Berger et La Mer*)是一首与大海相关的寓言诗。

一位住在海边的牧羊人靠放羊为生,日子过得虽然清贫,但生活还算稳定,无忧无虑。后来,码头上来来往往的货物不断地引诱着他。于是,他卖掉羊群,投资海洋贸易。不幸的是,他投资的货船在海上遇难,他血本无归,不得不重操旧业。从此以后,他没有了过去的悠闲生活,只好拼命干活赚钱。经过一段时间的积攒,他又重新拥有了自己的羊群。在一个风平浪静的日子，货船平安地靠了岸，面对大海的这次诱惑，牧羊人拒绝了，坚定地过着自己平稳的牧羊人的生活。他对着大海喊道，"噢，大海，你又在诱惑我向水中扔钱了。你骗得了别人，可再不会使我上当"[①]。

16 世纪，受欧洲文艺复兴运动的影响，法国封建社会开始解体，资本主义生产关系开始迅速发展，生产力大大解放，工业由手工作坊向机器生产过渡，科学技术急速发展。航海方面，由于造船技术和航海技术的发展，欧洲各国不断开辟新航路，拓展海洋殖民地。17 世纪，法国对外贸易的重点从地中海转到了大西洋，在北美、中美、非洲和印度的殖民地不断扩大，殖民主义迅速膨胀。就是在这样的时代背景下，拉封丹创作了《牧羊人与海》，用于警示资本主义国家称霸世界的野心。

在海外殖民地不断扩张、海外财富迅速膨胀的情况下，大海确实是一个不错的淘金之地。但人们知道，大海深处还有狂风暴雨、汹涌波涛和随时可能出现的海盗。也许有人能够靠冒险获得成功，但是，也有人会因为经营失败或遭遇不测而悔恨不已。面对财富的诱惑如何才能够不为所动，保持内心的镇定，正是拉封丹所要表现的主题。在拉封丹笔下，大海不再是美人鱼般魅惑的女妖形象，而是一个可以为人类带来财富的福地，但它充满了危险。它可以让人家财万贯，也可以让其血本无归。新兴的资产阶级无法抵御寻求财富、探索世界的诱惑，冒险投资海洋，始终逃脱不了葬身海洋的危险命运。如何在理想与现实之间进行抉择，拉封丹给出了自己关于人生幸福的定义。面对财富的诱惑，而又经历过困境的情况下，作者为世人提出的建议是要有清楚的认识，在此基础上，追寻属于自己的幸福，"掩上你的双耳"，应该"满足现世生活"，而不要再扔钱给大海，其目的除了揭示自然法则和生存法则，也同时烘托出拉封丹的"实用主义"思想。他的思想中，时常能看到对幸福的执着与向往。不论是更好地认识世界，还是更清楚地了解自我，都是为了获得自我满足，在他对世界和

[①] ［法］拉封丹：《拉封丹寓言集》，李玉民译，漓江出版社 2014 年版，第 102 页。

人自身的思考中都能看到他"服务自己"的原则。拉封丹强调认识世界，认知自然规律的重要性，既然大自然法则亘古未变，也只有适应它的人才能更好地生存，才能找回属于自己的幸福。他自始至终忠于他的实用主义，甚至奉为信仰，这正是拉封丹"实用主义"的精髓所在。拉封丹就是通过这一个个性格各异的动物来道出自己的人生哲学，他的人生经历和在《寓言集》中所暗含的道理不谋而合，拉封丹的这些劝世箴言，表现的是一种中产阶级的智慧，是一种满足于现状而又担心未来小资产者的聪明。

拉封丹既是寓言家，也是哲学家和社会评论家。拉封丹吸收了诸多哲学前辈的思想，形成了自己独特的对"幸福"的理解。不论是为了生存而倡导的"实用主义"，还是旨在尊重自己内心的呼唤而提出的"自由主义"，他对"幸福"的理解贯穿了他的全部创作。他在寓言中一再强调"遵循规则，趋利避害"的生活模式。拉封丹一直把幸福当作人生的目标，这是他身体力行的人生哲学。虽然有悖于理性原则，但它体现了对人的极大尊重，这也是西方文艺复兴运动中"人文主义"精神的集中体现。拉封丹期望借该主题阐明人应该顺应本性、量力而行的道理。同时，也间接强调大海仍然具有神秘性，人类虽然掌握了先进的航海仪器，但是面对大海的挑战，拉封丹相信，人类仍然是无能为力的。

第三节 从《海上劳工》到《冰岛渔夫》：19世纪法国海洋文学

从15世纪的地理大发现至19世纪的环球航行，人类不仅实现了了解未知世界和族群的梦想，也从海洋探险中获取了巨大的财富。特别是欧洲资本主义国家还建立了一系列的海外殖民地。到了19世纪，欧洲的地缘政治版图得到更新，旧的社会结构被打破，科学研究、艺术研究以及思想研究被提升到了一个前所未有的高度。在文化艺术界，海洋不再仅仅是一个特别的自然力，而是成了反映人类活动和思想情感的一面镜子，作家开始从一种崭新的角度来看待海洋。特别是1789年法国大革命之后，法国浪漫主义文学兴起，文学创作转向更加注重描写自然景色，抒发主观情感，海洋的审美特性与前期迥然不同。

在法国浪漫主义诗歌中，海洋成了一种抽象的隐喻。在兰波的《醉舟》中，它是自由的未知世界。在波德莱尔的《自由人与海》中，海洋不再是一种物质性的存在，而是成为人类内在精神世界的观照和镜像。人与海互相映照，相互影响。大海像一面镜子，通过大海，人类可以反观自己的灵魂。而在人类的灵魂深处，人类的精神世界与大海之间有那么多的相似之处：都会不时地"骚动"，也会被"阴郁"所笼罩。对于波德莱尔而言，忧郁的根源在于现实，由于现实的压力而导致难以承受的情感。而理想的生活道路，就在于能够摆脱现实带来的忧郁，让人类可以拥有更广阔的空间，在于可以享有与大海一样的自由，热爱不受任何束缚的生活，可以如大海一般放任自我，"粗野"的、"狂放不羁"的，可以不加任何限制地发出自己的声音，哪怕是"呻吟"。因为作为一个"自由的人，你将永把大海爱恋！"

随着法国社会对海洋的广泛关注，海洋第一次作为审美对象出现在文学作品之中，它成了作家抒发思想感情的镜像存在，进一步表达了人类认识和驾驭海洋的信心，展示了人类意志的坚韧勇敢。雨果、波德莱尔、儒勒·凡尔纳等19世纪著名法国作家纷纷把创作转向海洋。就连法国最伟大的浪漫主义历史学家米什莱也将大海视作具象，为大海深处沉默的生灵代言。"被诅咒的诗人"科比埃尔（Tristan Corbière，1845—1875）把大海当作其创作的灵感源泉，海洋也就成了他最重要的诗歌主题。名副其实的海洋文学作家皮埃尔·洛蒂，在海关官员的职业生涯中，经常到世界各地旅行，并从中获得灵感；他用自传体和白描手法描述了同时代其他作家不可能描绘的大洋绚丽景色，海洋文学艺术技巧上的独到之处至今仍然无人能够超越。

米什莱是法国最伟大的浪漫主义历史学家，他的《海》（*La Mer*）以散文诗般的文字描述了自海面到海底的各种海洋现象和海洋生物，记录了人类征服海洋的历史和海洋为人类生存做出的巨大贡献,提倡人类要合理利用海洋资源,"借海复兴"。

米什莱出生在法国首都巴黎,家境贫困,父亲曾多次被捕入狱。但米什莱非常上进,学习努力刻苦。1819 年,他以优异的成绩获得文学博士学位,后来成为哲学、古代史和考古学教授。他精心研究历史哲学,先后出版《罗马史》(*Histoire de Rome*, 1830)、《法国史》(*Histoire de France*, 1833)等历史作品。他以文学语言撰写历史著作,令人读来兴趣盎然。又以历史学家的渊博来写作散文,情理交融,曲尽其妙。他对自然现象、动植物生活观察仔细,并在此基础上出版了一系列散文著作,如《鸟》(*L'Oiseau*, 1856)、《虫》(*L'Insecte*, 1857)、《海》(1861)、《山》(*La Montagne*, 1868)等。这些优美的篇章是作者潜心研究的知识结晶,其中既有人文学者充满历史意识的思辨,又有抒情诗人无限高远的浪漫情怀,被人们称赞为"大自然的诗"。

他的《海》是一部海洋编年史,正是这部作品使米什莱跻身于海洋文学作家之行列。米什莱没有因循旅行游记的传统写法,并且拒绝把海洋单纯定义为地理概念。与同时代其他海洋文学作家不同,在米什莱的眼里,海洋不是陆地之外的异域,而是一个具有强大生命力的所在。无论是海洋本身,还是海洋的附加魅力,都带给人无尽的遐想,米什莱将这种遐想发挥到了极致。他的《海》共分四卷:第一卷"海洋一瞥",写从岸边观海及海中的波涛风暴。第二卷"海的创世",写各种海洋生物,从低级动物(如植虫类、石珊瑚、水母等)开始,渐次上升到软体动物、甲壳动物,然后是鱼类,直至哺乳动物,如鲸、海豹。第三卷"征服海洋",写人类征服海洋的历史,如三大洋的发现、欧洲探险家对北冰洋的探索、潮汐与风暴规律的发现、海洋生物遭到破坏等。第四卷"借海复兴",提出人类合理利用海洋资源的建议。米什莱赋予大海一种有意识的母性。他用简洁优美的语言打开海洋一个个深不可测的领域。

荷兰有一个勇敢的海员,一生都在海上度过,他坚定而冷静地观察,坦言大海给人第一印象便是恐惧。对于生活在陆地上的任何生物，水是一种窒息的、不能呼吸的元素。这是一道天堑，将两个世界截然分开，永远也不可逾越。人们称之为海的这泱泱大水，深不可测，显得那么陌生而神秘，如果说它在人的想象中总展示恐怖的景象，那是不足为奇的。①

荷兰船员看到的大海和大多数人见到的大海没有差别，对海洋的第一印象——恐惧是人类正常的反应。陆地与海洋之间本是两个不同的世界，二者有着不可逾越的天堑。人类长期居住在陆地上，熟悉陆地，依赖陆地，同时，陆地也带给人类一种实实在在的安全感。而大海则正与此相反，它是"泱泱大水"，无边无际；它又是"苦涩的渊薮"，深不可测；更是"深渊的黑夜"，是"荒漠"和"黑夜"的同义词。大海是人类生命和人世欢乐的主宰，它的浩渺和深不可测既让人感到陌生、神秘、恐惧，更让人产生莫名的惆怅和悲伤。但是，在米什莱的笔下，海洋世界却是一个梦幻般的宫殿。他用无比欣喜的眼光观察大海，赋予了大海更多人性化的东西，他甚至把大海看作有血有肉、有声有色的"人"。他用充满诗意的语言礼赞这个奇妙的世界：我生来胸无大志，并不要求软体动物先生们的那些出色的天赋。我不会发什么珠光灵气，不贪图耀眼的光彩、出众的奢华。我更不渴望你那些冒失鬼水母的优美：它们火红长发飘动的娇媚，足以引来攻击，往往招致覆没之难。母亲啊！我只求一件事：生存……一体存在，不长累赘的肢体，自身紧凑，健壮，圆圆的，因为，圆形不容易被抓住，总之，集中的形体。我本能就不大爱旅行。随着潮涨潮落，时不时地滚动一下也就够了。②

米什莱赋予他笔下的软体动物们一种人性的夸耀。他好像不是在描写海洋中的软体动物，而是在描写一个美艳灵动的女子。在米什莱看来，全部历史的首要前提是个人生命的存在，而身体虽是生命的载体，却也是一种束缚。他希望能够打破自身身体与自然的界限，可以

---

① [法] 儒勒·米什莱：《海》，李玉民译，北京世纪文景文化传播公司2011年版，第5页。
② 同上书，第113页。

长成海洋生物一样的紧凑的形体，可以拥有像软体动物们那样自由滚动的形体。因此，个体生命与整个自然界的关系是他书写历史的第一步。赋予海洋生物以人的生命力，用丰富的想象力来描述海水中生物的美好，正是米什莱的独特之处。但是，潜心研究米什莱的罗兰·巴特（Roland Barthes）[①]对于"身体说"却有自己独到的见解。在巴特看来，米什莱的整个身体变成了创作活动的产物，这种身体的束缚激发了他的创作，正适合于他搞这种历史学的研究工作，因此，工作是米什莱的饮食方式，米什莱以饕餮历史为生。

多少动物曾经生活得非常舒适，便人性化了，开始尝试艺术，今天全都吓傻了，全都呆头呆脑，成为十足的畜生了。猴子，原是锡兰国王，猴子的智慧在印度也鼎鼎大名，如今却变成了可怕的野兽。富有创造性的大象，遭受猎杀和奴役，也变成地道的干重活的畜生了。最自由的动物，从前给海洋多少欢乐。这些和善的海豹，温情的鲸，大洋的和平的骄傲，全都逃往两极的海域，逃往冰的严峻世界。[②]动物和畜生原来是有差别的，是不同的。动物是自由的，和善的，温情的，甚至是聪明的、智慧的。这些原本用来形容人的词语，米什莱毫不吝啬地悉数用在了动物的身上。在他眼里，畜生原本是家中饲养的大型动物，后来则专指那些卑鄙兽性的人。结果呢，人类兽性化，而动物人性化。对于动物来说，人性化是一种历史的倒退，生活舒适，呆头呆脑，是一个蠢笨的、干重活的能手。在米什莱笔下，无论是陆地上的动物还是海中的生物，都不再是博物馆中毫无生气的陈列品，也没有其他作家笔下的凶残狡猾。大海及海中生物，如他笔下的虫鸟和大山等一样，被赋予隽永馥郁的人文气息，被赋予可以在心中绽放花朵的诗意，充盈着抒情诗人无限高远的浪漫情怀。巴特认为"无意义的所有品性可以归结为一个元素：散文。米什莱像急盼彻底解放一

[①] 罗兰·巴特（1915—1980），法国文学批评家、哲学家和符号学家，潜心研究米什莱，并模仿其文笔，创作《米什莱》，提出用批判的眼光来看待历史学家的历史观。

[②] 笔者译自 Jules Michelet, La Mer. Paris：Michel Lévy frères, 1875, p. 163。

般渴望着散文,因为散文使他能够吞噬地与之融为一体。"① 米什莱将写作视作精神食粮,他是用自己的整个生命来书写,并将自身的生命力与自然的生命力合二为一。

米什莱通过想象,将科学与感性意象联系起来,使得历史和自然界中的一切都被独立、清晰、生动地吟唱和听闻,构成了交响乐般美妙的史诗。米什莱认为:海洋是一种声音,它向着遥远的星辰讲话,它庄严的语言回应着星辰的运行。它同大地和海岸的回声交谈,时而愤怒,时而哀怨,时而咆哮,时而悲叹。海洋是人类生命的源泉,是生命与生命之间的对话。它是丰产的生态圈,生物从中产生,并且旺盛地繁衍。文学作品总是从多个角度和不同侧面描述大海,描述人类对海洋的各种情感:迷恋、敬畏、恐惧等。然而,即便是恐惧,也反映了人类对大海的探索和利用。因此,"必须把米什莱当作一首复调歌曲来阅读,不光用眼,还要用耳、用记忆来阅读"②。

米什莱笔下的大海不同于我们寻常所见之海。在这位具有诗人性格的自然观察家眼中,海是世界的灵魂所在,它是一切生命的源头,是万物之源。海的创世无疑具有一种接近于上帝的伟大。这位法国最伟大的史学家、博物学家身上不乏其浪漫天性,他没有把道德观自然化,而是用他特有的道义感,把自然界写成一团温情暖意,有滋有味,精细且深邃。这种竭力美化自然的热情,将他摆到了一个无比感性的观察位置上。在《海》中,整个海洋抒情诗般地对所有人敞开,就像一场盛大的交响音乐会。人类可以倾听到大海的心声,窥探到大海所有的秘密。大海中沉默的生灵仿佛都有了语言能力,读者可以与大海进行生命与生命的交流。米什莱对大海进行散文诗般的生命书写,为大海做解,为海洋生物代言,引起了读者的强烈共鸣。

如果说米什莱是从博物学家的视角和浪漫主义的情怀,记述了海洋及海洋生物的演变历程,具有科学性的话,那么落蒂的《冰岛渔

---

① [法]罗兰·巴特:《米什莱》,张祖建译,中国人民大学出版社2008年版,第26页。

② 同上书,第189页。

夫》则是法国海洋文学作品中的巅峰之作。洛蒂是 19 世纪法国浪漫主义文学的代表作家之一，法兰西学院院士，其作品至今仍然受到法国广大读者的喜爱。目前，国内学术界对洛蒂的了解并不多，研究成果主要集中在《菊子夫人》（*Madame Chrysanthème*）、《冰岛渔夫》和《在北京最后的日子》（*Les Derniers Jours de Pékin*）等。洛蒂出生在法国西南部港口城市罗什福尔（Rochefort），他原名路易·玛丽·于连·维奥（Louis Marie Julien Viaud），洛蒂是他的笔名，本意是太平洋中塔希提岛（Tahiti）上的一种花的名称。1872 年，他经过此岛，王后的侍女们称他为"洛蒂"，后来他就以此为笔名发表作品。洛蒂的一生具有传奇色彩，16 岁就进了海军学校。在长达 42 年的航海生涯中，他踏遍了大西洋、太平洋、印度洋及其沿岸地带。作为一名海军军官，丰富的航海阅历源源不断地给他提供了写作素材。他凭借自己高超的艺术技巧，以自传体的叙事方式和白描手法，成功地描摹了一个具有独特体验的海洋世界，并获得了普遍的认可和赞赏。1879 年，他的处女作《阿姬亚黛》（*Aziyadé*）出版，从此笔耕不辍，一生共创作 40 多部作品。《冰岛渔夫》是他的巅峰之作，出版后立即被译成多种语言，在全世界广为流传。

洛蒂出身于一个女性居多的新教家庭，家庭成员强调个人宗教经验的重要性，强调个人的价值和自由。这让他从小养成了多愁善感和细腻多情的性格特质。家人最初让洛蒂学习绘画和音乐，但他想打破自己的生活模式，远离他自己的世界。他梦想长大后做一名海员，寻找那种令人愉快的、着迷的复杂感觉。他生性敏感多愁，海上生活更使这种敏感气质得到了充分的发展。他的创作思想独特，写作内容富有异国情调，这使他的作品深受读者欢迎，同时奠定了他在法国文学史上的地位。

洛蒂对大海的描绘有着独到之处。他笔下的大海，不是普通人在海滨休假时所看到的阳光照耀下蔚蓝的大海，而是性格复杂、喜怒无常、蕴藏着无限力量和神秘莫测的大海，是不同地区、不同气候带下变幻莫测的大海。这海，像人类一样，有生命，有感情，会嫉妒，会发怒。它有时温柔娴静，有时凶恶狂暴，有时严峻阴郁，有时清澄明朗。那雾气弥漫的北方的海，是灰色的死气沉沉的大海。它在一片白色的宁静中仿佛已经僵死，但顷刻间又会狂涛大作，巨浪翻滚。而那碧蓝的南方的海，在澄净的天空下，在灿烂阳光的照耀下，熠熠生辉，湛蓝明净。还有那泛着红色波纹的红海，不仅有奇异的海洋鱼类，还有诸多的神奇美景：火舞黄沙中有一抹醉人的蓝，清澈湛蓝的海水中游弋着色彩缤纷的珊瑚和鱼类；远远望去，大漠与海水相连，真可谓一半是海水，一半是火焰。

洛蒂不仅写海，还写跟海有关的一切。他写海上的太阳，海上的云和雾，海上的风和海上的一切。在他笔下，海上的太阳也是如此变幻无穷：冰岛夜半时分苍白而阴冷的太阳、赤道线上光华灿烂的血色残阳，多雨的布列塔尼地区罕见的光线柔和的太阳。他写海上的云雾，那以各种不同形态运动着的、蕴含着不同意义的云和雾。还有那海上的风，或似低声呻吟，或如野兽般嗥叫的风。还有那奇异壮观的海市蜃楼，种种变幻无穷的海上奇景。海上一切光怪陆离的自然现象，一切可能遭遇的意外事故，都在他笔下以一种单纯朴素的方式，娓娓动听地一一呈现在读者眼前。

洛蒂是一个名副其实的海洋文学家，他的大部分作品都与海洋有关。他在旅行中见识了海洋的绚丽景色，他的大部分作品都从他的旅行中获得灵感，并以自传的形式记录下来，反映出世界不同地区不同民族千差万别的文化观念，给予读者一种新鲜的感觉，并留下强烈深刻的印象，如《洛蒂的婚姻》（*Le Mariage de Loti*，1882）、《一个非洲骑兵的故事》（*Le Roman d'un Spahi*，1881）、《菊子夫人》（*Madame Chrysanthème*，1887）等。洛蒂最喜欢的地方是土耳其，因为它北临黑海，南接地中海，西濒爱琴海。他一生都为土耳其独特的地方魅力和异域风情所倾倒，他在许多作品中都对土耳其及其周边海洋加以详细描述。职业生涯和航海经历为他创作海洋文学作品提供绝对的优势，正如《冰岛渔夫》的译者艾珉所说："正如二十世纪的圣埃克絮佩里由于本身是飞行员，因而对太空的观察与感受达到了其他作家所不可能达到的境界一样，皮埃尔·洛蒂以他四十余年的海上生涯，获得了描绘大海的绝对的、无可争辩的优势。正是由于这方面的突出成就，使他有别于那些昙花一现的时髦作家，而在文学史上占据了一席不容忽视的地位。"①

《冰岛渔夫》是一部伟大的世界海洋文学作品，被公认为洛蒂的巅峰之作。洛蒂凭借这部小说进入了法兰西学院，成为法兰西学院院士。乍看书名，会以为这个故事的背景应该在北欧的冰岛，实则不然。冰岛渔夫指的是一群每年夏季鱼汛期从布列塔尼（Bretagne）去冰岛附近海域打鱼的人，主要描写法国布列塔尼北部地区的渔民生活。小说的故事情节主要围绕着四个主要悲剧人物展开：杨恩（Yann）和他的未婚妻歌特（Gaud）、伊芙娜奶奶（La Grand-mère Yvonne）和她的孙子西尔维斯特（Sylvestre）。杨恩是一个经常出入冰岛的渔夫之一，年年都要出海捕鱼。他的未婚妻歌特，虽出身于富有家庭，但深爱着杨恩。他们刚刚结婚六天，杨恩便又出海了，这一去便是永别。歌特的命运似乎是命中注定的，和伊芙娜奶奶的命运一模一样：从丈夫到儿子，无一生还，都死在了冰岛的海面上。伊芙娜奶奶唯一的孙子西尔维斯特，极力想摆脱父辈的命运。然而，他虽然逃脱了死在冰岛的命运，但最后却因为战争命丧新加坡。

不管是冰岛渔夫还是他们的女人，都最终是大海的人，他们都与大海成了婚。作者满怀同情和善意描写这些受教育不多的渔民，唤起读者的关注与同情，为冰岛渔夫的不幸命运深深叹息。虽然人物塑造并非洛蒂所长，包括主要人物在内，形象都略显单薄，然而作者笔下的大海却是一个丰满完整的艺术形象，大海才是这部小说真正的主人公。作者在这部小说中集中了自己全部海上生活的感受，施展了自己全部的艺术才华，来刻画它的形象。在这部小说里，海作为自然力的代表，始终凌驾在人类之上，主宰着人类的命运。对于贫瘠荒凉的布列塔尼沿海地带的渔民，海是他们赖以生存的唯一条件，又是吞噬他们生命的无情深渊。在这个地区，从来没有谈情说爱的春天和欢乐活跃的夏天，整个春季和夏季都在焦虑中度过，直到秋季来临，渔船从冰岛返航。然而，在冬日的欢聚中，连快乐也是沉重的，令人不安

---

① ［法］洛蒂：《冰岛渔夫·菊子夫人》"前言"，艾珉译，上海译文出版社1995年版，第2页。

的，始终笼罩着一片死亡的阴影。

天是亮的，永远是亮的，但这是一种苍白至极、什么也不像的光，它无精打采地投射在物体上，好像落日的返照。在他们周围，立时展现出一片没有任何色彩的无垠的空间，除了他的船板，一切都像是半透明的、触摸不着和虚无缥缈的。肉眼几乎连边海的模样也分辨不出来，近看仿佛是一面无法映照任何形象的颤动着的镜子；朝远一点看又像变成了雾气弥漫的平原；再往远看，什么也没有了，没有轮廓也没有边际。①

洛蒂擅长烘托气氛，他笔下的一切动态景色和静态景物似乎都有助于突出自然的威力和人类的悲惨处境。荒凉的旷野，静止不动的太阳，浓雾弥漫的大海，单调沉郁的氛围，都有助于烘托渔夫们命运的悲凉，带给读者极其阴郁的感觉。无精打采和苍白的光，周围没有"任何色彩"的死寂，随处笼罩着死亡气氛。大海被称作一面"镜子"，却"无法映照任何形象"，它"颤动着"，如鬼魅一般；它"虚无缥缈"，海上的一切都是那么不真实，现实的肉眼根本分辨不清海的模样。既看不清，更是"触摸不着"，大海无边无际，连基本的轮廓也没有。这样的描写，表达了人对大海的无力把控，各种无奈和窒息跃然纸上，从而为人物命运做了充分的铺垫。

在冰岛一带，出现了被水手们称作"白色宁静"的那种稀有的天气："天空蒙罩着一幅巨大的白幕，接近水平线的部位，渐渐发暗，变成了铅灰色，像锡一样毫无光彩，水平线之下，死气沉沉的海水射出刺眼的、苍白的寒光。在他们周围，却是一片死气沉沉的景象，是一个死去的或压根不曾创造出来的世界的景象；光，没有丝毫热力，一切事物都凝然不动，好似在这幽灵的巨眼般的太阳注视下永远僵冷了一样。"②

在《冰岛渔夫》中，读者看不到大海的创造力，看不到皆大欢喜的有关大海的美丽童话。每一幅画面好像一幕葬礼，沉重压抑。人们

---

① [法]洛蒂：《冰岛渔夫》，艾珉译，上海译文出版社1995年版，第7—8页。
② 同上书，第34—35页。

印象中的大海往往是蔚蓝色,"白色宁静""巨大的白幕""苍白的寒光",这里却是各种"白",并且让人丝毫感受不到"白"色本该拥有的纯洁,而是死亡,扑面而来的死亡,不仅有"白",还有"死气沉沉的海水""死气沉沉的景象""死去的景象",作者暴力地直接把大海凶残、暴戾的破坏力呈现给了读者,在这样被"死"包围的环境里,还能会发生什么呢?人们在大自然面前的无奈,冰岛渔夫生活的艰辛。即便有"光",也是"寒光","没有热力",连太阳也像"幽灵的巨眼",是"僵冷"的,让人不寒而栗,感叹命运无情,但也无可奈何,只能默默地接受,默默地承受一切痛苦,在这样的环境里,即便是活着的人,也麻木地接受了必死的命运。洛蒂的一切景物描写都有助于突出自然的威力和人类的悲惨处境,人类在大海面前,多么渺小和无能为力。

全书着墨最多的人物歌特,作者似乎有意要通过她的遭遇,把受命运捉弄的人类的不幸在更深的意义上揭示出来。这个纯洁而忠诚的少女,经过那么长时间曲折而痛苦的期待,绝望得几乎要死去,终于云开雾散,杨恩承认爱她了,而且爱得那么深、那么诚挚。布列塔尼的春天似乎为了他俩提前到来,路旁的荆棘竟然异乎寻常地在渔船起航前开出了白色的小花。然而在她的一生中,也就只享受了这唯一的一个爱情的春日,她和她的杨恩也总共只做了六天幸福的夫妻,然后杨恩出发了。她在焦虑而甜蜜的期待中度过了春天和夏天,好不容易才盼来了那喧闹、快活的秋天,去冰岛的渔船一只一只地返航了,只是不见杨恩和他的莱奥波丁娜号。日子一天天过去,深秋将尽,冬季就要来临,无论她怎样用一切最微弱的希望鼓舞自己,无论她怎样在绝望中挣扎,无论她以怎样的耐心和毅力等待,杨恩毕竟没有回来,在一个漆黑的夜里,在一声猛烈的巨响中,他和海举行了婚礼。

歌特的凄惨遭遇,把全书的悲剧气氛推向了顶点,使读者不能不为海的威力所震慑,为冰岛渔民的不幸命运深深叹息。塑造人物也许并非洛蒂之所长,而歌特应当说是他笔下最动人的形象之一。虽然整个说来还欠丰满,但感情刻画细腻,不能不唤起读者的关注与同情。

除歌特外，小说中的其他人物都是些受教育不多的渔民，作者以同情和善意的态度描写他们，但只能算是些粗线条的草图：粗野、强壮、勇敢、淳朴，偶尔喝醉酒，在酒店里唱些俚俗的小调。包括主要人物杨恩和西尔维斯特在内，形象都有点单薄。尽管有这样的弱点，洛蒂成功地抓住了人和自然斗争这样一个惊心动魄的主题，而且运用他的艺术才能将这一主题发挥得淋漓尽致。

洛蒂作品中的语言基本都是日常用语，并且不进行任何雕琢修饰，词汇也近乎贫乏，但是大自然的千变万化和异国风情，却被他忠实地记录了下来。他是"文学领域的伟大画师之一"，他的作品，就如同一幅幅印象派的画作，准确细致，简明朴素，明白流畅，亲切本真。自然界一些奇异景物，生动形象地呈现在读者面前，让读者有身临其境之感。由于他个人独特的生活经历，他对大海的描写更是包含着对人生和世界别样的感受，通过对世界各地不同地域海洋的描写，不仅将异域风光、大海的魅力直观地展示给了读者，并且同读者分享了他对美好爱情的向往，同情弱小的人文情怀，以及对不同文明的深刻思考。但是从另外一个角度来讲，变幻莫测的大海、异国他乡的漂泊、连绵不断的战争，都使他痛切地感受到世事无常，经常会想到死亡。因此他在描绘异国情调的同时，不时流露出消极的厌世思想。

如果说米什莱把海洋看作是一个充满生命力的空间的话，雨果则在他的《海上劳工》中反映了人类与海洋之间的矛盾与冲突以及海洋对人性的净化和升华。

雨果一生中有19年与大海为伴，对海洋产生了深厚的感情。大海成为他创作的动力和灵感的源泉。1802年，雨果出生于法国贝桑松（Besançon），20岁时出版诗集《颂歌集》（Les Odes，1822），声名大噪。1845年，雨果被国王路易·菲利普（Louis-Philippe）授予上议院议员职位，自此专心从政。1851年，拿破仑三世称帝，雨果因对他大加批评，被迫流亡国外。流亡期间，雨果创作文学作品与拿破仑的独裁政权进行斗争。这段时间是他创作最旺盛的时期，许多最具独创性的经典作品都是在这个时期产生的。《海上劳工》就是他在流亡期间创作的一部海洋小说。这是一曲大海颂歌，也是一曲海上劳工的赞歌。作者以自己曾经流亡英国泽西岛的经历为创作素材，讲述了青年水手吉利亚特①（Gilliatt）只身前往险恶岛礁，挽救失事轮船"杜朗德号"。由于手下的坏人捣鬼，"杜朗德号"在海上遇难。勒蒂埃利和他的养女戴吕施特（Déruchette）提出，谁能救出汽船，戴吕施特就嫁给谁。吉利亚特对戴吕施特倾慕已久，为了能够得到爱情，他只身前往汽船遇难的暗礁。在极其恶劣的海洋环境中，他战胜了饥饿寒冷和孤独，战胜了惊涛骇浪和凶猛的章鱼，救回失事轮船"杜朗德号"（La Durande）。可从海上返回之后，却发现戴吕施特已经爱上了神父埃伯纳兹尔。出于对戴吕施特深沉纯洁的爱，吉利亚特成全了戴吕施特与埃伯纳兹尔的幸福。吉利亚特外表平凡，但机智勇敢，心灵纯洁无私，是一个"集约伯和普罗米修斯"于一身的海上劳工代表。

《海上劳工》以大海为背景，描写了人与大海之间的冲突。作者在这部作品中，不仅通过描写海洋无限广阔和令人敬畏恐惧的力量与气魄表现了自然力的崇高，同时也通过赞美吉利亚特强壮的体魄、坚强的意志、不可战胜的信心和无穷的智慧表现了人性的崇高。为了突出大海的凶险恐怖和吉利亚特的勇敢，雨果在小说中杜撰了险恶的杜弗礁来考验吉利亚特，借此描写主人公为了爱情，拼死与风暴、暗礁、巨浪、雷电、章鱼、海潮等自然力做斗争的大无畏精神。同时把海洋比作"毒龙""魔臂""黑色的星辰"和"高柱"，把大海狂暴邪恶的一面展现得淋漓尽致。杜弗礁把"杜兰特"破碎的躯壳高举在海水之上，显示得胜的神气。竟可说是两只巨大的魔臂，从深渊里伸来，把这只船当成失掉了生命的躯壳，举起来给风暴看。真像一个杀人犯在夸耀自己的罪行。……岩礁齐胸挂满了海草做成的胡须，险峻的腰部光辉闪烁，好像磨光的甲胄。它们似乎准备再开始一场搏斗。

---

① 吉利亚特是勒蒂埃利手下的一个水手。

它们生根在海底的山头上。那里隐藏着悲剧的潜力和秘密。①

在吉利亚特与海洋风暴的第一轮搏斗中，自然的力量显然是巨大的，它将船"高高举起"，"举给风暴看"。气势上也占了上风，非常有震慑力，并且显出"得胜"的神气，甚至还"夸耀自己的罪行"，似乎认为自己打败吉利亚特志在必得。山头似的巨浪"隐藏着悲剧的潜力和秘密"，它无往不胜，无人能敌。在之前的法国海洋文学作品中，主人公在海上遇到类似情况，永远只是祈祷，盼望上帝保佑。可雨果笔下的吉利亚特所代表的人类在自然面前却表现出了无所畏惧的气概和精神。

三条贴在岩石上，五条缠在吉利亚特的身上……在那怪物扑过来咬他胸膛的时候，他紧握着利刀的拳头猛击在它的头上……把刀尖插进那扁平的躯体，用一种旋转的动作，好像挥一下鞭子那样，在它的两只眼睛的周围画了一个圆圈，把它的头割了下来，好像拔掉了一颗牙齿。②

雨果对章鱼的描写既生动形象，同时又突出了人类对海洋生物的最初认识："它又粗、又冷、又滑，是个软如皮带、硬若钢条、冰似黑夜的东西；它灰不溜丢，像一块褴褛的破布，一把千疮百孔的烂伞，一堆腐化变质的臭肉；在它八个腕足的中心，有一个孔，既当嘴巴又作肛门，既进饮食又排大小便；它是魔鬼，又是怪物，那种只在噩梦中方得一见的面目狰狞的怪物。"这种噩梦般的怪物一向令人可怕，雨果通过浪漫主义的夸张手法，把他对章鱼的厌恶表现得淋漓尽致。为了突出人类力量的伟大，雨果有意强调海洋力量的巨大，并把海洋生物妖魔化。通过描写吉利亚特与大洋中怪物的搏斗，突出了人类内在力量的无限潜力，表达了人类在征服自然过程中道德力量和精神力量的进一步提升，歌颂了人类意志的伟大和对爱情的忠诚。

---

① ［法］雨果：《海上劳工》，罗玉君译，四川人民出版社1980年版，第214—215页。
② 同上书，第347页。

《海上劳工》处处洋溢着海洋的气息，随处可见海洋的壮阔和海洋生物的丰富性。在雨果笔下，大海瞬间万变。它时而让读者战栗发抖，时而又让读者深深迷恋。小说情节的曲折也如大海一般波浪迭涌，小说语言如大海一样汪洋恣意，挥洒自如，小说结构更像海一样完美无瑕。雨果对于大海的情感既深深地迷恋，又特别地恐惧。一方面他被大海深深地吸引，但是生活的变故又将他抛入可怕的深渊。在他眼里，大海时而是可怕的怪物和可怖的深渊，时而是宁静的摇篮和美好的港湾。大海的不安定性，正如他的生活一样，时而把人抛向浪尖，时而把人扔向深渊。当雨果深陷人类苦难的海洋之中时，大海在他笔下一改往昔温和宁静的形象，变得面目狰狞，令人感伤。但生活和海洋一样，并非不可战胜，正如他在流放生活中努力保持内心的平静一样。人需要直面大海，克服恐惧，战胜一切困难，这或许是雨果创作这部海洋小说的真正意义之所在。

19世纪的海洋文学作家，除了米什莱、雨果、波德莱尔和兰波等，还有"现代科幻小说之父"凡尔纳。如果说雨果、波德莱尔和兰波的海洋文学作品是从感性方面表达了人类对海洋的认识的话，那么，凡尔纳的《海底两万里》则兼具感性和理性，更加趋于理性和科学。

凡尔纳出生于法国港口城市南特（Nantes）的一个中产阶级家庭，早年依从其父亲的意愿在巴黎学习法律，之后开始创作剧本，并给多家杂志撰写文章。在与出版商埃泽尔合作期间，凡尔纳的文学创作事业取得了巨大成功。他的作品以收集到的科学知识为基础，进行巧妙构思，情节惊险，人物生动。再加上文笔细腻，语言生动，熔知识性、趣味性、创造性于一炉，并且充满了想象力，受到世界各地热爱科学的读者，尤其是青少年读者的欢迎。

凡尔纳一生共创作了20多部长篇科幻历险小说。其中《格兰特船长的儿女》（*Les Enfants du Capitaine Grant*，1865—1867）、《海底两万里》、《神秘岛》（*L'Ile mystérieuse*，1874—1875）被称为"凡尔纳三部曲"，也是凡尔纳为后世留下的著名的"海洋小说三部曲"。这三部小说都以海洋为背景，不仅描写美丽的海底景观，还对海洋地理和海洋科学知识进行介绍,尤其是他在作品中提出的诸多自然科学领域的预言和假设,至今仍启发着人们的想象力,对他来说,"海洋文学家"的称呼的确是实至名归。

《格兰特船长的儿女》是"海洋三部曲"的第一部,共3卷70章。小说故事发生在1864年,在第一次工业革命的背景下,世界反殖民斗争和争取奴隶解放运动风起云涌,苏格兰人也希望获得独立和解放。游船"邓肯号"(Duncan)船主格里那凡(Glenarvan),是一位富有民族自尊心和自豪感的苏格兰人。当"邓肯号"在海上游弋时,无意中发现了两年前遇难失踪的苏格兰航海家格兰特船长(le Capitaine Harry Grant)的求救线索。格里那凡便请求英国政府派船只增援搜救。但苏格兰人一向被英国政府所歧视,格里那凡遭到了拒绝之后,对英国政府的态度颇为愤慨。为了搭救遇难的格兰特船长,他毅然组织船队,积极实施营救行动。他带上格兰特船长的一双尚未成年的儿女,即16岁的女儿玛丽·格兰特(Mary Grant)和12岁的儿子罗伯特·格兰特(Robert Grant)。以无比坚强的毅力和勇敢的气概,在历尽千辛万苦之后,终于在太平洋的一个荒岛上救回格兰特船长。

《格兰特船长的儿女》具有科幻小说和探险小说的双重特征,将幻想与现实、梦想与科学紧密联系起来。航海过程和海上险境是作者刻画人物形象、表达主题的背景。在思想内涵上,作者通过展现苏格兰人在航海过程中的骁勇善战、不畏艰险和永不言败的精神,表达了作者反对奴隶制和殖民主义的进步思想,同时对那些为自由而斗争的人民表达了深切的同情。

《海底两万里》是凡尔纳所著"海洋三部曲"中的第二部,也是凡尔纳的巅峰之作。在这部作品中,凡尔纳将自己对海洋的想象发挥到了极致,是海洋文学最具代表性的作品。全书共两卷47章。这部"海洋小说"的诞生,多亏了乔治·桑(George Sand,1804—1876)的提醒和鼓励。乔治·桑是凡尔纳科幻作品的忠实读者。她在读完凡尔纳《气球上的五星期》和《地心游记》这两部小说之后,曾经写信鼓励凡尔纳,称赞凡尔纳的科学知识和想象力完美无缺,并且希望,在不久的将来,能跟随凡尔纳笔下的人物到达大海深处,在那些构思精巧的潜水设备中旅行。凡尔纳非常珍惜这封来信,并将其视作珍宝。在乔治·桑的鼓励下,凡尔纳充分发挥其想象力,巧妙构思人物形象,精心设计故事情节。就这样,《海底两万里》诞生了。这部作品的出版,象征着海洋冒险小说的成功,也展示了人类在19世纪征服海洋的决心和能力。

《海底两万里》讲述了法国生物学家阿龙纳斯(Pierre Aronnax)在海底周游并展开的一次科学与幻想之旅。故事发生在1866年,阿龙纳斯受邀去调查一条"独角鲸",结果发现这怪物原来是奇特的潜艇。他和鱼叉手尼·德兰(Ned Land)一起应尼摩船长(le Capitaine Nemo)之邀,从太平洋出发,乘坐潜艇在海底进行了两万里的环球探险旅行。他们经过珊瑚岛、印度洋、红海、地中海、大西洋,旅行之中,看到了许多景色优美、令人陶醉的动植物和奇异景象,也经历过船只搁浅、被人攻击、同海洋生物追逐等惊险奇遇。这部书不仅充分描写了海底世界的奇妙,也描写了他们令人胆战心惊的惊险旅途。

小说中的尼摩船长是一个极具浪漫传奇色彩的人物。借尼摩船长之口,凡尔纳在小说里表达了对海洋的赞美和热爱:

> 我爱大海!大海就是一切!它覆盖着地球的十分之七,大海呼出的空气清洁健康。大海广阔无垠,人在这里不会孤独,因为他感觉得到周围有生命在涌动。大海是一种超自然而又神奇的生命载体,他是运动,是爱,像一位诗人所说的,是无垠的生命。可以说,地球上最先形成的是海洋,谁知道当地球消失的时候最后剩下的会不会还是海洋呢!大海就是至高无上的宁静。[①]

[①] [法]儒勒·凡尔纳:《海底两万里》,曾觉之译,中国青年出版社1961年版,第48页。

尼摩船长是一个有着人文主义思想和民主思想的冒险家，是一位有血有肉的新兴资产阶级探险家。他热爱大海，对海上探险如醉如痴，因为大海为他和船员提供了无穷的财富和冒险的乐趣。尼摩船长博学睿智，极富创造力和探险精神，可以称得上是个天才的科学家。他发挥自己的聪明才智，精心设计出在海中穿梭自如、不受任何影响的全天候潜艇"鹦鹉螺号"。凡尔纳为刻画这一人物形象不吝笔墨，倾情于笔尖，他的思想正是通过尼摩这个人物形象得以体现。正因为他的这部《海底两万里》，南太平洋最偏远的岛屿后来被命名为"尼摩船长岛"。

当时，这位知识渊博的工程师，并非只是一位拘泥于书本理论的科学家，他还是新兴资产阶级的杰出代表，具备新兴资产阶级的一切特点：自强不息，积极进取，注重科学，提倡科学地利用海洋资源，提倡人文主义思想。大海是他获得人身自由和生活幸福之所，但他并未满足于这种与世隔绝的隐士生活，他在海底获取金钱和财富并非为了提高自己的生活水平。这是一位科学战士，他将海底搜集到的金银财宝全部用于支援被压迫民族反抗殖民统治的正义斗争。他具有独立不羁的个性，隐居大海也是反抗行动的体现。他不愿为野蛮的殖民统治者服务，甚至希望将毕生所学连同自己的生命一同奉献给大海。他曾呐喊过："要生活，就生活在海中吧。唯有在海洋中才有独立！在这里，我不承认有什么主子。在这里，我是自由自在的！"[①] 凡尔纳借尼摩船长之口，表达了新兴资产阶级对殖民主义者在印度次大陆野蛮扩张行为的谴责，作品没有仅仅满足于对海底景物的描写和对海上探险的构架，还从道德以及精神层面进一步提高了作品的社会定位。

凡尔纳的语言风格生动形象，对海底世界的描写惟妙惟肖，入木三分，真实地再现了一个丰富多彩、充满神奇色彩的海底世界和变幻无穷的奇异景观。而他设计的各种险象环生的探险活动则显示了人类

[①] ［法］儒勒·凡尔纳：《海底两万里》，曾觉之译，中国青年出版社1961年版，第48页。

顽强不屈的优秀品质和不懈的开拓精神。另外，他鼓励人们去探索深邃的海底世界，并提出了开发深海的可能性。

《神秘岛》是"海洋三部曲"的最后一部，全书共3部62章，最后这部作品把前两部的情节和线索巧妙联系在一起。故事讲述的是1865年，美国南北战争时期，5个被围困在南方城中的北方军人，在工程师史密斯的带领下，利用气球趁机逃脱。风暴将他们吹到了太平洋一个与世隔绝的荒岛之上。但他们并未丧失信心，而是以集体的智慧和劳动，团结互助，克服重重困难，制造出了陶器、玻璃、风磨，甚至电报机，把荒岛变成了一个幸福的乌托邦——林肯岛。荒岛之上，他们驯化了一只黑猩猩，挽救了罪犯艾尔通，打败了海盗。但他们不知道，每逢危难之时，总有一个神秘人物对他们施以援手，他就是《海底两万里》中的尼摩船长，鹦鹉岛号潜水船的建造者。虽然他们在岛上衣食无忧，但回归祖国的愿望一直萦绕在心头，他们也一直在努力寻找机会离开荒岛。后来，火山爆发，荒岛面临沉没的危险。他们依然没有放弃希望，坚持发出求救信号，正是在这样的信念支撑之下，最终他们成功获救，登上正好途经此地的格兰特船长之子罗伯特指挥的邓肯号，顺利归国还乡。

凡尔纳笔下，大自然总是时刻准备着报复人类，风暴、洪水、地震、火山爆发等总是威胁着人类的生命安全。海洋的无边无际和浩渺无边，海面上的"波涛汹涌"，飓风的"拍打"和"鞭挞"等也足以让航海者束手无策。即便是在船上"居高临下"；即便视野开阔，能够"扩展至40海里"，也见不到陆地和"一艘船只"，单是孤独就能够让航海者发疯抓狂，让他们的生命岌岌可危，甚至几无生还的可能。

那是一片无边无际的海洋，海面上波涛滚滚，汹涌澎湃。那可是一片无边无际的海洋，甚至他们居高临下，视野扩展至40海里，也还是望不到边岸啊。正是这片沧海，经过这场飓风的无情拍打、鞭挞之后，它展现在乘客们眼前的，必然是那波涛激涌，犹如万马奔腾的景象，那溅起的一处处波峰浪尖就犹如缕缕迎风飘起的白色鬃毛。视界没有一处陆地，没有一艘船只！①

19世纪后期，欧洲科学技术已经取得了极大的发展。人们利用科学知识与自然力量进行抗击，对自然已经有了一定的把控性。人类已经意识到，当身处死亡威胁时，需要的不是对上帝的抱怨，不是祈祷，而是需要坚强和抗争到底的决心。这体现了人类战胜自然的决心和乐观坚韧的人文主义情操。"他们心中都坚守着那个伟大的戒律：他们首先必须要自助，然后上天才会能来帮助他们。"② 正是在这种坚强信念的支撑下，他们最终战胜了自然暴力，生存下来。再加上人类的智慧、勇敢和实干精神，荒岛这一小小的空间被他们建造成物质丰饶的乐土，人与人之间的关系也变得完美与和谐。

《神秘岛》将现实和幻想完美结合在一起，情节跌宕起伏。在凡尔纳的笔下，不仅有奇异多姿的自然界，他还把各种知识融入惊心动魄的故事情节之中。不管是《海底两万里》《格兰特船长的儿女》还是《神秘岛》，凡尔纳的作品里都不乏对绚丽多彩的海底景观和鬼斧神工般奇异景色的生动细腻描写。通过这些描写，表达了作者对壮丽神奇的大海由衷的热爱和对大海的景仰敬畏之情，颂扬了人类与大自然做斗争的伟大创造力。此外，他还以海洋为载体，向读者介绍了丰富的地理科学知识和各种奇思妙想，这些奇思妙想在后来都被人类一一验证。凡尔纳的海洋科幻小说证明了海洋科学的日臻成熟，也体现了人类征服海洋的决心和能力。

第四节 二十世纪的海洋文学：天堂抑或深渊？

20世纪，人类经历了前所未有的灾难，两次世界大战为世界人民

---

① ［法］儒勒·凡尔纳：《海底两万里》，曾觉之译，中国青年出版社1961年版，第7页。

② ［法］儒勒·凡尔纳：《神秘岛》，联星译，中国青年出版社1961年版，第180页。

带来了巨大的伤痛，人们急于从战争的创伤记忆中恢复过来。到了20世纪后期，国家和地区间的政治和经济联系加强，尤其是互联网等信息媒体的飞速发展和世界性普及，使更多的人能够更快捷地接受知识和信息，大众文化广泛传播，这被视为是"进步""便利"和"文明"的象征。20世纪又是人类史上人口流动最频繁的时期，人口的频繁流动打破了过去传统的种族地理概念，造成了种族和宗教冲突等诸多问题，整个世界因而变得浮躁和恐慌。经历过战争，体味过恐慌的人类，创伤的记忆难以忘却。这些创伤性记忆反映在文学上，表现为美学和生态伦理的深刻变化。文学家们希冀美好的未来，和谐与和平成为文学家们创作的主题。同样地，海洋文学家也赋予海洋文学新的主题——人与海洋之间的和谐相处，对海洋资源的科学合理利用，人与人之间的和谐相处。

法国战后诗人吉尔维克（Eugène Guillevic，1907—1997）为寻求理想，重建与世界的联系，一生钟情于对大海的描写。他的诗歌与大海完美地融合在一起，言述重返本真的朴素情感。童年时期亲历了第二次世界大战的诺贝尔文学奖获得者勒·克莱齐奥（Jean-Marie Gustave Le Clézio，1940—），将多元文化、人性和冒险精神融入创作。海洋在他笔下具有诗意般的神秘，是旧习俗的死亡和新生命的诞生，是人类重新寻找的早已失去的世界。

吉尔维克：故乡的海

第二次世界大战之后，人类理想彻底破灭。新一代法国诗人试图走出西方抒情诗危机，重建与感性世界的亲密联系。他们在反抒情传统的基础上重构一种新的抒情方式，作为"抵达彼岸世界的途径"。著名现代诗人吉尔维克是法国非抒情诗派的代表人物，在战后法国诗歌史上占有很重要的地位，曾多次获得法国诗歌重大奖项。

吉尔维克出生于法国西部布列塔尼地区卡尔纳克小镇，父亲曾经为海员，家庭环境以及布列塔尼的海滨生活经历给他留下了深刻的印象，对他的海洋文学创作产生了重要影响。海洋形象在吉尔维克的诗作里无处不在，他常与大海融为一体，与大海对话，并且一生钟情于对布列塔尼大海的描写。

我了解有别的海
渔夫的海
航海家的海
远行水手的海
还有打算沉海之人的海。
我无心做一本博学的字典
只打算讲讲你和我
你知晓我提及的大海
总是卡尔纳克的那片海①

在这部以其故乡卡尔纳克命名的诗集里，诗人时而与大海亲密对话，时而与大海融为一体。诗人寥寥数笔，就从多个角度列举了大海的不同功能以及海上可以进行的各种活动：打鱼、航海、出征、打仗。当然还有与大海活动密不可分的人：渔夫、航海家、海员……但是，这些都是他人经验里认识的大海，却不是属于他自己的大海。他的大海很纯粹——"总是卡尔纳克的海"，别无他指。在吉尔维克的世界里，别的大海好像并不存在。他所指的大海，纯属自己个人经验熟悉的大海。这意味着在他的内心深处，灵魂渴望重回故乡的大海。年少时记忆中的沙滩、海浪、海鸥、岩石等关于海的各种意象根植在作者心里。他宁愿放弃知识的广度，而只是言说"我和大海"，因为"我不是一部词典"。吉尔维克带着原始的朴素性，重新阐释童年时光和大海的关系，言说重返本真和原始空间的文化升华之梦。

无有躯体
却深厚如斯。
无有肚皮
却柔软如彼。
无有耳朵

---

① 译自 Eugène Guillevic, *Carnac*, collection. *Poésie*, Gallimard：1995，p. 158。

也高谈阔论。
没有皮肤
也常颤动不已。①

　　没有华丽辞藻，没有众声喧哗，吉尔维克使用这些朴素具体的、感性的词语还原本真的大海。他摒弃了所有神话性的人类的悲怆，选择让位于大海，让大海"高声讲话"。在他的笔下，有关海洋，远不止一个主题或形象，大海成为诗歌中的具体因素，成为感知朴素和诗意的本体。自我本体与大海面对面，成为感性世界中的一个元素，大海没有"躯体"，没有"皮肤"，更没有"耳朵"，大海的形象更加朴素化、平淡化。海洋不再是人类要战胜的对象，它"深厚""柔软"。人类与大海之间的敌对性和对立性愈加减少，而且互相接纳，处于一种相互融合的关系之中。

　　第二次世界大战结束后，法国理想主义彻底毁灭，新一代法国诗人试图走出西方抒情诗的危机，重建与感性世界的亲密联系，在反抒情传统的基础上重构一种新的抒情方式，作为"抵达美好世界的途径"。吉尔维克笔下的大海不再悲怆、可怕，而是呈现出简单化、朴素化风格的趋势。作者心中的大海安静、包容，人类与大海不再是相互斗争、相互对立的关系，而是"和谐相处"。不仅如此，人类有时甚至完全让位于大海，让大海述说，海洋意象在吉尔维克的诗歌中发生了根本性的转变。这种海洋诗学的新倾向体现了第二次世界大战后法国诗歌美学及生态伦理发生的深刻变化。

　　法国著名文学家、2008年诺贝尔文学奖获得者勒·克莱齐奥关注人性，关注人类生存状况，关注现代物质文明带来的种种诟病。作品题材多样，包含小说、随笔、翻译作品等。他出生于法国南部蔚蓝海岸的海滨城市尼斯，在这里度过了童年时代。克莱齐奥一直非常执着地描绘大海，很多故事情节都是围绕着大海展开的，并且故事发生的场景从不远离他从小生活的大海。他总无意识地选取洒满阳光的海滨

---

① 译自 Eugène Guillevic, *Carnac*, collection. Poésie, Gallimard：1995，p. 181。

小路作为故事背景。大海在他的潜意识中不可或缺，他全部的生活、全部的记忆、全部的向往都属于大海。大海承载着他儿时的记忆和全部的向往，大海就是一切。

克莱齐奥的童年大部分时光是在德国占领军和纳粹统治的阴影下度过的，战争给克莱齐奥留下了不可磨灭的精神创伤，这些创伤性记忆都反映在他的作品里。青年时期，克莱齐奥到英国求学，后来在美国、墨西哥、泰国等国家任教，异国文化的熏陶使他不断从中汲取养分。因此，在他的作品中，多元文化并存，尤其是拉丁美洲、非洲和大洋洲等地区的文化。世界各地的旅行经历使得他的作品既充满诗意，同时不乏哲思，同时又掺杂了许多海洋元素。

《诉讼笔录》（*Le Procès-verbal*，1963）是克莱齐奥的第一部小说。他凭借该小说获得法国勒诺多文学奖（Le prix Théophraste Renaudot），并在法国文坛上一举成名。《诉讼笔录》讲述了流浪汉亚当·波洛（Adam Pollo）的都市流浪生活。在这部小说中，克莱齐奥通过对现代文明和现代都市生活的控诉，批判人类中心主义，揭示了人类的生态本性和家园守望。主人公亚当·波洛斩断了一切与现代社会文明的联系，终日无所事事，在海滩和大城市中流浪，拒绝将直觉朝理性思维的方向提升。其实，亚当并非一个现代文明社会中的不开化者，也不是反对现代文明的野蛮人，而是现代文明的主宰者和诘难者。

和众多海洋文学作家一样，深不可测的大海也是克莱齐奥笔下常见的海洋意象。深不可测的大海是夺取生命的幽灵，是不祥之兆，是死亡与灾难的象征。在《诉讼笔录》中，亚当虽然住在海边，却从不敢投入大海的怀抱，因为大海在给他带来诸多美好想象与情感的同时，也不时让他体验到恐怖和死亡的威胁。"大海开始扩展，吞噬了灰漾漾的狭窄海滨，接着上涨，向山丘发起攻击，向他涌来，要淹没他，逼得他走投无路，将他吞没在脏乎乎的波浪之中，此类梦魇终日纠缠着亚当。"[①] 对于亚当·波洛来说，大海似乎是一个从不可逾越的禁区，一旦触及，它就会成为危险的源泉。呼啸着的黑色漩涡和灰漾

[①] ［法］勒·克莱齐奥：《诉讼笔录》，许钧译，上海译文出版社1998年版。

漾的水雾，波涛汹涌的大海带来的是充满压抑的死亡气氛。克莱齐奥在《诉讼笔录》中对海洋的描写，在带给读者强烈恐惧感的同时，也让读者体验到隐藏在恐惧背后的生命的脆弱和宿命的悲哀。海洋向人类发出了死亡邀请，象征着现代生活无底的苦难深渊，亚当的流浪生活实际上反映了现代人类的生存处境之苦。身处在如海洋般变化无常、深不可测的现代社会中，孤立无援，不堪重负，只能默默地承受着煎熬。甚至会像亚当那样，遵循苟活哲学，放弃现实，放弃憧憬，放弃光怪陆离的现代文明。像亚当一样的都市流浪汉不在少数，他们除了维持最基本的生活需求，只想让自己退缩在抽象的现实之中，任凭自己在想象的虚空里遨游。他们直面死亡，直面宿命，以一种独特的方式阐明自己的生活态度：与现代文明对抗。

克莱齐奥早期的创作受到了法国"新小说"的影响，致力于将文字从日常的平庸状态中释放出来，使之重现本质现实。他着力进行艺术手法和形式的创新，不拘一格，追新求奇，手法大胆，采用疯癫、幻想、梦境等后现代写作手法，表达对后工业社会和现代文明的反抗态度。

克莱齐奥的小说语言精练，生动朴实，观察入微和描写细腻是他的最大特色。在叙事风格上，早期的小说几乎放弃了线性叙事和因果逻辑，而是在叙事中插入许多非叙事因素，他随时和人物合为一体，打破有可能局限叙事发展的时空界限，大量采用现代和后现代叙事手段，探索主流文明之外的边缘群体和隐匿在现代文明之下的人性。

克莱齐奥的小说内容丰富，主题广泛。非洲黑人流浪儿的悲惨命运、光怪陆离的现代社会和当代人对现实生活的厌弃和逃避，都是他心灵关照的对象。他最擅长描写的自然景色是大海，海洋意象在他的作品中出现频率最高，也是作家本人意识的主要映射点。综观他的作品，故事大都围绕着大海展开。

《流浪的星星》（*Etoile Errante*，1992）是一部反映"第二次世界大战"之后犹太人生活的长篇小说。小说讲述了小女孩艾斯苔尔（Esther）和母亲在寻找传说中的家国过程中在旅途中经历的遭遇，展示了"第二次世界大战"之后人们在国家意识和宗教信仰等方面的感受，以及从希望到绝望、从等待到死亡的生活遭遇和心路历程。通过这些克莱齐奥式的绝望和悲情主题，揭示了作者对于隐藏在文字背后的战争根源和人性的复杂性等深刻主题。

故事发生在1943年，大后方尼斯有一个被意大利人管辖的犹太人聚居区。在父母的关爱下，犹太小女孩艾斯苔尔幸福地成长。可是突然有一天，战争打破了一切宁静。作为犹太人，艾斯苔尔和父母亲都成了法西斯屠杀的对象。为了活下去，他们不得不离开马上要被德国人控制的家园。于是，灿烂的阳光，叮咚的小溪，碧蓝的天空都消失了，离别、恐惧、疲惫、绝望成了艾斯苔尔生命中的主题曲。不过，正是因为这种种的磨难，艾斯苔尔迅速成熟起来，内心变得强大和坚强。"第二次世界大战"结束之后，失去父亲的艾斯苔尔和妈妈决定离开法国，追寻犹太人的精神家园——以色列。可是，真正的战争并未结束，甚至意味着又一场噩梦的开始。当艾斯苔尔最终踏上想象中本应充满金色阳光、遍地橄榄树、鸽子在天空自由飞翔的以色列时，她的梦想再一次破灭，因为战争的炮火无处不在。但无论是在旅途中，还是贫民窟，面对饥饿和死亡，艾斯苔尔都不曾放弃希望。也是在这漫长的等待和永不放弃的追寻过程中，她获得了新生命，也终于理解了自由的真谛。

在这部小说中，海洋纯粹成了衬托主人公心境和表达主题的背景。在艾斯苔尔那双单纯的眼睛里，海洋是自由的象征，是获得解放的希望，是没有迫害、没有战争的乐土。大海是纯粹的、明亮的、美丽的、五彩斑斓的，正如文中所说："大海宽广无边，坚硬、平整"，"海是那么美"，"如此美"，"大海波涛汹涌，卷起一堆堆泡沫。它不停地变换着颜色。"大海带给他们抚慰，它是富有生机的精灵，它潜入人的心灵，去温暖受伤的孩子。被风掠过的海面，是"干净的、金光闪闪"。

境由心造，情由景生。在克莱齐奥的作品中，海洋意象是多元的，不断变化着的。它的变化完全根据作者的需要，并且海洋意象的改变完全与人物的境遇和心情紧密相关。对于有着美好憧憬的人来说，它是生命的契机，是重生的希望，人物内心的渴望都幻化为大海带来的抚慰。而对于在苦难中挣扎、感到绝望的人来说，大海象征着恐惧和死亡。海洋时而圣洁，时而诡异，时而温柔，时而狂怒，时而又令人遐想，时而令人绝望。在经历了战争和逃亡苦痛的艾斯苔尔看来，大海既是美丽的天使，又是令人恐惧的魔鬼，但无论如何，它总是美的，即便是那种"令人恐惧的美"：

> 在闪电的微光中，我看见海浪向船涌过来，然后炸开，卷起一堆堆泡沫。风变成了有形有状的魔鬼，将风帆卷起，摇晃，它沿着船的桅杆往上，撞击着船身。风旋转着，让我窒息，让我流泪。我尽量抗拒着这魔鬼，因为我想要看见大海，那么美，那么令人恐惧的大海。……我情愿待在甲板上，我要正面死亡。我大声叫着，在风啸海浪之中，幻想着我们在宽阔的海面之上，向加拿大驶去。海浪敲击着船身，船摇晃着，呻吟着，我在船板上躺下了，不再害怕。①

即便是遇到风暴，遇到海浪，海风像野兽般咆哮吼叫，海还是那么美，是那种让人"不自禁战栗的美"，因为在大海的那一头，是光明的诞生地，是以色列。大海是故乡所在，是力量所在，大海意味着流浪的终结，是重生的契机和幸福的源泉。终日的逃难生活使她饱尝颠沛流离之苦，即便海风和海浪"把我抛至风中，带到海上"，但是如果可以将之前所经历的所有不幸和疲惫、所有那些可怕的岁月统统抛诸脑后，这又算得了什么呢？更何况海风带来了新生的味道，它可以吹着"我们的包袱"，就像"鼓起的风帆一样"，把主人公带到圣地，带到耶路撒冷，获得彻底自由，因此，所有的一切恐惧就都在这里隐去了。

勒·克莱齐奥擅长描写自然景色，尤其擅长用自然元素来衬托主人公的心境，令读者眼前一亮。在他的作品中，大海的形象是多元

---

① ［法］勒·克莱齐奥：《流浪的星星》，袁筱一译，花城出版社1998年版，第120—143页。

的，可以是危险的源头，象征着苦难的无底深渊，是人类生存处境之苦的写照；也可以是生命的契机、重生的希望，是新生命的诞生，是人类要重新寻找的早已逝去的世界。多元化的大海形象体现了作家对生活的理解和诠释，闪烁着作者对人生的思索和对生命意义的关爱。

第五节　结语

法国历史悠久，具有丰厚底蕴的海洋文化，孕育了丰富的法国海洋文学。尽管法国被称为欧洲"陆上强国"，但由于其地理位置的特殊性，法国文学中的许多作品都与海洋有关。这些文学作品或描绘海洋之上伺机而动的凶险，或记录别样的海洋风光和异域情调，或展现奇妙的海底世界。不过，作家对海洋的描述，绝不仅仅是介绍美丽的海洋风景，而是有意表达作品的主题。作家心中所感知的海洋意象多是契合作家内心的多元化的隐喻，读者借助于海洋文学作品了解人类与海洋、人类与自然、人与人和人与社会之间的关系，从而加强对人生意义的认识。

不同历史时期，随着科学技术的进步，生活条件的改善，人类与海洋的关系也不断地发生变化。敏感而有洞见的作家也把自身的经历和情感观念传达在自己的创作中，为读者呈现了不同风格的海洋文学作品。远古时期，对于未知空间，人类心存恐惧；对于神秘的洪荒宇宙，心存担忧。很多自然现象无法解释，于是，人类在神话传说中把海洋看作充满怪兽的深渊，上帝愤怒的凭证。中世纪时，人们开始逐渐认识海洋，但对风暴和海洋的认识仍然停留在表面上，海洋风暴和海洋动物被看作是上帝惩罚人类的手段。在葛桑·斐迪的印象里，大海毫无美感可言，是一切苦难的根源，它完全处在人类的对立面。上帝至高无上，占领着绝对的统治地位，只有依靠上天护佑，人类才能远离大海带来的无尽烦恼。对于普鲁文斯，大海是一个充满美和诱惑的所在。他穷尽所有美好的词汇，描写美人鱼，但又警示世人，大海虽美，但美得诡谲，处处充满陷阱，人类在这样的诱惑面前同样无能为力。和其他中世纪作家一样，儒安维尔描写大海，目的在于彰显国王的武功和骑士精神，颂扬上帝的无所不能和对人类的主宰。他认为，人类无力与大海抗衡，国王虽然威力无比，但海洋不可战胜，只有上帝才能挽救人类。

随着历史的发展和社会的进步，人类对于对海洋世界的魅力充满了热情和理想化的期待，有决心和能力接受海洋世界发出的挑战，对于海洋的认知和情感也发生了悄然变化。文艺复兴时期，随着人类对宇宙的认知不断完善和地理大发现时代的开始，以及航海指南和地图集对世界的精确展示，欧洲人开始了环球航行和海外殖民开拓。这一时期，海洋虽然为人类带来了巨大财富，但仍然充满了神秘感，它依旧变幻莫测，难以窥探，人类的恐惧还留在了灵魂深处。人文主义代表人物拉伯雷在描写人类对于海洋充满恐惧的同时，也确定了人的价值，相信人的能力。他指出，人类不能只祈求上帝的保佑，人和上帝应该共同努力，战胜大海。他的观点虽然具有局限性，但在一定程度上肯定了人类的力量。在寓言作家拉封丹笔下，海洋不再是充满魅惑的美人鱼形象，而是充满了财富的诱惑。作者从实用主义角度出发，劝诫世人客观认识世界，强调遵循自然规律的重要性，建议世人要满足现世生活，追寻属于自己的幸福。这是一种中产阶级的智慧，是担心未来并对伟大事业不够信任的小资产者的聪明。

19世纪，欧洲知识分子和社会精英将人类在科学技术、文学艺术和哲学思想的探索带到了一个史无前例的水平。海洋不再作为一种异己力量存在，而是第一次作为审美主体出现在文学作品之中，成为反映作家情感思想的不可或缺的镜子。它成为人类精神的象征，作家们开始从不同的视角来认识和看待海洋。浪漫主义历史学家米什莱用文学语言撰写有关海洋的历史著作。作为一个人文学者，米什莱充满历史学家的思辨，又具有抒情诗人那种无限高远的浪漫情怀。他赋予大海人类生命般的力量，他甚至将大海看作一个具象。他的《海》既是一部浪漫主义的散文诗篇，又是一部真实描述海洋的历史巨著。在《海》中，海洋犹如一个神秘世界，作家如神灵启示般地让读者感受到它宏大的声音，把读者带进一个美妙的神话世界。雨果的《海上劳工》从浪漫主义美学角度出发,对大海进行了诗话般的描绘。他通过描写人与海洋之间的冲突,既表现了自然力量的崇高和人类对海洋的恐惧,同时又体现了人类不可战胜的信心和智慧,海洋意象发生了从具体到抽象的演变。凡尔纳的《海底两万里》内容丰富,包罗万象,描写了人类从天空到陆地,从陆地到洋底的种种奇遇,穷尽了人类对于海洋的各种想象。"被诅咒的诗人"科比埃尔,虽然人生短暂,被禁锢的残缺身体里却藏着一颗大海般轰轰烈烈的灵魂。他将自己从未经历过的、想象出来的生活付诸笔端,用现实和科幻相结合的特殊表述方式激发人们对于大海的各种想象,作品充满了力量和激情。海洋不能治愈他多病的身体,却激荡着他伟大的灵魂。曾经是海军军官的洛蒂,将自己在世界各地海洋之上的旅行见闻写成日记记录下来,满足了当时人们对于海外殖民地异域风情的猎奇心理。

"第二次世界大战"之后,海洋美学与生态伦理发生深刻变化。战后诗人吉勒维克摒弃了抒情的幻觉,剥离了海洋意象中悲怆的象征意义。人与海洋的关系不再是对抗性的,人类通过忘却和超越自我,与大海融为一体。人海和谐,安宁共处,有时人类甚至让位于大海,海洋诗歌呈现出简单朴素的新写实风格。在诺贝尔文学奖获奖作家克莱齐奥笔下,海洋意象具有矛盾性和多元化特征。海洋在他笔下具有诗意般的神秘,既是旧习俗的死亡,又是新生命的诞生。对于有着美好憧憬的人来说,海洋是生命的契机,是重生的希望。而对于在苦难中挣扎的人来说,海洋意味着恐惧,代表着死亡。海洋意象倾注了作家对生活的理解和诠释,渗透了作者对人生意义的思索和对生命的关爱。

不管是在久远的过去,还是现在或遥远的未来,广阔浩瀚、雄浑深邃的海洋,都是人类文学永恒的主题。它无所不能,神秘莫测,将一直是文学家们的灵感源泉。他们用手中那支富有激情与力量和充满想象的笔,为读者描绘出大海的神奇与险恶,以及海上生活的惊险,同时勾画出人类丰富的灵魂世界——人类在探索和征服海洋的过程中,胸怀更加宽广,意志更加坚强。与无穷无尽的探索精神和力量相比,大海的狂暴和神秘,又让人类的内心充满恐惧。与其他西方国家的海洋文学一样，法国海洋文学将人类对海洋世界的探索和对人类精神世界的探索同步进行。人类对海洋的认知过程，即从恐惧到征服，再到和谐相处的过程，也是人类自身不断拓宽灵魂深度的过程。

海洋是人类赖以生存的广阔空间，海洋与人类活动密切相关。随着全球工业化的发展，人类的海洋活动对海洋环境和海洋生物造成了全球性的污染。海洋是属于全人类的财富，海洋正在深刻地影响着人类的生活，但这并不意味着我们可以对它进行随意掠夺。目前，每年的6月8日已经被第63届联合国大会确定为"世界海洋日"，旨在警醒人类在利用海洋的同时，更清楚地认识海洋的价值，保护好海洋，最终达到与海洋和谐相处的目的。在法国，每年的6月5日至9日被政府定为"海洋日"。2009年法国著名纪录片大师雅克·贝汉（Jacques Perrin）执导了一部以海洋和海洋生物为主题的生态环保纪录片《海洋》（*Océans*）。影片通过重新审视人类与海洋的关系，达到唤起人们关注海洋环境和海洋生物的目的。

人类认识海洋的过程，也是人类不断探索及征服海洋的过程。同时，也是人类灵魂不断净化和升华的过程。综观海洋意象在法国海洋文学作品中的变化，我们可以反观人类生存状况和人与海洋关系的演变，反观人类美学伦理和思维观念的演变。这对于繁荣我国的海洋文学创作，促进海洋文学研究具有重要的借鉴意义，同时对于唤醒人类的海洋保护意识，促进人类与自然的关系走向和谐，更好地建构生态文明，具有重要的现实意义。

第五章 海洋强国与海洋文学大国的崛起

美国海洋文学的嬗变与美国国家的历史密切相关。从17世纪殖民者抵达美洲，到美国成为一个独立自主的民族国家，再到它与英国和西班牙为争夺海上霸权而进行的战争，甚至到第二次世界大战期间与日本进行的海上战争，都在美国海洋文学中体现出来。这些历史事件为美国作家提供了创作素材，作家也为美国的海权意识、海洋强国的形象塑造做出了贡献。

第一节 从库柏到麦尔维尔：美国海洋文学的演变

有人认为，美国海洋文学可以追溯到哥伦布发现新大陆的15世纪，并把他记录在羊皮纸上的航海日志当作是美国海洋文学的开山之作，并认为哥伦布的《书信》（1493）奠定了最早期的美国文学的形式与观点。[①] 我们暂且不说《书信》是否真正具有文学价值，单是从国别文学的定义出发，哥伦布的著作就不能够成为美国文学的一部分。众所周知，美国文学指的是美国人创作的反映美国社会生活的文学作品。美国成为一个独立的民族国家是在1776年，比哥伦布发现美洲延迟了近三百年。所以，严格意义上讲，哥伦布用于记录航海日志和向资助其航海的西班牙国王汇报航海成就的羊皮纸手稿只能属于

---

① 张雯：《美国海洋文学的发展历程》，《南通大学学报》（社会科学版）2013年第4期。

西班牙文学,并不能成为美国海洋文学的一部分。而且,当时以及后来的印第安口头文学也不能称为美国文学,至多是美洲早期文学的一部分。

哥伦布发现新大陆以后,北美洲优越的地理环境、广袤的土地和富饶的物产吸引着众多的英国殖民者来到这里。1607年5月13日,受雇于英国伦敦公司的克里斯托弗·纽波特(Christopher Newport)率领三艘帆船,和100多名英国殖民者到达位于弗吉尼亚詹姆斯河河口的一个小岛——切萨皮克湾,并在那里建立了第一个永久性殖民点詹姆斯顿(Jamestown)。1608年,船长约翰·史密斯(John Smith)出版了《关于弗吉尼亚的真实叙述》一书。该书记录了英国殖民者横渡大西洋的真实经历,详细叙述了当地印第安人的生活生产情况,希望引起英国政府和商人的开发兴趣,让更多的英国人参与殖民开发。早期殖民者对航海经历和对北美殖民地的描述,虽然初衷在于吸引殖民者对北美进行开发,并且文学性并不突出,但以"真切的语言传达了作者面对新大陆时的惊喜,以白描式的章节描绘了移民生活的极端艰苦和危险,同时又以热情的笔调表示了作者对殖民地未来的信心"[1]。因此,早期殖民者关于北美殖民地的著述,是北美殖民地时期文学的主要成就。

就其主题来说,这些著述还算不上真正的海洋文学。从文学属性来说,也不能算是美国文学。不过,这些著述为美国海洋文学的萌芽和美国国民性格的养成奠定了基础。正是在这些宣传性著述的影响下,一批批英国殖民者被吸引到北美,满怀希望来这里开辟他们的新天地,建设他们的"新世界"。1620年9月16日,一艘载有102名贫民、工匠、契约奴和备受迫害的清教徒的大帆船"五月花号",在经过了66天的海上漂泊之后,历经艰险,向哈德逊河河口进发。由于当时是深秋季节,风高浪急,他们无法接近目的地,只好在普洛文斯顿港口登陆。他们怀揣着在新大陆建设新世界和新家园的梦想,带着过上新生活的渴望和对未知世界的想象,在北美大陆建立了第一块

---

[1] 张冲:《新编美国文学史》(第一卷),上海外语教育出版社2000年版,第55页。

殖民地。也正是由于这些梦想和希望、渴望与想象，使美国文学从一开始就具有浪漫主义色彩，它的产生和发展与其民族意识和独立的愿望密不可分。同时，这些新英格兰殖民时期的所谓的"文学"，即记录北美大陆风土人情、生活习惯的书信和航海日志，为后来美国海洋文学的发端奠定了基础。

世世代代与海洋为伴的英国殖民者带来了先进的造船技术、捕鱼经验和海洋贸易经营方式。随着独立战争的胜利和经济的发展，美国越来越要求彻底摆脱英国的控制，取得政治、经济和文化上的完全独立。1812年6月18日，美国声称大英帝国侵犯了其主权，向英国宣战，在大西洋和美国海岸向英国皇家海军发动战争，同时进军加拿大地区，在加拿大边境和大湖地区以及美国南部各州同英军展开战斗，欲将英国势力彻底逐出美洲大陆，并向北扩展其领土。这场战争被称为"独立战争"，美国在战争中取得了完全的胜利，迫使英国签订了"根特条约"。这样，美国不仅扩大了其疆域，还促进了制造业和纺织工业的发展，特别是美国海军在大西洋上打败了有"世界最强海军"之称的英国皇家舰队，使美国赢得了极高的国际声望。

政治上的独立和经济的快速发展推动了美国文化的发展，美国民众的爱国热情空前高涨，要求思想独立和文化独立的民族主义呼声越来越高。19世纪前半期，美国文化界，特别是国内的报纸杂志大力号召艺术家捍卫国家荣誉，创作美国民族文学，书写美国题材，彻底摆脱了英国文学和文化的影响。1837年8月31日，美国先验主义的先驱人物爱默生在哈佛大学的美国大学生联谊会上以"论美国学者"为题发表演讲，抨击了美国社会中盛行的拜金主义和物质主义倾向，强调人的价值，号召发扬民族自尊心，反对盲从和一味追随外国学说。他指出，"美国学者"应当是具有独立思想的人，是"思维者"，而不应该有任何盲从。爱默生的演讲在美国引起了轰动，对美国民族文化的兴起产生了巨大影响，被誉为美国文化和思想的"独立宣言"。

尽管美国在政治上取得了独立，但其领海主权仍然不断受到英国的侵犯。英国海军随意强征美国水手加入皇家海军，一旦发现英国水手逃亡到美国商船上，他们可以随意上船捕捉，甚至侮辱美国船员，英国王室对美国的海外贸易进行封锁。为了打破英国的封锁，美国于1807年12月联合法国，对英国进行贸易禁运。1811年3月，美国总统麦迪逊下令禁止与英国通商。英美两国之间的贸易战，拉开了1812年英美战争的序幕。

美国在1812年战争中打败号称"世界最强海军"的英国皇家舰队之后，开始大力扩展海上贸易，同远在太平洋西岸的中国广州建立了贸易伙伴关系，大量购进皮毛、茶叶和檀香木等中国货物，远洋海洋贸易迅猛发展。为了发展远洋海洋贸易，包括船长在内的水手等船上人员必须以英雄主义精神克服重重困难，这种英雄形象在詹姆斯·库柏的小说里得到了充分的体现。库柏曾经在商船上做过水手，又参加过美国海军，了解水手的海上生活，也懂得大海的习性，是美国海洋文学的奠基人。他的第一部海洋小说《领航人》以美国独立战争为背景，塑造了一群为争取美国独立解放而英勇抗击英国海军的普通水手。在他的全部创作中，海洋小说与他的历史小说、边疆小说一样，占据着重要的地位。库柏之于美国海洋文学，正如美国海洋文学研究专家托马斯·菲尔布莱克（Thomas Fhilbrick）所说，"海洋对于美国的过去和未来所具有的重要意义，库柏的认识要远远超过他对边疆的认识和兴趣……"① 因此，库柏不愧为美国海洋文学的奠基者，更重要的是，库柏的海洋小说充满了海权意识和海权思想，为美国的海洋文化认同和海洋大国的形象建构做出了开拓性和奠基性的贡献。

因此，可以说美国文学从一开始就和美国的民族独立运动密切相关。从美国早期的殖民地文学到以华盛顿·欧文和库柏为代表的浪漫主义文学和以爱默生、梭罗为代表的超验主义，从以惠特曼和马克·吐温等为代表的现实主义文学到以海明威等为代表的现代主义文学，都与美国的民族意识觉醒和独立要求密不可分。在这种历史语境下，华盛顿·欧文创作的《瑞普·凡·温克尔》以其高超的讽刺艺术和幽默手段表达了美国各个殖民地渴望摆脱英国控制、获得民族独立的愿

---

① Thomas Fhilbrick, James F., Cooper and the Development of American Sea Fiction, Cambridge: Harvard University Press, 1961, p. IX.

望；库柏不仅以其丰富的想象力在边疆小说《皮袜子故事集》中塑造了追求独立自由、民主公正的美国民族英雄形象——奈迪，而且在他的海洋小说中为构建美国形象和美国精神摇旗呐喊。麦尔维尔的海洋小说《白鲸》中的亚哈、海明威小说《老人与海》中的圣地亚哥都以其坚强勇敢、不屈不挠的精神成为美国文学史上的"硬汉"形象，为构建美国身份抹上了浓重的色彩。

与库柏同时代的作家中，涉足美国海洋文学创作的还有其他作家，如阿奇博尔德·邓肯（Archibald Duncan）和他的四卷本历史小说《水手编年史》、理查德·亨利·达纳和他的《航海两年》（1840）等。其中前者记录了美国水手在航海过程中遇到的种种海难，对麦尔维尔创作《白鲸》产生了极为重要的影响。而律师出身的美国作家达纳，在他的《航海两年》中以回忆录的形式讲述了自己的航海经历，揭露了水手在船上遭受的不公正待遇，旨在完善美国海洋和海事法律制度。

19世纪中期，随着汽船的试航成功，美国交通业进入了"汽船时代"。海上运输业的发达，不仅促进了海外贸易的发展，也使捕鲸业成为美国资本主义发展的重要支柱。19世纪20—30年代，开往欧洲和英国的定期邮轮风雨无阻，更多的汽船和不定期邮轮往来于从美国南部新奥尔良到北部的所有港口。他们在全世界范围内掠夺资源，把东方的香料和南美的矿产资源运往欧洲。渔业更加繁荣，各种渔船穿梭于大西洋和南太平洋地区，他们不仅在美国海岸附近捕鱼，还远赴大洋深处，捕杀海豹和鲸鱼。美国经济的发展和繁荣正如斯托夫人在小说中描述的那样富有传奇色彩：一个家族农场濒临破产、毫无事业前景可言的年轻人只要踏上了开往东方的船只，几年之后，经历了风吹浪打、皮肤晒成古铜色的小伙子再回到美国的时候，已经是衣锦怀乡，荣归故里，带来了巨额的财富，他不仅挽救了家族事业，使农场起死回生，还赢得了爱情和幸福生活。

海洋渔业和海洋贸易的繁荣，促进了美国海洋文学的繁荣，海上冒险和对财富的追求成为这个时期美国海洋文学最重要的主题。曾经是美国经济支柱的捕鲸业在1830—1860年飞速发展，一只只捕鲸船就像一座座漂浮在海上的炼油厂,水手们一边在海上寻找鲸鱼,一边把捕捞到手的鲸鱼油脂炼制成鲸油,甚至有些妇女不顾危险,女扮男装,登船下海,参加到捕鲸大军中。捕鲸虽然是一件又脏又危险的事情,但巨额的利润吸引着越来越多的美国人不顾生命危险投身其中,但到了美国内战前后,过量的捕捞导致渔业资源产量锐减,为海洋生态保护敲响了警钟。长期从事捕鲸行业的麦尔维尔在《白鲸》中生动地记述了美国捕鲸业的发展,成为这个时期最杰出的海洋文学小说家。

"在整个捕鲸史上,捕鲸人如果没有捕捉到足够的鲸鱼,就会把海豹当作替代物,拿它们来塞满船舱。"[1] 当海豹也像鲸鱼一样,在已知海域被掠夺者抢劫一空,消失殆尽时,猎捕海豹者开始探索未知海域,寻找尚未开发的海豹聚集地。20世纪初,美国的海豹产业已经横扫海洋,一个地方接着一个地方,一片海域接着一片海域。当鲸鱼、海豹等大型海洋动物即将被消灭殆尽的时候,捕猎海豹的船只开始进入偏僻的岛屿。海豹捕猎者在进入粗犷荒岛的时候,不可避免地要体验到荒岛生活的冷酷无情,感受原始生命的光辉和人性的凶残。杰克·伦敦的《海狼》在真实再现海洋原始生命的光辉和人性阴暗面的同时,间接记录了美国捕猎海豹业的兴衰,展现了西方国家在掠夺海洋资源的同时给海洋造成的破坏性后果。

20世纪以来,一致认为海洋资源"取之不竭,用之不尽"的人类开始意识到,人类自身的疯狂行为,如过度渔捞、对海洋不加限制的开发和污染已经变成一种巧取豪夺,注定要使海洋走向萧条和孤寂。依靠捕捞海洋鱼类和杀戮鲸鱼、海豹等大型海洋动物维持繁荣的欧美文明社群,在20世纪中叶之后,海洋保护意识和生态文明意识逐渐抬头。"关注海洋健康,守护蔚蓝星球"已经成为全世界人们的共同信念。美国生态纪实作家彼得·马修森的《蓝色子午线》用纪实手法记录了寻找大白鲨的冒险历程,揭示了当代人类在海洋之上的大

---

[1] [英]卡鲁姆·罗伯茨:《假如海洋空荡荡:一部自我毁灭的人类文明史》,吴佳其译,北京大学出版社2016年版,第82页。

冒险和对海洋生态造成的毁灭性破坏，呼吁人类保护海洋。

美国海洋传统源远流长，海洋一直代表着移民和扩张。欧洲殖民者横渡大西洋，打通海上通道到美洲新大陆开拓疆土，造就了美国国民性格的"海洋传统"和"海洋秉性"。同时，从瓦尔登湖到密西西比河，从合恩角到南部海域，东靠大西洋，西邻太平洋、北接北冰洋，美国海洋地理位置的优越性，以及海洋对它产生的巨大影响，为美国海洋文化和海洋传统的进一步发展提供了得天独厚的自然条件。正因为如此，海洋与美国的发展、与美国的国民精神具有深厚的渊源和密不可分的联系。对海洋的依赖和海洋集体意识在美国文学作品中得到了显著的体现，特别是以库柏、麦尔维尔和海明威等为代表的美国海洋文学作家，不仅为美国海洋形象建构做出了重要贡献，塑造了美国的民族文化精神，也形象地记述了不同时期美国海洋意识的嬗变。

第二节　库柏：美国海洋文化的建构者

美国浪漫主义作家詹姆斯·费尼莫尔·库柏（James Fenimore Cooper，1789—1851）不仅是美国文学和美国文化的先驱，也是美国海洋文学的先驱和奠基人。因为在他之前，海洋对美国政治、经济、文化等方面的影响，从未在文学作品中得到体现。而库柏的海洋小说，如《领航人》（*The Pilot*，1824）、《返乡之旅》（*The Homeward Bound*，1938）、《两个船长》（*The Two Admirals*，1942）、《海上与岸上》（*Afloat and Ashore*，1844）、《海狮》（*The Sea Lions*，1849）等，以及他的历史题材作品《美国海军史》等，不仅为美国的民族身份和民族精神建构做出了重要贡献，也为美国海洋权力的建构奠定了基础。他的海洋小说开创了美国海洋文学的先河，对后来的美国作家产生了深远的影响。库柏去世后不久，麦尔维尔于1852年给库柏纪念委员会写信，表达了库柏对他童年时代的影响，认为库柏的海洋小说唤醒了他童年时代生动而又丰富的想象。英国海洋小说家约瑟夫·康拉德把库柏和弗雷德里克·莫里亚特列入对他的海洋文学创作影响最大的作家行列。美国著名文学评论家韦恩·富兰克林（Wayne Franklin）则认为，"库柏的海洋小说是作为作家最具有创造力的文学作品"。

　　库柏之所以创作了大量的海洋小说，一方面归因于他的海上生活经历，另一方面在于他的海上生活经历使他认识到了海洋对于美国的过去和未来所具有的重要意义。库柏出生于美国新泽西州伯灵顿的一个富有家庭，父亲是当地最大的地产商兼法官，也是纽约州库柏镇的创始人。库柏刚满周岁时，就随父亲和家人迁移到了库柏镇。欧考茨湖畔优美的地理风光和淳朴的风土人情，为库柏后来的文学创作提供了丰富的素材。库柏14岁时，被家人送到了耶鲁大学读书。但他天生淘气，总是喜欢戏弄同学，甚至教授。他曾经炸掉了同学的房间门，也曾经牵着一头驴走进教室，训练它坐在讲台旁教授的椅子上。终于有一天，在耶鲁大学度过了三年的大学生活之后，由于频繁不断并且无法无天的恶作剧被学校开除。未来的计划完全被打乱，他只好到"斯特灵"号大型商船上做了一名普通水手，往返于美国和英格兰、西班牙之间的大西洋上。库柏非常热爱这种生活，一年之后，当他回到美国的时候，认为自己已能安身立命。

　　1808年1月1日，托马斯·杰弗逊总统签署了一份委任状，任命18岁的库柏为当时刚刚成立不久的美国海军准少尉。杰弗逊总统的这份委任状，为一种新的文学创作，即海洋小说和美国海军历史研究奠定了基础。1808年7月，库柏被派往纽约州西部的港口奥斯威戈协助监督建造五大湖区的第一艘美国军舰——装有16门大炮的双桅帆舰船"奥奈达号"。不过，当时的库柏十分渴望到大海中去，去真正的海上服役。一年半之后，他设法调到了纽约，到美国海军第一艘军舰"大黄蜂号"上服役。似乎是命中注定，库柏在被派去招募新兵的时候，与来自纽约富人区维斯切斯特的苏珊·奥古斯塔·德兰西一见钟情。紧接着，他申请退役，于1811年1月1日和苏珊结婚，库柏的海上生涯就此结束。之后的岁月里，他试图过一种悠然舒适的乡绅生活，开始创作文学作品。

库柏成为作家颇具有传奇色彩，富家子弟出身的他在当时社会风气的影响下，从来没有把小说创作当作一件体面的事情。据说，有一天，库柏在家中给妻子读一本当时非常流行的英国小说，突然感觉小说写得索然无味，便随手把书扔在一边，对妻子说，他自己要是写小说的话，一定会写得更好。在妻子的揶揄下，库柏开始把写作当成了正经事，并于1820年出版了他的第一部小说《警觉》（*Precaution*）。《警觉》的出版取得了小小的成功，之后，库柏一发而不可收，几乎每年都有新作问世。库柏在1820年到1851年的31年创作生涯中，共出版了32部小说，其中包括至今仍然备受欢迎的西部边疆小说《皮袜子故事集》，其中的主要人物南迪已经成为美国家喻户晓的美国英雄形象。

　　库柏的创作，按照题材可以分为三类：边疆小说、历史小说和航海小说。根据其海上经历创作的海洋题材小说共有11部。然而，在20世纪60年代之前，美国读者的兴趣主要集中在库柏的边疆小说，尤其是对他的《皮袜子故事集》予以很高的评价，对其海洋小说的价值认识则不够充分。直到1961年，美国著名文学评论家托马斯·菲尔布莱克在其专著《库柏和美国海洋文学的发展》中指出，"库柏对海洋之于美国的过去和未来所具有的意义的认识，远远超过了他对边疆区的认识和兴趣……库柏小说艺术的最高成就在于他的海洋小说"。之后，库柏海洋小说越来越受到重视。

　　而在中国，受美国评论界的影响，库柏的边疆小说一直以来受到极大的关注，许多高校把他的《皮袜子故事集》，特别是《最后一个莫西干人》作为美国文学课程的必选内容，同时，评论界也对其研究乐此不疲。国内学术界对库柏海洋小说表示关注是最近几年的事情。那么，库柏的海洋小说究竟价值几何？对其海洋小说的研究能给我们带来什么启示？2011年，国内知名的外国文学研究期刊《外国文学评论》《外国文学研究》和《外国文学》杂志相继刊登文章，对库柏的海洋小说和美利坚民族的国家形象建构、民族文化认同和海权思想进行系统的阐述，认为库柏的海洋小说通过呈现美国的海上贸易、捕鲸业、造船业和海上战争等活动，传承和宣扬了以竞争和掠夺性为本质的美国海洋文化，为美国的海洋大国形象建构奠定了基础。

　　1924年，在创作了《最后一个莫西干人》等三部边疆小说之后，库柏的第四部小说《领航人》问世。这是库柏的第一部海洋小说，也是一部历史小说，他根据独立战争期间美国海军英雄约翰·保罗·琼斯（1747—1792）船长的生活故事，塑造了一群为了争取美国独立解放而英勇抗击英国海军的普通水手。《领航人》不仅包含了库柏本人的航海经历，也是库柏对大自然的文字献礼。库柏创作海洋小说的动机是出于一种挑战思维。当时，他正在阅读欧洲著名作家沃特·斯科特的《海盗》，他认为斯科特对海上文化知之甚少，对海洋风景和船具的描写缺乏了解，认为自己一定比斯科特做得更好。就这样，《领航人》诞生了。之后，其他海洋故事接连出版。正是因为库柏的开创，文学界其他写海洋故事的作家们，如赫尔曼·梅尔维尔、约瑟夫·康拉德等，在文学界才有了立足之地。

　　1824年，《领航人》出版后受到了美国读者的追捧，一直位于畅销书排行榜的榜首，成为文学界的新宠儿。在库柏的这部小说中，海洋第一次被描写成为辽阔壮观又桀骜不驯、美丽深邃与威胁并存、宁静和暴力同在的形象。航海人第一次在文学作品中被描写成正常的人类，而在此之前，其他作家笔下的领航人都是粗鲁笨拙、花天酒地、横行霸道的负面形象。在库柏的笔下，他们的形象发生了改变。在库柏的笔下，航海员是那些生活在暴风雨和战争中的勇士，他们必须克服生活中的各种困难和挑战。库柏通过描写船员们对船的操作，展现大海对航海员来说是最民主的地方，因为在船上，航海员的价值不是看他们的出身、教育程度或肤色，而是看他们对保持航船平稳航行贡献的大小。库柏本人的经历使他深深地懂得，水手在暴风雨和战争中得到了历练，成为勇于克服困难和迎接挑战的勇士。

　　在25年的时间里，库柏一共创作了11部关于海上探险的作品。在他的有生之年，这些作品都和他的边疆小说一样受欢迎。直到1850年，美国人口开始大规模西进，库柏的边疆小说成为读者和批评界的热宠后，海洋小说才渐渐退出读者的视野。也许正因为如此，托马斯·菲尔布瑞克才认为，美国海洋文学传统在1851年终止。

库柏的海洋小说传遍了整个世界，甚至记录了部分世界史。这些作品描述了美国争取独立期间的英美海军战争、海盗行为、掠夺商船，以及商船的海上冒险经历。《领航人》以英美海洋战争期间的美国英雄约翰·保罗·琼斯为原型，讲述了在美国独立战争期间，美国水手从英国海岸动身，迎着暴风雨，奋勇对抗英军，争取民族独立的故事。《红海盗》的故事发生在18世纪中期的大西洋，讲述的是美国人在英国殖民的重压之下被迫以海盗为生。这也是第一部展现非裔美国人正面形象的美国小说，与以往不同，非裔美国人不再受到嘲讽，而是展现了他们非凡的智慧和勇气。库柏把《水上女巫》的故事发生背景设置在纽约港和长岛海峡之间的水域里，描述了美国殖民时期殖民地走私船和英国军舰之间猫捉老鼠的游戏。

《返航》发生在19世纪中期库柏生前所处的时代，一艘驶向纽约的班轮被风吹到了北非海岸上，库柏生动的笔法栩栩如生地描述了一段海上航行经历，表达了他作为贵族阶层的爱国思想与保守观点。《卡斯提尔的梅赛德斯[①]》讲的是克里斯多夫·哥伦比亚对新大陆的探索。

作为美国海军史的作者，库柏一直希望通过讲述海军舰队的故事来纪念美国海军。然而在当时，美国还没有海军舰队，库柏就在小说创作中进行试验。他用虚构手法创作了另一部海洋小说《两位海军上将》。故事发生的时间应当回溯到1745年，库柏以英国詹姆士二世叛乱为时间背景，以英法两国海军舰队为争夺殖民地在英吉利海峡的对垒为主线，第一次完全用虚构手段，讲述了两位海军上将奥茨和布鲁沃特之间的友谊和浪漫故事。尽管库柏在小说中进行了试验，仍然通过描述战争中军舰上的个人特质，使小说主题达到了形而上的高度。同时通过描述英军海军将领之间的浪漫友谊，回顾了他自己在美国海军服役期间与海军准将威廉·布兰福德和海军少将萨布里克结下的长期友谊。因此，可以说，这部小说尽管是虚构的，但仍然具有现实主

[①] 卡斯提尔指西班牙古国，梅赛德斯在西班牙语中有"幸运、优雅"之意。库柏在这部作品中讲述了哥伦布发现新大陆的故事，他认为，哥伦布发现新大陆是一种幸运。

义浪漫成分。

《翼》(*The Wing-and-Wing*, 1846) 是一部经典的战争爱情小说，描述了拿破仑战争期间在意大利海岸周围发生的海军战争。故事发生在1799年，英国海军上将卡拉奇奥利将要到纳尔逊爵士的旗舰上执行任务。英勇的法国走私船船长爱上了卡拉奇奥利上将的女儿，他和狡猾的美国游艇领航人一起不断袭扰英国舰队。伊瓦尔德被英军俘虏但又巧妙逃脱，准备在海上与英军一决雌雄。虽然是一部迷人的海战冒险和浪漫爱情故事，但库柏一如既往地在故事中添加了史料元素——拿破仑统治时期的欧洲历史。

《海上和岸上》讲述了一个年轻小伙子在环球航海中从一个商船水手到成为船长的成长过程，表达了库柏年轻时的梦想。《火山口》(*The Crater*) 类似于《鲁滨逊漂流记》系列故事，讲的是两个水手被遗弃在太平洋荒岛上，以及他们后来在岛上建造新世界，过上新生活的故事。只是后来，他们眼睁睁地看着自己的"乌托邦"被人性的弱点所摧毁。《杰克·蒂尔》(*Jack Tier*) 讲的是在美国和墨西哥战争期间，一个罪恶的船长如何在佛罗里达群岛附近海域控制了一艘军火走私船的故事。《海狮》是库柏海洋小说中最重要的一部，讲述了两艘船在南极洲的冰山中寻找海豹，并在漫长的冬夜里捕猎海豹的故事。

如果说库柏所做的一切都是为了创作海洋小说的话，那他将会取得更大的成就。后继的很多作家，如麦尔维尔、康拉德都承认自己受到他的影响和启发。作为一个伟大的英国海洋文学作家，约瑟夫·康拉德这样写道：

> 库柏喜欢海洋，而且对海洋的理解超乎完美。在他的故事里，海洋就是生活的写照。他对海洋的描写充满了专横、武断和霸道的气势，有一种横扫宇宙、纵横万里的气概。这些描写当然包括海上夕阳的灿烂、星光的柔和、风暴的狂野和水面的平静，也包括海洋令人震撼的寂寞和夜深人静之时海岸线的沉静之美，更包含着水手们的机警和敏捷，以及他

们在生活中必须面对的来自大海的希望和威胁。①

库柏不仅仅是一位海洋小说家,也是美国第一位海军史学家。作为一名见习军官,在海上度过短暂的军旅生涯之后,他一直和战友们保持着不间断的联系,密切关注着美国海军的成长和发展。

经过多年的调查和研究,库柏于1839年出版了他的具有重要纪念意义的两卷本非虚构类海洋作品《美国海军史》。库柏采用编年体,客观详细地描述了美国海军从独立战争开始到1812年战争结束将近半个世纪的发展历史。此书出版后,一版再版,一直保持畅销势头。接下来的几年里,库柏专门为公众整理出版了缩写版本。1856年出版的新版本,是出版社根据库柏逝世后留下的手稿整理出版的新版本,沿用至今。在之后的几十年里,所有人都把这个版本作为美国海军发展历史的标准。

作为美国海军的关注者,库柏从未停止对其《美国海军史》的探索。在接下来的几年里,他为《格兰汉姆杂志》撰写了八个美国海军英雄系列传记。1846年,这些英雄传记被整理出版。1851年,在他逝世后不久,他的长篇历史巨著《老铁甲军》出版,记录了至今仍然在波士顿港口服役的美国"宪法号"护卫舰的历史。

库柏不仅仅想成为海军水手,更想成为海军军官。1843年,库柏镇上来了一个名叫尼德·迈尔斯的男人,他当了一辈子的水手,不仅在海军服过役,还在商船上做过水手。而如今他残废了,成了一个瘸子。很久以前,他曾经和库柏一起工作过。那是1806年,年轻的库柏第一次作为水手乘坐"斯特林号"商船出海时,和迈尔斯一起共事。到了1843年,尼德·迈尔斯差不多50岁了,还在船上当船员。他一生工作过的船只有72艘,大部分船只是商船,不过,他参加过1812年的英美海洋战争。也正是在这次海战中,他所在的船只"天谴号"发生事故。船只沉没,他虽然侥幸活了下来,但是受伤残疾。最后,美国海军军方批准他到斯塔顿岛上的"斯纳格水手之家"颐养

---

① Conrad J., *Under Western Eyes*, New York: Dover publications, 2003, p. 215.

天年,并且奖励给他一笔抚恤金。

尼德·迈尔斯与库柏一起在库柏镇中部的奥奇戈会堂生活了几个月。他们花了大量的时间一起从事库柏的研究,研究库柏在奥奇戈湖上的帆船。库柏一生都坚信自己是为船而生的。尼德·迈尔斯向库柏讲述了自己的故事,这些故事讲的不仅仅是关于水手生活的洒脱和优雅,更多的是普通水手在海上艰辛甚至野蛮的劳作和微薄的报酬。

1843 年,库柏出版了尼德·迈尔斯的传记《尼德·迈尔斯;或桅杆前的生活》(*Ned Myers; or, A Life Before the Mast*)。如今,这本著作几乎已经被遗忘,因为它不是小说,而是一部传记,几乎不被列入库柏作品出版范围之内。但在 1843 年,它是当年的畅销书之一。库柏从未忘记他的战友尼德,他在布鲁克林海军造船厂为尼德找了一份工作,帮他还债,甚至还雇用了尼德的一个继女。令人欣慰的是,1989 年,安纳波利斯美国海军学会出版社在出版美国海军文学经典系列时,再版了尼德·迈尔斯传记。

不管是在出版发表的著作中,还是在私人信件里,库柏一生都在呼吁建立一支强大的、装备精良的美国海军,以保障美国的国家安全。正如他在《美国海军史》中所说:"(美利坚)共和国必须在世界范围内坚持自己的地位,捍卫自己的领土和维护自己的权利,必须有一支强大的海军舰队做主要保障。""但是,作为一支国家的公共服务力量,(美国海军)发展缓慢而不稳定,美国海军政治一如既往,胆小懦弱,摇摆不定。"库柏的观点,集中表达了三条原则,罗伯特·斯彼勒总结如下:①和平时期,一支强大的、训练有素的海军部队是保证国家海外荣誉和国内自尊的基本保证。②国会要为海军划拨充足的资金,用以保证海军实力和建造足够的舰船,这种拨款是一项合理的财政支出。③增加海军军衔级别和数量,以激励将士,鼓励入伍,鼓舞海军斗志。

如今,对于大多数美国人来说,他们记得库柏,是因为迈克尔·曼导演的电影《最后的莫西干人》。在他们眼中,库柏是美国英雄纳迪·班波及其印第安朋友的创造者,是美国边疆文学的创始人,因为他开创了西部文学传统。

然而，值得注意的是，库柏是美国第一个描写海洋的作家，也是第一个美国海军历史学家，是美国海军一生的挚友。所以，如果你喜欢美国的田园风光，希望你记得库柏镇。库柏与海军同在，与海洋同在。如果你想浏览美国内战前的小说和浪漫故事，那么，你可以在库柏的海洋小说里找到一些关于海洋、轮船和水手的故事。

约翰是独立战争时期美国海军一个普普通通的领航人，他以往的生活平平淡淡，甚至有些悲惨，而且现在的命运也不那么光明，可他并没有一蹶不振，时不时地会唤醒隐藏在自己内心生出的勇猛，率领美国海军突袭英国海岸。库柏以他为原型，在《领航人》中塑造了领航人格雷和英雄汤姆·柯芬。汤姆身材高大魁梧，他在海边出生，在海上长大，对海洋的情感十分深厚。平日里，他默默无闻，总是蜷缩在军舰上不显眼的地方，而一旦他站起身来，"他的身体就像折了无数叠，站起来时一叠一叠慢慢展开，最后巍然耸立，从头到脚差不多有6英尺6英寸高。"① 海上生活养成了他洒脱豪迈的性格，他的内心充满正义感，十分痛恨英国的殖民压迫，决心献身于美国的独立事业。他临危不惧，视死如归，在小说的最后，当"艾瑞尔号"轮船即将沉没的时候，他拒绝听从战友的劝说，弃船求生，而是在军舰上战斗到最后一刻，与舰船共存亡。汤姆·柯芬是库柏着力打造的美国英雄形象。

1826年，库柏为了从写作中赢得更多的收入，也为了给子女提供更好的教育条件，全家移居欧洲。在巴黎，他出版了《红海盗》(*The Red Rover*, 1827)和《水妖》(*The Water Witch*, 1830)。《红海盗》讲述了一个臭名昭著的美国海盗伪装成英国皇家海军被追击的故事。浪漫、冒险、政治阴谋、揭露错误身份等一系列故事情节，库柏在小说中展现了他作为一个海景画画家高超的艺术和引人入胜的叙事手段。

库柏生活的时代，正是美国作为一个崭新的国家，在巨大的社会变革中形成自己独立的文化时代。库柏和其他同时代的美国作家一

---

① [美]库柏：《领航人》，饶建华译，长江文艺出版社2007年版，第10页。

样,致力于民族文化建设,努力建造美国的国家身份和文化认同。他利用自己的创作,把当时的政治、经济、社会观念甚至军事等与文学文化相结合,把作家身份的确立和民族文化认同的构建有机地结合起来。这在他的小说创作过程中可以明显地看出来。

1840年,库柏的海洋小说《海上与岸上》出版。在《海上与岸上》出版七年之后,1847年,库柏的另一部海洋小说《火山口》问世。这是一部具有明显的英国浪漫主义风格的小说,主题与笛福的《鲁滨逊漂流记》十分相似,讲的都是某一个来自宗主国的冒险家在偏远艰苦、十分无奈的条件下进行的殖民活动。不同的是,库柏笔下《火山口》中的主人公马克来自美国的宾夕法尼亚,而《鲁滨逊漂流记》中的主人公鲁滨逊来自英国。在一次穿越太平洋前往中国的航行中,由于船长驾驶不慎导致轮船搁浅发生海难。除了二副马克·伍尔斯顿和鲍勃幸免于难,船上所有人都在事故中丧生。在茫茫大海上,马克和鲍勃被困在珊瑚礁形成的暗礁包围之中。他们几欲绝望,在经过一番苦苦寻找之后,他们终于发现了一处已经不再活动的死火山口形成的荒礁,于是决定弃船登礁,把船上剩余的物品带到礁岛上,过一段他们所谓的"鲁滨逊式的生活"。他们在岛上开垦荒地,种庄稼,把小岛建设得欣欣向荣,像一座美丽的小花园。后来,曾经在岛上居住并辛勤劳作的土著居民返回了小岛,并且发现了他们。双方就土地归属问题展开了斗争。

从小说情节和艺术角度来看,《火山口》是库柏对笛福《鲁滨逊漂流记》的模仿。而从主题看,这实际上是一部关于殖民者如何在殖民地建立权威,对土著居民进行殖民统治的小说。马克在岛礁上树立权威、对岛上原住民进行统治的过程,也是库柏试图树立民族文化权威、摆脱英国文化传统影响的一种尝试,具有重要的历史象征意义。马克是库柏塑造的"殖民者"形象,是到美洲建立"新世界"的美国先驱者的化身。如同《皮袜子故事集》之一《开拓者》中的坦普法官一样,马克的权威也是各种不同力量挑战的对象。不仅土著居民从外部对他的权威进行挑战,威胁到了土地以及土地上的物产的归属权,就连同伴鲍勃也开始撼动他的权威地位。

库柏的生活时代，正是美国海洋实力的上升时期。库柏的小说通过真实再现美国的海洋贸易、捕鲸业、造船业和美国为争夺海洋权益而进行的海上战争等海洋活动，宣扬美国海洋文化和海洋精神，为美国的海洋文化形构和海洋大国形象建构做出了极其重要的贡献。

第三节 《白鲸》与"硬汉"

一 麦尔维尔："美国的莎士比亚"

赫尔曼·麦尔维尔（Herman Melville，1819—1891）是美国文学史上的第二位重要的海洋小说家、卓越的哲学家和诗人，也是一位和纳撒尼尔·霍桑齐名的美国作家。虽然生前没有引起读者足够的重视，但在20世纪20年代声名鹊起，享有"美国的莎士比亚"之美誉。他的小说《白鲸》（Moby Dick）被英国作家毛姆誉为"世界十大文学名著"之一，毛姆认为他在美国文学史上的地位要远远高于马克·吐温之上。

1819年8月19日，在纽约珍珠街的一幢房子里，艾伦·麦尔维尔和玛利亚·甘斯沃尔特夫妇的第二个孩子出生了，他就是后来成为美国著名作家的赫尔曼·麦尔维尔。麦尔维尔的父母亲都出身于名门大户，祖父是波士顿的名门望族，毕业于普林斯顿大学，曾参加过"波士顿倾茶"事件和邦克山战役，其家族的威望可以追溯到英格兰的贵族。外祖父是奥尔巴尼一个富裕的荷兰移民大庄园主，在美国军队里当过军事将领，和麦尔维尔的祖父一样，也是独立战争中的英雄，曾经在斯坦威克斯堡的战役中击退英军。幼年的麦尔维尔家境富裕，生活安逸，博览群书，受到了良好的教育。麦尔维尔11岁时，因家族的纺织品生意经营不善，全家频繁搬家。1830年，麦尔维尔的父亲破产，全家人被迫迁居哈德逊河西岸的纽约州首府奥尔巴尼，那里是母亲家族的大本营，父亲在那里开始从事皮草进出口生意。然而，新的生意并没有给这个家庭的经济状况带来多大改善，特别是受

1812年战争的影响，皮草根本无法销售到国外。两年后，50岁的父亲因过度劳累和精神崩溃卧病不起，不幸患肺炎早逝。麦尔维尔原本就读于奥尔巴尼学院，阅读了大量的文学经典。家境的每况愈下，迫使少年时代的麦尔维尔不得不辍学回家，帮助母亲和兄长养家糊口。曾在大学里就读工程学专业的他当过银行雇员，干过农活，做过小学教师，最后还当过水手。为了改善贫穷的经济状况，十八岁时，渴望冒险的麦尔维尔签约做了商船上的服务员，跟随"圣劳伦斯号"货轮从纽约前往英国的利物浦，从此开始了航海生涯。

1841年，新年刚过，麦尔维尔跟随"阿库什尼特"号捕鲸船向南太平洋群岛航行。捕鲸船在海上航行了18个月，仍然没有归期。由于再也无法忍受单调的海上生活，麦尔维尔离船上岸，在南太平洋的马克萨斯群岛上与有"食人生番"之称的泰比人共同生活了一个月。后来，他搭乘一艘澳大利亚商船离开，在澳大利亚商船上当水手，后又因为参加反对船长的活动，不幸被囚禁在塔希提岛上三个月。三个月后，他越狱而逃，又到一艘捕鲸船上当投叉手四个月。1843年8月，他又参加了美国海军，在"联邦号"军舰上服役一年零两个月。

麦尔维尔航海期间，游历了利物浦、西印度群岛和南太平洋群岛等地，度过了既漫长又充满浪漫的海上生活。海上生活开阔了麦尔维尔的视野，也改变了他的思想。在海上，他发现了一个完全不同的新世界。海上生活艰苦而又充满危险，但人人平等，相互合作，船长公正地主宰一切，拥有绝对的权威。在船上，船员们的家庭、文化、宗教等背景差异都变得无足轻重。到了利物浦，原本由于家庭生活不幸和长期的贫穷生活而使性格变得深沉复杂的麦尔维尔，看到了这个工业城市里丑陋的一面：面容憔悴、衣衫褴褛的人群和脏乱不堪的贫民窟。这些给麦尔维尔留下了深刻的印象，也为他之后的文学创作提供了生动的素材。

航海生活，对麦尔维尔影响巨大。他在南太平洋上的航海生涯并不顺利，特别是1841—1844年，麦尔维尔相当长的时间都是在捕鲸船上。1844年，麦尔维尔不愿意再忍受海上生活的艰险枯燥，决定返回美国当一名作家。他在波士顿上岸，定居在马萨诸塞州，开始了他的文学生涯。1846 年，麦尔维尔根据他在马克萨斯岛与"食人生番"共同生活的经历创作的第一部长篇小说《泰比》（Typee）在伦敦面世。第二年，他的第二部小说《奥姆》（Omoo）也出版面世。在此期间，他结识了当时的著名美国作家霍桑，在霍桑的指导下，他的创作艺术大大提高，并开始《白鲸》（Moby Dick，1851）的创作。1849 年创作的《雷德伯恩》（Redburn，1849）和 1850 年出版的《白外衣》（White Jacket）获得了广泛好评。

麦尔维尔的创作可以分为三个阶段：第一个阶段是 1844—1850 年，麦尔维尔根据自己的航海经历创作的小说，如《泰比》《奥姆》（Omoo，1847）、《雷德伯恩》（Redburn，1849）等，还有一些具有寓言性质的作品，如《玛迪》（Mardi，1849）、《皮埃尔》（Pierre，1852）和《骗子的化妆表演》（The Confidence Man，1857）等；第二个阶段是他创作的巅峰时期，主要是指《白鲸》的创作；第三个阶段是指 1852 年之后的创作，其中包含一些著名的短篇小说和诗作，如《贝尼托·塞莱诺》（Benito Cereno，1856）、《誊写员巴特比华尔街的一个做事》（Bartleby, The Scrivener: A Story of Wall Street，1853）、《比利·巴德》（Billy Budd，1924）和诗集《克拉莱尔》（Clarel，1866）等。

麦尔维尔一生贫困潦倒，1891 年 9 月 28 日因心脏病在纽约逝世。在美国文学史上，麦尔维尔与霍桑齐名，被誉为"美国的莎士比亚"，他的《白鲸》在他死后被誉为美国最伟大的小说之一。但他在生前并没有受到重视，甚至因为《白鲸》而招致许多非议。

二 "泰比"之旅

《泰比》是麦尔维尔的第一部小说，虽然是根据他自己的亲身经历写成的，但又算不上严格意义上的自传。小说内容虽有虚构成分，但也不全是虚构，更像是一部集冒险、轶事、人种学和社会批评于一体的游记。麦尔维尔以游记的形式，叙述了主人公托莫人生中一段难忘的经历。托莫和同伴托比因为忍受不了"多利号"航船上枯燥无味的漂泊生活和船长的粗暴虐待，弃船而逃。他们逃到了传说中的异域之地"泰比峡谷"。对"异域之地"的无比好奇驱使托莫冒着生命危险前往探个究竟,结果发现,这里并没有传说中描述的那么可怕,这里和白人社会一样,既有好人,也有坏人。在"泰比峡谷"这个充满了异域风情的地方,他看到的一切都充满了诱惑。于是,托莫半是恐惧,半是好奇,开始了"泰比"之旅。土著居民怪异的文身、舞蹈、祭祀仪式和葬礼都引起托莫的极大兴趣,并驱使他去探索了解。出乎意料的是,他们并没有被这些"食人生番"吃掉,反而备受尊敬和热情款待。在和土著具名交往的过程中,托莫总是以文明人自居,讥笑土著居民的愚昧无知,却又不得不依赖这些他所鄙视的人。他充分利用土著居民的"无知",以期获得更好的待遇。他自己不劳而获,还嘲笑土著居民的懒惰。他一方面贪婪地享受着眼前的幸福生活,和漂亮的土著女人泛舟海上,自由嬉戏,过着一种胜似夫妻的美妙生活,另一方面又对眼下发生的一切持怀疑态度。

麦尔维尔在小说中揭示了托莫作为"文明人"内心的阴暗和残忍。作为"外来者",托莫视泰比峡谷为"异地"。作为"文明人",他视土著居民为"他者"。而从内心来说,在泰比峡谷,托莫才是真正的"他者",他并不愿意和这些"野蛮人"一起生活,可是他又不愿离开,回归船上枯燥的水手生活。无奈之下,他只好入乡随俗,不情愿地留在那里。随着时间的推移,他发现,在这个世外桃源般的海岛上,也有无数令人困惑的东西。一方面,土著人考利简朴、虔诚而又无私,菲尔薇天真、善良又美丽,托莫可以轻而易举地从他们那里不劳而获;另一方面,传说中的"食人生番"使他自从来到泰比峡谷后就不敢放松警惕,害怕成为"食人生番"的牺牲品,所以,恐惧和担忧一直折磨着他的内心。另外,土著文化对他的冲击也不容忽视。托莫看到,土著居民的脸上、身上都文有奇怪的图案,这些图案具有深刻的文化内涵。小说中,托莫要在泰比峡谷生活下去,就必须接受文身,让人在他的脸上纹上他并不了解含义的图案。也就是说,接受文身就等同于他认同土著文化,可这是他无论如何都不能接受的。从表面上看,他在泰比的生活无忧无虑,自由自在,受到了格外热情的款待和尊重,可他总觉得自己始终被周围人盯着,或被保护着,逃脱不了土著人的目光。为此,他感觉自己并不自由。他很想摆脱这种境遇,可不知道如何才能达到目的。他也曾试图利用自己的文明换取真正的自由和尊重,可在小说的结尾,托莫发疯似地冲向河边,想跳上捕鲸船,逃离这异域。泰比峡谷的土著人想要阻拦,可怎么都拦不住。他拼命反抗,用鱼钩杀死了向他追赶而来的土著人。

在这部小说中,麦尔维尔使用了悖论手法,表达了对白人中心主义的批判。在以托莫为代表的白人中心主义者眼里,泰比峡谷作为"异域",是一个"食人生番"生活居住的地方,野蛮、落后、愚昧。然而,当托莫初到泰比峡谷的时候,发现眼前的一切都充满了新奇和魅力,他下决心即使冒着生命危险,也要去探个究竟。他不仅没有被吃掉,反而受到了尊重和款待。他们不仅不野蛮,反而对他礼貌有加。考利的善良无私,菲尔薇的天真纯洁,都使托莫对这伊甸园般的生活流连忘返。然而,文化中心主义对托莫的影响根深蒂固,自从他来到这里,他从未放松对"泰比"人的警惕,把他们视为"敌人",视为潜在的危险因素。小说的结尾更加值得深思,托莫用鱼钩杀死好心好意挽留他的"泰比"族人,而这族人是他来到"泰比峡谷"刚刚结识的朋友。他对"泰比"朋友的生命毫不吝惜,然而,对同伴的命运却深感担忧,不知道他是死是活。

麦尔维尔四年的海上生活经历大大丰富了他的见闻和思想,为他日后的文学创作提供了取之不尽的灵感和素材。他把这四年的航海生涯称为"哈佛大学和耶鲁大学"。他根据在南太平洋的航海经历,以游记体小说的形式,创作了长篇小说《泰比》和《奥姆》。他在其中对异域风情的描写为美国读者带来了闻所未闻和耳目一新的感受,再加上他笔调流畅,语言幽默,这两本书出版后在纽约畅销一时。

三 城市与海洋

在麦尔维尔的作品中,陆地上的城市生活,特别是纽约的城市生活和海洋的航海生活具有同等重要的地位。麦尔维尔出生于纽约,父亲生意的失败和他在大学毕业后求职的不顺利,都使纽约给了他一种幻灭感的体验。这种幻灭感在他的长篇小说《皮埃尔》和短篇小说《誊写员巴特比》中得到了明显的体现。《皮埃尔》于1852年出版,

《誊写员巴特比》是 1853 年发表在《普特南》杂志上的短篇小说，也是他短篇小说的代表作。19 世纪初的纽约不仅已经成为商业大都市，政治上也越来越民主，不仅吸引了一批渴望成功的企业家，而且一些崭露头角的知识分子也聚集到这里。纽约开始在文化上取代波士顿，占据主导地位，成为美国重要的文化和商业中心。城市急剧膨胀，摩天大楼林立，吸引着各地的人来到纽约开辟新天地。所有怀揣美国梦的人们都希望在纽约实现自己的梦想，正如麦尔维尔在《白鲸》的开头所述的那样："市镇四周像布置着一匝默默不语的哨兵似的，站着成千上万的人，都盯着海洋出神。有的倚着柱子，有的坐在码头边，有的眺望着从中国驶来的船只的船舷，有的高高爬在索具上，似乎想竭尽全力把海景看个够一样。"就像叙事主人公以实玛利的话一样，纽约城里"左右两面的街道都把你引向海边去"，带到致命的险境而又充满无限机会的地方。①

然而，在麦尔维尔的心目中，纽约是一个希望破灭、意志受挫和自我异化的地方，这个城市粗俗不堪的商业习气给他带来的是一种复杂的情感。父亲生意的惨败给他年幼的心灵留下了阴影，而成年时期文学创作的坎坷也使他烦恼。1851 年，麦尔维尔的代表作《白鲸》出版后，读者的反应不够热烈，销售惨淡，商业效果不佳。这对作者来说，是一个沉重的打击。长篇小说《皮埃尔》和《誊写员巴特比》这两部作品都以纽约为背景，表达了麦尔维尔对纽约的城市生活失望的心情。《皮埃尔》的全名是《皮埃尔：或模棱两可》（Pierre：or，The Ambiguities，1852），强调小说的主人公皮埃尔·格兰丁在生活中感受到的不确定性和神秘化之间的联系，也着重强调了故事发生的背景是迷宫般的城市环境。19 岁的皮埃尔原本来自纽约北部郊区的马鞍牧场，是一家庄园的继承者。父亲去世后，盛气凌人的母亲控制着家产。在母亲的安排下，皮埃尔与一个叫露西·塔顿的金发女郎订了婚。后来，他遇到了神秘的黑发女郎伊莎贝尔·班福德，并深深地迷恋上了她。可是有一天，伊莎贝尔写信告诉皮埃尔，说她是他的同父

---

① Melville, *Moby Dick*, Modern Language Association of America, 1985, pp. 3 - 4.

异母妹妹，是他父亲和一个欧洲难民所生的私生女。皮埃尔为了维护父亲的名誉，为了减轻母亲的忧伤，也为了让伊莎贝尔继承部分家产，他制订了一个看似了不起的计划。

他告诉母亲，说他已经结婚。母亲大怒，立即把他赶出了家门。无奈之下，皮埃尔和伊莎贝尔在仆人戴利的陪同下，离家前往纽约。当时，纽约的飞速发展吸引着成千上万来自外乡的创业者，皮埃尔也打算到纽约创造新世界，成为一个有抱负的作家。在乘坐驿站马车前往纽约的路途中，皮埃尔阅读了罗马新柏拉图派哲学家普罗提诺在《精密计时和钟表术》一书中提出的关于"绝对美德和相对美德之间的差异"的片段。在到达纽约之前，皮埃尔满心希望会受到格伦迪宁·斯坦利的热情款待，格伦迪宁既是他的朋友，又是他的表弟。可出乎他的意料，格伦迪宁拒绝和他相认。皮埃尔、伊莎贝尔和戴利在一家由教堂改造而成的旅馆住了下来。这原是一座传教者教堂，现在里面住满了贫穷的艺术家、作家、唯心论者和哲学家等。皮埃尔少年时期曾经在写作方面获得过成功，他决定靠写作谋生。

后来，皮埃尔得知，母亲去世后，表弟格伦迪宁·斯坦利继承了马鞍牧场的房产，并且和露西·塔顿订了婚。然而，没过多久，露西出现在传教士旅馆，表示尽管皮埃尔和伊莎贝尔表面上结了婚，她仍然希望嫁给皮埃尔，和皮埃尔相伴一生。就这样，皮埃尔和三个女人相依为命，惨淡度日，不久，他们花光了原本不多的钱。皮埃尔的文学创作进展不顺，受自身经历的影响，他的文学作品太过愤世嫉俗，有明显的"泰门"倾向：固执己见，拒绝承认人类的美德，孤芳自赏，对未来不抱任何期望和幻想。皮埃尔在小说中表达的愤世嫉俗的世界观和陈述的过于沉重的事实，与当时文学市场崇尚简单、轻快和天真的潮流不相悖合，因此，他的书稿遭到了出版商的拒绝。虽然无法靠创作挣钱，皮埃尔仍然幻想自己成为古希腊神话中因反对宙斯而战败后被雅典娜埋葬在埃特纳山上的巨人恩克拉多斯。可是生活越来越艰难，皮埃尔债务缠身，出版商拒绝出版原本已经签过合同的书稿，格伦迪宁和露西的哥哥不断威胁他，皮埃尔又害怕自己对伊莎贝尔的乱伦激情……重重压力之下，皮埃尔失去了理智，他在交通高峰时刻把格伦迪宁枪杀在百老汇，自己被关押进了"坟墓"监狱。监狱的名称具有明显的象征意义，在故事的结尾，伊莎贝尔和露西前去探望皮埃尔。监狱里，伊莎贝尔告诉露西，皮埃尔是她的哥哥。惊愕之下，露西休克而死，皮埃尔和伊莎贝尔也双双服毒而死，监狱的狱舍里留下了三具尸体……

皮埃尔单纯善良，崇尚乡村贵族传统的价值观，他把家族史、荣耀、学问和秩序置于金钱之上。他原本希望自己身上的"绝对美德"能够改良世界，然而，事情并不像他想象得那么简单。从纽约北郊简单纯朴的乡村移居到繁华混乱、庸俗粗野、个人至上的都市，对他们来说就是一个灾难。纽约作为大都市，其中的生活"游戏规则"与皮埃尔的世界观和价值观发生了激烈的冲突。冲突之下，皮埃尔和追随他的价值观的亲人都成为牺牲品。

《誊写员巴特比：华尔街的一个故事》讲述了一个同样令人伤感的悲情故事。故事的叙述者是一个心地善良、温文尔雅的律师，他曾经与纽约最富有的地产商约翰·雅各布·阿斯特有过生意往来，并以此为荣。麦尔维尔没有告诉读者这位律师姓甚名谁，只是在故事的开始告诉读者，他已经雇用了两个抄写员为他手抄法律文件，因为业务的扩大，需要再雇佣一名抄写员。最后，他雇用了眉头紧锁、面容忧郁的巴特比，希望他的荣辱不惊和深沉镇静能够缓和与影响前两位抄写员动不动就发火的脾气。

起初，巴特比工工整整抄写了一大本法律文件。可突然有一天，情况发生了逆转。当律师要求他帮忙校对一份法律文件时，巴特比一向恭顺的回答变成了直截了当的拒绝："我才不干呢。"之后，对于律师的每一项指令，巴特比都以同样的方式加以拒绝。让律师和两个同伴更加沮丧的是，巴特比愿意接手的活儿越来越少，甚至干脆不接。律师曾经几次试图规劝巴特比，晓之以理，动之以情，并试图了解其中的隐情，可都以失败告终。有一天，当他无意中经过巴特比的办公室时，发现他开始住在那儿。

律师的生意伙伴们都不明白，为什么巴特比总住在那儿，气氛变得越来越紧张。律师感觉到，巴特比威胁到了他的声誉和生意，可又不忍心把他赶走,因为在当时的纽约,按照法律规定,拒绝工作不算是挑衅行为,也不属于人身攻击,而解雇他也略显滑稽。无奈之下,律师决定另觅办公地点,搬往他处。就这样,律师搬走了,房子有了新的房客。过了没多久,新房客找上门来,向律师求助。说巴特比不愿意离开那儿,他白天坐在台阶上,夜里睡在门道里。律师听了新房客的讲述,去看望巴特比。他劝说巴特比离开那儿,甚至邀请他和自己同住,但令他吃惊的是,巴特比的回答依旧是"我才不愿意呢。"过了一段时间,律师又去那儿看望他,发现巴特比被警察强制带走,投进了监狱。律师去监狱探望,发现巴特比更加忧郁,更加萎靡不振。他劝说巴特比振作起来,还买了一只火鸡带到监狱,想让巴特比吃得好一些。可是几天后,当他再次去监狱探望巴特比的时候,发现巴特比已经绝食而亡。

再后来,律师听说巴特比曾经在邮局的"死信部"工作,专门焚烧处理那些无人认领、无法投递的信件。他心想,在那样的地方工作,单单那些"死信"就可以使任何一个大活人陷入绝望,成为巴特比那样性格忧郁的人。在故事的结尾,律师接连不停地叹息:"唉,巴特比!唉,人性!"

麦尔维尔在他的创作中把陆地,特别是城市与海洋做了鲜明的对比,强调城市环境对人格的影响。在这个副标题为"华尔街股市"的短篇小说中,麦尔维尔探讨了城市化进程中产生的一系列社会问题:房地产、债务、城市环境的恶化、生活压力对人性的摧残等。这些问题原本是麦尔维尔少年时代的经历。根据麦尔维尔传记作家德尔班科(Delbancco)的叙述,由于经营不善,再加上1812年拿破仑发动的法俄战争的影响,原本经营法国干货生意的艾伦·麦尔维尔债台高筑。到了1830年,艾伦欠下的债务已经超过了两万美元。尽管父母亲想方设法隐瞒真相,不让孩子们知道,可父亲的情绪波动和身体健康的每况愈下,使孩子们隐隐约约感受到了生活的艰难,也在他们幼小的心灵上留下了阴影。父亲的英年早逝对麦尔维尔来说,更是一次重大的打击。同时,麦尔维尔大学毕业后就业过程的曲折,以及后来《白鲸》在纽约这个出版文化中心和读者中间受到的冷遇,也使他对纽约这个城市产生了一种成见。

　　的确，在商业企业主导的城市里，人性受到了压抑。在《皮埃尔》中，麦尔维尔借叙述者对城市与乡村的对比，抨击了纽约民主社会中的个人至上、庸俗粗野和肮脏混乱现象。"城市生活更粗俗：且不说其他方面，只看它一幅永远肮脏的市容，就一目了然；但乡村就像女王，被乔装成女仆的四季精心装扮，而城市里只有砖石……"（*Pierre*, 13）城市风景的单调在《誊写员巴特比》中得到了强调，律师为了让巴特比更好地为他抄写法律文件，专门为他安排了一个好的座位，桌子对着"窗户，原本可以看见窗外人家的后院和砖墙，虽然这后院有些肮脏，可后来也被高高的建筑物挡住了视线，现在什么也看不见了。"（*Bartleby, The Scrivener: A Story of Wall Street*, 110）城市风景的单调加重了人们的视觉疲劳，对人性的影响产生不良影响，可毫无创造性和单调的工作，以及死气沉沉的生活更能让人心情烦闷抑郁，对未来，对生活产生厌倦和绝望情绪。因此，尽管善良的律师一再劝慰巴特比，并对他表示关心，依旧不能挽救巴特比，不能改变他告别这个世界的决心。

　　在《皮埃尔》中，纽约是一个杂乱无章、令人恐怖的人间地狱，诱人的希望和承诺都如海市蜃楼般虚幻，只会给人带来大失所望，甚至灾难。为了证明城市的恐怖，麦尔维尔在这部小说中设置了许多死亡场景。皮埃尔杀死了露西的哥哥，皮埃尔的母亲和露西相继而死，皮埃尔和妹妹伊莎贝尔双双在监狱中自杀身亡。

　　城市生活的庸俗和混乱，使越来越多的底层劳动者被迫向海上转移，寻求机会和希望。就像叙事主人公以实玛利的话一样，纽约城里"左右两面的街道都把你引向海边去"，把你带到致命的险境而又充满无限机会的地方。（*Moby Dick*, 4）也许，正是因为对城市生活的厌倦，19岁的麦尔维尔毫不眷恋纽约的生活，他向往海上冒险。正是在这样的动机驱动下，麦尔维尔走向海洋，并根据自己的海上经历创作了文学经典作品《白鲸》。

四　美国海洋文学的巅峰之作《白鲸》

　　麦尔维尔四年的航海经历和在南太平洋上的捕鲸体验为他创作

《白鲸》提供了第一手资料。1847年,麦尔维尔娶马萨诸塞州大法官之女为妻,并在纽约安家。1850年夏天,麦尔维尔在马萨诸塞州郊游时偶遇美国著名作家霍桑,从此俩人结为好友。是年秋天,麦尔维尔搬至离霍桑居住地不远的"箭头农场",并在那里居住13年之久。在"箭头农场"安家后,麦尔维尔边阅读莎士比亚的《李尔王》《麦克白》等剧本,边潜心创作《白鲸》。1851年,《白鲸》出版,其中融入了莎士比亚悲剧元素和浪漫主义小说成分,成为世界文学的经典著作。

继《白鲸》之后,由于麦尔维尔的生活发生了许多变化,他的性格开始反复无常,文风不再充满画面感,而是越来越就事论事。他在生活中遇到了各种各样的烦恼,他与霍桑的关系越来越冷淡,他的债务越来越多,他越来越不理解杂志和报纸对他的批评,他的读者越来越少,《骗子的化妆表演》(*The Confidence Man*,1857)等作品虽然以滑稽形式对人性的弱点做了无情的讽刺和批判,但在美国,几乎没有读者。晚年的麦尔维尔在美国文坛上几乎不被关注,生活孤寂凄凉。直到20世纪20年代,人们才开始关注他的创作,40年代,麦尔维尔研究真正发展起来。而对于《白鲸》这样一部集游记、航海故事、寓言、鲸鱼知识和捕鲸业百科全书于一体,包含了美国史诗、小说、散文、悲剧等文学元素的庞杂文学作品,19世纪的读者很难进行全面深入的研究。

那么,《白鲸》到底是怎样一部文学作品?作者在小说中表达了怎样的主题?《白鲸》的叙述者是一个名叫以实玛利的水手。每当他遇到烦恼,情绪消沉时,就离开陆地去海上寻找慰藉。因为这样他就可以无拘无束地在大海上自由思考和探索,从而理解和领悟变幻莫测的现实生活。在故事开始之前,以实玛利已经有过多次航海经历。这一次,他决定到捕鲸船上当一名水手。

以实玛利辗转来到新英格兰港口,住进一家拥挤不堪的小客栈,因为客满,他不得不和一名长相奇特、举止古怪、名叫魁魁格的捕鲸投叉手共睡一张床。投叉手来自南太平洋,在以实玛利看来,他完全是一个异类,对他充满了既好奇又警惕的心理。不过,以实玛利很快发现，这位异类心地善良，待人友好而又真诚，于是两人成为挚友。他们结伴来到南塔克特港口，一起和捕鲸船"裴阔德号"签订了出海合同。

"裴阔德号"捕鲸船在海上行驶了几天，船长一直没有露面。船上的事务都由大副斯巴达克和二副塔斯布打理。又过了几天，船长终于出现在甲板上。大家都叫他亚哈船长，他五十多岁，身材高大，拖着一条用鲸鱼骨制成的白色假腿。据说，他在一次捕鲸的时候，腿被一头名叫莫比·迪克的白鲸一口咬断。从此以后，亚哈发誓要捕到莫比·迪克以报仇雪恨。以实玛利虽然没有见过莫比·迪克，但也早有耳闻。这是一头巨大无比的白鲸，头顶是白色的，额头上长着一道道皱纹，下巴扭曲，令人望而生畏，而它的凶猛更是让捕鲸人胆战心惊。

"裴阔德号"在大海上航行时遇到了几艘捕鲸船。亚哈向他们打听是否遇到过莫比·迪克，对方船员都劝说他放弃追捕莫比·迪克，以免伤亡，可亚哈置若罔闻，执意要和莫比·迪克决一死战。在此期间，魁魁格发了高烧，性命垂危。他吩咐船上的木匠为他制作了一口形状像独木舟一样的棺材。然而，没过多久，他又很快病愈，那口早已准备好的棺材只好改做木箱使用。

费达拉是亚哈自己带上船的水手，他举止诡异神秘，与亚哈的关系非同一般。有一天，亚哈告诉费达拉，说他梦见了枢车。费达拉说他自己将先于船长而死，而船长在见到两辆枢车（一辆枢车非人类制造，另一辆是用在美国生长的木材制成）后才会死去。费达拉还说，船长将被绳索勒死，死的时候，既没有棺材，也没有枢车。听了费达拉的话，亚哈心生悲凉之情。

有一天，天气晴好，阳光明媚，海面上出奇的宁静。亚哈俯身倚靠在船舷上，凝视着一望无际的蓝色海洋，陷入了沉思，一颗泪珠顺着他的面颊滚落到海水中。这时，大副斯巴达克走到他身边，亚哈向他讲述了自己的身世，谈到了他在海上充满艰辛的经历，谈到了他的家人：年轻的妻子和幼小的儿子。斯巴达克以为船长因思念亲人而动摇了猎杀白鲸的意志，就趁机劝说他调转船头，放弃寻找白鲸。然而，亚哈已经把寻找猎杀白鲸当作了生命中最重要的事情，当即拒绝了斯巴达克的劝告。

"裴阔德号"捕鲸船逐渐接近莫比·迪克的活动区域。亚哈日夜监视海面，终于，他发现了它。于是，三天三夜的人鲸大战开始了。冰山似的白鲸突然出现在"裴阔德号"眼前的海面上，亚哈和同伴们立即放出几只小艇。亚哈站在小艇上，手持投叉，冲在最前面。正当他要把投叉刺向白鲸时，它突然潜入水下，一口将小艇咬成两半，亚哈落入海水中。莫比·迪克在水中翻滚，不停地掀起巨浪，使"裴阔德号"船上的水手费了半天工夫才把亚哈打捞上来。这时，莫比·迪克已经消失得无影无踪。第二天，亚哈率领"裴阔德号"继续寻找追踪莫比·迪克。终于，他们发现白鲸出现在不远处的海面上。三艘小艇如离弦之箭，冲向莫比·迪克。它并不躲闪，而是迎面游来。混战中，两条小艇相撞，费达拉失踪，莫比·迪克用额头拱翻了亚哈的小艇，再次消失在茫茫大海中。第三天，"裴阔德号"继续追捕白鲸。当他们接近莫比·迪克时，发现它正驮着失踪的费达拉，费达拉被鱼叉和绳索捆绑在鲸鱼的背上。亚哈心中明白，费达拉的第一个预言应验了：莫比·迪克就是他所说的"非人造柩车"。正在这时，莫比·迪克朝着捕鲸船猛冲过来，将"裴阔德号"撞成碎片。亚哈大吃一惊：费达拉预言中所说的第二辆柩车原来是自己的捕鲸船。他把锋利的鱼叉投向莫比·迪克，却被鱼叉上的绳子缠住了脖子，他在小艇上被莫比·迪克拖拉下来，葬身在大海的滚滚波涛之中。除了故事的叙述者以实玛利，捕鲸船上的其他水手全部被海浪吞没。以实玛利抓住了魁魁格的船形棺木，漂浮在海面上，被后来经过此地的另一艘捕鲸船搭救。整个故事其实是他的回忆，是麦尔维尔对故事结构的一种巧妙安排。

《白鲸》全书共分五个部分：以实玛利和魁魁格；亚哈与莫比·迪克；"裴阔德号"的航行；鲸鱼与捕鲸业；最后的激战。每一部分都有突出的主题，而且各部分主题相互渗透，有机结合成为一体。然而，对于这部海洋史诗的主题，众说纷纭，莫衷一是。

不管《白鲸》的主题如何，麦尔维尔的创作却是基于一种事实，即人鲸大战中人类力量的渺小和捕鲸人在海洋中生存的艰险。1820年，南塔基特捕鲸船"埃塞克斯号"在太平洋上被一条长达85英尺的抹香鲸撞毁，船上的20名船员被迫乘坐三艘小艇朝着东南方向的南美洲划去。他们在小艇上度过了三个月的艰难时光，在航行了4500多英里之后，仅剩下5名幸存者在距离智利海岸约300英里的地方被搭救。1839年，《旅行者》杂志刊登了另一则捕鲸船遭遇鲸鱼袭击的恐怖新闻。一条向雪山一样的白鲸莫比·迪克在太平洋海面上出没，给捕鲸船和水手们造成了极大的威胁。多年的海上捕鲸生活为麦尔维尔提供了创作《白鲸》的第一手资料。《白鲸》的首要意义在于反映了美国海洋经济发展的一个繁荣时代——渔业和捕鲸时代。

五 美国的捕鲸时代

美国19世纪捕鲸业的兴盛离不开美国渔业和造船业的发展。17世纪初，乘坐拥挤破旧的小船，在大西洋的惊涛骇浪中，胆战心惊地颠簸了数月时间，从欧洲大陆横渡大西洋到美国寻求自由、幸福的新生活的农民、商人、手工业者和冒险家们，练就了在海浪中生存的智慧和勇气，也使他们制造出经得起风浪的船只。

美洲大陆有限的生存资源，迫使这些清教徒走向海洋，向海洋攫取种类繁多的渔业资源。17世纪中期，新英格兰沿海地区种类繁多的鳕鱼，如绿鳕、黑线鳕等，已经被看作是一笔巨大的财富。英国的投资家愿意出钱兴造渔船、置办设备、招募水手，以获取利益。政府制定优惠的税收政策，鼓励发展这项当时在新英格兰最大的工业。而且，鳕鱼干货市场已经变得极为重要。关于这些，不仅在英国作家的小说中，如《勇敢的船长们》有所体现，在美洲殖民地也有所记录。1798年，在波士顿竣工的马萨诸塞州议会大厅里，就挂着一个记录鳕鱼在美国殖民者生活中极具象征意义的木雕《神圣鳕鱼》。

独特的气候和海上风浪迫使这些渔民改造船只，以适应气候的变化。就这样，东北沿岸的渔民们最初使用平稳的"单人舟"用来捕捉龙虾和牡蛎，用可容3—4人的单桅小帆船和四角帆双桅船到海洋深处捕捞鱼类，因为乘坐这样的渔船可以在海面上平稳捕鱼并顺利返航。当时，世界上最大的渔场，当属纽芬兰大海滩。那里，渔季捕捞大鳕鱼成为英美渔民一年中最重要的作业，因此，渔民们更喜欢可以容纳更多船员的大船。

美洲殖民者对造船业做出重大贡献的应当是纵帆船，纵帆船的发展是为了适应在大海滩捕鱼的需要。1713年，安德鲁·鲁滨逊上校在马萨诸塞州的格罗斯特开始全面建造纵帆船。经过改良的纵帆船具有速度快、易操纵、经得起风浪、货舱宽敞等特点。有些大型的纵帆船还安装有船底垂直升降板，升起时可以直接驶进浅滩。装有前后帆的纵帆船与方帆船相比，更加适应逆风航行。1776年，在像纽芬兰这样的大海滩上捕捞鳕鱼的纵帆船已经多达500艘。捕捞鲭鱼和鲱鱼的是较小的船只，因为鲭鱼和鲱鱼大多聚集在近海。由于海上生活艰苦，再加上风向变化无常，帆篷需要有专人照料，有时候还需要在海上浓雾中航行，这都为美国培养海军和商船水手提供了宝贵的经验。

在独立战争和1812年的战争中，美国的许多纵帆船都从事过掠夺英国商船的勾当。性能良好的船只、勇敢彪悍的船员及其海盗风格的冒险精神为美国海军的建立奠定了基础。当时，性能和设备最完善的双桅船是巴尔的摩制造的纵帆船和方帆船。这些船只在顺风时能像"飞剪"一般在海面上疾驶，有"巴尔的摩飞剪快船"之称。在1812年战争中，美国人在船甲板上安装大炮，使之成为武装快速船。这些武装快速船为战胜英国人立下了汗马功劳，闻名遐迩。随着航海经验的日益丰富，造船厂吸取海滩渔船的成功经验，对这种快速船加以改进，到了18世纪50年代，已经制造出适合作战的理想战舰。"伦道夫号"武装快速船被认为是当时最好的、最完美的战舰。1794年，美国国会授权修建六艘武装快速船，其中"美国宪法号"和"老铁甲号"在火力配备、航速和机动性能方面都是独一无二的。

1812年英美海战中，与英国皇家海军抗衡并取得胜利的正是那些在渔场和公海上经过考验的船只改进而成的武装快速船和私掠船。后来，随着科技的发展，蒸汽机船取代了帆船。特别是从纽约到利物浦之间往返航行的定期邮船"萨凡纳号"第一次使用了蒸汽发动机，虽然在29天的航行中，蒸汽发动机的运转不到90个小时，但在美国航海史上却是一件值得纪念的大事，预示着蒸汽机船的发展和帆船的衰落。但美国正规的蒸汽机船航线在时过30年之后才建立起来,在19世纪中期,快速帆船仍具有它非凡的威力。当时,由约翰·格里菲斯设计的横帆船"彩虹号"长达154英尺,航行时速达到20海里左右,是当时速度最快的商船。这些美国快速帆船已经垄断了当时的世界茶叶贸易。

纵帆船、方帆船等大型船舶的发展,反过来进一步促进了渔业捕捞业和海上贸易的发展。结实、平稳、装载量巨大的方帆船使渔民和水手捕捞大型鱼类甚至鲸类提供了可能。捕鲸船来回穿梭使新英格兰沉睡的村镇变成了繁荣的港口。从18世纪初美国第一艘捕鲸船驶离马萨诸塞州南塔基特和新贝德福德到19世纪60年代人类开始使用煤油照明,鲸油一直是美国人的最佳照明材料。19世纪中叶,捕鲸业成为美国的一大主要产业。在世界各地捕鲸的美国船只多达700多艘。这些捕鲸船只的停泊地点都在新英格兰沿岸、长岛甚至哈德逊河的某些港口。英国政治家埃德蒙·伯克在描写美国的捕鲸业时说:"没有什么海域不受他们捕鲸船的骚扰,没有什么天气能挡得住他们的辛勤劳动。"捕鲸船必须结实、平稳、装载量大,可曾经有一段时期,为了追求有利可图的鲸油,不管什么船,几乎都出海去捕鲸。1835—1860年,鲸鱼制品的总产值达到了年均800万美元以上,成为美国渔业行业中利润最大的产业。那么,根据英格兰的传统,船员分红是按照一定比例的,船长可得到整船利润的12.5%,而甲板水手只能分得0.5%。因此,为了全船水手的利益,一艘船出海之后,必须满载以后才能返航,而这通常需要3—5年。在这个时间段中,水手的生活可想而知,船长会尽量压缩水手生活所需空间,尽最大可能把甲板下的一切空间都要用来装鱼。普通水手挤在阴暗而发臭的前甲板上,吃的是鱼杂碎,并且越往后,生活越差。在寻找不到鲸鱼的情况下,单调的生活就像被关在监狱里一样,百无聊赖,枯燥无味。如果遇到其他捕鲸船,船长和船员互相登船访问或者举行联欢,并交换报纸或书籍。如果遇到海岛,并且岛上有淡水可以补充的话,全船人员可以登岛放松身心,暂时摆脱禁锢。

因此,捕鲸船上的烦闷生活只有在发现鲸鱼时才能结束。鲸鱼基本上分为两类：一类是颚上长着富有弹性的鲸须的须鲸，另一类是颚上长着牙齿的鲸鱼，如抹香鲸等。须鲸行动缓慢，性格温和，容易被捕捉，被打死后通常浮在水面上，被称为"露背鲸"，新英格兰人称之为"好鲸"，因为相对于抹香鲸，遇上这样的鲸鱼，算是交了好运。这种鲸产油率较高，富有弹性的鲸须是制作女性衬裙圈、胸罩松紧带、马车鞭和伞骨的宝贵材料。在颚上长着牙齿的鲸鱼中，抹香鲸是最危险和最有价值的一种。它游速极快，而且十分凶猛。抹香鲸的鲸油润滑性能好，如用来照明，亮度也比其他鲸油出色。它的肠子里有时会分泌出一种黄色的龙涎香块，是制作香料的绝佳材料。19 世纪，一块重量为 100 磅的龙涎香，价值高达 7000 美元。

捕鲸船上的瞭望哨一看到鲸鱼喷出的水柱，就能判断是哪一种鲸鱼，要面临什么样的战斗。须鲸有两个喷水孔，而抹香鲸只有一个。如果看到鲸鱼喷出的水柱只有一个，捕鲸船上的船员们就既兴奋又恐惧。兴奋的是眼前的鲸鱼能够给他们带来不菲的利润，恐惧的是害怕这鲸鱼太凶猛，如果它向他们发去进攻，会让他们船毁人亡。

尽管如此，捕鲸这种在公海上的大捕猎仍然是 18 世纪初到 19 世纪 60 年代美国的主要经济支柱。鲸油用于制造润滑油和上等蜡烛，鲸牙用于雕刻，鲸骨或鲸须是制作女裙衬裙圈、伞骨、马车鞭和胸罩支撑材料的绝佳物品。之后，由于煤炭的大规模开采使用，煤油代替了鲸油，而钢制托圈、羽毛、尼龙、塑料等代替了鲸须，更重要的是，由于海洋生态保护意识的觉醒，美国的捕鲸业才宣告结束。

六 亚哈船长——打不垮的"硬汉"形象

麦尔维尔是"世界最伟大的海洋文学作家"，托马斯·菲尔布莱克（Thomas Philbrick）之所以认为美国海洋文学传统止于 1851 年，是因为他认为麦尔维尔之后的美国海洋文学都无法超越《白鲸》。从一个层面来看，《白鲸》是对美国捕鲸业的真实描述，但从另一个层面看，《白鲸》反映了人类努力的失败和我们面对人生巨大困惑时人类创造性与凶残性之间不稳定的平衡。在西方文学史上，《白鲸》作为经典文学作品，第一次以海洋（白鲸）为主角讲述人类的故事。麦尔维尔塑造的亚哈船长和后来海明威《老人与海》中的圣地亚哥一样,是一个打不垮的"硬汉"形象。

远洋捕鱼是一项危险而又辛苦的工作,然而,高利润吸引着成千上万的人跨越遥远地平线,到海上去冒险。他们不仅要忍受与家人别离的痛苦,还要忍受孤独。就像英国诗人柯勒律治在《古舟子咏》中描述的那样,当航海人的船只处在远离陆地的无风带时,他们不仅要忍受可怕的单调和孤独,还要忍受因为缺乏淡水带来的饥渴,甚至会患上坏血病,最终希望破灭,生命耗尽。一旦航行到热带海域,他们也会遭遇突如其来的风暴而葬身海底。同时,海上航行船长可能还要面临船员的反抗,船员可能也会因为船长指挥不当而遭遇死亡的威胁。正因为如此,航海是男人的事业,海洋小说是勇敢的男人赶海的故事。在西方海洋文学中,女性几乎是缺失的。除了游轮小说,无论是麦尔维尔的《白鲸》,还是吉卜林的《勇敢的船长们》;无论是康拉德,还是海明威,他们笔下的主人公无一不是充满力量的男性。

在海上捕猎鲸鱼这一世界上最大的动物,是一件费力费时的冒险工作。对于船主来说,捕鲸是为了致富;而对于船长和普通水手来说,虽然金钱不是最主要的出海动机,但出海捕鲸总是得到免费食宿,更重要的是,他们能在追逐和捕杀鲸鱼的冒险中得到刺激和满足。正如麦尔维尔的小说《白鲸》中叙事者伊希米尔的心灵独白一样:

> 首先要数那条大鲸,那条叫人一想起就产生无法抗拒的冲动的大鲸,那个可怕而又神秘的怪物勾起了我全部的好奇心。其次,荒凉、辽阔的大海,大鲸小岛似的巨大身躯在水中翻滚着;还有那种接近大鲸时的无法用言语表达的种种危险;再加上在尼塔哥尼亚所耳闻目睹的种种奇观——所有这一切都驱使我去实现理想。也许在别人看来,这些事情并不能使人动心。但对我来说,远在天边的东西都能使我心痒痒的,长久地受到煎熬。"噢,我们是多么心甘情愿地献身于

万劫不复的深渊啊。"①

在浩瀚无边的大海上寻找鲸鱼的踪迹,可能要花费数月的时间。人类在大海上的渺小和孤独寂寥控制着船上每个人的内心情绪。发现鲸鱼是他们最高兴不过的事,只要瞭望台上一传来兴奋的声音,他们就放下捕鲸小艇。艇上水手拼命划桨,投枪手在船首做好投枪准备。一旦靠近鲸鱼,投枪手在鲸鱼浮出水面时把锋利的铁枪扎进它的身体。标枪的另一头是一根长达1800英尺的白色棕绳。投标手一旦把铁枪插进鲸鱼的身体,人鲸大战就开始了。结果就是"不是鲸死,就是船破。"因为凶猛的鲸鱼,特别是抹香鲸会掉头袭击小艇;即使性格温和的须鲸也会在下潜时用它强有力的尾巴把小艇拍得粉碎。如果鲸被捕获,他们还要度过数月单调无味的日子,把捕获的鲸鱼切割成块,运回港口,送进炼油厂,才能到南塔基特和新贝德福德,实现美美地睡上一觉和吃上热饭的梦想。

因此,捕鲸这一行当本身就需要巨大的勇气和力量,能够参加这一活动的人可以称得上是英雄了。为了突出"裴阔德号"捕鲸船船长亚哈的与众不同和自然力量的伟大,作者在《白鲸》中塑造了两个显著对立的形象:被白鲸咬掉一条腿的亚哈船长和狡猾强大的白鲸。亚哈与白鲸之间的较量,实际上是人类与自然界之间的斗争。作者在强调自然界伟大的同时,也歌颂了人类精神的伟大。亚哈和《老人与海》中的圣地亚哥一样,可以被打败,但精神是打不垮的,正如故事叙事者伊希米尔所说:"任船舶破碎,任躯体伤残!至于想击碎我的灵魂,众神之神朱庇特也是妄想!"② 他的内心充满着对大海的向往。当他和魁魁一起乘坐"小摩斯号"纵帆船沿着阿库西奈河顺流而下驶进大海,面对泡沫翻滚的波涛时,他们的心醉了。

---

① [美]麦尔维尔:《白鲸》,刘宇红、万茂林译,燕山出版社2002年版,第4—5页。
② 同上书,第32页。

作为一个民族的南塔基特人，他们那种敢作敢为、英勇无畏、充满无限冒险的生活，奇妙地与那种不因年岁增长而消减的特点相结合，形成了一种无往不浑身是胆的性格，这种性格简直够得上是斯堪的纳维亚的海中之王，或者具有诗人气质的罗马异教徒。当这些品质和一个力大无穷、具有卓越智慧和丰富情感的人结合在一起的时候，而且这个人又在极遥远的北方水域、在此处目力不及的天空星座下忍受寂寥和孤苦度过了无数个漫长的值班之夜的时候，就会在思维上不受传统的羁绊，别树一帜；再加上在大自然无私和坦诚的襟怀中吸取了各种柔美的、粗犷的气质，当然也得助于偶然的机缘，使他学会了豪放、简练和高雅的语言……①

在作者看来，捕鲸业是世界上最危险的事业，即使战争也不能与之相提并论，因为"一位久经沙场的老兵可以从容地跨上炮台，但一见到幽灵般的抹香鲸巨大的尾巴在头顶卷起旋风时，马上就会畏缩不前。因为人类所能理解的恐惧，怎么能和上帝制造的恐惧和奇观合二为一的想象同日而语呢？"他们是为美国开拓疆土和探索新资源的急先锋，也承受着自然威力带来的巨大危险。亚哈就是在一次捕鲸过程中，被一只凶恶的鲸鱼咬断了大腿，身体残疾。他发誓要杀死那只白鲸，抛下刚刚结婚不久的新婚妻子，再一次来到了太平洋上。他每天深居简出，不信神灵，不苟言笑，不同凡响，一门心思要复仇。

大副斯巴达克稳重坚定，果断清醒，目的明确，坚定不移，诚恳谦恭，小心谨慎，内心充满人性，这主要源于他对遭遇危险的正确判断，允许船员害怕那种危险的大鲸鱼。因为在他看来，他们远离亲人，来到这片充满凶险的海域，是为了维持生计，"而不是让鲸鱼杀了当饭吃掉。"父亲和兄长的死时时提醒他，"勇敢不是一种秉性，而是一种对自己有用的东西，是一种在危急关头时时用得着的东西，是面包和牛肉，是船上的必备物质，不可加以滥用。"

---

① [美]麦尔维尔：《白鲸》，刘宇红、万茂林译，燕山出版社2002年版，第64页。

二副斯塔布生性乐观，无忧无虑，既不畏缩，也不逞强，临危不惧，心境坦然。他像一个常年劳作的细木工，不辞辛劳，沉着镇静，说话和气，平易近人。三副弗拉斯克又矮又胖，面色红润，英勇无畏。

捕鲸业不仅为美国创造了巨大的财富，还为美国的海洋意识和海权发展奠定了基础。正如麦尔维尔在《白鲸》中的叙述：

> 在过去许多年里，捕鲸船在发现地球上最偏远、最不为人知的地域方面一直是先锋队。捕鲸船探寻过在海图上没有标记的海域和群岛，那些地方连库克和范库弗这样的大航海家也未曾涉足过。如今欧美的兵舰可以平安地航行于曾一度是野蛮人占据的海港，是的，的确应该向捕鲸船鸣礼炮致意，因为捕鲸船最先给他们带路，最先在他们和野蛮人之间做了沟通。……过去去南太平洋的航行被大加渲染，这种航行在英勇无畏的南塔基特人看来，只不过是人生中时时经历的平凡小事。所以范库弗常常用两三章篇幅大书特书的冒险经历，南塔基特人认为不值得在他们的航海日记上载上一笔。……是捕鲸人首先打破了西班牙国王的霸权政策，触动了他的殖民地……

是捕鲸人把位于南太平洋上的澳大利亚带进了所谓的文明世界，是捕鲸船给传教士和商人扫清了海上通道，并多次把第一批传教士送达他们的目的地，是捕鲸船改变了日本闭关锁国的状况，把它带进了资本主义社会。捕鲸人的荣耀远非攻城略地的将军可比，捕鲸业也远非其他任何事业可比。

故事的主人公亚哈船长，在被白鲸咬断了一条腿之后，发誓复仇。这种复仇带有一种展示自己坚强、勇敢、不服输的情绪，是一种类似于海明威《老人与海》中圣地亚哥的那种信念："我可以被打败，但精神上是打不垮的。"因此，"他全部的思想和行动都只为了最终捕获莫比·迪克，出于这种激情，他似乎乐于放弃一切凡俗的乐趣。"

遭遇狂风、翻船和因此使水手不得不在海水中漂流甚至丢掉性命是捕鲸人的家常便饭。在作者看来，"唯有捕鲸途中的冒险才能培养出这种自由自在、亲切和善的亡命之徒哲学……"这种哲学其实就是一种精神，一种战胜自然、不认输、不服输的精神。

亚哈的决定关系到生死问题。在他身上，也有着两种敌对的力量在你争我夺。"他的那条活腿走在甲板上发出颇有生气的响声，而那条死腿的每一声叩击就像敲在棺材的盖上。这老头在生死的交界线上来来回回地走着。"

当捕鲸船驶进最后太平洋，驶进这片几乎是最后的海域，"这位老人（亚哈）的意志更加坚定起来。他那两片坚定的嘴唇紧紧地闭着，就像老虎钳的两片夹口；他额头上那三叉形的脉管高高地涨起，就像涨水的溪流；他那洪钟般的声音，在他似乎处于麻木状态中响彻拱形的船体，'全速后退，白鲸在喷射脓血啦！'"

在亚哈看来，死亡微不足道，死亡不是结束痛苦和悲伤的唯一的理想办法。即使死亡，也可以有很多种选择。最伟大、最高尚的选择应该是利用有限的生命对未知的领域进行挑战和冒险。正如作者所说：

> 死也可以用来对一种未曾经历过的奇特领域的最起码的投入；死可以看成是有可能投身于无限的远方、荒野、水域以及无涯无岸之地的初次见面时的敬礼。因此，在盼望死神到来而内心却又不想自杀的那些人看来，那慷慨奉献、虚怀若谷的海洋在诱惑地向他们展开它那无法想象的整个境界，在那里可以向恐怖挑战，在那里可以进行奇妙和新生活的冒险；而在无边无际的太平洋的中心部位，无数的美人鱼唱着歌向他们招呼……"到这里来吧！全身心投入到这一生活中来，这种生活，……显然比死亡更有好处。"

当船只进入太平洋西部的日本海海域，他们遇到了台风。海面上，电闪雷鸣，狂风大作。大风把船帆撕成了碎条，把舵手刮得东倒西歪，站立不稳。冷静沉着的大副斯达巴克担心台风带来毁灭性的灾难，担心已经疯狂的老船长把全船人带向死亡和毁灭，劝说亚哈调转船头返航，可亚哈不但拒绝了他的请求，不准降下桅桁上的风帆。在亚哈看来，具有毁灭性的台风还不是他的对手，真正能够配得上和他较量的是那只神出鬼没、攻击力极强的白鲸。虽然白鲸咬掉了他的一条腿，但他的精神是打不垮的。在与白鲸的最后较量中，两败俱伤，白鲸受到重创，亚哈和"裴阔德号"船毁人亡，但主人公不可战胜的勇气和打不垮的精神是美国文学，特别是海洋文学最重要的主题，体现了人类征服自然的决心和勇气。

第四节　水手、《海狼》与海上"丛林法则"

一　"马背上的水手"和文艺青年杰克·伦敦

提起杰克·伦敦（Jack London，1876—1916），几乎所有了解美国文学的人都知道他是20世纪初美国著名的现实主义作家和商业作家的急先锋。他描写人与自然生命的小说，如《狼子》（The Son of the Wolf，1907）、《野性的呼唤》（The Call of the Wild，1903）、《热爱生命》（Love of Life，1907）等，体现了作者的英雄主义情结和他对生活的崇拜和热爱，对生命存在意义的追寻及其原始状态的呼唤，以及对生命的尊严和正直的强调。他描写城市生活的小说，如《深渊里的人们》（The People of the Abyss，1903）、《马丁·伊登》（Martin Eden，1909）、《约翰·巴里克恩》（John Barleycorn，1913）等则反映了资本主义社会的庸俗和阶级之间的不平等。特别是他的描写城市生活的长篇幻想小说《铁蹄》（The Iron Heel，1908），揭露了资本主义向极权主义转变的趋势，表达了人类的文明焦虑和荒原情结。早在新中国成立之前，这部社会主义幻想小说被我国进步作家译介出版，极大地鼓舞了当时的无产阶级革命者。他在《马丁·伊登》中塑造的主人公刻苦攻读、勤奋写作、坚忍不拔的精神影响了当时的许多中国青年作家，杰克·伦敦成了他们崇拜的文学偶像。

20世纪90年代，自从形式主义在世界文学批评中占主流地位之后，杰克·伦敦渐渐被遗忘。不过，近年来，杰克·伦敦描写动物的小说，特别是《野性的呼唤》和《雪虎》依然受到国内读者的欢迎，他的《热爱生命》也成为文学经典，其部分内容被节选入教科书中。

除了人与自然小说和城市小说，杰克·伦敦还创作了海洋小说。他的海洋文学作品主要有短篇小说集《南海故事》（*South Sea Tales*，1911），长篇小说《海狼》（*The Sea Wolf*，1904）、《群岛猎犬杰瑞》（*Jerry of the Islands*，1917）等。然而，中国读者对作为海洋文学作家的杰克·伦敦及其海洋文学作品知之甚少，即便对《海狼》有所了解和研究，也大都是从生态角度进行研究和解读，很少从海洋文学的角度对杰克·伦敦及其作品进行系统深入的研究。实际上，杰克·伦敦和康拉德、麦尔维尔等一样，是一个伟大的海洋文学作家，他的海洋文学作品真实记录了美国资本主义在发展过程中不断向海外掠夺和扩张的历史事实，对构建美国海权意识和海洋强国的构建起到了重要作用。

杰克·伦敦是继库柏（J. F. Cooper）之后另一位极具海洋意识的美国海洋作家，又是一个白人中心主义者，他曾经扬言"白人是一个伟大的种族，地球的一半和海洋的全部是白人的世袭财产"。[①] 因此，他的作品向读者展示的是一个个奇异而又陌生的广阔世界，有空旷荒凉但蕴藏着丰富宝藏的阿拉斯加，有波涛汹涌、岛屿星罗棋布的太平洋，描述了人与自然的搏斗以及人类战胜自然的决心。同时，他的海洋文学作品间接记录了美国等国不断掠夺海洋资源的贪婪和野心。

杰克·伦敦出生于旧金山的一个破产农民家庭，自幼受尽了贫苦，童年缺乏温暖。为了谋生，8岁时开始做工，当过牧童、做过码头工人、帆船水手等。苦难的生活使杰克·伦敦练就了一身的本领，他13岁时曾驾驶帆船在暴风雨中穿过旧金山湾，在几百英里的海上闯荡。17岁时，他跟随一艘捕猎船，穿越日本、朝鲜，到白令海峡一

[①] 转引自沈大力《杰克·伦敦的"淘金记"》，《文艺报》2013年7月10日。

带捕捉海豹。在那里，他经历了严寒、风暴和最繁重的劳动，参加了捕捉海豹的种种锻炼，尽管如此，杰克·伦敦从不放弃读书，大量的阅读为他日后的写作奠定了基础。远航归来，杰克·伦敦把自己的航海经历写成了散文《日本海口的风》，并参加了杂志社的写作竞赛。小学毕业的他，战胜了其他具有大学学历的选手，获得第一名。此后，他一边打工，一边念书，准备考大学。丰富的阅读培养了他的写作能力，丰富的阅历为他提供了文学创作素材，他把各种经历变成文字，为世人留下一部部脍炙人口的海洋文学作品。《海狼》(*The Sea Wolf*, 1904)就是杰克·伦敦根据这次捕猎海豹的亲身经历写成的一部长篇名著。粗犷豪放的荒野和荒蛮生活的冷酷无情，顽强的意志和苦难的生活，人性的凶残阴暗和原始生命的光辉，都在这部小说中得到展现。

1899年，23岁的杰克·伦敦面临人生第一次重大抉择：是当邮差还是当作家？如果当邮差，收入稳定，工作安全，可以衣食无忧，冷暖不愁，可以有书读，可以娶到心爱的姑娘为妻。如果选择文学创作，则有可能衣食冷暖不保，不仅守寡的母亲要跟着受罪，连未婚妻也有可能离他而去。经过反复思考，对文学有着强烈兴趣的杰克·伦敦依然选择了文学创作这条道路。对他而言，艺术家的贫困微不足道，在艺术创作过程中获得的狂喜和成就感，远远胜过物质上的享乐。

杰克·伦敦一生短暂，四十岁就结束了生命，但他才华横溢，著作颇丰，在短暂的创作生涯中为读者留下了19部长篇小说、150多部中短篇小说以及大量的文学报告、散文和论文。他属于典型的"美国梦"作家，因为他生活的时代，正是美国资本主义疯狂向外扩张的19世纪末和20世纪初。当时美国的疆域已经从东海岸扩展到西海岸，西进运动和海湾扩张都要求殖民者经历不稳定的野外生活，和大自然的竞争法则一样，他们也遵循"弱肉强食"的生存法则和超人哲学，达尔文的"物竞天择，适者生存"生物进化理论开始盛行，并在他们的生活中发挥得淋漓尽致。

1903年，《野性的呼唤》(*The Call of the Wild*)出版，这使杰克·

伦敦一夜之间成为美国文坛上的著名作家。而在此时，英国海洋文学作家康拉德对美国文坛的影响越来越大，特别是他对海洋生活的绝妙描写更是让杰克·伦敦心驰神往。他决心像康拉德一样，写出属于美国的伟大的航海小说。

杰克·伦敦虽从事过多种职业，但更多的是长年累月地随船航海。作为水手，他的足迹遍布整个太平洋、大西洋和阿拉斯加等靠近北极的地方。紧张刺激而又冒险的航海生涯不仅锻造了他刚毅坚强的性格特征，也为他创作海洋文学作品积累了丰富的素材。在他众多的文学作品中，虽然只有长篇小说《海狼》、故事集《南海故事》和《群岛猎犬杰瑞》属于典型的海洋文学作品，但其他作品中许多生动的故事情节也都是在航海生活中展开。美国传记作家欧文·斯通（Irving Stone，1903—1989）曾盛赞他是"马背上的水手"，因此，其文学作品中的海洋文化特别值得我们关注并深入研究。

除了《海狼》，《南海故事》（South Sea Tales）是杰克伦敦的另一部海洋著作。这部于1911年出版的短篇小说集，讲述了作者在南太平洋诸岛的见闻和旖旎风光。它共包含八个故事，分别是《马普惠的小屋》（The House of Mapuhi）、《一颗鲸牙》（The Whale Tooth）、《莫基》（Mauki）、《呀呀呀！》（"Yah! Yah! Yah!"）、《野蛮人》（The Heathen）、《可怕的所罗门人》（The Terrible Solomons）、《无法规避的白种人》（The Inevitable White Man）和《麦考伊的种子》（The Seed of McCoy）。

二　大洋之上的"丛林法则"

杰克·伦敦崇尚冒险，曾被乔治·奥威尔（George Orwell）称为"冒险家和实干家"。他虽英年早逝，但经历了一切苦难。为了展现人性的真实性，他常常把故事人物置于极端环境下。《海狼》中的故事情节与杰克·伦敦个人的航海经历有关，但促成杰克·伦敦开始创作这部海洋小说的根本原因是受到了英国移民作家康拉德的影响。1903年，《野性的呼唤》的出版，使杰克·伦敦成为美国文坛上的知名作家。当时，康拉德及其作品在世界范围内掀起了海洋文学浪潮，他那对海洋和航海生活无与伦比的描写，使刚刚成名的杰克·伦敦十分向往。后者决心超越康拉德,写出属于美国的伟大的航海小说。于是,他卖掉《野性的呼唤》的版权,买了一只破旧的单桅帆船,到旧金山海湾旅行一个星期,重温当年驾船漂洋过海的快感。白天,他坐在船舷边,沐浴着温暖的阳光。烟波浩渺的大海把他的思绪带回到九年前,在太平洋日本海经历的一切又浮现在他的脑海里。这样,在康拉德的影响下,杰克·伦敦再次下海,很快,《海狼》诞生了。

《海狼》是杰克·伦敦的长篇名著之一,也是美国海洋文学的经典之作,有着独特的艺术魅力与社会价值,一百多年来它一直深受读者的喜爱。作者运用隐喻手法,借叙事主人公兼著名文学评论家凡·威登之眼,向读者展示了人类在海洋之上"弱肉强势"的生存法则。"魔鬼号"上的种种肮脏、丑恶的暴行,也为我们塑造了海狼·莱森这样一个"四肢发达"且"头脑丰富"却嗜血成性的狼一般凶狠的人物。

杰克·伦敦奉行社会达尔文主义,认为人类社会和原始森林一样,遵循的是"物竞天择,适者生存"和"弱肉强食"的丛林法则。他的这种思想不仅在《马丁·伊登》中有所体现,还在《海狼》这部小说中得到淋漓尽致的表达。叙事主人公凡·威登出身于上流社会的富裕之家,从小养尊处优,母亲和姐姐对他宠爱有加。他不仅是大批家产的继承人,而且有着著名文学批评家的身份。来自社会上层的他,深受文明社会的影响,性格谦恭,浪漫且富有幻想。

隆冬时节,35岁的凡·威登乘坐刚刚下水不久的渡轮"马丁尼号"前往旧金山探望朋友。归途中,渡轮遭遇海上大雾,被一艘蒸汽机船拦腰撞断。"马丁尼号"沉没,乘客纷纷落入冰冷的海中……海难发生后,奄奄一息的凡·威登被一艘前往太平洋西北部捕猎海豹的渔船"魔鬼号"救起。苏醒之后凡·威登再三请求船长把他送回旧金山,并许诺重酬,然而船长海狼·莱森十分蛮横专断,不仅没有把他送回岸上,反而强迫他跟随渔船前往日本捕猎海豹,在船上做一名打杂的侍者。在前往海豹聚集地的途中,凡·威登见证了"魔鬼号"渔船上原始、混乱和残暴的生存法则——弱肉强食。

凡·威登初识海狼时,海狼在他眼中并不像凶神恶煞,他虽身体强壮,刚劲灵活,但脸上并无猎手们放浪不羁的痕迹,"那张脸看上去坦率正派,胡子刮得净光",虽"有皱纹,但那是决心和毅力的皱纹"。① 可他后来发现,海狼不单单性情残暴,狡猾多智,偏激自负,而且有着丰富的经验和深邃的思想。他不仅有强壮的身体,而且有丰富的知识。他大量阅读各个学科的经典著作,在他的船长室里,有一个书架,那里不仅摆放着莎士比亚、爱伦坡和德·昆西等人的文学作品,还有丁达尔、普罗科托和达尔文的科学著作,甚至还有天文学和物理学著作等;不仅有伯纳·萧的《英美文学史》,还有约翰逊的《自然史》,甚至还有英语语法书。他信奉"社会达尔文主义之父"斯宾塞的"弱肉强食"和"强者主宰世界"的超人哲学和达尔文"物竞天择,适者生存"以及"优胜劣汰"的进化论思想。对待下属,他简单粗暴,残忍无情,用"拳头决定一切"。他命令水手把刚刚咽气的大副抛进大海,并在脚上绑上一袋煤,让尸体沉入海底。凡·威登原本认为海葬是神圣的、庄严的、崇高的,可在海狼的控制下,葬礼简单得只剩下一句话。更让人不可思议的是,无论是船上的水手还是猎杀海豹的猎人,对同伴的死都麻木不仁,无动于衷。

大副死了,他任命水手约翰森担任大副职责。为了补充水手数量,他不遵守合同,命令刚刚上船、准备在船上干跑腿的18岁男孩里奇充当水手,里奇不想顺从,他就拳打脚踢。他痛恨不劳而获的社会阶层,对待凡·威登,他先是鄙视,鄙视他细皮嫩肉,鄙视他不劳而获,依靠祖先的劳动成果生存。

在"魔鬼号"这个相对独立的微型社会里,一共有四个阶层,海狼作为一船之长处于最高阶层,他可以随心所欲,对全船人员发号施令,任意处置船上下属。饱经风浪的海豹猎手虽满脸皱纹,却刚劲灵活,放荡不羁,他们有能力猎杀海豹,当然也有能力打败船上除船长之外的任何一个人,处于船上的第二阶层。饱受海狼粗暴残酷压迫和猎手们欺凌的水手们处于第三阶层,他们面容沉重,反应迟钝。处于底层的是船上的厨子和打杂的侍者,任何一个人都可以对他们拳打脚

---

① [美]杰克·伦敦:《海狼》,戴欢译,长江文艺出版社2011年版,第26页。

踢，肆意辱骂。

得知凡·威登满腹经纶，是一个来自上流社会的著名文学评论家时，海狼心生敬意，虽没有像对待其他船员那样蛮横地对待他，但把威登留在了船上，让他从跑腿的小工做起。海狼深受斯宾塞的"社会进化论"思想影响，一方面身体强壮，另一方面也大量阅读各种名著，以使其内在的精神世界也变得更加强大。

船只在大洋上航行，远离大陆，远离社会，相对封闭，但船上船员性格各异，是一个独立的封闭社会。在这个相对封闭的世界中，一切都要靠武力解决，文明人最为低贱。在海狼看来，生命并不神圣，而是一文不值，低廉如草芥，如乞丐，因为"大自然就像花花公子，到处挥洒生命"，而"生命就像一种酵母，不断繁殖。它为了生活就必须吞噬生命，……生命吞噬者生命，最强的和最贪婪的活了下来"。至于人类，"世界上的水手超过了海船的数量，工人超过了工厂和机器的数量。……富人让穷人住在城市的贫民窟里，让他们遭受饥饿和瘟疫。富人们生活奢侈，而穷人们会因为少了一块面包皮或一片肉而死去。……我亲眼看见，伦敦码头上的工人为了抢活做而像野兽一样互相斗、砍、杀"。①

海狼不信上帝，只相信科学，特别是达尔文的生物进化论和斯宾塞的"社会进化论"。他是一个利己主义者，一个个人主义者，他认为，"利己"是人类的本性，生命只对自己宝贵，对他人来说，一文不值。人首先要为自己而活，其他才能考虑后代，最后才是自己的种族。正因为如此，海狼认为，"强大就是对的，弱小就是错的……强者因为获利而快乐，弱者因受损而痛苦"。"两块酵母都想吃掉对方，没有谁对不起谁。吃与不被吃是生命内在的冲动，反对这一点，就是造孽。"② 在这种利己主义思想的支配下，海狼残暴地对待下属，稍有不如意，便爆发出狼一般的凶残本性。

在他的残暴统治下，20个船员和猎手也变得残暴粗野，生命互相

---

① ［美］杰克·伦敦：《海狼》，戴欢译，长江文艺出版社2011年版，第54页。
② 同上书，第64页。

仇视，他们私下里把莱森叫作没有心肺的"狼"。由于船上大副的死，暴怒的莱森胁迫威登在船上充当苦役，并称要教会他自己养活自己。经历了羞辱和痛苦，在无休止的暴力中，威登身上的血性逐渐被唤醒，他不得不脱下文明的外衣，放下之前所秉承的教养，靠暴力为自己赢得一份生存之地。

"魔鬼号"距离日本海越来越近，琼生和里奇两位水手趁大雾逃走，却被海狼发现并追赶。在他的阴谋下，两位水手被风浪吞没。在日本海峡附近，"魔鬼号"救起了一批在台风中遭遇轮船失事的幸存者，其中包括有"翱翔在新大陆上的咏叹生命的夜莺"之称的女诗人梅蒂。梅蒂长相妩媚，婀娜多姿。她乘坐的"东京号"邮轮，在从旧金山开往横滨的途中遭遇了台风，之后被"魔鬼号"渔船救起。她的出现成为海狼和凡·威登一较高下，双方力量发生改变的转折点。海狼对厨子的戏弄和残酷虐待，导致后者被鲨鱼咬掉了一只脚。他的残酷行径使梅蒂对他既反感又害怕，自觉地和凡·威登站在了一起。莱森想要占有她，而她和凡·威登志趣相投，相见恨晚。凡·威登担心海狼伤害她，就想方设法、奋不顾身地保护她。于是，一大夜里，二人趁莱森头痛病发作，偷偷驾驶小艇，离开了"魔鬼号"。在海上漂浮了数日之后，他们有惊无险，漂到了一座海豹云集的荒岛。他们想尽办法在海豹岛上生存下来，没过多久，一艘破败不堪的渔船也漂流到了"海豹岛"，而这艘船就是"魔鬼号"。原来，"魔鬼号"船员不堪忍受莱森的残暴和冷酷，集体背叛了他，转而逃离，投奔到了他同胞兄弟的"马其顿号"猎豹船。"魔鬼号"上只剩下病痛中的莱森，他孤独一人，无奈地静候着死亡的来临。偏激的海狼莱森在困境中依旧不肯承认自己成为弱者，即使莫德和威登不计前嫌地照顾着他，他依旧想毁灭他们。最后，二人终于凭借着智慧与毅力获救，而莱森却永远地沉入了那无穷无尽、深不见底的沉寂与黑暗中。

杰克·伦敦所处的时代，正是19世纪末20世纪初资本主义海外扩张的鼎盛时期。美国的疆域已从东海岸扩张到西海岸，从东北部延伸到南部的墨西哥湾。从欧洲和美国东北部蜂拥而来的殖民者大多是怀揣发财梦的冒险家和投机者。他们开辟农场、开发土地，"不稳定的野外生活很容易激发起他们身上的兽性",在这种环境下,"弱肉强食"的超人哲学和"优胜劣汰"的达尔文主义开始盛行起来。

撇开海狼的残暴不谈,在凡·威登眼里,他似乎是个英雄人物,是力量的化身。他肌肉发达却不粗犷,面庞被晒黑却依然光滑俊美。除了发达的四肢,他的头脑也极为丰富。他虽未受过正规的教育,但他通过自学获得了普通人无法领悟的知识,包括天文、地理、哲学、文学、数学、生物学。他懂得看透一个人,有时候暴力更像是他策划的一场游戏。也许是童年时期的悲惨遭遇泯灭了他的人性,他形成了自己对人生的看法:

> 我相信,生活是一个乌七八糟的大杂烩。它如同酵母和酵素一样是活动的东西,或许活动一分钟,一小时,一年,或者一百年,但是最终他总归要停止活动。大鱼吃小鱼,就可以继续活下去,强者吞并弱者,就可以保持其强大的力量。幸运者吃得最多,活动的时间也就最长,到头来一切就是那么回事。①

海狼的这些话从某种程度上批判了资本主义的社会现实,也说明他并不是一个简单粗鲁的野蛮人,而是资本主义社会诞生的畸形儿,他对生命的藐视也最终导致了自己的毁灭。在"魔鬼号"上,没有法律秩序,正义遭到毁灭,人性遭到摧残,更不用提人类最美好的情感。水手和船员在他眼里不过是工具和任意摆弄的玩具:为了收回舢板,他不惜丢掉船员的性命;面对前任大副的死,他只有一顿臭骂。正如他所说的:"生命没有任何价值。它是廉价中最廉价的。"以至于船员对他恨之入骨,想方设法联手陷害他,到最后,都背叛了他,把他独自留在了"魔鬼号"上,慢慢死去。

海狼·莱森是杰克·伦敦在小说中塑造得最成功的一个人物,相比之下,凡·威登与梅蒂似乎是他的陪衬。威登来自上流社会,以前

---

① [美]杰克·伦敦:《海狼》,戴欢译,长江文艺出版社2011年版,第54页。

过着衣食无忧,悠然自得的生活,从来不必为了生计而发愁,更不懂得生活的艰辛。与莱森相比,他就像一只温顺的羔羊,虽然满腹经纶,却手无缚鸡之力,只有默默地忍受着海狼的暴戾。他一方面对海狼的行为恨之入骨,另一方面又对他强大的力量惊叹不已,敬畏三分。直到梅蒂的出现才真正激发了他的男子气概。后来,二人逃离"魔鬼号",在"海豹岛"上设法生存,到最后修好了风暴中毁坏的帆船成功自救,威登才真正成为杰克·伦敦塑造的理想形象,就像海狼说的:"学会用自己的脚走路。"而这一点,正像虞建华教授所言,"也显示了女性的力量,与其无法取代的优势"。[①] 梅蒂的出现像催化剂一样改变了船上的人际关系,她不仅使威登的角色发生了转化,也改变了整部小说的走向。

另一方面,威登和梅蒂代表着人类的文明与情感。其余的人已对船上的暴力行为麻木不仁,只有他们还懂得文明社会的秩序。到故事结尾,海狼身患重病还屡次设法毁灭他们,他们不仅没有结束莱森的生命,在莱森重病时,还无微不至地照顾着他,直到他最后死去。而他们的爱情正是支撑着他们战胜艰难险阻,顽强活下来的最大动力。

斯宾塞在自己的《社会静力学》中对人类社会的发展进行反思。他认为社会的进化是一个不断个体化的过程,劳动的分化促成了人类社会的进化。他把社会成员分成三个等级:处于社会底层的是工人、农民、渔夫等,他们发挥的是生产职能;中间阶层是商人、企业家、银行家等,他们发挥着社会"分配和循环"职能;处于社会上层的是大大小小的政府官员,他们发挥"调节"职能。他甚至断言,是社会有机体的自然属性决定了这三个阶层的人群同时并存,他们互相合作,各司其职,维护着社会的平衡和秩序。

斯宾塞深受达尔文生物进化论的影响,他把社会比成生物有机体,并把生存竞争、自然选择的自然界生物进化理论应用到社会学理论之中。他认为,社会的进化过程同生物进化过程一样,优胜劣汰、

---

① 虞建华:《〈海狼〉的女性人物与杰克·伦敦的性别政治》,《学术论坛》2009年第6期。

适者生存。

杰克·伦敦对斯宾塞无比推崇，他在另一部作品《马丁·伊登》中，借主人公之口对斯宾塞赞美有加。在杰克·伦敦看来，海狼作为船长，尽管在海豹船这样一个原始的微型社会中是一个上层人物，发挥着管理者的职能，依靠拳头和野蛮的智慧维护着海豹船的秩序。但当他的身体出现了问题，力量渐渐缩小时，他已经不能再胜任统治者这样的角色，只能导致船员背叛，兄弟反目这样的结局。他的头痛病使他的力量越来越小，身体越来越差。相反，凡·威登在风暴中成长，力量越来越强大。不管是力量还是智慧，都远远超过海狼。这样的人物塑造完全符合杰克·伦敦的创作目的和他对社会进化论的理解。在他看来，"魔鬼号"是整个社会的缩影，强者为了使自己变得更强，不惜随意践踏弱者的尊严、信仰甚至生命，这种野蛮不是真正的强者，在文明社会中必将走向自我毁灭。

第五节　美国当代海洋文学作家及其作品

20世纪以后，美国海洋文学发生了巨大的变化。首先，战争重新成为美国海洋文学的主要题材。第一次世界大战和第二次世界大战中，美国军队奔赴欧洲战场和太平洋战场，军舰、航母和潜艇等武器的使用，催化了当代海洋军旅文学作品的产生，如赫尔曼·沃克与《"凯恩"舰哗变》(*The Caine Mutiny*, 1952) 和大卫·波耶的海军军人冒险小说。这些海洋军旅文学作品主要讲述在美国海军中发生的故事。其次，西方世界对海洋资源，特别是海洋鱼类和鲸鱼、海豹等海洋动物的毁灭性捕杀和掠夺，严重破坏了海洋生态。有航海经验并有洞见的美国作家敏感地意识到了这个世界性问题，他们对海洋生态表示极大的关注，并创作文学作品以唤醒世界对海洋生态的保护，如海洋生态纪实文学作家彼得·马修森和他的《蓝色子午线》和《大西洋海岸》等。再者，海洋作为人类生命的起源和锻炼人类精神、对人类性格产生巨大影响的自然场景，依旧吸引着许多作家的探索和迷恋，因此，以海洋为主题的传统海洋小说，如威廉·迈克菲和他的《大海的随意》与《马其顿船长的女儿》等，就成为当代美国海洋文学的重要组成部分。

一 海洋军旅小说

与梅勒的《裸者与死者》、海勒的《第二十二条军规》等批判美国军中法西斯的作品不同，美国当代著名的海洋战争小说家赫尔曼·沃克（Herman Wouk）和他的《"凯恩"舰哗变》则遵循美国官方话语，"以打赢正义战争为名歌颂战争正义"。

沃克是俄国犹太人的后裔，1915年出生于纽约。曾经为广播电台写作广播剧，也曾在十多年的时间里为百老汇剧院创作。1942年，他自愿参军，到美国海军服役，被派往太平洋战区。他在一艘驱逐扫雷舰上服役三年，后晋升为军官，这段经历为他后来的文学创作提供了重要的素材。第二次世界大战结束后，沃克专门从事文学创作。他先后创作了9部长篇小说，其中包括获得普利策文学奖的《"凯恩"舰哗变》（1952）和著名的《战争风云》（*The Winds of War*，1971）以及《战争与回忆》（*Wars and Remembrances*，1978）等。沃克的小说既是当代美国海洋文学的组成部分，又是美国战争文学的重要组成部分，是描绘"二战"的经典作品。《纽约时报》曾如此评价沃克的创作对美国文学的贡献："仅凭《战争风云》和《战争与回忆》就可以奠定沃克在文学史上的地位"。因此，在西方，沃克被誉为"有社会历史学家眼光的小说家"。

中国学术界沃克及其作品的译介始于20世纪80年代。1979年，《世界知识》（第13期）以寥寥数语简要介绍并评价了《战争风云》的姊妹篇《战争与回忆》，文章作者敬平认为，《战争与回忆》是一部浪漫主义的历史小说，主题涉及了从珍珠港到广岛的第二次世界大战，是一部战争小说，反映了作者的反战思想。1988年，著名翻译家、戏剧家英若诚先生翻译了改编后的话剧剧本《"凯恩"舰哗变》，并在北京人民艺术剧院上演，使之成为北京人艺的经典剧目。1995年，上海译文出版社出版了由施咸荣主译的《战争风云》，2004年，陕西师范大学出版社出版了《战争与回忆》中译本（陈良廷译）。因此，沃克的这两部有"战争小说姊妹篇"之称的小说拥有了广大的中国读者。很多读者盛赞这两部小说有史诗风范，感人至深。这两部译著的出版，虽然在中国读者中间掀起了一阵"沃克热"，但论述沃克小说的文章和其他战争小说作家如海勒等相比，仍然如"沧海一粟"。截至2015年8月，中国知网数据库的数据显示，研究沃克小说的学术论文仅有18篇，而且绝大部分是有关《战争风云》和《战争与记忆》的论述。此外，特别值得注意的是，这些发表在各类杂志上的评论文章，几乎全部按照作者预先设定的角度和思路论证作品的伟大和写作手段的高超。只有发表在《外国文学研究》（2009年第4期）上的《帝国的崛起和撒旦的诗篇——重解赫尔曼·沃克的"二战"题材小说》一文，运用后殖民理论，揭露和批判了小说中表达的强权文明，试图颠覆和消解沃克小说创作中的"强权叙事"。至于获得普利策文学奖并进入美国文学经典作品行列的《"凯恩"舰哗变》，国内学术界则没有真正关注，这反映了国内评论界和西方学术界在认识上的重大差别。

《"凯恩"舰哗变》是沃克根据自己第二次世界大战期间在太平洋战场上的亲身经历创作的海洋战争小说，也是沃克的成名作和最负盛名但也最有争议的小说。小说出版后，立即吸引了大量的读者，成为美国最畅销小说，长期傲居畅销书排行榜榜首，并于1952年获得普利策文学奖。1953年，军事审判部分被改编成话剧，以强大的明星阵容在百老汇剧院上映，成为经典剧目。1954年，著名导演爱德华·迪麦特雷克将小说改编成电影，并获得第27届奥斯卡7项电影大奖。

那么，《"凯恩"舰哗变》到底是怎样一部小说？它又是凭借什么样的魅力赢得了西方如此广泛的读者和观众？根据沃克在小说中的描述，"凯恩"舰是一艘在第一次世界大战中遗留下来的老掉牙的旧军舰。在第二次世界大战爆发之前，它处于被封存状态。"第二次世界大战"爆发后，美国将这些封存的战舰改装成快速扫雷舰。然而，这些所谓的扫雷舰执行的任务是为在太平洋上作战的美国舰队运送燃料、士兵和执行导航任务，属于舰队中最默默无闻的辅助舰艇。"凯恩号"在第二次世界大战中服役四年，负责其他战舰的导航和燃料补给任务。虽说是一艘扫雷舰，它一共扫除了六枚水雷，大部分时间是执行护航任务，既没有什么特别的战绩，也没有受过任何表彰。虽然不像航空母舰和其他舰船那样在战争中经历一次次波澜壮阔的战斗，但它的航迹遍布了整个太平洋，曾经参加过马绍尔登陆战，在中太平洋和南太平洋执行过护航任务，为塞班战役提供了炮火掩护，在冲绳战役中也遭遇了日本的"零式"飞机的袭击。因此，摧毁日本帝国主义，赢得太平洋战争的胜利，同样离不开像"凯恩号"这样的辅助舰在太平洋战场上的贡献。不过，最使"凯恩号"声名远播的是1944年12月在太平洋菲律宾海域遭遇台风时发生的"哗变"。

《"凯恩"舰哗变》讲述了一个合法的非暴力哗变故事。虽说这是一部海洋战争小说，但也深刻洞悉了人类灵魂，反映了普遍的人性。故事情节比较简单：在军事法庭上，"凯恩号"战舰舰长菲利普·奎格指控海军上尉玛瑞克，控告他在没有正式授权的情况下，毫无根据、无中生有地在战争时期发动哗变，解除了他的职务，并且控告玛瑞克这种做法蓄谋已久，毫无正当理由。被告军官玛瑞克是一个身材魁梧壮实、头发剪得很短的年轻上尉，他的辩护律师格林沃德是一个瘦高个子、神情严峻的空军上尉飞行员。格林沃德能言善辩，把一场审判玛瑞克的法庭辩论逆转成为对舰长奎格的审判。最后，法庭判玛瑞克无罪，当庭释放。格林沃德赢得了这场官司，却陷入了深深的自责之中。

赫尔曼·沃克采用是典型的"套偶"叙事模式，在法庭审判框架下又讲述了凯恩号驱逐舰上美军军官的哗变故事。小说叙事主人公威利·基思是一个富家子弟，刚刚从哥伦比亚大学毕业。与强势的母亲关系不很融洽，只因与他相恋的女友是一个红头发的酒吧女歌手。"二战"爆发后，他在不情愿的情况下参了军，来到"凯恩号"战舰上服兵役。"凯恩号"上水兵的生活使威利·基思越来越成熟，思想和性格都发生了巨大的变化。就这样，威利·基思从一个刚刚走出大学校园的富家子弟成为一个思想成熟的真正男子汉。如果从这个角度讲，这是一个成长故事。

然而，真正的故事是威利·基思视角下的"凯恩号"哗变始末。

舰长奎格三十多岁，皮肤黝黑，动作麻利，是一个标准的海军少校军官，在一艘驱逐舰上担任指挥任务。但他严肃古板，缺乏领导能力，与其他军官和士兵关系紧张。但他的大副玛瑞克十分忠实于他，总是为他辩护。然而，后来，玛瑞克听信了另一位军官汤姆·基弗中尉的言论，相信奎格精神不正常，就开始密切关注并记录奎格的言行。他发现在两次作战中，奎格都贪生怕死，行为表现与一名指挥官极不相称。第一次战斗是进攻夸贾林环礁战役，"凯恩号"奉命为美军登陆舰提供掩护。然而，在距离日军岸炮1500米的时候，奎格指挥"凯恩号"驶离被护送的美军舰艇，只在海面上扔下黄色的染料，作为给美军留下的一个航行标记。当岸上的日军开始炮轰美军舰艇时，奎格命令"凯恩号"全速撤离战斗区域。奎格在第二次战斗中的异常表现是在进攻塞班岛的战役中，"凯恩号"奉上级命令为攻击日军运输舰的主舰群护航，但当岸上的日军炮轰距离"凯恩号"一公里左右的一艘美军驱逐舰时，"凯恩号"已经锁定了日军岸上的炮击方位，可随时开火还击，但奎格却下令调转船头，逃离战斗。因为逃离战场时要在船边投下黄色染料，而被官兵们取外号"黄色染料"。

玛瑞克下决心向上级汇报奎格的精神问题和失职状况，并要求基弗中尉和他一起出面。基弗起初表示同意，可关键时候却打了退堂鼓，因为他担心玛瑞克可能会说服心理医生，但说服不了舰队司令官哈尔西。他告诉玛瑞克，美国海军体制只会保护指挥官奎格，而不会保护其手下。基弗的懦弱让玛瑞克十分气愤，他很清楚，根据美国《海军条例》第184条、第185条和第186条之规定，他们不仅可以根据海军部的命令，在指挥官因身体不适或精神不正常或职业道德不佳等条件下不再适合继续履行指挥职能而解除他的指挥权，还可以在不经过海军部批准在非常时期因同样原因解除他的指挥权。

1944年12月16日，"凯恩号"从乌里提环岛礁出发，到菲律宾与哈尔西将军率领的快速航母舰队会合，以便为舰队补充燃料。"凯恩号"与航母舰队会合后不久，台风大作，燃料补充被迫中断。为了避开风暴，舰队被迫重新调遣，向正南方向航行，因为台风是由正北方向而来。霎时间，风暴肆虐，能见度为零，"凯恩号"在既看不见导航舰，也看不见其他船只的情况下，只好在狂风暴雨和浓雾中摸索前进。危急时刻，奎格仍固执地命令手下按照他的错误指令操作，军舰在台风中颠簸，面临着倾覆的危险。当时，"凯恩号"上的值班军官是玛瑞克，他认为船应该朝北方行驶，才能躲过台风，得到安全。然而，舰长奎格坚持自己的想法，仍然命令船朝南方行驶。就这样，玛瑞克在威利·基思的协助下，决定解除奎格的指挥权。他通过扩音器通知舰上全体官兵到轮机室集合，告诉他们说舰长生病了，由他接替奎格行使指挥权。支持玛瑞克的官兵占了上风，奎格的指挥权被剥夺，"凯恩号"掉头向北方行驶，驶离了风暴，脱离了危险，全体官兵逃过一劫。整个哗变过程持续不到十分钟，却导致了两个结果。一是"凯恩号"逃过一劫，挽救了舰上全体官兵的性命；二是奎格向军事法庭提起诉讼，控告玛瑞克的行为。

奎格舰长固执偏激，骄横狂妄，刚愎自用，心胸狭窄，头脑愚蠢。作为一舰之长，他的形象缺乏光彩。表面上看，他严格要求下属，纪律严明，对细枝末节问题从不放过。实际上他严重缺乏领导才能，虐待水兵，敲诈下属，在战斗中贪生怕死。曾经有一次，当"凯恩号"在珍珠港外的海面上演习时，三等信号兵厄尔班的衬衣下摆没有塞进裤子里，奎格为了整顿军容军纪，不顾危险，抓住厄尔班的衣领，和厄尔班理论起来。就在他们纠缠不清的时候，"凯恩号"因为失去了控制，转了一个大圈，撞上了拖靶的钢索。他曾经在军队经过赤道时禁止官兵使用淡水，也曾经因为水兵无意中不小心在旧金山海湾把一箱免税威士忌掉进海水而罚助理通讯官克伊斯 110 美元。他下达作战命令自相矛盾，模棱两可。他贪生怕死，一遇到日军岸炮袭击，就掉头逃跑；战斗一打响，他准是距离炮火最远的人。

玛瑞克是沃克在小说中塑造的正面形象，是一个力挽狂澜的大英雄。玛瑞克 14 岁开始跟随父亲从事渔业捕捞，参军前在两条渔船上工作，对海洋航行中可能出现的意外状况十分熟悉。因此，在台风的猛烈袭击下，轮机室里灌满了海水，发动机停止工作，紧急操纵设置失灵，军舰完全失去了控制。一小时之内，船舷出现三次侧倾险情。玛瑞克一次又一次地把险情报告给奎格，恳求他调转船头，向北方行驶。然而，奎格依然坚持自己的命令，即使沉船也在所不惜。在这种情况下，玛瑞克对奎格的错误指挥忍无可忍，果断解除他的指挥权，指挥"凯恩号"驶离台风，逃过一劫。

《"凯恩"舰哗变》不仅揭露了战争的无情，还揭示了人性的复杂性。有"小说家"之称的军官克伊弗洞察人性，对奎格的所作所为了如指掌，可在法庭上，他避重就轻，矢口不提奎格作为舰长的失职和贪生怕死。他在自己创作的小说《人海啊！人海！》中不仅揭露了战争的残酷本质，也揭露了美国军队森严的等级制度，认为军官是"一群没有脑子的虐待狂，……是他们叫那么多听天由命、有说有笑、招人喜爱、当了兵的老百姓白白送掉了性命"[①]。克伊弗深知，在美国的军队体制下，他只有明哲保身，什么都不说，不揭发上司的过错，才能获得出路。

大卫·波耶（David Poyer, 1949—）是另一位当代美国著名海洋小说家兼批评家。他出生于宾夕法尼亚，1971年毕业于美国海军军官学校。曾经在大西洋、太平洋、北极地区、加勒比海和波斯湾地区服役，2001年7月退役。他于1976年开始文学创作，截至2011年，共出版了33部小说，被誉为"最受欢迎的、至今依然健在的美国海洋小说家"（the most popular living author of American sea fiction）。

大卫·波耶的文学创作范围广泛，涉及题材众多。不仅有海洋小说，还曾经在1980年以大卫·安德瑞森为笔名，创作虚构历史小说（alternative history）和科幻小说，同时还经常在杂志上发表短篇小说和非小说类作品，但他以写作海洋小说而闻名美国。

波耶最受欢迎的海洋小说有两个系列。第一个是以善于思考的地面管线指挥官丹·莱森（Dan Lenson）为主人公，讲述其道德伦理观如何经常与职责发生冲突的故事。另一个系列是以海外警卫队雇用潜水员莱尔·蒂勒·加勒维（Lyle Tiller Galloway）为主人公的海洋冒险题材。根据波耶本人的说法，他的大部分作品都是根据自己的海军服役经历和在巡洋舰水手和极限深潜经历写成的。进入20世纪80年

---

① ［美］赫尔曼·沃克：《哗变》，英若诚译，《剧本》1989年第1期。

代,美国不断调整在世界各地的军事部署,先后在地中海地区、中东地区和亚太地区驻扎军队,对地区事务进行军事干预。大卫·波耶先后在大西洋、地中海、北极、加勒比和太平洋地区服役。他的海军生涯为他进行文学创作提供了直接的素材。他的关于帆船、潜水、切萨皮克湾和航海历史等方面的作品,和约瑟夫·康拉德和赫尔曼·麦尔维尔的作品一起,成为美国海军学院的文学必读内容。

官丹·莱森系列作品共包含16部小说,其中最著名的有《地中海》(*The Med*, 1988)、《海湾战争》(*The Gulf*, 1990)、《战斧》(*Tomahawk*, 2000)、《中国海》(*China Sea*, 2000)、《黑色风暴》(*Black Storm*, 2003)、《司令部》(*The Command*, 2005)、《朝鲜海峡》(*Korea Straight*, 2007)、《巡洋舰》(*The Cruiser*, 2014)、《引爆点》(*Tipping Point*, 2015)、《突袭:与中国的战争——一场公开战》(*Onslaught*, 2016)等。这些以丹·莱森为主人公的系列小说,真实记述了美国自1980年以来在中东和太平洋地区的军事活动,间接反映了美国霸权政治对伊朗、朝鲜半岛和中国南海地区事务的干预和主权干涉,同时向全世界炫耀了美国海军军事科学和技术的飞速发展。在这些小说中,大卫·波耶以极其丰富的想象力,塑造了美国现代海军形象,他本人也因此被誉为当代最好的美国海军小说家。《地中海》讲述了一支美国海军陆战队在地中海动荡地区执行紧急任务时发生的故事,情节紧凑,令人震撼。在黎明时分薄雾的掩护下,61号特遣部队乘坐一艘载着坦克、飞机和5000名海军陆战队员的航空母舰,全力以赴,奔向叙利亚。他们的任务是从恐怖分子的大本营营救出100名人质。《海湾战争》根据大量的事实,讲述了1991年以美国为首的多国部队在发动对伊拉克突袭之前各种决策的形成过程。英国和海湾国家的国防政策制定者分析了英国的国防政策及其对海湾安全在不同方面的影响。为了寻求国防安全和多边对话,他们仔细研究影响海湾地区安全的直接和潜在威胁因素,强调在更大范围内建立保障海湾国家安全的协商机制。这本小说就海湾局势的一些关键问题为1991年海湾战争的决策者提供了有价值的观点和有趣的洞见,塑造了包括罗伯特逊、查尔斯爵士和巴林的谢赫·萨尔曼和科威特的谢赫·萨勒姆在内的决策者形象。

除了创作海洋战争小说，大卫·波耶还对海洋生态保护表示了极大的关注。他的长篇小说《白鲸见证者》（*The Whiteness of the Whale*，2013）揭露了日本等国在公海上的鲸鱼保护区偷猎鲸鱼的卑劣行径。一次突发事故使女科学家萨拉·波拉德博士的实验室助手成了残废，而她作为灵长类动物行为学家的职业生涯也因此被断送。失去了一切的萨拉，接受了反捕鲸人士的邀请，参加了他们组织的环球航行。萨拉的祖父曾经是美国鲸鱼产业重镇南塔基特的一名船长，由于在捕鲸时受到鲸鱼袭击，船毁人亡，连人带船一起沉入大海。这也是她接受邀请、从事海洋科考的重要原因。他们计划从阿根廷出发，到南极的暴风雨地区探险。萨拉深知，航行考察途中，他们会遭遇暴风雨，会受到海盗的骚扰，还将揭露日本人不顾国际社会的谴责，打着科考的名义，在国际组织宣布的鲸鱼公共保护区继续捕杀和加工已经濒临灭绝的鲸鱼。

在他们乘坐的"黑色海葵号"上，与萨拉同行的有漂亮自恋的电影明星，有参加过阿富汗战争的美国好战老兵和一个高深莫测、固执倔强的船长。他们身份不同，探险动机也不同。但有一点是相同的，那就是他们将遭遇心怀敌意的捕鲸人、恶劣的天气、危险的浮冰，以及随时在身边发生的叛乱和浪漫的冲突。但是，没有人预先知道会发生什么，或许他们也会与萨拉的祖父一样，成为巨大的海洋哺乳类动物的袭击目标。因为当他们在南太平洋上航行时，一只巨大的白色抹香鲸一直紧跟着他们的船只。

《白鲸见证者》讲述了一个发生在南极偏远海域的海洋探险故事，故事情节既充满暴力，又重现了海洋的神奇魅力，令人惊心动魄。有人认为，这是一部现代版的《白鲸》，是对麦尔维尔和《白鲸》的回应。然而，与《白鲸》不同，麦尔维尔的《白鲸》讲的是美国人如何在巨大利润的驱动下捕杀鲸鱼的故事，他笔下的亚哈船长是一个打不垮的英雄形象，而大卫·波耶的《白鲸见证者》则讲述了科考队员如何追踪日本捕鲸船以科考的名义，违法捕杀鲸鱼并与之周旋的故事，笔下的人物并非英雄，而是普通人，即使在见义勇为时刻，也表现出了人性的弱点。在麦尔维尔笔下，白鲸就像一个精灵，狡猾和凶猛，当它认出了亚哈的捕鲸船时，就对捕鲸船发起猛烈攻击。而在大卫·波耶笔下，白鲸没有那么灵通，它不知道"黑色海葵号"是保护鲸鱼的科考船，也没有对它发动攻击，只是紧紧地跟在科考船后面，给船上的探险队员带来惊吓。

除了《白鲸见证者》，大卫·波耶还创作了其他以海洋生态保护为主题的海洋小说，如《蓝色的路易斯安那》（*Louisiana Blue*，1995）、《深潜》（*Down to a Sunless Sea*，1998）等。这些小说的价值远远超出了文学范畴，已经成为美国反捕鲸运动的宣传资料，为海洋生态保护做出了重要贡献。

二 海洋生态纪实作家彼得·马修森

西方国家在工业化进程中，环境污染和生态破坏问题越来越严重。为了保护环境和维持生态平衡，1968年，加利福尼亚大学的大学生们发起了环境保护运动，提倡通过改变生产、消费和生活方式调整生态系统。之后，生态主义成为一种潮流迅速向欧美国家传播。生态主义运动影响了一大批美国作家，他们纷纷在自己的作品中表达生态意识和环境保护思想。彼得·马修森（Peter Matthiessen，1927—2014）就是这样一位杰出的生态主义作家，也是美国当代著名海洋文学作家和美国历史上唯一一位既获得虚构类国家图书奖又获得非虚构类国家图书奖的作家。1980年，他的代表作、纪实作品《雪豹》（*The Snow Leopard*）获得美国国家图书奖。到了2008年，81岁高龄的马修森凭借他的虚构类小说《影子乡村》（*Shadow Country*）重拾美国国家图书奖。

彼得·马修森出生于曼哈顿的一个环保主义者之家，父亲是个建筑师，热衷于环保。1945年，马修森中学毕业后参加了美国海军，到珍珠港服役，退役后进入耶鲁大学主修英语，同时又辅修生物、鸟类学和动物学。作为斯堪的纳维亚捕鲸人的后裔，马修森继承了祖先的传统，他既是一个探险家，又是一个专业垂钓者。为了养家糊口，他做过渔业贸易，曾在夏天驾驶一艘深海渔船，到大洋深处考察渔业。

彼得·马修森钟爱旅行和垂钓，他当过三年的渔夫，曾在长岛东部当过拖网船船员，也曾做过出租渔船船长。航海足迹遍布世界各地，如阿拉斯加、加拿大西北部、南美洲、亚洲、非洲、澳大利亚、南极洲、尼泊尔和西藏等地。

他的创作大部分是纪实类作品，与生态和旅行有关。海洋和大自然的旖旎风光给马修森提供了大量的创作灵感，他对大自然和海洋的描绘既逼真传神，又富有诗意。用美国评论家迈克尔·德尔达（Michael Dirda）的话说："没有人能像马修森那样更加诗意地描写动物，也没有人能像他那样更加动人地描绘（作者）在游览高山、热带稀树草原和大海时的绝妙精神体验。"①

2014年，84岁高龄的马修森在纽约家中逝世。他一生共创作了30多部作品，有相当一部分是他的航海经历和对海洋生态的考察。如《大西洋海岸》（*The Atlantic Coast*，1961）、《北美洲的沙禽》（*The Shorebirds of North America*，1967）、《蓝色子午线》（*Blue Meridian. The Search for the Great White Shark*，1971）、《贝加尔湖：西伯利亚的神圣之海》（*Baikal：Sacred Sea of Siberia*，1992）等。

《蓝色子午线》是马修森有关自然与人类的经典作品。作者带读者去寻找世界上最危险的肉食动物——传说中的大白鲨。这一次探险一共持续了一年零五个月，经过长途跋涉，马修森从加勒比海航行到南非的捕鲸地，穿过印度洋到达南澳大利亚海岸。他详细地描述了在宽阔的洋面上被几百条鲨鱼包围的可怕经历、陌生海域的奇美风光，以及大家在海上冒险中经历的紧张、挫折和幽默，还有在一天天航行中结成的深厚友谊。对在异国他乡观察到的大自然做了精确的描述，记录了当代人类的大冒险和对生态的严重破坏，并表示痛心疾首。

2004年，国家地理图书出版社出版了他的另一部纪实小说《地球末端》（*End of the Earth：Voyage to Antarctica*，National Geographic Books，2004）。该书记录了作者在1998年和2001年的两次南极旅行，第一次旅行，他从南美火地岛出发，到南极半岛以西的威德

---

① Dirda, Michael, "An Epic of the Everglades", *The New York Review of Books*, May 15, 2008.

海。第二次旅行是南极大陆的另一边——塔斯马尼亚罗斯海。在书中，马修森广泛地探讨了有关南极洲一系列话题，包括南极洲地质和水文的演变历史。作者同时考察了太平洋南部捕鲸的历史和环境政策，记录了当地许多物种变异的细节，探讨了全球变暖、冰山融化和海洋洋流的变化以及以上因素对整个陆地的影响等热门问题。

而他的《影子乡村》是20世纪90年代创作的一部虚构性小说。这是一部三部曲小说，共分三个部分：《沃森先生之死》（*Killing Mr. Watson*, 1990）、《失踪者的河流》（*Lost Man's River*, 1997）、《遍地骨》（*Bone By Bone*, 1999）。马修森最初的打算是写一部长篇小说，而出版商认为小说篇幅太长，就把它分成了三本书单独出版。马修森对这个结果并不满意，就继续对手稿加以修改提炼，几年之后，经过大量的修改和删除，一部新的《影子乡村》面世，页数由原来的1300页缩减到900页。

小说的第一部以第一人称叙事讲述了埃德加·布拉迪·沃森如何发迹，走向权力的巅峰并最终被邻居杀死的故事。在小说的开头，沃森被一队当地民团枪杀在斯莫尔伍德商店后面的乔科洛斯基岛上的海岸边。接下来，十二个人物分别以第一人称的语气叙述了沃森在19世纪90年代早期抵达千岛群岛后直到他死亡的故事。这12个人物从不同角度，根据当时居住在当地的居民的亲身经历，真实地讲述了沃森从发迹到毁灭的故事。

小说第二部的主要内容是"失踪者的河流"。故事发生的时间是几年之后，讲述的是沃森的儿子卢修斯的故事。他是一个爱酗酒的历史学家，为了弄清楚父亲到底是不是一个谋杀者和歹徒，他试图重构父亲的生活。这一部分采用的是第三人称叙事手法。

小说的第三部是《骨之骨》。小说采用第一人称叙事方式，主人公埃德加·沃森讲述了自己的人生故事。从加利福尼亚南部的童年到最后在佛罗里达大沼泽地被邻居杀死的一系列遭遇。

马修森酷爱航海和垂钓，因此，无论是他的非虚构类作品，还是虚构类小说，都充满了海洋冒险经历和他对人生的思考。他的作品属于旅游文学的范畴，每一次远游都是一次心灵之旅。因此，他的作品不仅具有旅游性和文学性，还兼具了地理性与知识性的特点。读他的作品，不仅可以获得审美愉悦，还可以获得大量的地理知识信息，增长见识，开阔视野。

三　传统海洋作家威廉·麦克菲和摩根·罗伯逊

在美国文学史上，只要一提起威廉·麦克菲（William McFee, 1881—1966），人们就会联想到他的海洋小说。作为当代美国著名的海洋小说家，麦克菲的一生和一切都离不开海洋。他出生在爱尔兰岛，父亲是一个长期在海上闯荡的船长，拥有一条三桅帆船。海洋是麦克菲生活的场所和成长的地方，是他全部的记忆和创作的灵感。总之，大海是他的一切。1906年，他成为一名船舶机械师，开始下海。后来他又晋升为美国著名航海公司伍德菲尔德公司的船舶总工程师。1911年，麦克菲去了美国，在"美国水果联合公司"的船舶上面工作。第一次世界大战期间，麦克菲参加了英国皇家海军，在各种运输船上担任机械工程师，提供机械维修服务。

麦克菲的作品与我们熟悉的海洋小说有很大差异，他更多地把航船、大海、水手等作为故事发生的背景因素。也正是因为这一点，他与众不同。在他的小说中，对商业活动的丰富想象力和敏锐的观察基于他丰富的生活经验。他对水果贸易的兴趣和经验只属于他自己，因为他曾经长期在联合水果公司的商船上工作，那些往返于大西洋的航海贸易既是他个人的生活经验，又在他的作品中有所体现。

1916年，小说《大海的随意》出版。这在世界出版史上简直就是一件大事，因为正是这部小说使读者认识了麦克菲这样一个非常有潜力和十分精明的作家。因为他早期的小说，如《出海人》和《异国人》等，在出版后并没有引起读者的强烈关注。

麦克菲一生大部分时间都在海上度过，他的小说也都与海洋和航海有关。麦克菲著述颇丰，一生共创作了50多部作品，其中著名的海洋小说有《大海的随意》（*The Casual of the Sea*）、《指挥》（*Command*）、《马其顿船长的女儿》（*Captain Macedoine's Daughter*）等。

麦克菲性格沉静干练，言辞犀利但不失幽默。艺术风格也与众不同，叙事节奏明快顺畅，语言铿锵有力，是一个善于讲故事的艺术大师。他那种"一针见血式的幽默"在作品中随处可见。至于遣词造句,麦克菲似乎更胜一筹。例如,在《大海的随意》中,他大量使用词典之外的词汇,这些词汇似乎更加贴切地表达了主人公的性格。在他后期创作的作品中,虽使用了许多生僻词汇,但非常恰当地表达出了人物性格,这也是他创作的一大特点。

与其他海洋小说家不同,麦克菲在自己的海洋小说中,往往把故事发生的背景置于大海之中。贝内特·瑟夫认为,麦克菲的小说,特别是《大海的随意》《马其顿船长的女儿》和《指挥》是海洋小说的精品,可以和康拉德的海洋小说相媲美。他的名言,如"世界属于头脑冷静的热心人""如果命运决意让你失去一切,你就狠狠地给它一击""责任就像针眼里的线,我们看不到它的两端在哪里"等如今已经成为美国家喻户晓的名言警句。而他对海洋的热爱、对海上航行工具的热爱,也可见一斑。如"蒸汽是人类的朋友,蒸汽发动机就是人类本身。它们的弱点可以理解,但优点更多。它们不会反闪,不会吹疼你的脸;它们不会短路,不会以无法衡量的电能撕裂你的心脏。它们有胳膊有腿,有温暖的心脏,有热血奔流的血脉……"①

除了上述作品,威廉·迈克菲主要的海洋小说还有《现代大海小说》(Great Sea Stories of Modern Times)、《海洋流浪者的来信》(Letters from an Ocean Tramp. Cassell & Company, Inc. 1908)、《大海临时工》(Casuals of the Sea. Doubleday & Company, Inc. 1916)、《漂流六小时》(A Six Hour Shift. Doubleday, Page & Co. 1920)、《记忆之港》(Harbours of Memory. Doubleday, Page & Co. 1922)、《幸运水手》(Sailors of Fortune. William Heinemann Ltd. 1930)、《海岸巨浪》(The Beachcomber. Doubleday Doran. 1935)、《水手的智慧》(Sailor's Wisdom. J. Cape. 1935)、《水手的痛苦》(Sailor's Bane. Ritten House. 1936.)、《驶向海岸的船》(Ship to Shore. Random House. 1944)、《海洋法则》(The Law of the Sea. J. B. Lippincott Co. 1950)等。

---

① 译自 A Six-hour Shift, The Log of a Transport Engineer, The Atlantic Monthly, Vol. CXIX, No. 4 (April 1917), p. 449。

摩根·罗伯逊（Morgan Andrew Robertson，1861—1915）是美国著名航海小说家。他不仅写有《徒劳无功，或泰坦号海难》（*Futility*）这样誉满全球的长篇小说，还写有大量有关航海的短篇小说，自称是潜水望远镜的发明者。

摩根·罗伯逊的父亲是大湖区的一名船长，受家庭环境的影响，摩根5岁时就成了一名机舱小童，跟随轮船出海，在船上从事商业服务。这一干就是11年，在这11年期间，摩根从机舱小童晋升到了大副。后来，由于厌倦了枯燥的航海生活，他回到纽约，在库柏联盟学院学习珠宝制作，毕业后在纽约从事了10年钻石镶嵌工作。他认为这工作严重损害了他的想象力，转而开始航海小说创作，并向《麦克卢尔》和《星期六晚报》等畅销杂志投稿。但小说创作并没有给他带来多少金钱，这使他感到痛苦。不过，19世纪90年代，他开始从创作中获得经济效益，并且很享受纽约艺术家和作家组成的生活小圈子。

1898年，摩根发表了短篇小说《徒劳无功，或泰坦号海难》（*Futility, or the Wreck of Titan*）。这篇使他小说声名大振。故事情节与后来的"泰坦尼克号"沉船事故非常相像。一艘号称永不沉没的英国巨型豪华游轮"S.S.泰坦号"，4月份从英国首航到大西洋彼岸的美国。船上的所有设施都是世界上最先进的，船上的游客都来自英美两国的社会上层，他们尽情享受着旅行带来的乐趣。当这艘号称"世界上最大的豪华游轮"航行到北大西洋附近时，撞上了隐藏在海水下面的冰山。更要命的是，由于游轮所带的救生艇数量不够，导致惨剧发生，绝大多数乘客葬身于北大西洋。在摩根的小说中，船难发生的所有细节几乎与1912年发生的"泰坦尼克号"事件一样。因此，"泰坦尼克号"事件发生后，摩根·罗伯逊的声名大振，他的《徒劳无功》立即被称为"令人惊奇的预言小说"。

罗伯逊的《徒劳无功》与泰坦尼克悲剧有惊人的相似之处，这让许多人感到震惊。小说中，"泰坦"号是"世界上最大的水上交通工具，也是人类最伟大的杰作，可以和一流的旅馆相媲美"，而且和"泰坦尼克号"一样"永不沉没"。这两艘船不仅名字相像，而且都是英国船,都长达约 800 英尺(244 米),导致沉船的原因都是撞上冰山。两艘游轮都是首航,并且"泰坦号"的出发时间是在"4 月的一个午夜",而"泰坦尼克号"出发的时间是"1912 年 4 月 14 日的夜里"。出事地点都在距离美国 400 英里的北大西洋。更重要的是,惨剧的发生都是因为船上所带救生艇数量不足。不一样的仅仅是航速不同、两艘游轮所带救生艇数量略微不同。

1905 年,罗伯逊发表了《潜艇驱逐舰》(The Submarine Destroyer)。讲述的是一艘装有潜水望远镜的潜艇在大海中航行的故事。尽管后来罗伯特声称是他发明了潜水望远镜的原型,但被拒绝授予专利。而实际上,在这篇小说发表之前,即 1902 年,美国海军就开始使用潜水望远镜,后来是西蒙·莱克和哈罗德·格拉布进一步完善了这种武器装备。

罗伯逊的小说总是具有预言性。1914 年,他新出版的小说集收录了他新创作的短篇小说《紫外线探照灯之外》(Beyond the Spectrum)。小说讲述了美日之间即将发生的战争,这在当时是一个流行的主题。作者认为,日本不会向美国宣战,但是会偷袭美国前往菲律宾和夏威夷的军舰。一艘日本军舰即将对旧金山发动突袭,就在这时,罗伯逊塑造的美国英雄利用他俘获的日本军舰上的武器摧毁制止了这场突袭。小说的题目取自日本军舰上用于迷惑美军的紫外线探照灯。

罗伯逊还创作了中篇小说《源头:三定律和黄金法则》(Primordial/Three Laws and the Golden Rule)。一群遭遇船难的小孩流落到了一座荒岛之上,他们在荒岛上长大成人并爱上了这座荒岛。很多读者认为,罗伯逊的这部小说对美国作家埃德加·赖斯·巴勒斯(Edgar Rice Burroughs)和爱尔兰作家亨利·德·福尔·斯塔格普尔(Henry De Vere Stacpoole)的创作都产生了巨大影响,特别是在《人猿泰山》(Tarzan of the Apes)和《蓝色珊瑚礁》(Blue Lagoon)这两部备受世界青少年儿童喜爱的小说里,罗伯逊小说的影子随处可见。

罗伯逊一生著述颇丰,除长篇小说之外,还有大量的短篇小说。著名的有小说集《旋转:海洋故事》(Spun - Yarn: Sea Stories, Anthology)、《心灵之眠:大副和厨师的故事》(The Slumber of a Soul: A

Tale of a Mate and a Cook)、《下海》(Down to the Sea)、《粮食船》(The Grain Ship)、《源头：三定律和黄金法则》等。他的创作，大都与海洋有关，如《适者生存》(The Survival of the Fittest)、《玩忽职守的海神》(The Derelict "Neptune")、《最后一艘战舰》(The Last Battleship)《心灵大副》(The Mate of His Soul)、《前甲板上》(On the Forecastle Deck)、《船主》(The Ship-Owner)、《波涛汹涌》(The Wave)、《海盗》(The Pirates)、《潜水艇》(The Submarine)、《鲨鱼》(The Shark)、《蜜月船》(The Honeymoon Ship)、《三副》(The Third Mate)等。这些海洋文学作品犹如一座巨大的宝藏，等待着我们去研究发现其价值。

第六节　海洋、海权与美国国民性格

美国的国民性格首先是在不断迁徙流动的过程中形成的。17世纪初，殖民者在美洲的不断开拓、扩张、征服和占有，对荒蛮的边疆区和未知的海洋的探索和占有使美国人形成了独特的民族性格。他们热爱生命，热爱自然，既富有浪漫气质，又具有冒险精神。清教徒从英国迁徙到美洲新大陆、开辟"新世界"、开始"新生活"的历程本身就具有冒险性质，他们在"新大陆"进行拓殖和探索，实际上是一场充满冒险的探险。17世纪后期至18世纪中期的美国正处于资本主义上升时期，大量的欧洲移民潮水般涌向美洲这个"新大陆"，"把文明的疆界向荒蛮推进"。[①] 在美国文学作品中，无论是库柏的《皮袜子故事集》还是他的海洋小说《领航人》和《海狮》，还是杰克·伦敦的《海狼》等，都既表达了对陌生之地和异域的向往，又体现了他们敢于冒险的浪漫气质。

其次，美国的国民性格是在争取经济独立、政治独立和文化独立

---

① 虞建华：《文明焦虑、荒蛮情结和杰克·伦敦的早期小说》，《深圳大学学报》（人文社科版）2008年第1期。

的过程中形成的。海洋经历对美国国民的核心民族性格，即民主平等自由产生了深刻的影响。从1607年船长约翰·史密斯（John Smith）带领一批英国殖民者来到东海岸建立第一块永久性殖民地开始，到1620年一群清教徒为了躲避英国王室和基督教会的宗教迫害，追求宗教信仰自由，乘坐"五月花号"来到新大陆，他们的目的是追求自由平等的新生活，追求宗教信仰自由。他们相信，在上帝面前人人平等，只要虔诚，可以通过阅读《圣经》直接和上帝进行心灵沟通，而不需要到教堂里通过神父和上帝交流。而越来越多的欧洲殖民者来到北美，就是为了自由和财富，追求民主和平等，并且他们一直为了民主和平等权利而不断斗争，直到1776年独立战争结束后，这块殖民地摆脱了英国的控制而成为一个独立自由的民族国家。美国人民争取民族独立的解放运动，特别是"列克星敦枪声""波士顿倾茶事件"，还有《独立宣言》的发表以及独立战争的爆发，都真实记录了美国争取民族独立的战斗历程和追求自由、民主、平等的美国国民性格形成的历史原因。

综观美国海洋文学，特别是美国海洋小说的发展历程，可以清楚地看出，其中反映的海洋经验深刻地影响了美国的民族性格，记录了海洋对美国民族性格塑造所起的重要作用。从航海生活本身来说，水手与船长之间的矛盾和斗争，本身就反映了美国国民追求民主平等的信念和理想。无论是麦尔维尔的《白鲸》中亚哈船长与大副、二副之间的冲突，还是杰克·伦敦的《海狼》中船长和其他船员之间的矛盾，都体现了作家对民主平等精神的追求。

再者，执着的冒险探索精神。美国海洋文学继承了英国海洋文化精神，即敢于冒险，善于探索和执着、勇敢的精神品质。这种精神源于英国的海盗文化。艰苦、孤独、枯燥的海上航行，对财富的渴望促使海盗冒险。崇尚原始生命力的国民性格和坚强、乐观的民族精神都生动地体现在海洋作家的作品中。

美国从开始成为一个民族国家之日起，就十分重视海洋权益的保护和海上力量的建设。早在独立战争爆发之前，作为美国议会前身的"大陆会议"就在1775年10月至12月通过决议，建造13艘巡航舰和轻巡航舰，并决定成立海军，以保护13个殖民地人民的利益，摆脱英国王室的控制。

同时，美国人的海权意识和国民性格与美国资本主义的对外扩张过程有着密不可分的关系。19世纪40年代，美国的扩张主义者就利用清教思想中的宿命论思想，大肆宣传"天定人命"说，把领土从大西洋沿岸扩张到太平洋沿岸说成是上帝赋予的使命。南北战争中，北方资本主义取得胜利，工业生产迅速增长，经济力量显著增强，美国经济进入垄断资本主义时期。经济力量的增强，使垄断资本家进一步影响和控制政府，要求重新瓜分世界，使美国走上了对外扩张和争夺世界霸权的道路。19世纪末，在达尔文的生物进化论的基础上，发展了社会进化论思想，把"优胜劣汰"作为种族扩张的理论依据，鼓吹美国"具有向四面八方扩张的传统"，宣称美国的进步和伟大是"自然选择的结果"。[1] 为了加速海外扩张的进程，美国加快了海军建设。1896年，麦金莱在总统就职演说中声称，在强大的海军组建以后，应当提供一支相称的商船队，目的是要美国的贸易通往外国。这也就是说，美国的侵略势力所到之处，美国商业贸易将接踵而至。两年之后，已经衰落的西班牙为美国提供了机遇。1898年的美西战争实际上是美国与老牌资本主义国家争夺海外殖民地的战争。当时的西班牙虽然已经失去了对美洲大部分地区的控制，但仍然保留着古巴、波多黎各、菲律宾、马里安纳群岛和加罗林群岛等殖民地，其中富庶的古巴和菲律宾最为重要。

英美国家海洋文学的实质，正如黑格尔所说："大海邀请人类从事征服，从事掠夺，同时也鼓励人类追逐利润，从事商业。"[2] 也就是说，海洋文化本质上具有开放性、竞争性、掠夺性和商业性等。从1810—1850年的四十年间，美国海洋经济迅速拓展，海洋实力迅猛上升，不断挑战英国的海洋霸主地位。美国海洋经济的发展对美国社会产生了深远的影响，不仅培养了美利坚民族的海洋意识，加强了他们的海洋文化认同，而且对美国海洋大国的形象塑造起到了重要作用。

---

[1] 唐晋：《大国崛起》，人民出版社2006年版，第410页。
[2] ［德］黑格尔：《历史哲学》，生活·读书·新知三联书店1991年版，第83页。

第六章　世界海洋文学发展趋势

第一节　中西海洋文学对比

中国海洋文学具有悠久的历史。早在先秦时期，《诗经》和《楚辞》已经有了涉及"海洋"题材的诗歌，虽然不多，但已经表现出中华民族对大海的关注和审美。汉朝时期，涉海作品逐渐增多，特别是到了魏晋南北朝时期，独立完整的海洋文学作品不断问世，一些历史著作如《史记》和《汉书》中已经有了有关海事活动、海洋民俗和海洋传说的记载，记述生动具体，富有文采。曹操的《观沧海》更是气势磅礴，波澜壮阔，表达了作者一统天下的决心和气概。唐宋时期，随着中国海上丝绸之路的开通，海洋活动日益繁荣，文学创作越来越多地与海洋联系起来，许多唐宋作家，如李白、孟浩然、白居易、李商隐、张若虚、苏轼、陆游、柳永等，都借海咏志，表达内心的情感与志向。这个时期，不仅出现了深入反映丰富的涉海生活的作品，而且出现了新的文学体裁——以海洋文化为主要内容的小说，如《长须国》以写实手法讲述了海上离奇故事。柳永的《望海潮》、苏轼的《临江仙》、李清照的《渔家傲》则以词的形式表现涉海生活，寄托个人情感。总的来说，唐宋时代，古典海洋诗词艺术的发展达到了顶峰，唐代的传奇故事和宋词在一定程度上丰富了当时的海洋文学体裁。元明清时期，随着海洋活动的增加，海洋文学创作逐步趋向民间化，虽然文学成就不如唐宋时期显著，也没有出现较为著名的文学大家，但参与海洋文学创作的人数不断增加，全面反映海洋生活的作品不断涌现。从皇帝到百姓，从高官到文人雅士，他们的作品较为真实地反映了当时的航海、渔业和海洋贸易状况。有的作品从审美的角度讴歌了海洋英雄人物，生动地描述了海洋民俗等海洋文化。

中国海洋文学虽然历史悠久，但成就远不如西方国家突出。在中国文学史上，海洋文学一直处于非主流地位。自古至今，在有关海洋的文学创作中，虽然也有过无数传奇故事，如精卫填海、八仙过海、龙宫探宝等，可是，从上到下，从官方到民间的文学创作者，对海洋和海洋文学缺乏应有的人文关怀，关注度远远不及田园文学、边塞文学、寻根文学等。这是因为中国文学的创作受到了几千年的农耕文明的巨大影响。

华夏文明源于江河，我们的祖先对山水、对天地顶礼膜拜，可对海洋，除了敬畏于海洋的浩渺险恶和近海地区的渔盐活动，少有其他的情感维系和对海洋的深刻了解。也许正是因为如此，到了宋朝，闽浙一带才有了佑护船夫航海的神仙妈祖女神，并以她为中心，产生了一系列的传说和故事。

此外，中国自古以来重感性轻理性，不仅普通大众，就连文人墨客对海洋的理解也是笼统而又模糊的。近现代的中国文学史上，也不乏以海洋为背景或主题的文学作品，特别是当代中国海洋文学，更注重深刻表现海洋精神，展现人与海洋生息与共的互动关系。

总之，可以说，与海洋有关的文学创作几乎是与人类文明同步发展的，以海洋为题材的文学作品也古已有之，并且取得了一定的成就。但是，在中国文学的大背景下，中国海洋文学并非主流。千百年来，中国传统的农耕文明根深蒂固，田园文学、边塞文学、山水诗、乡土文学等都形成了各自的流派，而海洋文学只是像散见在草原上的朵朵蘑菇，成为一种点缀。

最重要的是，"海洋文学"作为文学术语的命名以及作为一个学科成为中国学术界的研究领域是在20世纪末，其理论研究更是当下国内学术界关注的新兴学科，处于刚刚起步的状态。

20世纪90年代以来，随着我国民众海洋权益意识的加强，国内学术界开始倡导海洋文化研究。在此背景下，哲学、文化学、人类学、社会学、历史学等学科掀起了海洋文化的研究热潮,为今天的海洋文学研究奠定了重要基础。

中国学术界对海洋文学的研究肇始于20世纪90年代,并且主要集中在沿海地区。但对于什么是海洋文学,还没有明确的界定。1991年,福建省召开海洋文学研讨会,把"积极提倡,努力创建有中国特色的社会主义海洋文学"作为大会的主题。然而,这次会议并没有对海洋文学的概念进行界定。2002年,来自浙江、福建、上海、辽宁等沿海省市的三十多名作家,在浙江省岱山县召开了全国海洋文学创作研讨会。在此之前,无论是学术界,还是文学创作界,海洋文学从未被作为专题进行讨论,这说明我国海洋文学,无论是创作,还是研究,都一直处于边缘地位,没有受到应有的关注和重视。1999年,舟欲行的《蔚蓝色文明》在第四章和第五章分别对中国海洋文学和外国海洋文学进行评述。同年,曲金良主编的《中国海洋文学研究》(第1卷)收录了两篇研究西方海洋文学的论文,如罗贻荣的"西方海洋文学中的海洋精神"和张德玉的"写实主义海洋文学奠基之作:《鲁滨逊漂流记》"。1996年,台湾学者在为台湾作家廖鸿基的《讨海人》作序时提出,台湾四面环海,因此,"台湾没有理由不发展海洋文学,海洋文学一旦贴近海洋文化,拥有无限的发展空间。"[①] 1997年,台北经氏出版社出版了杨鸿烈的专著《海洋文学》一书。这是台湾第一本海洋文学论著。此后,有关海洋文学的论述接连出现,"海洋文学"一词已然确立。

目前,从总体上看,我国海洋文学作品的创作主要集中在舟山地区,并以诗歌为主,形成了所谓的"东海诗群"或"舟山海洋文学",但表现内容和主题都比较单一,大多是"通过对海洋风情和海岛生活的描摹,表现渔民生活的艰辛和民风民情之醇美,歌唱大海野性的生命与强蛮力量"[②],缺乏生存意识、忧患意识和英雄主义思想

---

① 彭瑞金:《翻版的〈老人与海〉——期待海洋文学》,《讨海人》,第245页。
② 李松岳、厉敏:《寻找与突破:全面提升中国海洋文学的品位——全国海洋文学创作研讨会综述》,《浙江海洋学院学报》2002年第4期。

等，没有达到像《白鲸》《海狼》等西方海洋文学作品那样的高度和深度。这次会议虽然没有对海洋文学的定义做出界定，但似乎达成了一种共识，那就是凡是以海洋为背景，展现人类生产活动的作品都可以是海洋文学作品。

台湾是我国海洋文学的另一大中心。就中国当代海洋文学来说，廖鸿基和夏曼·蓝波安可被称为我国最著名的海洋文学家。廖鸿基 1957 年出生于台湾花莲县，高中毕业之前曾经有过海上捕捞经历。35 岁时，离开政界，回归海洋，曾远航至南大西洋，致力于台湾海洋环境、海洋生态和海洋文化工作。从 1996 年起，廖鸿基开始海洋文学创作，十年间共出版 12 部作品，其中最著名的作品有《讨海人》（1996）、《鲸生鲸世》（1997）、《台 11 个县蓝色太平洋》（2003）、《海天浮沉》（2006）等，曾获得台湾本土多个文学奖项。

廖鸿基在创作的海洋文学作品中表达了自己作为作家的心路历程。从逃避人生而接触海洋，进而被海洋的神秘所吸引。海洋对人类心灵的治疗作用改变了作家本人的性格和人生态度。海上航行和对海洋的考察使作家更加热爱海洋，也使他深刻地体会到，错误的捕鱼方法会招致鱼类的灭绝。正因为如此，廖鸿基在作品中极力呼吁保护台湾沿海的渔业资源。同时，廖鸿基还郑重地提出了自己的海洋意识，他说：

> 过去，我们惧怕海洋，和海洋的关系疏离……海洋过去也被我们当作垃圾场使用……尤其（那些）不容易被大自然所分解的化合物、废弃物，如塑料类……化学废料、农药和化学清洁剂等，对海洋生态造成最严重的冲击。……海洋是我们的前庭，也是我们要长期发展的腹地。我们这一代有义务找回我们血脉里的海洋意识，重建我们与海洋的和善关系……①

---

① 廖鸿基：《凋零海洋》，《海洋台湾》1998 年第 2 期。

廖鸿基的文笔已经自成一格，其作品语言诡谲，充满柔情。他采用写实手法，用生命哲学的观点描述海洋，刻画海洋景色、海洋鱼类和赶海的人们。作品既抒情又充满故事情节，兼具散文和小说的双重魅力。正如台湾评论界所说："他的散文有写小说的意图，情节悬疑，大量使用对话，充满戏剧性的张力，构成强烈的小说倾向"。① 廖鸿基以文字为媒介，呼吁重视海洋生态保护，传扬海洋文化，表达对海洋的关怀，体现了他作为当代海洋文学作家的社会责任感。

夏曼·蓝波安是另一位台湾海洋文学的代表作家，出生于台东兰屿，是达悟族人。达悟族又称雅美族，是海洋的民族，他们临海而居，以海为生，海洋文化传统悠久。1988 年，台湾当局把核废料储放在故乡台东兰屿这一事件遭到了台东百姓，特别是渔民的坚决反对。蓝波安参加了这次抗议活动，此后，他开始更加关心兰屿的未来发展命运。1989 年，经过一番艰难的抉择，他决定回到故乡，保护家乡的海洋环境，寻找海洋文化精髓，发扬族人的海洋文化精神，重建达悟族人的尊严，同时"探索祖先们与大海搏斗时，对'海洋'的爱与恨真埋。"② 蓝波安的代表性作品主要有《八代湾的神话——来自飞鱼故乡的神话》（1992）、《冷海情深——海洋朝圣者》（1997）、《黑色的翅膀》（1999）、《海浪的记忆》（2002）、《渔夫的诞生》（2007）等。

蓝波安的海洋文学作品强调族群认同和达悟族人的文化之根，他的文笔激情澎湃，将台湾兰屿群岛上的达悟族人的喜怒哀乐和文化精神展示给世界。《八代湾的神话——来自飞鱼故乡的神话》采用口传文学体裁和独特的海洋文化思维形式，记录了达悟族文化的过去，表现了达悟族人的情感与心灵世界，具有强烈的吸引力。小说《黑色的翅膀》讲述了四位达悟族小孩对未来的憧憬。在一个满天星斗的夏夜，卡斯·吉吉米特与他的三个小伙伴坐在海边，彼此描绘着梦境与现实交织的未来。《冷海情深——海洋朝圣者》和《海浪的记忆》都

---

① 张尤娟：《文学的廖鸿基》，《海洋台湾》1998 年第 10 期。
② 夏曼·蓝波安：《冷海情深——海洋朝圣者》，台湾联合文学出版社 1997 年版，第 6 页。

是蓝波安的散文作品，主要记录达悟族人的海洋生活内涵、风俗文化的继承和实践，以及作家本人的思想感受等，同时也表现达悟族人部落文化对抗金钱的思维模式。

在达悟族人的灵魂深处，海是宇宙的核心，是兰屿文化的全部。海的冷暖，海的颜色，海的律动，早已成为达悟族人生命的一部分。出海的勇气和对海洋的敬畏，是达悟族人最动人的性格特质。作为达悟族人的后代，蓝波安写海，不是坐在岸边写海，也不是船上写海，而是潜入海底写海。他与海的结缘，既是宿命，又是奇缘。达悟族人是海的民族，正如《冷海情深——海洋朝圣者》中父亲的那句话所说："因为海洋的关系，才有我们这个民族。""按照祖先的习惯，达悟的男人要绝对爱海。"① 正因为如此，蓝波安在离开家乡18年后，毅然返回家乡，亲近海洋，了解海洋，甚至同族人一道，下海潜水，捉射飞鱼。更重要的是，蓝波安在作品中强调族群认同，挖掘文化之根，见证海洋民族澎湃的活力和生命力。他采用借代手法，把星星比作眼睛，把父亲比作大山。在创作语言方面，蓝波安将汉语与达悟族语言并置，突出了台湾少数民族的文化特色，成为台湾独特的海洋文学作家。

总之，中国当代的海洋文学地区分布不够平衡，成就不够突出，还没有具有世界影响的海洋文学作品。

西方国家大都属于海洋文明，它们的国家兴衰和时代更迭，甚至战争，都与海洋密切相关。海洋锻造了民族性格，海洋精神和海洋意识深深扎根于各国的历史文明。西方国家的著名作家也大都有着挥之不去的海洋情结，他们对海洋注入不同的情感，抒发着人类对海洋的真实情感。海洋在他们的笔下呈现出不同的形象，从而显示出不同的人文精神。在古希腊罗马时代，海洋是一个变化无常、心胸狭窄、暴躁易怒、喜欢报复的海神波塞冬和一群喜欢在大海上兴风作浪、具有极大破坏力的海妖，海洋的这种形象说明了古代海洋民族艰难的生存

---

① 夏曼·蓝波安：《冷海情深——海洋朝圣者》，台北联合文学出版社1997年版，第113页。

处境以及对海洋的敬畏之心。

到了19世纪,西方发达国家向现代资本主义社会过渡,各种社会思潮风起云涌,自由思想成为社会思潮的主流,海洋作为一种审美形象进入文学领域,海洋精神得到空前绝后的张扬,海洋文学空前繁荣。拜伦、普希金等作为自由主义化身的伟大诗人,对海洋充满了浪漫主义情怀和人格化的描写。海洋的神秘、奇妙和瑰丽,在另一类海洋文学——海洋童话中得到体现。安徒生的《海的女儿》享誉全世界,美人鱼的故事不仅充满了人类对海洋的丰富想象,还展现了海洋的另一种美丽———一种哀婉的凄美——海洋之魂在安徒生的笔下幻化为一个美丽、善良的少女,她为爱情牺牲了生命,幻化为大海中的泡沫。

第一次世界大战结束后,美国一跃成为世界最强海洋大国。与拜伦和普希金充满浪漫情怀和自由思想的诗歌以及安徒生的海洋童话相比,库柏、麦尔维尔、杰克·伦敦、海明威等20世纪美国海洋文学作家从现实主义角度出发,探讨人与海洋的关系。他们通过塑造英雄人物为建构美国海洋人国形象做出了重要贡献。库柏笔下的英雄领航人,麦尔维尔《白鲸》中的亚哈船长、杰克·伦敦《海狼》中的"海上超人"莱森、海明威《老人与海》中的圣地亚哥,都是追求个人英雄主义的血腥汉子,是打不垮的美国英雄,是作者理解的海洋精神的化身和民族英雄。《老人与海》的主人公圣地亚哥出深海捕鱼的过程,体现了人与海洋之间的关系和海洋生态环境的变化。海洋充满了生命,令人敬畏,但作者在小说中更强调了捕鱼老人打不垮的精神,这种精神正是人类生命和海洋生命的意义所在。

从麦尔维尔的《白鲸》到杰克·伦敦的《海狼》,从凡尔纳的《海底两万里》到卡鲁姆·罗伯茨的《假如海洋空荡荡》,既反映了人类征服海洋的历史,也体现了人类海洋意识的嬗变。从天涯海角捕猎海豹到渔猎公海的捕鲸传奇,从恢复丰富的海洋到海洋生态保护意识的加强,西方海洋文学发展的历史,也是一部充满血腥味的人类与海洋关系史。

第二节 世界海洋文学发展趋势

人类与海洋的关系既复杂又矛盾，一方面，人类依赖海洋，亲近海洋，敬畏海洋；另一方面，又对海洋进行大肆掠夺，海洋生态系统遭到毁灭性的破坏。人类社会发展的文明史，就是一部向海洋索取的历史。人类与海洋的关系史，实际上是"一部自我毁灭的人类文明史"。

自从有了人类，人类就开始认识海洋，了解海洋，利用海洋，掠夺海洋。人类早期对海洋资源的利用仅限于对近海鱼类的捕捞和对海洋表层资源的利用。大航海时代开始后，人类对海洋的认知趋向更加广泛和深入，但同时也开始了密集捕捞，吹响了对大型海洋动物杀戮的号角。那时，海洋资源异常丰富，单是近海鱼类就足以满足人类对蛋白质的需要，在某些河流入海口和近海地带，甚至"鱼比水多"。1607 年，当 27 岁的英国殖民者、约翰·史密斯船长和他的同伴到达大西洋东岸的切萨皮克湾时，他们被周围富饶而清新美丽的风景深深吸引住了，他们仿佛找到了伊甸园。这些殖民者在到达美洲不久，就写信给英国本土的支持者："在奔流的河道中，到处都游着味道鲜美的鲟鱼和其他鱼类，这远远超出了我们的希冀，就连最幸运的人也不曾见过那么多鲜美的鱼。"[①] 可是后来，当以追求财富为目的的殖民者和探险家发现了海洋资源的商业价值后，海洋的灾难就开始了。捕捞的对象越来越大，从鳕鱼到龙虾，从大海牛到鲸鱼，从海豹到海狗。扫荡的范围越来越广阔，从大西洋上的北海到冰岛，从加拿大的纽芬兰到新英格兰，从印度洋到太平洋，从北冰洋到南极。捕捞船只越来越大，从平底小渔船到大帆船，从蒸汽拖网渔船到装备有声纳探测仪

---

① Letter from the Council in Virginia, 22 June 1607. Reprinted in P. L. Barbour (ed.) *The Jamestown Voyage Under the First Charter* 1607 – 1609. Volume I. Hakluyt Soiety, Cambridge University Press, Cambridge, 1969.

和电子定位仪的巨型拖网渔船。捕捞工具越来越先进，大型拖网、围网、流刺网、延绳钓等几乎穷尽了海洋生物。

美国的切萨皮克湾曾经是美国最丰富的渔场之一。那里盛产大西洋油鲱，这种鱼类在渔季快要结束的时候，可以增肥到身体的20%都是脂肪，是平均鱼类脂肪含量的5倍。沿着大西洋沿岸分布的工厂将它们转换成鱼油，或用于制作皮革和绳索使用，或用来润滑机械，或用来制造油漆和肥皂，甚至可以制成用于预防心脏病的 Omega–3 脂肪酸胶囊。剩下的骨头、鱼鳞和鱼肉曾被制作成棉花种植需求量很大的肥料。有人统计，单是1874年，美国生产的鲱鱼油就有20万加仑，是所有鲸鱼、海豹和鳕鱼油产量的综合，曾经是美国最大的渔业。然而，今天，切萨皮克湾已经受到了严重污染，水土流失、富营养化、缺氧等问题越来越严重，河口濒临死亡。

人类对海洋的认知越理性，对海洋的掠夺越疯狂。17世纪末开始的岛礁渔业和深海捕捞，造成了珊瑚礁前所未有的崩坏。18世纪，以蒸汽拖网渔船、电子捕捞器、海底贝类耙、牡蛎耙等为标志而开始的现代工业渔业，使人类对海洋开始了扫荡式的掠夺。19世纪，捕鲸业成为第一个全球性产业。为美国、英国、法国等国家带来巨额利润的捕鲸业和踏遍天涯海角对海豹等大型海洋动物的杀戮，反映了人类贪婪和残酷的本性。20世纪，对大型海洋鱼类娱乐性的捕捞和渔猎公海，更加快了海洋生物的灭绝速度，使人类曾经敬畏的生命海洋变成了幽灵栖息地和"最后的伟大荒野"。

人类在掠夺海洋资源的过程中，改变了海洋的生态系统，摧毁了海洋生物组群。在追求渔获的过程中，改变了海洋中枝叶繁茂的空地和连绵起伏的森林，使本来孕育着生命的奇妙的野性的海底世界变成了一片无边无际的泥泞平原。海洋生物的家园被毁灭，它们的生命无从依附，只能灭绝或濒临灭绝。而所有这一切，并没有使人类得到警示。

海洋的豪迈壮观和深邃浩瀚，海底世界的神秘静谧，都让人心驰神往。它的无比美丽和无穷魅力，激发着人类无限的遐想。人类对海洋的认知，经历了敬畏海洋、赞美海洋、战胜海洋、探索海洋和亲近海洋的过程。海洋文学的体裁也经历了神话故事、海洋诗歌、海洋小说、海洋科幻小说的发展历程。从敬畏海洋到战胜海洋，表现了人类战胜大自然的勇气和自信。从惧怕海洋到探索海洋，揭示了人类征服海洋的决心和能力。而从征服海洋到亲近海洋，则表达了人类的全新的海洋意识和宇宙观。

21世纪，海洋必然要成为人类全新的生存空间。海边旅游、海上泛舟或许是我们生命中最珍贵的记忆。大海抚慰着我们的心灵，使我们着迷，也使我们恐惧。它看似一成不变，却又无时无刻在发生着翻天覆地的变化。海洋生物或已经灭绝，或正濒临灭绝，它们深陷困境，等待我们伸出援手。因此，与海洋和谐相处，"人海和谐"将是我们对待自己生存环境的必然选择。在今后的人类生活中，探索海洋将成为人类了解海洋的主要途径。亲近海洋，保护海洋，维护海洋生态平衡将成为未来海洋文学的主旋律。

同时，随着科学技术的发展，人类对海洋的探索将更加广泛深入。1930年，美国探险家威廉·毕比和同伴欧提斯·巴顿（Otis Barton）乘坐他们自己研发的"探海球"（Bathysphere）潜入大西洋百慕大外海，开启了人类操控载具探索深海的时代，成为深海潜水的先锋。在接下来的几十年里，科学家和探险家先后"拜访"了世界各地的海底山和峡谷。1960年，以雅克·皮卡德（Jacques Piccard）和唐·沃尔什（Don Walsh）为首的探险队抵达世界最深的海底——马里亚纳海沟的"挑战者深渊"。他们发现，在这道深达10920米的海沟底部，仍然有生命存在。20世纪70—80年代，在以遥控潜水器为主要载具的深潜时代，人类发现了深海鱼类和海底的石油、煤炭等矿产资源。尽管如此，占地球面积71%之多的海洋仍然期待着人类的进一步探索。因此，探险将仍旧是海洋文学的主题，只不过，新世纪世界海洋文学的探险主题更多地附带上了科技成分。

此外，随着美国在地中海、波斯海湾地区实施军事部署和地区事务干预，随着美国重返亚太和亚太再平衡战略的实施，海洋战争文学也将成为世界海洋文学的重要组成部分。以大卫·波耶为代表的海洋军旅文学或海洋战争文学作品依然会成为美国的畅销书。

随着中国综合国力的增强，中国海洋科考事业也取得了辉煌的成就。先进的船舶推进系统、精准的天气预报、坚实的极地科考能力等都离不开科技的引领支撑作用。因此，如何在新的国际形势下发展中国海洋文学事业，宣传中国文化，弘扬中国精神，是新世纪中国海洋文学作家的光荣梦想与使命。我们期待，中国的海洋文学有朝一日也会在世界文坛上占有一席之地。

参考文献

中文参考文献：

［1］陈兵：《吉卜林〈勇敢的船长们〉中的教育理念》，《外国文学评论》2009 年第 4 期。

［2］陈众议、王留栓：《西班牙文学简史》，上海外语教育出版社 2006 年版。

［3］戴望舒：《戴望舒译诗集》，湖南人民出版社 1983 年版。

［4］［英］丹尼尔·笛福：《鲁滨逊漂流记》，张微译，内蒙古人民出版社 2006 年版。

［5］段汉武：《〈暴风雨〉后的沉思：海洋文学概念探究》，《宁波大学学报》2002 年第 1 期。

［6］董燕生：《西班牙文学》，外语教学与研究出版社 1998 年版。

［7］［意大利］哥伦布：《航海日记》，孙家堃译，上海外语教育出版社 1987 年版。

［8］桂裕芳：《洛蒂精选集》，山东文艺出版社 2000 年版。

［9］侯维瑞编：《现代英国小说史》，上海外语教育出版社 1985 年版。

［10］何兆雄：《试论海洋意识》，《学术论坛》1998 年第 2 期。

［11］［古希腊］荷马：《荷马史诗·伊利亚特》，罗念生、王焕生译，人民文学出版社 1994 年版。

［12］［古希腊］荷马：《荷马史诗·奥德赛》，王焕生译，人民文学出版社 1997 年版。

［13］黑格尔：《历史哲学》，生活·读书·新知三联书店 1991 年版。

［14］季若曦：《古希腊神话故事》，中国华侨出版社 2013 年版。

[15] 姜丹丹：《法国现当代海洋诗学：从雨果到吉勒维克》，《海洋文学研究文集》，海洋出版社 2009 年版。

[16] 老舍：《老舍文集》（第 15 卷），书目文献出版社 1981 年版。

[17] 龙夫：《大海的倾诉：日本学者论海洋文学的发展》，《海洋世界》2004 年第 7 期。

[18] 廖鸿基：《脚迹船痕：航出去的海洋文学》，《阅读台湾：深度文化之旅》2010 年第 4 期。

[19] 廖鸿基：《凋零海洋》，《海洋台湾》1998 年第 2 期。

[20] 李越等：《和谐的对话：寻找那一片蓝色》，《外国文学研究》2008 年第 6 期。

[21] 李楠：《世界通史》（卷九），河南大学出版社 2010 年版。

[22] 李松岳、厉敏：《寻找与突破：全面提升中国海洋文学的品位——全国海洋文学创作研讨会综述》，《浙江海洋学院学报》2002 年第 4 期。

[23] 梁遇春：《梦中醉话》，天津人民出版社 1998 年版。

[24] 林政华：《台湾海洋文学的成立及其作家作品》，《明道通识论坛》2007 年第 3 期。

[25] 吕伟民：《"海是真正的世界"：谈康拉德笔下的大海》，《郑州大学学报》（哲学社会科学版）1991 年第 6 期。

[26] 柳鸣九：《法国文学史》，人民文学出版社 2007 年版。

[27] 鲁迅：《鲁迅译文全集》，福建教育出版社 2008 年版。

[28] 沈石岩：《西班牙文学史》，北京大学出版社 2006 年版。

[29] 沈大力：《杰克·伦敦的"淘金记"》，《文艺报》2013 年 7 月 10 日。

[30] 唐晋：《大国崛起》，人民出版社 2006 年版。

[31] 王霞：《莎士比亚〈暴风雨〉的后殖民主义解读》，《四川戏剧》2014 年第 8 期。

[32] 王丽媛：《20 世纪前法国文学中的海洋意象》，中国海洋大学出版社 2013 年版。

[33] 吴锡民：《论西方海洋文学开山之作〈奥德赛〉》，《钦州学院学

报》2014 年第 1 期。

［34］夏曼·蓝波安：《冷海情深——海洋朝圣者》，台湾联合文学出版社 1997 年版。

［35］肖滌：《诺贝尔文学奖要介》，黑龙江人民出版社 1992 年版。

［36］虞建华：《〈海狼〉的女性人物与杰克·伦敦的性别政治》，《学术论坛》2009 年第 6 期。

［37］虞建华：《文明焦虑、荒蛮情结和杰克·伦敦的早期小说》，《深圳大学学报》（人文社会科学版）2008 年第 1 期。

［38］张雯：《美国海洋文学的发展历程》，《南通大学学报》（社会科学版）2013 年第 4 期。

［39］张冲：《新编美国文学史》（第一卷），上海外语教育出版社 2000 年版。

［40］张绪华：《20 世纪西班牙文学》，上海外语教育出版社 1997 年版。

［41］张尤娟：《文学的廖鸿基》，《海洋台湾》1998 年第 10 期。

［42］赵德明：《拉丁美洲文学史》，北京大学出版社 1989 年版。

［43］赵秀红：《试析勒·克莱齐奥小说中"水"的意象》，《新余学院学报》2008 年第 1 期。

［44］赵振江：《西班牙黄金世纪诗选》，昆仑出版社 2000 年版。

［45］赵振江：《生命与希望之歌》，上海译文出版社 2013 年版。

［46］庄宜文：《航向人性的幽深海域——试论东年的海洋小说》，蔡振雄主编《海洋与文艺国际会议论文集》，大连海事大学出版社 2009 年版。

［47］周家树：《苦涩的爱——诗人科比埃尔》，《法国研究》1995 年第 1 期。

［48］［秘鲁］印卡·加西拉索·德·拉·维加：《印卡王室述评》，白凤森、杨衍永译，商务印书馆 1996 年版。

［49］［美］库柏：《领航人》，饶建华译，长江文艺出版社 2007 年版。

［50］［美］赫尔曼·沃克：《哗变》，英若诚译，《剧本》1989 年第 1 期。

[51]［美］克莱顿·罗伯茨、戴维·罗伯茨、道格拉斯·R. 比松：《英国史》，潘兴明等译，商务印书馆2013年版。

[52]［美］艾勒克·博埃默：《殖民与后殖民文学》，盛宁、韩敏中译，辽宁教育出版社1998年版。

[53]［美］杰克·伦敦：《海狼》，戴欢译，长江文艺出版社2011年版。

[54]［美］托雷斯·里奥塞斯：《拉丁美洲文学简史》，吴建恒译，人民文学出版社1978年版。

[55]［美］麦尔维尔：《白鲸》，刘宇红、万茂林译，燕山出版社2002年版。

[56]［美］阿尔弗雷德·塞那·马汉：《海权论》，冬初阳译，时代文艺出版社2014年版。

[57]［英］纳撒尼尔·哈里斯：《古罗马生活》，希望出版社2007年版。

[58]［英］史蒂文森：《金银岛》，王理行译，湖北人民出版社2006年版。

[59]［英］卡鲁姆·罗伯茨：《假如海洋空荡荡：一部自我毁灭的人类文明史》，吴佳其译，北京大学出版社2016年版。

[60]［英］吉卜林：《勇敢的船长们》，夏云译，安徽师范大学出版社2013年版。

[61]［英］康拉德：《水仙号的黑水手》，袁家骅译，上海译文出版社2011年版。

[62]［英］康拉德：《黑暗的心》，薛诗绮、智量译，长江文艺出版社2006年版。

[63]［法］儒勒·凡尔纳：《海底两万里》，曾觉之译，中国青年出版社1961年版。

[64]［法］洛蒂：《冰岛渔夫》，艾珉译，上海译文出版社1995年版。

[65]［法］拉伯雷：《巨人传》，成钰亭译，上海译文出版社2007年版。

[66] [法] 欧仁·吉尔维克：《海滨小渠》，李玉民译，上海人民出版社 2009 年版。

[67] [法] 波德莱尔：《恶之花》，郭宏安译，上海译文出版社 2011 年版。

[68] [法] 雨果：《海上劳工》，罗玉君译，四川人民出版社 1980 年版。

[69] [法] 莫迪亚诺：《夜的草》，金龙格译，黄山书社 2015 年版。

[70] [法] 拉封丹：《拉封丹寓言集》，李玉民译，漓江出版社 2014 年版。

[71] [法] 罗兰·巴特：《米什莱》，张祖建译，中国人民大学出版社 2008 年版。

[72] [法] 儒勒·米什莱：《大自然的灵魂》，李玉民译，华夏出版社 2008 年版。

[73] [西班牙] 哥伦布：《航海日记》，孙家堃译，上海外语教育出版社 1987 年版。

[74] [西班牙] 洛佩·德·维加：《维加戏剧选》，段若川、胡真才译，昆仑出版社 2000 年版。

外文参考文献：

[1] Bert Bender, *Sea Brothers: The Tradition of American Sea Fiction from Moby–Dick to the Present*, Philadelphia: University of Pennsylvania Press, 1998.

[2] Dirda, Michael, "An Epic of the Everglades", *The New York Review of Books*, May 15, 2008.

[3] David Poyer, "*In the Wake of Melville and Conrad: Writing the Modern Sea Novel*", http://kat.cr/dan-lenson-series-by-david-poyer-01-13-t9339150.html.

[4] Frederick R. Karl & Marvin Magalaner, *A Reader's Guide To Great 20th Century English Novels*, Thames & Hudson, London, 2008.

[5] Jack London, *The Sea Wolf*, New York: Bantam Classics; Reissue, 1984.

[6] James F. Cooper, *The Pilot: A Tale of the Sea*, University of Michigan Library, 2006.

[7] *The Two Admirals, A Tale*, Ann Arbor: University of Michigan Library, 2006.

[8] Joseph Conrad, *The Nigger of the "Narcissus"*, New York: W. W. Norton and Company, 1979.

[9] *Under Western Eyes*, New York: Dover publications, 2003.

[10] Herman Melville, *Moby Dick*, Modern Language Association of America, 1985.

[11] *The Confidence-Man ans Billy Budd, Sailor*, Penguin Classics, 2012.

[12] Nathaniel Philbrick, *In the Heart of the Sea: The Tragedy of the Whaleship Essex*, Penguin, 2000.

[13] Thomas Fhilbrick, *James F. Cooper and the Development of American Sea Fiction*, Cambridge: Harvard University Press, 1961.

[14] "Letter from the Council in Virginia, 22 June 1607", Reprinted in P. L. Barbour (ed.) *The Jamestown Voyage Under the First Charter 1607-1609. Volume* I. Hakluyt Society, Cambridge University Press, Cambridge, 1969.

[15] Alain Corbain. *Le Territoire du vide*, Paris: Aubier, 1988.

[16] Bernal Díaz del Castillo, *La Historia verdadera de la conquista de la Nueva España*, Madrid, 1632.

[17] *Diario de a bordo del primer viaje de Cristóbal Colón*, Edición anónima española de, 1892.

[18] Inca Garcilaso de la Vega, *Los Comentarios reales de los incas*, Lisboa, 1609.

[19] Jules Michelet, *La Mer*. Paris: Michel Lévy frères, 1875.

[20] J. M. G. Le Cézio, *Etoile Errante*, Paris: Gaillmard, 1992.

[21] Jean de La Fontain, *Fables*. Paris: Lecointe et Pougin, Gouget, 1834.

[22] Leys Simon, *La Mer dans La Littérature Française*, Vol. 2, De Vic-

tor Hugo à Pierre Loti, Paris: Plon, 2003.

[23] René Moniot Beaumont, *Histoire de la Littérature maritime*, La Rochelle: La Découvrance éditions, 2008.

[24] http: //fr. wikisource. org/wiki/Les_ Amours_ jaunes.

[25] http: //www. etudes – litteraires. com/hugo – corbiere – chapitre – 3. php.

[26] http: //www. larousse. fr/encyclopedie/personnage/Jules_ Verne/148630.

[27] https: //fr. wikipedia. org/wiki/Eugène_ Guillevic.

[28] https: //fr. wikisource. org/wiki/La_ Mer/Livre_ I/I.

[29] https: //fr. wikipedia. org/wiki/Victor_ Hugo.

[30] https: //fr. wikipedia. org/wiki/J. _ M. _ G. _ Le_ Cl% C3% A9zio.

后 记

从硕士到博士，从俄语专业到英语专业，人生经历了诸多变化，但一直专注于俄裔美国作家纳博科夫和他的双语创作。2010年6月，从北京回到河南，来到华北水利水电大学外国语学院教授英语专业的美国文学。在此期间，一个偶然的机会，认识了致力于中国水文化研究的王瑞平教授。课间聊天得知，我和王老师本科与硕士都就读于郑州大学，博士都就读于中央民族大学，只是我们专业不同，毕业时间不同。能在新单位遇到求学道路如此巧合的校友，算是一种非常难得的缘分了。自此以后，王教授于我，不仅仅是普通的校友，而且是我倍感亲切的师兄。

我对西方海洋文学的关注也是受到了王老师的启发。当时，王老师和华北水利水电大学博士生导师朱海风教授正致力于中华水文化前沿问题研究和水文化研究中心的建设。在他们的启发和指导下，我开始关注与水有关的西方文学作品。世界三大文明都与水息息相关，只不过西方各国文明都属于海洋文明，与中国的大河文明有着显著的差异。

后来，在朱海风教授的指导和鼓励下，我开始专注于西方海洋文学研究。写作过程中，朱海风教授给了我不厌其烦的指导和帮助。初稿完成以后，他又在第一时间提出了宝贵的修改意见，也是他把这份来之不易的书稿推荐给中国社会科学出版社。可以说，没有他的指导和帮助，就不可能有摆在我们面前的这本《大海的回响：西方海洋文学研究》。因此，请允许我在此向朱海风教授和王瑞平教授致以诚挚的感谢！

同时，感谢华北水利水电大学外国语学院的周佳瑞老师和郑州大学外语学院的李春老师。她们利用专业优势，分别为本书的第 2 章"西班牙海洋文学"和第 4 章"陆上强国法兰西的海洋文学"提供了初稿，为丰富西方海洋文学研究提供了宝贵的资料。

感谢本书的责任编辑、中国社会科学出版社的刘晓红女士和她的同事，她们为本书的出版付出了很多努力。

最后，感谢家人的支持！首先感谢女儿的理解和宽容。有多少次，在她需要妈妈的时候，我没能陪在她身边；又有多少次，她默默地把对妈妈的思念藏在心底。感谢我的爱人！感谢他默默的付出和无数次既当爹又当妈的担当！

一路前行，感谢有你们！

刘文霞

2017 年 2 月 16 日